ジェシカ・ブロディ 著　島内哲朗 訳

SAVE THE CATの法則で売れる小説を書く

SAVE THE CAT!
WRITES A NOVEL
THE LAST BOOK ON NOVEL WRITING
YOU'LL EVER NEED

JESSICA BRODY

FILM ART
フィルムアート社

第4部 売りこみ方法

第5部 あなたの悩みをすべて解決

〈凡例〉

- 本書はSAVE THE CAT! WRITES A NOVEL The Last Book on Novel Writing You'll Ever Need の全訳である。
- 人名などの固有名詞については、日本で一般に定着しつつあるものは通例読みで記した。
- 書名は『 』で記した。
- 小説の引用については、既刊の翻訳書を参考に訳者によって新訳をした。
- 未邦訳の小説には、タイトルを訳した。
- 訳者註は文中に［ ］で記した。
- 巻末に新たに訳者あとがきを付した。

イントロダクション

あれは２００５年のこと。ブレイク・スナイダーという非常に賢い脚本家が、『SAVE THE CATの法則 本当に売れる脚本術』という非常に賢い本を書きました。ブレイクは、15段階のビート（またはプロット・ポイント）で構成されるテンプレートを使えば脚本の構成の仕方を教えられるはずだと思い立ち、それを本にまとめました。ハリウッドの良くできた映画はひとつ残らずその15のビートを使って構成されているというのが、彼の持論。［「ビート」とは、アメリカ業界用語で「キャラクターあるいは物語の流れを変える、物語中のある1つのイベント」を指す。浄瑠璃などの「段」に似た概念と考え得る。］

ブレイクの本に対する反応は、瞬く間に現れました。数年も経たぬ間に、世界中の脚本家が、監督が、プロデューサーが、そしてスタジオの重役たちが、ブレイク・スナイダーの15段階のビート・シート（つまり「ビートのフォーマット用紙」）を使って、より面白く、より無駄のない、そしてより心をつかむ物語を開発して映画を作り始めたのです。「SAVE THE CAT!」の法則は、あっという間に業界標準に。

さて、２００６年のこと。元映画スタジオの重役改め小説家だった私は、最初の小説を売りこもうと苦闘中でした。書斎には、文字通り引き出し一杯のお断りレターの山。そしてどれも判で押したように「文章は上手いが、物語がない」。要するに、私はプロットの構成について、まったく無知だったということ――脚本家の友人が、私に『SAVE THE CAT の法則』を貸してくれたあの日までは。「これ、すごく人気のある脚本術の本だけど、小説にも使えると思うよ」。

友人（男）が正しかったのなんのって。

『SAVE THE CAT の法則』を隅から隅まで（当然何度も）読み、自分が好きな人気小説をブレイク・スナイダーの15段階のビート・シートに当てはめてみると、確かにその通りでした。ちょっと手を加えれば、ブレイクの方法論は小説にも適用できることはすぐにわかりました。

というわけで、早速それを証明することに。

あれから10年経ちまして、私はその間、15冊の小説を出すことができました。しかもサイモン&シャスターとか、ランダム・ハウス、マクミランといった有名出版社から。23の国で翻訳・出版され、そのうち2本は映画化のために企画開発中。

これって偶然？　もちろん違います。私ってそんなにすごい小説家？　あり得るかも。もしかして、ブレイク・スナイダー方式は、誰も気づかなかった世紀の大発明？　全然そんなことない。彼がしたことといえば、ただ物語を構成する要素を分析して、登場人物が変化していく様子に隠されたある型を見出しただけ。そう、物語の秘密の**暗号**を見つけたってことです。

数えきれない小説を「SAVE THE CAT!」の法則で読み解き、何千という物書きにそのやり方を教えながら、私はこの物語の暗号が秘めた力を自分のものにしました。さらに、見事に構成された、読者の心を鷲づかみにする、読みだしたら止められない小説の書き方を教える方法を思いついちゃったのです。手取り足取り、すごく簡単なやり方で。そのすべてを、この本で皆さんと共有しちゃいます。

ブレイク・スナイダーが開発した「SAVE THE CAT!」のビート・シートは映画の脚本を書くときに役立ちますが、実は本質的にはそれが映画かどうかは問題じゃないんです。物語というのが肝なのです。あなたが書いているのが脚本でも、小説でも、短編小説でも、回顧録でも、戯曲でも、それは同じ。それがコメディでも、ドラマでも、空想科学ものでも、ファンタジーでも、ホラーであっても、あなたが文芸作家でも商業ライターでも、同じ。肝心なことは1つだけ。でも、それがなければ何も始まらない大事なこと。良く書けた物語、それだけ。

だから、書けるようになるまで、私が付き合います。

小説家のための脚本術……？

でも、小説家が脚本家の足跡をたどるって、ヘンじゃないですか？　だって、この世に先に現れたのは、小説家のほうですよね。

そこには、こんな現実的な事情があります。メディア中心で、スピードが速くて、何でもテクノロジーの力でパワーアップしている今の世の中では、小説家の敵は脚本家だから。最初の無声映画が劇場にかかった瞬間から、小説は映画相手に娯楽の王座を争ってきたのです。ディケンズやブロンテ姉妹は、最新のアクション満載スーパーヒーロー映画とかメリッサ・マッカーシーの最新コメディを敵に回さなくて済んだけど、現代の小説家は逃げられない。（横道にそれるけど、『ジェイン・エア』『嵐が丘』『大いなる遺産』も、「SAVE THE CAT!」のビート・シートにぴったりはまりましたよ！）

大事な鍵は、ペースの配分。テンポが良くて、視覚的で、登場人物の成長が興味深くて、漏れなく構成されている小説なら、どんな大予算映画とも互角に戦えます――そして勝てる。

どうやったらそんなものが書けるかって？

「SAVE THE CAT!」の世界へようこそ！

滅茶苦茶に見えても、方法論は方法論

この本を執筆する5、6年前から、小説家相手に「SAVE THE CAT!」式の執筆講座を教えていますが、そこでライターたちが自分の書いた物語の肝を理解しようとあがいたり、うまく構成できなくて苦しむ様子を見てきました。その経験から、「SAVE THE CAT!」の法則を使って、私が考え得る限り一番ロジカルで、直感的で、効率の良い指導法を編み出しました。私が考えた方式の美しいところは、順を追って独りでもできるし、執筆パートナーと2人でも、批評グループなどでも使えるところ。各章の最後には、練習問題や大事なポイントのチェック項目リストなども載せました。これで自分が習ったことに自分で責任が持てちゃいます。（執筆パートナーに対しても！）。1人孤独に書くのがお好みでも、大勢と群れて書くあなたでも、この本を読んで、最高の物語を開発できるようにとまとめました。

たとえあなたが、今書いている作品のプロットのある部分（中間部とか）でつっかえたからこの本を買ったのだとしても、とりあえず最初から順番に読み進めることをお勧めします。問題個所以外はどうしていいかわかっているつもりでも、どこか（多分、絶対中間部）でつっかえたということは、恐らくもっと大きな病気の症状の1つに過ぎないので。あなたが書いている物語の抱える問題は、多分あなたに見えている以上に深刻である可能性大。

これはただのプロットに関する本に見えるかもしれませんが、実はもっと深いものをあつかっています。「プロット」という言葉自体には、大した意味はありません。物語の中で順番に起きるイベント、という程度の意味しかないのですが、「構成」といったら、そのイベントがどんな順番で起きるかということ。そして何にも増して重要なのは、どの瞬間で起きるのかというタイミングのこと。上手く並べたプロットに変わらなければ大変なことになるキャラクターを投入して、そのキャラクターが物語の終わりまでにちゃんと変われば――語るに値する物語の一丁上がり！　というわけ。

プロットと、**構成**と、**キャラクターの変容**。

この3つを「物語の聖なる三位一体」と呼びます（私が！）。

この3つの要素こそが、物語を語るという行為に魔法をかける、妖精の粉なわけです。今に至るまでに語られたすべての偉大な物語を支える土台と言えます。でも、プロットと構成とキャラクターの変容という聖なる三位一体というものは、複雑に入り組んで、とても壊れやすいもの。だからこそ、この本をまとめるには何年にも渡る研究と指導経験に基づいた熟考が必要だったというわけなのです。

考えてから書く人と、書いてから考える人

世界中で同意されている、ある真実があります（少なくとも物書きの間では）。小説家には次の2種類しかありません。考えてから書く人と、書いてから考える人です。

考えてから書く人は、プロットを最初から最後まで設計してから書く人。書いてから考える人は、直感に導かれるまま書き始め、プロットは後で考えるという人。もしあなたが書いてから考える人だったら、この本に書いてある「構成」とか「チェックリスト」という言葉を見て冷や汗タラタラ、「あり得ない！」と叫んでいるかもですね。

だから、ここでハッキリさせておきましょうか。

この本は、考えてから書く人万歳、ではありません。書いてから考えるあなたを洗脳しようという本でもないし。私自身は考えてから書く人ですが、そちらのほうが良いやり方だと証明するためにこの本を書いたわけでもありません。何千人もの作家と関わりながらわかったのは、創作というのは神秘的で、何が一番良いかというのは人それぞれだということ。（でしょ？　私たち作家は全員誰とも似てない唯一無二の、そして触れば壊れるデリケートな雪の結晶だから。）というわけで、私はあなたのやり方を変えようと思っているわけではありません。変えるかわりに、今のあなたをパワーアップさせてあげます。

あなたが、エンジンキーを入れる前からどの道をどう通って目的地に着くか決めこんでおくタイプの人なら、それをもっと早く無駄なくできるようにしてあげます。あなたが、とりあえず車を走らせながら目的地

への道筋を思いつく自信があるタイプなら、この本はＪＦＡ（日本自動車連盟）みたいなものだと思って読んでください。どことも知れない道端で、地図もなく、ＧＰＳもなく、ガソリンも尽きてバッテリーが上がって車が動かなくなってしまっても、すっ飛んでいって、あなたのエンジンをジャンプスタートさせてあげます。

あなたがどのタイプの作家でも、小説のプロットを設計していくという心躍る、しかし長く苦しい道のりを、最後までたどり着けるように見守るのが、この本です。

あなたがどちらのタイプだとしても、最後には結局同じこと。直感に導かれて初稿を書き上げたにしても、見つけたばかりのピカピカで最高のアイデアをじっくり練って、プロットを設計してから書こうと思っていても、どのみち、どこかで必ずプロットを考えるときは訪れるから。正直、必ずプロットの構成をする以上、考えてから書くのも、書いてから考えるのも、大した差はないというわけ。最初にやろうが、後回しにしようが、私にとっては同じこと。つまり、この本にとっても同じこと。

言い換えれば、心配無用。ちゃんと連れてってあげるから、安心して。

あの忌々しい、アレのこと

「SAVE THE CAT!」の法則について説明していると、いつもちょうどここらへんで、あの忌々しいアレについて文句を言い出す人がいるのが、お約束です。

アレ、そう「方程式」です。
「SAVE THE CAT!」の法則に倣って書くと、方程式で解いたみたいな、公式みたいにありきたりで通り一遍の小説になってしまうのではないか、と心配をする小説家はたくさんいます。テンプレの真似なんかしたら、書くという芸術の邪魔になってしまうかも。創作の選択肢が限定されてしまうかも。そういう恐れと心配。

はい、そんな恐れの芽は、今のうちにすっぱりと摘んでおきましょう。

ブレイク・スナイダーがほとんどすべての映画の中に見出した類型を、私もほとんどすべての小説の中に見つけましたが、それは方程式ではないのです。じゃあ何かというと、さっきも言ったとおり、物語の中に潜む**暗号**なのです。

素晴らしい物語を素晴らしく機能させるための、秘伝のタレ。

私たちが、ある順番で語られる何らかの物語の要素に強く反応してしまうのは、きっと遺伝子の奥深くに潜む何かの力に操られているから。洞窟に壁画を描いた昔から、火を囲んで語り部が話を聞かせた遠い祖先の時代から、同じ要素に反応してきた私たち。「SAVE THE CAT!」の法則というのは、この暗号を特定してシンプルにまとめた、物語を巧みに紡ぐために必要な設計図にすぎません。これがあれば、私たち小説家が何かを書く度にいちいち車輪を再発明するところから始めないで済むのです。車輪は昔から使われているわけだから。

つい一昨日発行されたような新しいものから18世紀の古典に至るまで、古今東西の小説を分析しましたが、ほぼすべての作品に対して同じ類型をあてはめられることがわかりました。どの作品も、「SAVE THE

CAT!」式で分析可能なのです。

これを方程式とかテンプレと呼びたいなら、それでも結構。覚えておいて欲しいのは、チャールズ・ディケンズも、ジェイン・オースティンも、ジョン・スタインベックも、スティーヴン・キングも、ノラ・ロバーツも、マーク・トウェインも、マイクル・クライトンも、アガサ・クリスティーも使った方程式だということ。

方程式だろうが何だろうが、大事なのはこれが**効く**ということ。

始める前に……

というわけで、いい加減、始めましょうか。先は長いし、私は早く出発したくてうずうずしているし。

まず出発前の持ち物チェック。とりあえず必要なのは、小説のアイデアを最低1つ。別に壮大なアイデアでなくても大丈夫。アイデアの萌芽とか、閃きの欠片でも結構。気になるキャラクターを1人とか、うまくまとめれば小説になりそうな興味深い考えの寄せ集めでも構いません。アイデアはあるけど書いてみる価値があるかどうかわからなくて不安という人もいますよね。それは、アメリカ映画業界でよく言われる「持久力がある」アイデアなのか。長距離を走れるアイデアか。300ページ以上の距離を著者のあなたを背負って走り続けられるほどのアイデアだろうか？

もうすでに1本書き上げている人もいるでしょう。途中まで書いたという人も。でも何かがうまくいっておらず、直さなければならないというあなた。書き始めたはいいけれど、途中で迷子になって壁にぶつかり、何かの閃きがないと前に進めない、という人も。

あなたがどんな状況にあるにしても、一緒に旅ができて私はわくわくしています。出発前に、この先どのような章にどのような内容が書かれているか、簡単に目を通しておきましょう。（あえて言えば、構成に関する本の構成、ということですね。）

1　**ヒーロー**　第1章では、あなたの小説のヒーロー、つまり主人公がどんな人で、なぜ変容が不可避でなければならないか、という話をします。

2　**ビート**　第2章では、「SAVE THE CAT!」の15段階のビートを詳しく理解していきます。これがあれば、あなたの小説を目が離せない変容の旅路にするための企みが始められるのです。

3　**ジャンル**　第3章から第13章までは、「SAVE THE CAT!」のジャンル別10の物語テンプレを使って、あなたの書く物語のジャンルを特定します。ジャンルと言っても、ＳＦとかコメディとかいう、お母さん世代にお馴染みのジャンル分けではありません。「SAVE THE CAT!」独自の法則により、キャラクターまたは主題の変容のパターンによって分けられたジャンルのことです。これを知っていれば、あなたの書いている物語をより深められるし、それぞれのジャンルに必要不可欠な「ジャンルの素材」が揃っているかどうかも確認しやすくなります。さらに、10のジャンルにそれぞれ最適の人気小説を取り上げて、15段階のビート分析をしちゃいます。これを読めば、15段階のビートが、旬の小説にもしっかり通用することがわかって、目から鱗です。

4 **売りこみ** 第14章を読む頃には、あなたは自分の小説の肝をかなり把握しているはず。だから、苦もなく1ページのシノプシス〔要約、あらすじ〕にまとめることも、一文のログラインにまとめることもできるはず。これで、あなたの小説を出版代理人に、編集者に、読者に、そして映画のプロデューサーに売りこむ準備も完了です。

5 **よくある質問** どの章もこれ以上はないほどに徹底的に書いたつもりですが、それでも何か腑に落ちないとか、どうしていいかわからないということもあると思います。そんなあなたにお答えするのが第15章。「SAVE THE CAT!」方式を使ってみたときに直面しがちな6つの問題に絞って、現実的な解決法をお教えします。

で、猫は……？

ちょっと待った！　忘れちゃいけない、とっても大事なことが1つ。読者の皆さんが、書店でこの本を手にした瞬間からずっと気になっていたあのこと、です。

なぜ、この本は〝SAVE THE CAT〟なの？　なんで猫？

その答えは、ブレイク・スナイダーが書いた最初の『SAVE THE CAT の法則』の中にあります。物語を紡ぐときに陥りがちな失敗をどう回避するかというテクニックのひとつにつけた小洒落た名前が「猫を助けろ！」でした。主人公が嫌われ者だったとします。その場合、物語の最初の方で、主人公に猫を助けさせなさい（木から降りられなくなっていれば降ろしてあげる、小屋を作ってあげる等）、そうすれば、どんなに性格の悪い主人公でも読者の好感を勝ち取れますよ、というテクニック。

どうやって猫を助けるかという話は、「SAVE THE CAT!」の法則を使ったときに小説家が直面しがちな問題を分析しながら、第15章で詳しくします。猫以外にも、小説を書くときに役に立つテクニックやこつを、いろいろと散りばめておくので、お楽しみに。

説明はもう十分。さっさと出発しましょう。あなたの小説の主人公がお待ちかねです。しかも、何やら大きな問題を抱えて困っているようです……。

第1部
読者の心をつかむ ヒーローを創る

第1章 気になる主人公とは？

語るに値するヒーローの条件

ネタばれ警報！　この章では以下の小説が登場します。

『フランケンシュタイン』メアリー・シェリー著
『ヘルプ　心がつなぐストーリー』キャスリン・ストケット著
『パイの物語』ヤン・マーテル著
『ミザリー』スティーヴン・キング著
『ゲームウォーズ』アーネスト・クライン著

キャラクターとプロットの関係は、物語の本質にかかわるものです。だから「SAVE THE CAT!」式は、物語の主人公から始めます。これ以降、主人公のことを「ヒーロー」と呼ぶことにしますね。だって、かっこいいでしょ？　ヒーローというのは、小説1本がそのヒーローを中心に展開するに値するくらい行動的で、問題解決型の重要な人。あなたが「SAVE THE CAT!」の世界で書くのは、忘れられないようなことをする忘れられないようなキャラクターたちですが、中でも重要なのはプロットの中心になることが運命づけられたヒーロー（性別不問）を創造すること。

では、あなたの書いている物語の中心になるキャラクターは一体誰？　ちょっと一緒に発見してみましょうか！

本1冊分のアイデアをすでに考えた人も、現在思案中の人も、一度手を休めて自分の書いている物語のヒーローに気持ちを集中してください。これからあなたのヒーローを、あなたの物語に相応しいヒーローに仕立て上げる方法について話しますから。

忘れられないほど興味深く、共感できるヒーロー。読者に「この人の話なら読みたい」と言わせるヒーローを、どうやって創り上げたらいいのか。小説1本を丸々背負って立つようなヒーローなんて、簡単に創れるわけない……と思うでしょ？　簡単なんです！

ヒーローに次の3つを与えればOK。

1　問題（あるいは、どうしようもない欠点）

2　求めるもの（あるいは、ヒーローが求めるゴール）

3　本当に必要なもの（あるいは、人生の教訓）

以上の3つを最初から考えておけば、あなたが考えたヒーローは放っておいても見る見るうちに肉づけされていきます。そうなってしまえば、後から考えたプロットの中でもそのヒーローを動かしやすくなります。

この3つの大事な条件について、細かく見てみましょう。

ここで、大事な秘密を1つ教えてあげる。読者というものは、完全無欠なヒーローの話は嫌いなもの。欠点もなければ問題もない人の話――つ・ま・ら・な・い！　そして何より、非現実的（何の問題もない人生を送っている人に会ったこともないというのは、私だけじゃないと思う）。現実味があって、共感できて、興味深いヒーローを創りたいのなら、完璧じゃだめということ。何か大きな問題が最低でも1つなきゃ。たくさんあれば、なお結構！

欠陥のあるヒーロー。問題を抱えたヒーロー。どんな名作を読んでも、主人公というのはそういうものなのです。

『ハンガー・ゲーム』（スーザン・コリンズ著）のヒーロー、カットニス・エヴァディーンを見てみましょう。第12地区［架空のディストピアの貧しい区域］で暮らす彼女は、楽しく悠々自適、というわけではないですよね。貧乏で、空腹。父親は亡くして、母親も出ていっちゃっているし。さらに、妹が刈り入れの日の贄［ハンガー・ゲームという命がけの闘技の強制参加者］に選ばれてしまう……ガーン！　身の回りの諸問題のせいで、カットニスの心は冷たく閉ざされ、冷笑的で誰も信用できない。ほら、問題が山積みでしょ？

では、『怒りの葡萄』（ジョン・スタインベック著）のヒーロー、トム・ジョードは？　刑務所から出たばかり（殺人罪！）の彼が故郷に帰ると、文無し、職無し、食事無しの家族は夜逃げした後だったというトム。帰ってきたら、最優秀農民賞受賞！　みたいな甘い話ではないのです。

忘れちゃいけない、『レベッカのお買いもの日記』（ソフィー・キンセラ著）のレベッカ（ベッキー）・ブルームウッド。タイトルのとおり、ショッピングをしないと死ぬ病にかかっている彼女。誰にも内緒で作ったクレジットカードで借金を作り、ほどなく狂い始める彼女の人生。

こうしてみると、欠陥ヒーローを書くための最高のこつが明らかに。ヒーローの問題を、絶対にその人の人生のある部分だけの問題にとどめておかないこと。一度発症したら、その問題をみるみる拡大、感染させること！　問題が1つでも多数でも、絶対にヒーローの家庭に、職場に、人間関係に、彼または彼女の世界全体に影響させること。

読者があなたの小説を手にしてページをめくり始めたときには、「ヒエエ、こういう人生って完全にドツボじゃないの？」というようなことを思ってほしいわけです。

そう思わせられれば、あなたはちゃんと仕事をしてる、ということ。

自分で創造したヒーローを、しょっぱなからあらゆる困難で縛りつけるなんて、酷いことにも見えますが、それこそが本質的で大切なことなのです。だって、ヒーローの人生に問題がなかったら、そんな小説に何の意味があるの？　誰も気に留めすらしないでしょう？　私たちがなぜ小説を読むのかというと、登場人物が問題を解決して、人生をより豊かにして、欠点を持った自分を改善するからでしょう。極めて不完全なヒーローをちょっとはましな人間にしてこそ、素晴らしい小説というものです。

あなたが書く物語のヒーローは、どんな問題に直面しているべきなのか？　これが、語るに値するヒーローを創造するにあたって、あなたが最初に答えなければならない問いになります。

あなたのヒーローは問題を抱えている。でも、それだけでは足りません。ヒーローは、何かを（死ぬほど！）求めていなければ。そして、それを手に入れるために、行動を起こさなければ。あなたのヒーローは、自分に問題があることくらいわかっています（いや、わかっていないかも。その場合、わかっていないことが大問題！）となると、問題は、ヒーローは何をすれば問題を直せると考えているか。彼または彼女は、何があれば人生が良くなると考えているのか（この「考えている」を忘れないでいてください。後でまた出てくるから）。

良い仕事、お金、学校での人気、父親の承認、殺人事件の解決、その他もろもろ何でもいいですが、この「何が？」という問いに対する答えが、そのヒーローのゴールになります。そしてヒーローは、小説が終わるまで（あるいは、少なくとも最初のうちは）、その「答え」を手にするために、もがき奮闘し続けることになります。

ヒーローにゴールを与え、そのゴール目がけて積極的に行動させることが、読者をヒーローの味方につける早道、そして物語に食いつかせる早道になります。例えば、「ほお、このヒーローは、巨大なオンライン・シミュレーション・ゲームの世界（オアシス）に隠されたイースターエッグ［お宝］を発見したいのか。見つけられるかどうか、気になるから読んでみよう」（アーネスト・クライン著『ゲームウォーズ』）とか、「え、この娘は新しく親友になった女性に最高の旦那さんを見つけてあげたいの？ うまくいくのかな？」（ジェイン・オースティン著『エマ』）とか。ヒーローが求めるものを手にするかどうかが気になるから、読者は読み進めるのです。

というわけなので、自分に聞いてみましょう。

「このヒーローは、何を求めているの？」

残念ですが、「私のヒーローは、幸せになりたいと思っている」みたいな答えでは不十分です。私が執筆講座で教えているときに一番頻繁に出るのが、この「幸せになりたい」ですが、残念だけどそれでは抽象的すぎ。求めるものとして一番効果的なのは、形があるモノ。手で触れられる何か。ヒーローが求めるものを手にするとしたら、いつ何を手にしたか読者にとってわかりやすいものが良いわけ。「幸せになった」なんていうフンワリしたものを、読者が実感できると思います？　無理。ただし、ヒーローが「これがあれば、きっと幸せになれる」と考えるその何かに具体性があれば話は別。新しい家とか、新車とか、１００万フォロワーとか、全国大会の優勝トロフィーとか、新天地への旅とか、魔法の力とか、監獄からの脱走とか。目標が何で、目標に近づいているかどうかが見えやすいものなら、読者もヒーローを応援しやすいというもの。

　ヒーローが求めるゴールという話のついでに、「なぜ、まだそのゴールを手にできていないのか」も考えてみましょう。

『ゲームウォーズ』の主人公ウェイドは、ある朝起きたらオアシス内に隠されたイースターエッグへの鍵を苦もなく手にするわけではないのは、なぜ？『エマ』の主人公エマは、ハリエットとエルトンさんが付き合うように仕組んでは失敗するのは、なぜ？　だって、もしあっさりできてしまったら、お話が終わっちゃうから。そんなの簡単すぎるでしょ？　読者が応援したくなるようなことが、何もなくなっちゃうから。だから、ヒーローが求めるものは難しくなきゃ。簡単に手に入ってはいけないのです。しっかり苦労してもらわなきゃ。

　ヒーローが求めるもの、つまりゴールというものに対して、必ずヒーローをそのゴールから遠ざける力が存在します。この力は、「葛藤」とか「対立」とか「仇敵《きゅうてき》」として物語の中に現れます。ヒーローの行く手を遮っているのは何？　スタインベックの『怒りの葡萄』の主人公トム・ジョードと彼の家族がカリフォルニアで仕事を見つけられないのは、なぜ？　それは、地主たちが必要以上の求人を募集して、求職人口を過剰にして給料を下げようと画策したから。お陰で、空腹を抱えて怒りに燃えた大量の季節労働者が職に就けずに路頭に迷うわけ。ヴィクトル・ユゴーの『レ・ミゼラブル』の主人公ジャン・ヴァルジャンが人生をやり直したくてもやり直せないのは、なぜ？　ヴァルジャンの宿敵ジャヴェール警部がそうはさせてくれないから。

　ここで、求めるもの、またはゴールに関して重要なことを2つ。

　まず1つ目。**求めるもの**は、物語が進むに従って変わってもかまいません。実際、変わることが多いですし。メアリー・シェリー著『フランケンシュタイン』では、「人造人間を創造したい」から「人造人間を破壊したい」に変わります。ルイス・キャロル著『不思議の国のアリス』のアリスは、「白ウサギを見つけたい」から「ともかく家に帰りたい」に変わります。ジョジョ・モイーズ著『ミー・ビフォア・ユー　きみと選んだ明日』のルー（ルイーザ）は、「家族を養うために仕事が欲しい」から「ウィル［頸髄損傷で要介護］の力になりたい」に変わります。途中で変わっても変わらなくても、この求める気持ちが物語を引っ張り、プロットを動かし続ける力です。そうじゃなかったら、あなたのヒーローは何かが起きるのを漫然と待っているだけになってしまいます（つまらない、つまらないプロット）。何かを求めたとき、その気持ちがヒーローを動かすわけです。座って待つのをやめて、行動に移る。そうこなくっちゃ！

　2つ目に知っておきたいのは、ヒーローが求めたものを手にするとは限らないということ。例えば、ヤン・マーテル著『パイの物語』では、［海で遭難した］主人公パイは最後にはライフボートから降りてゴールを達成しますよね。でも、ケイト・ディカミロ著の児童書『きいてほしいの、あたしのこと　ウィン・ディキシーのいた夏』の主人公オパールのように、多くの場合、ヒーローたちは求めるものを手にせずに終わります。物語の序盤では、オパールは母親のことを知りたい、願わくば会いたいと思っていますが、その願いはかないません。でも……それでもいいんです。この小説を読み進めていくと、母を知りたいというオパールのゴールは、実は物語の本当に大事なポイントじゃないとわかるから。オパールが進むべき本当の道は、実は別のところに向かっている。つまり、彼女の求めるものというのは、全体の物語の半分に過ぎないということ。ヒーローというものは、**本当に必要なもの**があって、初めて一人前なのです。

自分の人生をよくしてくれるものが何かという判断において、ヒーローたちは大抵間違っています。より良い人生とか真の幸福というものは、あなた（作者）がヒーローのために考えてあげたもの——新しい家、新車、学校での人気——なんかより、ずっと深いところにあるものだから。

でも、腰を据えて自分の心の深いところを探り、人生を見つめなおすのは大変で、手っ取り早く身の回りにある何かで胡麻化したほうが簡単でしょ？　もっとお金があれば、もっといいモノが買えれば、もっと仕事ができれば、人の心がもっとわかれば、ダンスに誘う相手がいれば、絶対人生は最高になる！　と思ったことのない人はいないでしょ？　でも、そういう求めれば手に入りそうなものは、深い傷の表面に貼った絆《ばん》創膏《そうこう》。応急処置にすぎません。その傷というのは、さっき話したあの忌々しい問題や欠点と関係があるわけ。

現実の人生と同じで、小説の中でも応急処置は長持ちしないもの。最終的に、あなたの小説のヒーローは自分の心の奥を見つめて、自分と向き合わなきゃいけない。うーん、ちょっと自己啓発系の本みたいになってきたかも？　でも正直言うと、心をつかんで離さない小説を設計したり、語るに値するヒーローを創造するというのは、臨床心理士の役を演じるようなものなんです。作者であるあなたの仕事は、ヒーローが抱える本当の問題を特定、診察して、直してあげること。

この本当の問題のことを、アメリカの業界では**ガラスの欠片**と呼びます。ヒーローが心の中に長い間抱えている、外から見えない傷。皮膚が回復してほとんど見えなくなった創傷《そうしょう》だけど、この傷こそがそのヒーローの行動の動機を決定し、間違いを犯させているわけ（そう、欠点！）。このガラスの欠片がどうしてヒーローの心に入ったか決めるのは、物語世界の創造主である作者のあなた。この人はどうしてこういう欠点を抱えることになったの？　そして、何があったからその人はそういう言動をするの？

さらに重要なのは、何がその人の問題を解決してくれるのかということ。そのヒーローの人生が本当に必要としているものは何？　その答えが、小説を書き始めるにあたってあなたが決めなきゃいけない一番大切な3つのうちの、3番目。これが、あなたの物語の肝。素晴らしい小説の一番大事な材料。そしてこれこそが、読者があなたの本を手に取った本当の理由。お目当ては、アクションかもしれないし、ミステリーとか、殺人とか、キスとか（キス以上とか！）かもしれないけど、最後の最後に読者が本当に求めているのは、それ以上の何か。

何を言ってるかわからない？

つまり、何がその小説の**肝**なのかってこと。ヒーローはその物語から何を獲得するの？　どうしてこのヒーローじゃなきゃ、この物語は成立しないの？　ということ。

ヒーローが求めるものまたはゴールは、じつは**Aストーリー**というものを構成するのに欠かせない、大事な大事な部品なのです。Aストーリーというのは、物語の外側にある表のストーリー要素。何が起こってどうなる、という表の物語。カーチェイスがある。戦争が起きる。学校の廊下で喧嘩する。新しい仕事に就く。魔法をかける。邪悪なディストピア的政府に反攻する。王を毒殺する。そういった、基本、物語中のわくわくを掻き立てる部分。イケてる要素。オイシイ部分。別の言葉で言うなら、物語の**前提条件**です。

さて一方、**Bストーリー**というのは、物語の内側にある、裏のストーリー要素。Bストーリーはヒーローが自分の人生を変えるために、そして自分自身を変えるために、本当に必要としている何かと密接に結びついています。あなたのヒーローを語るに値するヒーローにしてくれるのは、このBストーリーです。

そしてこの、Bストーリー＝裏（内面）の物語＝本当に必要なものこそが、あなたの小説に読者が求める「何か」なのです。

例えば、『ゲームウォーズ』は、本当は巨大なオンライン・シミュレーション・ゲームの中で繰り広げられる宝探しの話じゃないんです。それはあくまで外側の物語（Aストーリー）。本当にこの物語の内側の奥深く、実際に起きているイベントの裏で、物語の心臓として語られているのは、シャイで自信のない少年が、ゲームの世界に引きこもるのをやめて、リアルな世界とつながることを覚えていくという物語。それが肝なわけ。

スティーヴン・キングの『ミザリー』は、頭のおかしい中年女性が山小屋に男を監禁する話じゃないんです。それは、すごくすごく怖い前提に過ぎません。それがAストーリー。この小説の本当の物語は、ある作家が、自分のキャリアで最高の小説を書く理由を見つけて、まさに書くことによって自分の命を救うという物語（Bストーリー）。『フランケンシュタイン』は、科学者が怪物を作る（Aストーリー）物語じゃないんです。あれは、自然を冒瀆してしまった1人の男の贖罪の物語（Bストーリー）。

物語の表面で語られるもの、つまりヒーローが求めるものだけでは、物語はまだ半分。小説の肝は、魂は、ヒーローが本当に必要とするものの中にあるんです。本当に必要とするものは、別の言葉で内面的ゴールとか、人生の教訓、心または魂の教訓とも呼ばれます。「魂」といっても宗教めいた話をしているわけじゃありません。かと言って宗教と関係があっても問題なし。ウィリアム・ポール・ヤングの『神の小屋』や、カーレド・ホッセイニの『君のためなら千回でも』を始め、宗教的なものが魂の教訓になっている人気小説はたくさんあるので。

人生の教訓というのは、つまりヒーローが自覚することなしにたどる内面的な旅路のこと。旅の終わりには、思いもよらない答えが待っているのです。

人生の教訓には、普遍的なものを選びましょう。全人類共通の何か。そこらへんを歩いている太郎さんとか花子さんをつかまえて、あなたの小説のヒーローが本当に必要としているものを教えてあげたら、誰でもすぐ膝を打つ、というのが理想です。ついでに誰でもすぐ「それ、わかる」と言うような話なら完璧。

ここでいい報せを1つ。実は、そんなにたくさん選択肢があるというわけでもないんです。古今東西の小説を読んでわかったのは、内面的ゴールとか本当に必要なものというのは、大体どれも次に挙げる10の普遍的教訓のバリエーションだということ。

1 **赦し**（自分または他人）
2 **愛**（自己愛、家族愛、恋愛）
3 **受容**（自分を受け入れる、状況を受け入れる、現実を受け入れる）
4 **信念**（自分への、または他人、世界、神に対する）
5 **恐れ**（乗り越える、克服する、勇気をつかむ）
6 **信頼**（自分を、他人を、未知の何かを）

7　**生き残る**（生き残りたいという心も含む）
8　**無私**（自己犠牲、他愛、英雄的行動）
9　**責任**（任務遂行、大事なことのために起こす行動、運命の受容）
10　**罪滅ぼし**（贖罪、罪を受け入れる、罪悪感、魂の救済）

ここで、読者のこんな声が聞こえてきそうですよね。「いや、別に『教訓』の本が書きたいわけじゃないから」とか「普遍的な深い話じゃなくて、ただアクションが書きたいだけだし」とか「サスペンス・スリラーが」とか「ロマンスが」とか。

1つ大事なことを教えます。最高のアクション小説でも、スリラーでも、ロマンス小説でも、絶対どこかに魂の教訓が隠されているものなのです。どの話でも、ヒーローは必ず何かを学び、どんな形であろうと変わって終わるもの。信じない？　なら、この本の395ページを開いて、ジョー・ヒルの『ハートシェイプト・ボックス』（ホラー・アクション）のビート分析を読んでみて。それから、146ページの、ポーラ・ホーキンズ著『ガール・オン・ザ・トレイン』（サスペンス・スリラー）のビート分析とか、314ページの、ニコラ・ユン著『Everything, Everything　わたしと世界のあいだに』（ロマンス）のビート分析も読んでみて。

魂の教訓こそが、読者が飛びつくもの。魂の教訓があるから、読者はどこか別の（小説の）世界に行って、何かをした気分になり、何かを経験した満足感を得る。そして、何百ページも読むことに費やした時間が無駄じゃなかったと思う、というわけです。

変わるヒーロー、つまり、物語の終わりには別の人になっているというヒーローを書く。それがベストセラーの秘伝の隠し味。みんなが噂する人気小説。ベストセラーのランキングに入って居座る小説。映画化される小説。読者の心に響く小説。そう、読者の心に何かを響かせられるようになったら、あなたは真のストーリーテラーなのです。

そのヒーローは何者なのか？
（答えはあなたが考えるほど簡単じゃないかも）

私はロマンチストなので、どんなヒーローにも相応しい運命のプロットがあるはずだと信じています。そして、すべてのプロットには相応しい運命のヒーローが待っているはず。だから、あるヒーローに相性ピッタリのプロットを探してあげるのが、作者であるあなたの仕事というわけ。

もしハリー・ポッターが、最初から自信に溢れた強力な魔法使いだったら。ダーズリー家の養父母が魔法使いとしてのハリーを庇護し育むような慈愛に満ちた良い人だったら。そんな第1巻は、すごくつまらなかっただろうと思いませんか？　J・K・ローリングの『ハリー・ポッターと賢者の石』の物語がうまく機能するのは、ハリーが自信も力もないところから始めたから。ハリーには、魔法使いの世界でうまくやっていけるように応援してくれる保護者なんていません。それどころか、臆病なハリーは隔離状態にあって、自分の潜在能力にまったく無自覚。真のヒーローになる道のりはあまりに長く遠いので、ハリーはまさにこのようなプロットを、最大限に生かせるキャラクターというわけですね。

ジェイン・オースティンの『高慢と偏見』の主人公エリザベス・ベネットが、もしあんなに誰彼構わず簡単に値踏みしないような人だったら？　姉のジェインみたいに、優しく、辛抱強く、とりあえず相手を疑わない思慮深さを持っていたら？　まあ、それではお話がすぐに終わっちゃうでしょうね。エリザベスの抱える偏見、つまり自他ともに認める彼女の欠点のお陰で彼女は３００ページ以上に渡ってダーシーと反目しあうことになるのだから、このキャラクターはまさにオースティンが書いた傑作小説にぴったりのお相手だったということになります。

何年か前、私が教える小説家のための「SAVE THE CAT!」集中講座に、スーザン（仮名）という女性が参加しました。よく練られたヒーローとプロットを携えて。少なくとも、自分では「よく練られた」と思ったヒーローとプロットを手に。夫が誤って暗殺者に殺されてしまうある若い女性の話で、その夫が気味悪いほど暗殺者の標的に似ていたという物語のアイデアを、スーザンが発表しました。私がその物語のヒーローは誰か尋ねると、スーザンは自信満々で「若い妻です。赦せるようになるために変わらなければならないキャラクターだから」と答えました。だから「間違いない？」と念を押してみましたが、スーザンの答えは「大丈夫」。そこで、先に進むことにしました。半日が過ぎた頃、スーザンが突然何やら啓示を受けて叫びました。「違う！　ヒーローは夫を殺された妻じゃなくて、暗殺者のほう！」。鳥肌ものでしたよ、あの瞬間。そのとおり、暗殺者のほうがヒーローとして面白いキャラクターだったんです。暗殺者のたどる道のりのほうが、断然面白い。夫を理不尽な理由で失った女性を中心に面白い物語が構築できたかといえば、できたでしょうね。でもスーザンは暗殺者の話を選んで授業を後にしました。そのほうが、ヒーローとプロットの組み合わせとして10倍面白いから。妻のキャラクターより変わる振れ幅が大きい暗殺者こそが、彼女が考えたプロットに相応しいヒーローだったのです。

語るに値するヒーローを創るというのがどういうことか。そして素晴らしいヒーローに必要な材料は何か段々わかってきたところで、そろそろ自分の小説のヒーローが誰か見えてきましたか？　まだわからない？　大丈夫、時間はたっぷりあるから。

もうわかった？　そういうあなたには、スーザンにしたのと同じ質問を。

「間違いない？」

ここで念を押すのは、あなたの小説の成否がこの答えにかかっているから。ヒーローというのは、あなたが創作した世界の案内人。読者はヒーローを追いかけながら、物語の進み具合をたどることができる。「物語」といっても、表面的なプロット・ポイントを線で結んだものではなくて、**ヒーローの変容**のこと。何よりも大事なこと。内面的な旅路。あなたの小説の肝が何か知りたいときに読者が注目するのは、ヒーローなんですから。

ヒーローとプロットの相性は何よりも大事です。この2つの相性が合わなければ良い小説はできません。では、誰がその物語の大事なヒーローで、どうすれば間違いなく選べるのか。

主要な登場人物は1人かもしれないし、2人、3人、いやそれ以上かもしれないけれど、基本的にはその中の誰か1人を真のヒーローとして絞りこむのが良いと思います。主要な登場人物は全員興味深い足取りをたどって変化するべきですが、中でも一番その変化が激しいのは誰？　旅路の道のりが一番長いのは？　その小説の物語の中で、一番変化によって得るものが大きいのは？　そして、誰よりも変化を拒むのは誰？

主要な登場人物が複数存在する小説では、普通は最初に登場する人がヒーローだと認定されます。複数の視点で語られる場合には、最初に登場する視点の持ち主。何しろそのキャラクターは、著者が紹介してくれた物語の案内人なんだから。

キャスリン・ストケット著『ヘルプ　心がつなぐストーリー』（198ページにビート分析あり）の場合、読者はエイビリーン、ミニー、そしてスキーターという3人の主要な登場人物に紹介されますが、最初に出てくるのはエイビリーンです。3人ともそれぞれ変化を遂げて物語は終わりますが、個人的にはエイビリーンの遂げる変化が一番大きいと思います。エイビリーンは1960年代のミシシッピ［南部］で、人種偏見を受けながら、息子の死に打ちひしがれて心折られた家政婦として紹介されます。友人で同じく家政婦のミニーは、思ったことを口にする強さを持っていますが、エイビリーンは自分を取り巻く社会の不平等性に気づきながらも、それを変えるために危険を冒すことには消極的。でも、小説が終わる頃にはそれがすっかり変わります。エイビリーンがついに意地悪なヒリー・ホルブルックに対して立ち上がる心に残る場面で、その変化が明らかになります。

リアーン・モリアーティ著『死後開封のこと』の主要な登場人物も、セシリア、テス、レイチェルの3人です。そして著者が最初に紹介するのは、夫が隠し続けていた、人生がひっくり返されるような秘密の影響を一番大きく受けるセシリア。3人ともその秘密の影響を受けますが、タイトルの「夫」はセシリアの夫のことなので、当然セシリアがこの小説のヒーローということになります。

あなたが、複数の主要な登場人物が出てくる、または複数の視点で語られる小説を書いていて、誰がヒーローか判別しかねている場合、自分に聞いてみましょう。

「この中で一番読者に近いのは誰？」

ヒーローは読者と同じである、と言っているわけじゃないですよ。でも、ハリー・ポッターがマグル界

［非魔法界］から来るのには理由があるんです。ジョージ・オーウェル著『１９８４』のウィンストンが平凡な仕事をする凡人なのも、ステファニー・メイヤーが書いた『トワイライト』のヒーローがベラ（人間）で、エドワード（吸血鬼）じゃないのにも、ちゃんと理由があるんです。要は、どちらが読者がすぐに理解できるヒーローかということですね。

練習：私のヒーローは語るに値するか？

- あなたが書いている物語のヒーローは誰？
- そのヒーローが抱える大きな問題または欠点は何？（いくつもあればボーナス追加点！）欠点というのは、最初は例の比喩的な「ガラスの欠片」として内面から始まり、表面で顕在化してヒーローの人生を難しくするものというのを、忘れないで。
- その問題または欠点は、ヒーローの人生またはその世界に、どのように影響している？
- その問題または欠点の原因は何？　何がガラスの欠片なの？（作者先生、臨床心理のお時間です！）
- 物語の最初でヒーローが求めているのは何？　ゴールは？（何があればすべてはＯＫだと考えている？）
- そのヒーローがゴールにたどり着くために具体的にしていることは何？
- まだゴールに到達していない理由は何？（障害物は裏［内面的］かもしれないし、表［表面的］かもしれないし、両方かも！）

・そのヒーローが本当に必要としているのは何？　人生の教訓は何？（ヒーローの問題を根本的に解決するために本当に必要なのは何？）

チェックシート

□あなたが選んだヒーローは、他の登場人物よりも大きく変化する？
□あなたが選んだヒーローが抱える問題は具体的？
□その問題を解決するためにヒーローが変らないと大変なことになる？
□そのヒーローのゴールは手に取れるような具体的なもの？（手にしたときに読者がちゃんとわかるもの？）
□ヒーローとゴールの間に、ちゃんと邪魔になるものがある？（ないとしたら、簡単すぎ！）
□ヒーローが本当に必要なもの（人生の教訓）は、普遍的なもの？　どこの誰が聞いてもわかるもの？

第2部 ビート・シートを使いこなす

第2章

「SAVE THE CAT!」式ビート・シート
息をのませる15段階のプロット技巧

ネタばれ警報！　この章では以下の小説が登場します。

『きいてほしいの、あたしのこと　ウィン・ディキシーのいた夏』ケイト・ディカミロ著
『Cinder　シンダー』マリッサ・メイヤー著
『レベッカのお買い物日記』ソフィー・キンセラ著
『ダ・ヴィンチ・コード』ダン・ブラウン著
『グレッグのダメ日記』ジェフ・キニー著
『さよならを待つふたりのために』ジョン・グリーン著
『怒りの葡萄』ジョン・スタインベック著
『ザ・ヘイト・ユー・ギブ　あなたがくれた憎しみ』アンジー・トーマス著
『ハンガー・ゲーム』スーザン・コリンズ著
『あなただけ見つめて』スーザン・エリザベス・フィリップス著
『ジェイン・エア』シャーロット・ブロンテ著

『ミー・ビフォア・ユー　きみと選んだ明日』ジョジョ・モイーズ著
『完全記憶探偵』デイヴィッド・バルダッチ著
『１９８４』ジョージ・オーウェル著
『部屋』エマ・ドナヒュー著
『白薔薇の女王』フィリッパ・グレゴリー著

第1章であなたは、ヒーローを創造しました。そして欠点と、読者の心をつかむための重要な条件として**求めるもの**（表面的なゴール）、さらに読者の心に響く**本当に必要なもの**（内面的なゴール）を与えました。では、次にいきましょう。

次にやるのは、あなたが創った美しいまでに不完全なキャラクターに何かやることを与えてあげること。どこへ行くの？　旅路の目的は何？　そしてそのヒーローに最も適したプロットは何？

要するに、**この小説には何が起こるの**？　ということ。

そう、皆さんお待ちかね。いよいよ、「SAVE THE CAT!」式ビート・シートの出番です。（「ビート」とは、アメリカ業界用語で「キャラクターあるいは物語の流れを変える、物語中のある1つのイベント」を指す。）

小説を書き上げるというのは、隅から隅まで車で行く全国旅行みたいなもの。出発点のサンフランシスコで運転席に座って終点のニューヨークまでの行程を考えると誰でも怯むものです。もう行くのをやめよう、とか思っちゃいますよね。小説を書き始めるのも、同じこと。

「え、何百ページ書くんだって？」

だから、ともかく車に乗って、エンジンかけて、3000マイル〔およそサンフランシスコからニューヨークまでの走行距離〕走れば着くさ、なんて考え方では、始めることさえできません。旅程をもっと小さな距離に分割しなければ。そして途中に目標になるいくつもの道標を設定しなければ。途中に小さなゴールがたくさんあれば、道に迷うことなく進みやすくなるでしょ？　今日はこれだけ進んだとか、今週（あるいは今月、今年）はここまで終わったという達成感を得やすくなります。だから、私の場合、車に乗ったら旅を始める前に「今日はサンフランシスコからリノ〔約259キロ〕まで行けば大丈夫。明日はリノからソルトレークシティ〔約830キロ〕に行けばOK」という具合に、自分に言います。

基本的に、それをやってくれるのが「SAVE THE CAT!」式ビート・シート。要するに、地図のようなもの。旅の途中で目印になる道路標識。これがあれば、当てどもなく広い国中（とか執筆中の本）を彷徨わずに進めます。これがあれば、今どこにいるか、いつ終わるのか、そして正しい方向に進んでいるのかすらわからずに、闇雲に進まないで済む！「SAVE THE CAT!」式ビート・シートは、300〜500ページになるかもしれない目眩がするような執筆作業を、手に負える大きさ、一口サイズに分けてくれるのです。途中にいくつもゴールがあるお陰で、つまらない失敗を犯すことなく、私たちにとって最大の目標にたどりつくことができるのです。そう、読者納得間違いなしの登場人物の変容で迎えるラストページという目標に。

皆さんは物書きですよね。私も物書きですから、物書きの気持ちはわかります。皆さんも寄り道は好きですよね。ちょっと脱線して、ヒナゲシの咲く野原をふらりと5ページほど散策したり。大河小説が一冊書けそうな、主人公の元彼女のお祖父さんの義理のお兄さんにまつわる裏話とか。

わかる。でも、安心して。だから私の出番、この本の出番。コースから外れないように、一緒に行ってあげます。

あなたが書いてから考える人でも考えてから書く人でも、新しく書き始めるのでも以前書いたものを書き直すにしても、ここでビート・シートを使ってヒーローの変容の旅路を段どっておけば、長い目で見れば何週間、いや、何ヵ月もリライトの時間を節約できるかもしれないのです。

今までのキャリアの中で、最初から書き直せと編集者に言われたことは、私は一度もありません。リライトはしますよ。いろいろと調整したり、場面を切ったり、登場人物に肉づけしたり。でも、一からやり直しということは一度もありません。なぜ？　だって、終点にたどりつく道のりがあらかじめ考えてあったから。もちろん、書きながら物語に深く入りこみ、その世界や登場人物を知っていくにつれて（４６０ページ参照）、ビート・シートの中身も書き換えますよ。そういうときは、一度車を路肩に寄せてひと休みしながら、リビ、ト、ト（新しい方向性に合わせてビート・シート改稿）しておかないと、地図も持たずに運転することになるから。

あなたがこれから書くビート・シート（つまり小説段取りマップ）は、びっしり詳細でもすかすかでも構いません。ビート・シートを使うのは、書き出す前でも中間部で迷ったときでも構いません。書き終わって原稿を見直して改稿するときまで使わなくても構いません。前の章で書いたとおり、この本の目的は、あなたのやり方を変えるのでなく、パワーアップさせること。構成はどのみちどこかで必ずやることになるわけだから。そして皆さん、このビート・シートは構成カンニング用紙なんですから！

読んで、覚えて、使いたおしちゃってください！

「SAVE THE CAT!」式ビート・シートは、三幕（または三部）に分かれています。さらに全体が15のビートに分割されています。それぞれのビートを詳細に解説して大事な中身を理解する前に、ここでさくっとまとめておきましょう。そして15のビートが小説のどのへんに当てはまるか、見当をつけておきましょう。

第一幕

1　**始まりの光景**（最初から数えて全体の1％まで）　これは［ダイエット等の］ビフォーの写真で、ヒーローとその世界が変わる前のスナップ。

2　**語られるテーマ**（5％）　ある登場人物（普通ヒーロー以外の誰か）が口にする一言で、ヒーローのこれからの道のり（つまり、ヒーローが小説の終わりまでに何を学び、発見しなければならないか）を予感させます。

3　**お膳立て**（1〜10％）　ヒーローが現在生きている人生とその問題を説明します。ヒーローが神話的な大変身を遂げる前の世界を、ここで見せます。さらに脇役たちを紹介し、ヒーローの主要なゴールを導入するのもここ。何よりも大事なのは、変わることに消極的な（学びたくない！　テーマを自分のものにしたくない！）ヒーローを見せること。そして、変わらなかった場合の代償を示唆することです。

4　**触媒**《カタリスト》（10％）　きっかけになる事件（人生を変える出来事）。これが起きたとき、ヒーローは否応なしに新しい世界に追いこまれ、二度と同じ考え方ができなくなります。これは能動的なアクションのビート。ヒーローが二度と《お膳立て》の**現状**に戻れないように、大きくあつかうように。

5 **問答**（10〜20％）　これは《触媒》に対する反応のビート。ヒーローは、これからどうしようかと悩む。一般的には自問（「どっちに行ったらいいんだろう？」等）として表現されます。このビートの役目は、変わることに積極的でないヒーローを見せること。

第二幕

6 **二幕に突入**（最初の20％くらい）　ヒーローが、居心地よい日常を抜け出して行動を起こせという運命に応える、新しい何かを始める、新しい世界に飛び込む、新しい物の見方で世界を眺め始める、その瞬間。第一幕で維持されていた現状は、決定的で能動的なこのビートを境に終わり、第二幕の「ひっくり返った世界」が始まります。

7 **Bストーリー**（22％）　新しいキャラクター（1人または複数）を導入。最終的に、ヒーローがテーマを自分のものとして受けとめる手助けをする役割を負うので、お助けキャラとしても知られます。恋愛の対象かもしれないし、宿敵、指導者、家族の誰か、そして友人でもあり得ます。

8 **お楽しみ**（20〜50％）　ここで新しい世界の中にいるヒーローを見せます。新しい環境を楽しんでいるか、嫌っているかのどちらか。うまくやっているか、全然ダメかのどちらかです。このビートは**約束された前提**としても知られますが、それはこの部分が物語に約束された「売り」（読者がその小説を手にした最大の理由）そのものにあたるから。

9 **中間点**（50％）　小説全編のまさにど真ん中にくるこのビートでは、《お楽しみ》が偽りの勝利（ヒーローがここまでうまくやっている）、または偽りの敗北（ヒーローはここまで全然うまくいっていない）のどちらかで突然終わります。ここで起きた何かが、ヒーローが変われなかったときの代償を大きくしハードルを上げ、変わる必然性を高めます。

10 **忍び寄る悪者**（50〜75％）　《中間点》が偽りの勝利で終わったなら、このビートからヒーローの運命は下り坂となり、どんどん悪くなります。逆に偽りの敗北で終わったなら、ここからどんどん上り調子になります。上っても下がっても、ヒーローを深く蝕む欠点（内なる悪者）が忍び寄ってきます。

11 **完全なる喪失**（75％）　ヒーローにとってどん底なのが、このビート。能動的なビートなので必ずヒーローに何かが起きて、《内なる悪者》と一緒になってヒーローをどん底に突き落とします。

12 **闇夜を彷徨う魂**（75〜80％）《完全なる喪失》ビートに対する反応として、ヒーローがここまで起きたことをすべて振りかえります。状況は小説の序盤よりはるかに酷くなっています。夜明け前の一番暗い瞬間に、ヒーローは自分が抱える大問題を解決する方法を考えつき、人生の教訓を手にします。

第三幕

13 **三幕に突入**（80％）　ここがヒーローにとって「あ、そうか！」の瞬間。第二幕で発生したすべての問題を修復するには何をすべきか悟るビート。何よりも、問題だらけの自分をどうしたら良いか悟るのがここ。でもヒーローの旅路が完結するのはもう少し先。

14 **フィナーレ**（80〜99％）《三幕に突入》のビートで悟って思いついた作戦を実行し、本当にテーマを自分のものにしたかどうか証明するのが、このビート。悪者は破滅し、欠点は克服され、愛する者たちはよりを戻します。自分の世界を救ったヒーローにとって、世界はかつてないほど素晴らしいものに。

15 **終わりの光景**（99〜100％）　ここは《始まりの光景》を鏡で映したような、反転した光景。始まりの光景がビフォーなら、これは人生を変える旅を終え満ち足りたヒーローのアフターの写真です。

というわけ。わかりましたか？　これが、「SAVE THE CAT!」式ビート・シートです。よく練られた構成、目が離せない物語、心をつかむ魅力を備えたキャラクター、そして読者の心を震わせる変容の旅路。このビート・シートが、そんなあなたの小説の設計図。今はビート・シートの15項目がまだ何のことやらわからなくても、気にしない！　今やったのは、ただの簡単な概要なんだから。これから15のビートすべてを、それぞれ隅から隅まで詳細に見ていきます。そのうち皆さんも、ビートを食べて、ビートの夢を見て、ビートを呼吸するようになるから、お楽しみに！

もしあなたが「見本がないと覚えないタイプ」の人でも、大丈夫！　15のビートについて解説が終わったら、次の章では皆さんが知っている小説を10作品も取り上げて、全部15のビートで分析してあげちゃいます。

どのビートがどこにいくの？

これから、それぞれのビートを詳しく見ていきますが、各ビートの頭に便利なまとめをつけておきました。そのビートが原稿の流れのどのあたりにきて、どういう役割を果たすか、一目でわかります。小説の長さはまちまちなので、頁数ではなくて「%」で全体のどの辺にあたるか表示しました。

ビートの分布を図で示すと、左ページのようになります。

自分で書いている小説がどのくらいの長さになるかという目安として、アメリカ出版業界基準の標準的な

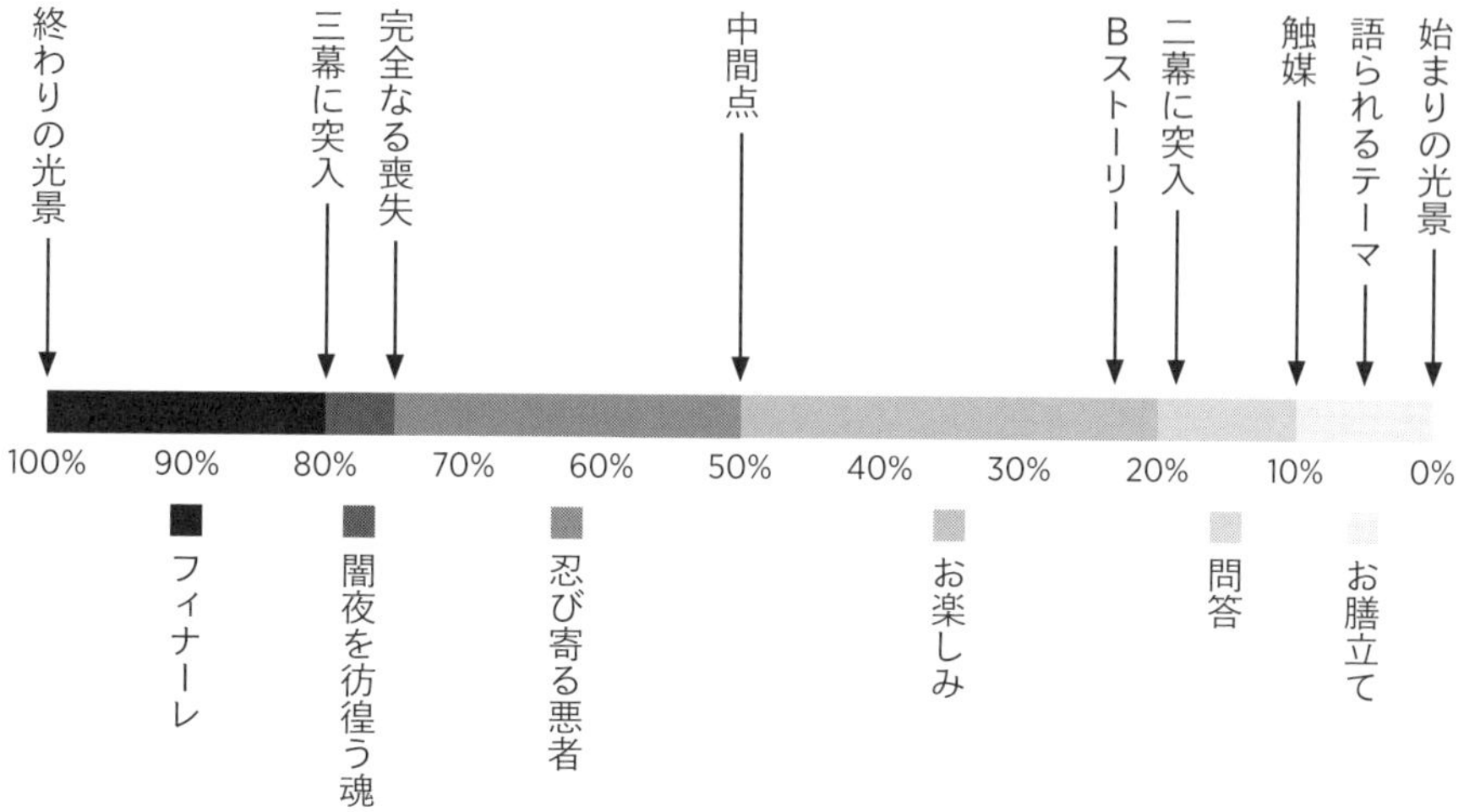
始まりの光景
語られるテーマ
触媒
二幕に突入
Bストーリー
中間点
完全なる喪失
三幕に突入
終わりの光景
0%
10%
20%
30%
40%
50%
60%
70%
80%
90%
100%
お膳立て
問答
お楽しみ
忍び寄る悪者
闇夜を彷徨う魂
フィナーレ

長さをページ数と単語数で示した表を次のページに載せておきます。業界標準、児童向け、ヤング・アダルト、一般向け小説に分けてあります。

忘れないでほしいのは、小説の長さは作品によって全然違うということ。だからこの表も、あくまで目安。頭は柔らかく使うこと。あなたが書いている小説の長さも、改稿しながら変わります。でも、大体何ページくらいになるか、何語くらいになるのか見当をつけておけば、どのビートがどの辺にくるかの見当がつけられるから。

はい！　それでは皆さん、「SAVE THE CAT!」式ビート・シートに行きますよ、準備はいいですね？　もう、つべこべ言いません！　今夜は、ビート・イット！

第一幕

三幕構成で物語を書くというのは、別に目新しいことではありません。いつの時代にもありました。でも今回、「SAVE THE CAT!」式ビート・シートの使い方を解説するために、三幕を「幕」ではなくて「3つの世界」と捉えることにします。ヒーローが本当に必要な自分を見つけるために旅をしながら通り抜けていく、3つのそれぞれ違った世界です。

でも、あなたのヒーローが旅の終わりにたどりつき、本当の自分を見つけるためには、まず出発点が必要。それが第一幕の世界です。これは［弁証法的に言えば］命題の世界、つまり、「現状」の世界です。ここでは読

児童向け図書 （8〜12歳対象）	語数	大体のページ数
出版業界標準	40,000〜60,000語	160〜240ページ
穴（ルイス・サッカー著）	47,079語	188ページ
ワンダー Wonder （R・J・パラシオ著）	73,053語	292ページ
ハリー・ポッターと賢者の石 （J・K・ローリング著）	96,000語	384ページ

ヤング・アダルト小説 （12〜17歳対象）	語数	大体のページ数
出版業界標準	60,000〜90,000語	240〜360ページ
ザ・ギバー 記憶を伝える者 （ロイス・ローリー著）	43,617語	174ページ
蝿の王 （ウィリアム・ゴールディング著）	59,900語	239ページ
ハンガー・ゲーム （スーザン・コリンズ著）	99,750語	399ページ

一般向け小説（18歳以上対象）	語数	大体のページ数
出版業界標準	70,000〜100,000語	280〜400ページ
ブリジット・ジョーンズの日記 （ヘレン・フィールディング著）	86,400語	346ページ
ダ・ヴィンチ・コード （ダン・ブラウン著）	138,852語	556ページ
ゴーン・ガール （ギリアン・フリン著）	145,719語	582ページ

＊語数は、12ポイントのTimes New Romanフォント、ダブルスペース改行で、業界標準の250語／ページという環境で勘定した場合。

者に、すべてが変ってしまう前にヒーローが生きている世界を見せてあげます。そう、この後世界はガラッと変わりますから。でも、変わる前がどうだったかちゃんと教えてあげないと、ヒーローが変わっても印象が薄くなっちゃいますからね。だから、ばっちり見せましょう！

1　始まりの光景

役割　あなたのヒーローとその世界の「ビフォー」の写真。
位置　1％（これが小説の最初の場面、または最初の章）

単純に言って、《始まりの光景》というのは「ビフォー」の写真です。最初の場面または章で、あなた（著者）が乱入して引っ掻き回す前の、ヒーローの人生です。それを読めばこの先どんな旅が待っていて、それがどこの誰のどんな旅なのかがわかる、というのがこのビートです。

その小説のムード、スタイル、テンポを決めるのも、《始まりの光景》です。笑いを誘う本なら、このビートで笑わせる。サスペンス溢れる本なら――？　当たり。はらはらさせてあげてください。作者の声（文体）が輝いて、読者にどういう物語になるかはっきり見せてあげられるのが、このビートです。

そして何より大事なのは、《始まりの光景》は**光景**だということ。言わなくてもわかると思うかもしれませんが、私が教える執筆講座では驚くほどの割合でわかっていない参加者がいます。ここは、あなたが書くヒーローの欠陥だらけの人生を**見せる**ところ。

で、何をすればいいのかというと、行動するキャラクターで小説を始めます。ここは「始まりの独白」でも「始まりの設定の説明」でもなくて、光景。読者に、欠点を抱えたヒーローを見せるところ。

第1章で、語るに値するヒーローを創るために、いろいろと欠点を並べたてましたよね。あそこから欠点を1つ（2つ、3つでも）拾いだして、その欠点のせいでヒーローの人生がうまくいかなくなっている様子を見せてください。あなたのヒーローが弱気で自信のない人なら「彼は弱気で自信がなかった」なんて書かないで、どう弱気で自信がないか**見えるような行動**を書いてください。

《始まりの光景》を読み終わった読者からは、「ああ！　そういう感じになっていくのね、わかった。なら読む」という反応がほしいわけです。ここで関心をつかむ！

スーザン・コリンズ著『ハンガー・ゲーム』の最初の2ページ［ページ数はすべて英語原書］を思い起こしてください。カットニス・エヴァディーンは、「収穫の日」の朝、第12地区にある自宅で目を覚まし、家族を養う食糧を狩りに抜け出していく。この《始まりの光景》のお陰で、読者はヒーローが置かれた状況と彼女が今後挑むことになる困難を理解できるのです。

ジェイン・オースティン著『高慢と偏見』はどうでしょう。読者は、最初のページでいきなり、ヒーロー（エリザベス・ベネット）の両親の口論の現場に放りこまれます。エリザベスの父が近所に引っ越してきたハンサムな独身青年に挨拶にいくべきかどうか、というのが口論の内容。笑いを誘う2人の口論から19世紀という時代に英国に生きる若い女性が向き合う社会のプレッシャーを、読者が理解できるように書かれています。

ソフィー・キンセラ著『レベッカのお買いもの日記』の《始まりの光景》も、とても効果的。レベッカ・ブルームウッドがＶＩＳＡカードの請求書の封筒を開け、中を見て反応する様子をユーモアをこめて見せてくれるので、読者は（1）この主人公はお金の使い方に問題がある、（2）この本は腹を抱えて笑わせてくれる、という2点をすぐに理解できます。

《始まりの光景》には、《終わりの光景》という**鏡写しの**（**反転した**）**ビート**、つまり対になるビートがあります。これは小説の一番最後にきます。《始まりの光景》が出発前のヒーローを見せるなら、《終わりの光景》では終着点にたどり着いたヒーローを見せます。ヒーローがたどる変容の旅路を本立てのように両側から挟みこむわけです。そして、始まりと終わりは可能な限り違った光景にすること。でなきゃ、ヒーローがどこにたどりついたかよくわからないから。そんな物語では読む意味がないでしょ？　始めと終わりの光景が違えば違うほど、読み甲斐があるってもんです。簡単な理屈でしょ？

《始まりの光景》は1場面または1章だけのビートだということを、お忘れなく。ある一片の情報。カットニスの毎朝の日課。ベネット家で交わされた口論。このようなビートのことを**1場面ビート**と呼ぶことにします。この先、いくつかの場面なり章にまたがる**複数場面にまたがるビート**も登場します。各ビートの解説をするときに、それが1場面ビートか複数場面かも必ず解説します。

役割 ヒーローがたどることになる旅と、克服すべき欠点や問題を手短に示唆する。
位置 5％（または、小説全体の最初の10％以内）

これが何か一言でいうと、物語が始まってすぐに（大抵、脇役によって）言及される、ヒーローが本当に必要なもの、あるいは人生の教訓のこと。

何それ？ と思ったあなたのために、もう少しわかりやすく説明しましょう。

第一幕のどこかで（普通、《お膳立て》ビートまでに）、登場人物の1人（普通、ヒーロー以外の誰か）が、物語の終わりまでにヒーローが手に入れなければならない本当に必要なもの、または人生の教訓に関係する台詞を言います。あるいは、ヒーローの人生に関する疑問を投げかけます。例えば、ジョン・スタインベック著『怒りの葡萄』の24ページでケイシー説教師がトム・ジョードに「一人一人の人間ってのは、ひとつのでっかい魂の一部なのかもしれねえな」と言うように。そして、ジェフ・キニー著『グレッグのダメ日記』の14ページでグレッグが「ママはいつも僕のことを、賢いけど賢さの使い方を知らないと言う」と日記に書いたように。もっと単刀直入な見本として、ジョジョ・モイーズ著の『ミー・ビフォア・ユー　きみと選んだ明日』の22ページで、カミラ・トレイナーが主人公ルーに「あなた自身の人生に何を望んでいるの？」と聞くように。

そうすると、あら不思議。物語が終わる頃には、ヒーローは示唆されたのとまったく同じテーマを自分のものにしちゃうのです。トム・ジョードは自分のことばかり心配する一匹オオカミ（自己的）から、他人のことを思いやる男（無私・他愛的）に変わります。グレッグは責任について大事な教訓を得ます。ルーは、自分の人生を他人のために犠牲にするのではなく、自分で舵を取って進むように変わります。

あなたのヒーローが学ぶことになる教訓が何であれ、どんなに劇的な変容を遂げることになるのであれ、それを最初の10％までに**仄めかして**やりましょう。屋根の上から大声で叫ぶような真似や、5ページも使って深堀りするのはやめときましょう。読者の脳内に、小さな種をそっと気づかれないように植えたいわけです。読者の心を操る作家の腕の見せどころ。読者を操るのは皆さんも大好きでしょ？

登場人物の誰かに小説のテーマをそれとなく言わせることで、読者の潜在意識にあなたの小説の肝が何かを教えてあげるのです。

なぜ？　あなたの小説は壮大な宇宙戦争とかファンタジーとかモンスターとか溜め息が出るようなラブシーン等々、見せ場につぐ見せ場の連続かもしれません。でも、もし肝がなかったら、人間であることに深い意味を見出すことがなかったら、その小説は読む価値がないから。

だからあなたに質問。

「あなたの小説の肝は何？」

前にも言ったけど、大事だからもう一度言います。肝は**変容**！　不完全なヒーローが、ちょっとはましな人間になる。それが肝。

あなたのヒーローを、ちょっとだけましな人間にするには何が必要？　そう、それがあなたの小説のテーマ。だから、登場人物の誰かにそれを言わせましょう。

《語られるテーマ》のビートは、1場面ビートです。ほとんどの小説では、このビートはあっという間に終わります。誰かがテーマを仄めかして、物語はどんどん先に進みます。ところで、テーマを仄めかすのは人間である必要はありません。人間であることが多いですが、ヒーローが通り過ぎる看板に書いてあったり、読んでいる本や雑誌に書いてあることもあります。テーマの仄めかし方をどんなに凝っても構いませんが、ともかく絶対誰かに言わせてください。

「テーマ」という言葉に惑わされないように。このビート・シートに関する限り、それはずばりヒーローが本当に必要なもの、または人生の教訓のことです。

ジェイン・オースティン著の『高慢と偏見』を見てみると、様々な（一般的な意味での）テーマが見つけられます。愛情、結婚、富、階級、その他。でもこの小説で《語られるテーマ》は、16ページにある、エリザベスの妹メアリーの台詞「人は大体、プライドで失敗するものじゃありません？」です。メアリーは続けて、プライドは誰にでもあるのだから、そのことで人を責めるのは酷だと言います。この台詞は、エリザベス・ベネットが自分のものとして受けとめなければならない偏見を捨てるという教訓を、直接言い当てているのです。エリザベスは忠告を聞き入れるかというと……もちろん無視。さらに、部屋中のみんながメアリーを無視するという展開。

これこそ、《語られるテーマ》の楽しいところですよね。

そう、ヒーローは大抵、忠告を無視！

そんなヒーローがあなたの物語の中にいて、第一幕の世界を、欠点を抱えて、バカみたいな判断をしながら、完全とはいえない人生を歩んでいる。そこに、誰かが（普通、脇役）現れて一言。「人生うまくいってないみたいだけど、**こうすればうまくいくよ！**」。

つまり、ヒーローは小説が始まって早々、自分を煩わせる問題の解決法をご親切に**提案**してもらっているわけ。耳を傾けるかといえば……もちろん、無視！　聞く耳持たず！

１００％、完全に無視します。なぜかというと、物語が始まった段階では、ヒーローは**変化を拒む**から。自分に対して語られたテーマを聞いたヒーローは「こいつに何がわかる？　何も知らないくせに」と思って終わり。そう思っても無理がないように、テーマを仄めかすのはヒーローに近い人ではなく、脇役――例えば通りすがりの人とか、たまたま一緒にバスに乗っている人、または仇敵とか――がいいのです。絶対にそうしろというものではありませんが、良く知らない人や信用する理由がない人が相手なら、ヒーローが聞き流しても自然だし、読者も受け入れやすいから。

では、あなたのヒーローが小説の終わりまでに受け入れる教訓というのは、一体何？　それが、小説の開始早々に仄めかされるテーマ。つまり、最初から答えは出ているわけ。出ているのに聞く耳を持たなかっただけ！

テーマを無視することで、あなたのヒーローは現実味を帯びます。人というのは、誰かに忠告されたくらいで変わろうと思うものじゃないから。自分の問題が自分の目で見えるようになって、初めて変わろうとするものだから。変容を促す長い旅を経て、真実に向き合い生まれ変わって旅を終える。それこそ、人間というものの本質なんです。

というわけで、作者としてのあなたの仕事は、ヒーローが真実と向き合って欠点に気づき、なんとかしようと思い立つための変容の旅を、もっともらしい、あり得る形にしてやること。

第4章から13章までのビート分析を読んで、《語られるテーマ》の実践を参考にしてください！

ここまで、どうですか？　ヒーローの人生を変えるテーマを考えなきゃと思うと、軽くパニックになっていますか？

だったら、あなたが安心できるように、もう一言。前の章で、まずヒーローを創るところから始めましたよね。欠点は何で、物語が終わるまでに何を学ばなければならないか、考えましたよね。

そのときに考えた**本当に必要なもの**。人生の教訓。それが**テーマ**です。もうできているので、ご安心を。

やったあ！　あとは、誰がどうやってテーマを語るか考えるだけ！

3　お膳立て

役割　すべてが変わってしまう前の、現状の世界にいるヒーローの人生を見せる。
位置　1～10％（大体、小説の最初の10％までにきます）

《始まりの光景》で、あなたの物語が垣間見られるように、ヒーローの生きる世界のほんのさわりを見せました。今度は、ヒーローの生きる世界そのものをしっかり見せます。

《お膳立て》は複数場面にまたがるビートです。つまり、何場面、または何章か使ってヒーローの日常をお膳立てし尽くすことができる、ということ。覚悟はいい？　結構な大仕事だから。

まず、ヒーローをお膳立てしないことには始まりません。どんな人なのか。癖は？　何が欲しい人？　ヒーローは目標を持っていることが大事。第1章で、ゴールと求めるものの話をしましたが、小説の始まりで、ヒーローは何かを求めて行動していないといけません。同じものを物語が終わるまで求めている必要はありませんが、とりあえず何かを求めていなければ。この**何か**があれば、ヒーローは自分の人生の問題を解決できると思っています。解決できるかというと――甘い！　必要なのは**本当に必要なもの**であって、求めるものではないから。《語られるテーマ》のところで説明したとおり、本当に必要なもの（人生の教訓）を手にしたときに、ヒーローの問題は解決します。でもヒーローはそのことを知らない……今のところは。

この《お膳立て》のビートは、ヒーローが生きる日常、つまり現状の世界に存在する人を全員紹介するところです。友人たち、家族、上司、同僚、教師、敵、同級生、学校でつるむ友達、等々。小説が始まったとき、ヒーローの世界が変わる前の世界で重要な人たち。この人たちは**Aストーリー**（表の物語）を代表するので、**Aストーリーのキャラクター**と呼びます（反対にBストーリーのキャラクターというのもいますが、その話はまた後で）。

《お膳立て》で一番大事なのは、ヒーローの問題を最大限に見せ尽くすこと。抱える欠点や問題が、いかに人生のあらゆる局面に影響しているか。例えば、利己的で欲深いヒーローは、職場でだけ利己的で欲深いわけじゃありません。家でも家族に対して利己的で欲深いでしょうし、友達といても同じでしょう。それを見せる最適な方法は、それぞれ、家、仕事、そして遊びの時間を見せる場面（または章）を書くこと。つまり、《お膳立て》のビートではちょっと時間をかけて、家にいるヒーロー（家族と、配偶者と、または子どもと、あるいはアパートで独りで）を見せ、仕事中のヒーロー（職場で、または学校等で）を見せ、さらに遊ぶヒーロー（友達と、または独りでリラックスする等プライベートな時間）を見せます。ソフィー・キンセラ著『レベッカのお買いもの日記』で、主人公レベッカ・ブルームウッドが読者に紹介される場面を思い出してみて。買い物依存症の彼女の懐事情は滅茶苦茶。しかも仕事は最低（仕事）。彼氏とは別れたばかり（遊び）。そして、家族にも友人たちにも、借金のことは嘘で胡麻化している始末（家）。ヒーローのいろいろな日常を見るほど、読者は人間としてのヒーローを深く理解するというわけ。

あなたのヒーローの人生は満ち足りていてはだめだということを忘れないで。満ち足りていたら、そこでお終いでしょ？　そういう小説を読む意味がある？　ヒーローの世界は、問題でがんじがらめでなきゃ。「SAVE THE CAT!」の世界では、そのような問題のことを**要修理案件**と呼びます。早い話が、ヒーローの人生に溜まっている様々な問題のリスト（必要ならいくら長くてもOK）。父親と会話がなく、友達もおらず、孤独（ケイト・ディカミロ著『きいてほしいの、あたしのこと　ウィン・ディキシーのいた夏』のオパールみたいに）。意地悪な里親に引き取られた孤児で怖い部屋に怖いものと一緒に閉じ込められたり、里兄に苛められたり（シャーロット・ブロンテ著『ジェイン・エア』のジェイン）。家族は殺され、犯人には逃げられ、職を失い健康を損ね、何も忘れることができないという特殊な脳の症状を抱えている（デイヴィッド・バルダッチ著『完全記憶探偵』のエイモス・デッカー）。失職したが、手に職もないのに家族に頼られる。彼氏がいるが、ろくでもない（ジョジョ・モイーズ著『ミー・ビフォア・ユー きみと選んだ明日』のルー）。

可能性は無限ですが、やるべきことは1つ。なぜそのヒーローは自分を変える旅に出なければならないか、読者に納得させること。そう、この第一幕の現状の世界では、何もかもがうまくいっていないから。

要修理案件は、物語が進むにつれて何度も顔を出し、ヒーローの旅路の道すがら何がどう変化したかを測る目印になります。物語の中で作者は要修理案件に照らし合わせて「今どんな感じ？　まだ今の仕事が嫌い？　まだ苛められてるの？　家族はまだ飢えているの？」とチェック可能。なかなか変わらない何かがあったら、ヒーローとその世界に起きる変化が少なすぎるということ。

うーん、やることが多すぎる……！　でも、ここで土台をしっかり創っておけば、最終的にはより満足のいく読書体験を約束できますよ。

ヒーローはいつまでも現状の世界に留まることができないのですが、あなたもいつまでも《お膳立て》のビートにいてはいけません。あなたの《お膳立て》が上手なら、早く変わるきっかけが訪れなければヒーローは絶体絶命、ということを読者はすでに察しているはず。

ジョジョ・モイーズ著『ミー・ビフォア・ユー　きみと選んだ明日』で、ルーが職を失う場面を覚えていますか？　ルーの父親が妻にむかって「ジョージー、探しても仕事なんかない……不況の真っただ中だぞ」と言う場面（9ページ）。『ジェイン・エア』の、ジェインがリード夫人の手で、呪われているかもしれない赤い部屋に閉じこめられ、恐怖のあまり失神する場面。S・E・ヒントン著『アウトサイダー』の、ポニーボーイと仲間たちがチェリーとマーシャと歩いていて、危うくソッシュ［裕福な家の子ども］のメンバーたちと喧嘩になる場面。ポニーボーイは「自分の中で緊張の糸が張りつめて切れそうになるのを感じた。何かが起こってくれないと爆発すると思った」（43ページ）と感じます。

このような状態を**停滞＝死の瞬間**、と呼びます。この瞬間は《お膳立て》のどこかで訪れ、何かが変わらないとすべてはあっという間に崩壊することを読者に教えます。

具体的に停滞＝死の瞬間を使うにしろ、具体性なしで事態の緊急性を読者に伝えるにしろ、ヒーローが自分の人生を変える必要が明示されなければ、読者を引っ張って残りの旅路を続けるのが大変になります。だから、《お膳立て》のビートを使って、読者の頭の中に変化は不可避だという小さな種を植えつけるのが、あなた＝作者の仕事。このまま現状の世界に留まるという選択肢は、あり得ない。

何かが起きなければ。

そこで、《触媒《カタリスト》》の登場です。

4 触媒

役割 現状の世界を、人生をひっくり返す事件でかき乱す。

位置 10％（もっと早くても可）

［触媒（カタリスト）：それ自身は変化せずに化学反応を促進する物質のこと。例、過酸化水素水に二酸化マンガン（触媒）を混ぜると反応が加速して酸素を発生する。］

おめでとう。あなたは、ヒーローの人生とその世界を見事に創り上げました。そしてヒーローに欠点と癖を、そして友達と家族と、手に取って理解できるゴールを与えました。読者がどっぷり入りこめるような、現実的な世界を創って命を吹きこみました。

次は、その世界をぶっ壊しましょう。

美術館で一体の死体が発見される（ダン・ブラウン著『ダ・ヴィンチ・コード』）。求婚する王様（フィリッパ・グレゴリー著『白薔薇の女王』）。裏に策略があることを知らない娘にフットボールのチームが遺産として残される（スーザン・エリザベス・フィリップス著『あなただけ見つめて』）。死にそうな少女が、ガンの患者会で風変りな少年と会う（ジョン・グリーン著『さよならを待つふたりのために』）。18年前に迷宮入りになった殺人事件の容疑者が逮捕される（デイヴィッド・バルダッチ著『完全記憶探偵』）。ある女性が脊髄損傷を負った男性を介護する仕事に就く（ジョジョ・モイーズ著『ミー・ビフォア・ユー　きみと選んだ明日』）。女の子が野良犬と出会う（ケイト・ディカミロ著『きいてほしいの、あたしのこと　ウィン・ディキシーのいた夏』）。無実の少年が警官の凶弾に倒れる（アンジー・トーマス著『ザ・ヘイト・ユー・ギヴ　あなたがくれた憎しみ』）。

今挙げたのは、すべて変化を告げる前触れ。《触媒》があなたの創り上げたヒーローの世界に落ちてきて、その破壊力の凄まじさに、ヒーローは前と同じではいられなくなる。新しいことを試さずにはいられない。どこか他のところにいかなきゃならない。

多くの場合、《触媒》というのは、郵便、電話、死、解雇、不治の病の宣告等、悪い報せという形でやってきます。絶対ではないけれど、ほとんどの場合。なぜ？　人というものは、その身に悪いことが起きるまで変わろうとしないものだから。悪い報せというのは、何か良いことへの道を拓くこともあります。悪い報せがこなければ、あなたのヒーローは問題だらけの自分の小さな世界の中に閉じこもり、問題だらけのまま満足して生きていくでしょう。下手すれば一生！　そんなものを読まされた読者は、もちろん不満。読者は何かが起こるのを待っているんです。行動を望んでいるんです。ひねりがほしいんです。ドラマを求めてるんです。

読者は気づいていないだけで、本当は**触媒投下**を待っているんです。

《触媒》は、1場面のビート。ヒーローに対して起こった何かが、ヒーローの人生をまったく別の方向に向けてしまいます。「対して」を強調したのは、《触媒》は必ずヒーローに落ちてくるものだから。ヒーローの意思に関係なく襲いかかってきて、ヒーローの現状をぶち破り、変容への道に放り出すものだから。

要するに、《触媒》というのはモーニング・コール、あるいは、行動へ誘う呼び声。目を開いて、世界を新しい視点で見るときがきたという合図。だから《触媒》は大きいほどいいのです。小さくてか弱い《触媒》なんか私によこさないでください。私が教える執筆講座で散々見飽きていますから。参加者が「触媒はこうこうです」と発表して、全員が「で？」と言う……。

良いフィクションに欠かせない材料は、対立です。良い物語には対立がつきもの。対立がないというのは、読者に「で？」と言わせる危険を冒すということ。それは死んでも聞きたくない一言。代わりに「うおお！　そうきたか！　そこから立ち直るとか無理だろ？」と言わせたいのです。それでこそ、効果的な**触媒投下**ってもの。

《触媒》が十分に強力かどうか知る方法は何？　自分に尋ねてみてください。

「この後ヒーローは、簡単に元の日常に戻れてしまうか」

答えが「はい」なら、《触媒》が弱すぎるということ。

答えが「絶対、無理！」なら、そのまま突き進んでください。

5 問答

始まりの光景 ＞ 語られるテーマ ＞ お膳立て ＞ 触媒 ＞ **問答**

役割 あなたのヒーローが必死に変化に抵抗する姿を見せ、場合によっては《二幕に突入》ビートに向けて段取りを開始。

位置 10〜20％（このビートを通って、《触媒》ビートから第一幕の終わりにもっていく）

アクションがあれば、リアクションがきます。同様に、《触媒》が投下されたなら《問答》がくるのです。破局を迎えた。解雇された。診断を受けた。逮捕された。死体があった。電話で悪い報せがきた。何がきても、その次には必ずヒーローが溜め息をついて座り込み、「どうすればいいの？」と困惑するときがくるのです。

これは反応《リアクション》のビートで、普通は問いかけという形をとります。

「どうしよう？」「行ったほうがいいのかな？　行かないほうがいい？」「どうすれば死なないで済むの？」「次は一体どうなる？」

ヒーローと一緒に、読者も同じことを問いかけることになります。「果たしてロバート・ラングドン教授は、美術館長の殺人ミステリーを解決できるのか？」（『ダ・ヴィンチ・コード』）。「王との婚姻は本心なのか、それともエリザベスと寝るための策略？」（『白薔薇の女王』）。「フィービーは、フットボール・チームのコーチとやり合えるのか?」（『あなただけ見つめて』）。「ヘーゼルとオーガスタスは結ばれるの?」（『さよならを待つふたりのために』）。「家族を殺したことを白状した人を前に、デッカーはどうするのか?」（『完全記憶探偵』）。「ルーは、ちゃんとこの仕事ができるの?」（『ミー・ビフォア・ユー　きみと選んだ明日』）。「オパールはワンちゃんを飼ってあげるの?」（『きいてほしいの、あたしのこと　ウィン・ディキシーのいた夏』）。「スターは、カリルが撃たれた夜のことを誰かに教えると思う?」（『ザ・ヘイト・ユー・ギヴ　あなたがくれた憎しみ』）。

さて、ヒーローはなぜ《問答》をするんでしょう。人生を変える報せを受け取ってそのまま変えにいかないのはどうしてでしょう。だって、そんなに簡単に受け入れたら不自然だから。考えこみ、情報を集めてどうしたら得か損得勘定をするのが人間というもの。ヒーローも同じ。忘れないで、変化を即受け入れる人はいません。「そうなんだ、私の今の人生はうまくいかないってことか。じゃあ、変えちゃおうか!」なんて言う人はいないのです。

ヒーローとは、足を引きずって進み、あがくもの。「うーん」とか「やれやれ」とか言いながら、動こうとしないもの。

ヒーローとは、《問答》するもの。

ここは複数場面にまたがるビートです。ここで、変化を迫られたヒーローが頑強に変化を拒む姿を見せます。うまい手のひとつとして、ヒーローを家に戻します。または仕事に行かせるか、遊びにやらせます。あらゆる日常的な環境で決断できずに悩むヒーローを見せます。なぜかというと、あまり簡単に決断させてしまうと、読者にご都合主義だと思われてしまう危険があるから。

問答というのは決断のことであり得ますが、そうとも限りません。行くべきか留まるべきか、行動すべきかそうでないかという問題では必ずしもなく、物語によっては考えるまでもないという場合もあります。例えば『ハンガー・ゲーム』のカットニスは、妹の代わりに収穫の日の贄に志願した決心を変えるはずがありません。『ハリー・ポッターと賢者の石』でホグワーツ魔法学校への入学許可を受けたハリーも、特に迷う理由がありません。

迷わない場合に、ヒーローは何をすればいいの？　待ち受ける長い旅に向けて、支度します。必要なものをまとめたり、訓練したり。心の準備。身体の準備。感情の整理。このような場合の《問答》は「止められても行く。でも今のまま行って大丈夫なのか？」になります。

あなたのヒーローに必要な《問答》が決断でも支度でも、その役目は1つだけ。第二幕で出会う何か、に、ヒーローの、そして読者の覚悟を決めさせること。

なぜなら、第一幕の世界からは想像できない何か、に出会うことになるんだから。

第二幕

第二幕についてあなたが知っていなければならない大事なことが1つだけあります。15段階のビート・シートの中でも一番重要なことかもしれません。

第二幕は、第一幕の正反対になるということ。

第一幕は現状の世界、つまり**命題の世界**。そして第二幕は現状の世界をひっくり返した世界。真っ逆さま。

反対命題の世界。

大事なので何度でも言いますよ。美しい文章で素晴らしく綴られた、最高の小説になる可能性を秘めた多くの小説が、第二幕で崩壊するのを私は何度も見てきました。それは、この単純だけど絶対に欠かせない大事なことを設計図に入れ忘れたから。第二幕は、可能な限り第一幕と違わせること。わかりました？　では、この正反対の世界で何をしたらいいのか、１つずつ考えていきましょう。

6　二幕に突入

二幕に突入 ＞ Bストーリー ＞ お楽しみ ＞ 中間点 ＞ 忍び寄る悪者 ＞ 完全なる喪失 ＞ 闇夜を彷徨う魂

役割　ヒーローを第二幕の真っ逆さまの世界に連れこみ、問題を直すつもりで壊させる。

位置　20％（全体の１／４にくる前に、一度幕を引くべき）

さあ、もうすぐゲームの始まりです！　ヒーローは挑戦を受けました！　冒険の始まり！　新しい人生の最初の日！　《問答》は終わり、あなたのヒーローは何をしたらいいのかわかっています。そして、今こそ行動のとき！

間違いなくここが、第二幕の真っ逆さまの世界に突入するところです。ダン、ダーン！

第二幕がちゃんと設計されていれば（つまり第一幕と正反対になっていれば）、この世界への移行は読者の目にも明らかで、疑いの余地はないはず。もうここはカンザスじゃないのよ、トートー（『オズの魔法使い』）。

カットニス・エヴァディーンがキャピトル［未来の独裁国家の富裕層が支配する都市］に入る（『ハンガー・ゲーム』）。オーガスト・プルマンは中学に入学する（R・J・パラシオ著『ワンダー Wonder』）。ロバート・ラングドンはフランス警察に追われる（『ダ・ヴィンチ・コード』）。ジャックは部屋から脱出する（エマ・ドナヒュー著『部屋』）。エリザベスはロンドンの城に引っ越す（『白薔薇の女王』）。ジェインはソーンフィールド邸に家庭教師として赴く（『ジェイン・エア』）。ヘーゼルとオーガスタスが付きあい始める（『さよならを待つふたりのために』）。

《二幕に突入》するためにヒーローは必ずどこかへ行かなければならないというわけではありません。でも、絶対に何か新しいことを試みなければいけません。新しい人間関係。違った生き方。新しい仕事。学校での新しい振る舞い［いわゆる大学デビューみたいな］。ヒーローが実際に旅に出るとしても、それが比喩的な旅でも、《二幕へ突入》のビートは、古い世界と古いやり方に決別し、新しい考え方を手に新しい世界に入っていく瞬間。これは、1場面ビートです。1場面または1つの章を使って、ヒーローを二幕に突入させてください。一幕または1章だけ。だから、効果的にずばっと突入させてやって！

実際に何をするかって？

《二幕に突入》する決断は、必ず、ヒーロー本人がするようにしてください。ヒーローは自ら行動を起こさなければ。誰か他の登場人物に選択肢を与えられたとしても、決断はヒーローだけに許されたものなのです。

第一幕でお膳立てした欠点がどんなものであっても――弱気でも、優柔不断でも、賢くなくても、自己中心的でも――このビートでヒーローは、読者の応援を受ける価値があることを証明しなければなりません。

この小説を読むに値する**何か**を持っていることを。ここは、どんなヒーローでも、何か新しいことをやってみる覚悟を見せるところ。

終日座りこんで、自分の問題に対して何もしない怠け者ヒーローの話など、誰も読みたいとは思いません（たとえそういう人だったとしても、せいぜい第一幕の終わりまで）。もし《問答》のビートでヒーローが「どうすればいいんだ？」と問うたのなら、「これをやればいいんだ！　絶対やるぞ！」と言っているのが《二幕へ突入》のヒーローです。

それって、ヒーローはもうテーマを理解して、自分の問題を修復する方法に気づいたということ？　残念ながら、それはまだ先の話。

ここで、ちょっと前の章のおさらい。**求めるものと本当に必要なもの**。表面的なゴールと内面的なゴール。おぼえてますか？　あなたのヒーローに「問題だらけの人生、どうすればうまくいくと思う？」と尋ねたら、きっと答えは「もっといい仕事に就ければ！」とか「新しい彼女！」「世界大会で優勝！」「家族を皆殺しにした邪悪な王女を殺す！」といった**表面的**なものになるはず。

あなたがきちんと**求めるもの**と**本当に必要なもの**を《お膳立て》していれば、そのヒーローは、表面的なゴール（求めるもの）で自分の問題を解決できないはず。できると信じているけど、できない。できる！　命を賭けてもいい！　と信じている。でも、最終的にヒーローをましな人間にしてくれるのは、内面的な、精神的な、そう、魂のゴール。つまり**本当に必要なもの**だけ。

この時点で、あなたのヒーローは《二幕に突入》するために能動的な判断をしましたが、まだ**求めるもの**に引っ張られて行動しています。今のところ、まだ表面的なゴールを追い求めているのです。手に入れるかもしれないし、入れないかもしれない。でも、小説が終わる頃にはどちらでも関係なし。**本当に必要なもの**を手に入れているはずだから。人生の教訓を手に入れたから。テーマを自分のものとして受けとめたから。

だから、私は第二幕を**直しているつもりで壊す**幕だと思ってます。

『ミー・ビフォア・ユー　きみと選んだ明日』のルーは、労働者階級の家族の生活の足しにという理由だけで仕事を始めますが、結果的には、その仕事が彼女に自分の人生のために生きる心を持つという人生の教訓（**本当に必要なもの**）を教えてくれます。でもこのビートの段階では、そうなるとは露知らず。『きいてほしいの、あたしのこと　ウィン・ディキシーのいた夏』のオパール・ブローニャは、ウィン・ディキシー［犬］を飼い始めますが、最初は単に寂しかったから。最終的に犬がオパールと父親を結びつけますが（**本当に必要なもの**）、それは犬を飼う理由ではなかったのです。『怒りの葡萄』のトム・ジョードが家族を連れてカリフォルニアに旅立った理由は仕事が欲しかったからで、季節労働者たちの連帯を助ける運命（**本当に必要なもの**）を知っていたからではありません。それは後からくるわけ。

今いるこのビートでは、ヒーローは頑張って重い腰を上げて、「オレ、頑張れ！」と自分を鼓舞してるところ。あなた（作者）が第一幕で仕掛けた問題を解決するために、必死になんとかしようとしているんだから、そこは褒めてあげて。

でも、ヒーローが下した決断は、見当違い。**求めるもの**に引っ張られて動いているから。Aストーリー（表の物語）を燃料にしているから。第二幕でヒーローはいろいろかっこうのいいことをするわけですよね。竜を退治したり、ミステリーを解決したり、意中の彼とキスしたり、銀河大戦の最中に宇宙船をぶっ飛ばしたり。でも、どれも**答え**ではないんです。要修理案件を直せるのは、何か他のもの。

勘違いしないで。竜退治とかは観たいですよ。それこそが、素晴らしい小説を素晴らしくしている材料なんだから。最初から最後まで丸々テーマと人生の教訓の小説なんて書けないでしょ？　退屈。お楽しみがなきゃ。Aストーリーがなきゃ。

でも、二幕に突入するときにヒーローが下したのは、一時的な決断。体の奥で疼く傷を無視して、胡麻化して貼った絆創膏。それでは本当の癒しは得られない。欠点は消えておらず、まだいろいろ悪さをしている。そのヒーローが現在抱えるにいたった問題の原因であるガラスの欠片は、まだ心に刺さっている。というわけで、二幕に突入した時点では、ヒーローは心の深い部分にある問題に一切触れていないのです。わかりますよね？　この時点では、ヒーローは直しているつもりで壊しているんです。

でも別に恥ずかしいことではないんですよ。プロットを操るほんの一手にすぎません。正しい方法を知るには、まず間違えないと。

これは断言しちゃいますけど、間違った方法を試すこのビートはかなり楽しいところ。それは《お楽しみ》のビートだから、堪能してください。

その前に、ちょっと新しい人をヒーローに紹介しましょう。

7 Bストーリー

役割 何らかの形でBストーリー（魂の物語＝テーマ）を具現するキャラクターをヒーローに引き合わせる。

位置 22％（普通、《二幕に突入》の直後にくるが、もっと早くても可。初めの25％にくるようにすること）

第一幕をひっくり返したのが第二幕と言いましたよね。つまり、第二幕に出てくるすべてのものは、第一幕をひっくり返したものになります。登場人物も例外じゃありません。

《お膳立て》のビートでは、Aストーリーのキャラクターを導入しました。ヒーローの日常、つまり現状の世界の住人たちです。表面上の物語の代弁者です。第二幕が始まったからといって、この人たちが退場する必要はありませんが、次第に第二幕で紹介されるキャラクターたちに席を譲ることになります。

ここで、《Bストーリー》のキャラクターが登場！

《Bストーリー》のキャラクターというのは、お助けキャラ。ヒーローがテーマを受けとめるのを、何らかの方法で助けてあげる係。一般的には、恋愛対象とか、新しい友達、師匠、宿敵といった人物として現れます。そう、《Bストーリー》のキャラクターは宿敵というのもあり！　それでうまくいった傑作小説はたくさんあります。

成功する《Bストーリー》のキャラクターの条件は以下の2つだけ。

1　ひっくり返った第二幕の世界を、何らかの形で体現している。
2　何らかの手段で、ヒーローがテーマを受けとめる助けになる。

第二幕を体現しているというのは、つまり、第一幕の世界ではヒーローはこのキャラクターに気づくことすらなかったということ。触媒投下によって第一幕の世界を破壊され、《二幕に突入》した今だから、《Bストーリー》のキャラクターはヒーローの世界に現れることができるのです。

『ハンガー・ゲーム』のピータのことを思い出して。彼は、カットニスのいる第12地区に生まれたときからずっと住んでいたし、2人は何度か顔くらい合わせたことがあるはずです。でも、カットニスが贄に志願してキャピトルに送られたとき、初めてピータは彼女にとって意味のあるキャラクターになったということ。

『ジェイン・エア』の、神秘的で癇癪もちのロチェスター。彼は、ジェインの第二幕の冒険の舞台である神秘的なソーンフィールドの館そのものと言っていいですよね。

『さよならを待つふたりのために』のヘイゼルとオーガスタス。アムステルダムで厭世的な作家ピーター・ヴァン・ホーテンに出会う2人。ヘイゼルは以前からヴァン・ホーテンの著作にぞっこんなわけですが、オーガスタスとの出会いがあって、初めてヴァン・ホーテン本人が彼女の世界に入ってこられるわけです。

このような《Bストーリー》のキャラクターたちは、全員何らかの形で第二幕の世界が生んだキャラクターであると言えます。

なぜ《Bストーリー》のキャラクターが新しい世界の産物なのかって？　ヒーローは、第一幕の現状の世界ではテーマを受けとめて自分を変えることができないから、ということを忘れないで！　だから《触媒》を投下して、ヒーローを《二幕に突入》させたんですよね。そういうわけで、ヒーローがテーマを受けとめる助けができる人は、この新しい世界にしかいないのです。そういうことにしなかったら、ヒーローは現状の世界を一歩も出ずにテーマを理解できちゃうじゃないですか。それでは面白くも何ともないじゃないですか！

《Bストーリー》のキャラクターがヒーローを助ける方法は、いろいろあります。例えば、《Bストーリー》のキャラクターはテーマの具現になれます。『ハンガー・ゲーム』のピータは、ゲーム開始直前に「ぼくはいつも、キャピトルのやつらに、ぼくはお前らの道具じゃないって言ってやりたかった。お前らのゲームの駒なんかじゃないって」とカットニスに伝えます（142ページ）。これは、カットニスが学ぶことになる教訓そのもの。キャピトルのルールに従ってゲームで生き残るのではなく、キャピトルに反攻するということ。そして、《Bストーリー》のキャラクターであるピータが、彼女がゴールにたどり着くのを助けます。

《Bストーリー》のキャラクターは、その性格そのものによってヒーローの心からテーマを引き出す役割を負うこともできます。『ジェイン・エア』のロチェスターは、高飛車で不機嫌な性格によって気弱なジェインの心に気丈さと独立心の火をつけることになります。

《Bストーリー》のキャラクターは、ヒーローと同じ問題を抱えている場合もあります。同じですがより誇張された問題をヒーローの顔に鏡のようにつきつけ、ヒーローがそこに映った自分の本当の姿を見る。『さよならを待つふたりのために』では、孤独で失意に沈んだ作家のピーター・ヴァン・ホーテンを見たことで、ヘイゼルは、傷つくことを恐れずにオーガスタスを愛しとおす決心を固めるのです。

どんな役目を負わせるにしても、《Bストーリー》のキャラクターが果たすべき役割は、ヒーローがテーマを受けとめるように助けること。《Bストーリー》のキャラクターは、この1場面ビートで導入します。第二幕の最初の半分のどこか、一番一般的なのは《お楽しみ》ビートの中で。《Bストーリー》のキャラクターは、第二幕では出ずっぱり。第三幕に出つづけることもありますが、ともかく最初に登場するのは、このビート。恋愛対象として、新しい友達として、新しい師匠として、または新しい敵等として姿を現します。ヒーローの欠点を浮き彫りにして、変わりたいと思わせられるなら、どんな人でも構いません。

もしかして今、「第二幕の新キャラクターは1人しか導入できないのか?」と思ってました?

そんなことはありません。何人でも必要なだけ導入していいですよ。でも、《Bストーリー》のキャラクターはその中でも、ヒーローに人生の教訓を伝える大事な仕事を請けおった特別な1人。

特別な1人がどのキャラクターかわからない! というあなたにいい報せです。1人じゃなくても大丈夫! そう、いろんな傑作小説で、**双子のBストーリー**という手が使われます。例えば、師匠と恋愛対象。恋愛対象と新しい友達とか、新しい友達2人というのもあり。『きいてほしいの、あたしのこと ウィン・ディキシーのいた夏』のオパールは、犬のお陰で、テーマを受けとめる旅の道先案内人をしてくれる2人の女性に出会います。グロリア・ダンプ〔盲目の老女〕とフラニー・ブロック〔図書館の司書〕の2人は、孤独というテーマに関わる大事な教訓をオパールに授けることになります。

《Bストーリー》のキャラクターを2人以上にする場合、絶対に全員がちゃんとお助けの役割をまっとうするようにすること。しかも、それぞれが違ったやり方になるように。そうじゃなければ、何人もいる理由がないから!

8 お楽しみ

役割 この小説の約束された前提をきっちり見せて、第二幕の世界でヒーローがどんな調子でやっているかも見せる（最高か最低）。

位置 20〜50％（第二幕の前半）

この《お楽しみ》のビートこそが、たぶん読者が本を手に取った理由そのもののはず。

このビートは**約束された前提**とも呼ばれます。読者は本を読み始める前に、あらすじとかレビューとか口コミでこのビートに書いてある内容を小耳にはさんでいる可能性が高いから。

アンディ・ウィアー著の『火星の人』なら、生命の存在しない惑星上で生き残る術を模索する宇宙飛行士の話が約束されています。『ハリー・ポッターと賢者の石』なら、魔法使いと魔女の学校の話。『パイの物語』の場合は、虎と一緒にライフボートに閉じ込められた少年の話。スティーグ・ラーソン著の『ミレニアム1　ドラゴン・タトゥーの女』で約束されたのは、40年前に失踪した少女を巡るミステリーを解く入れ墨のパンク女性の話。『完全記憶探偵』の場合は、完全な記憶を武器に家族を殺した犯人を捜す男の話。『ミー・ビフォア・ユー　きみと選んだ明日』の場合は、人生に迷った女性が四肢麻痺を患う毒舌の男性を介護する仕事を始めるという話。

そうです。今ここで、まさにこの瞬間、作者であるあなたが**約束された話**を読者にお届けするのです。《お楽しみ》というビートですが、名前に惑わされてはいけません。『ハンガー・ゲーム』の《お楽しみ》に関して、「24人の10代の少年少女が闘技場で殺し合う話って、カットニスは楽しくもなんともないんじゃないの?」と言う作家が、私の執筆講座では大勢いましたよ。

何が《お楽しみ》かというと、そう、読者にとってお楽しみということ。ヒーローがその状況を楽しめるとは限りません。

ハリー・ポッターは、ホグワーツ魔法学校に入学して大いに楽しみましたよね。ひっくり返った第二幕の世界で、楽しみ放題です。カットニス・エヴァディーンは? 全然楽しくない。

でも、読者は読んで楽しい。加虐嗜好があるからでもなければ、殺人願望のある邪悪な人だからでもありませんよ。奮闘するカットニスの様子が心をつかむほど面白いから。このビートは、第一幕のヒーローが第二幕の世界を生きるビート。第二幕が第一幕とは天地ほども違うように設計されていれば(そうするように言いましたよね!)、このビートは手を出さなくても勝手に楽しいビートになってくれます。

死闘を繰り広げるカットニスというくだりは、もちろん読者を楽しませますが、それだけではありません。それはお話の前提そのもの、さらにタイトルそのものでもあります!

というわけで、《お楽しみ》をちゃんと定義しておきましょうね。これは複数場面にまたがるビートです。その中でヒーローはすごく快調でうまくやるか、反対にどん底で苦しんでいます。

何しろ、選択肢はこの2つしかないんですから。最高! または最低! のどちらか。思い切って新しい世界に飛びこんでよかったと思っているか、もう前の世界に戻りたいと思っているか、2つに1つ。

自分の創ったヒーローがどんな人か考えてみましょう。第二幕の世界に足を踏み入れたときに、どんな感じだったか。来て幸せだった？　不幸で嫌々？　新しい人生で事がうまく運んでる？　それとも苦労してる？

とは言っても、《お楽しみ》が最初から最後まで苦しい、または楽しい、という必要はありません。というか、そうしないほうがいいと思います。《お楽しみ》は全体の3割を占めますから、あの手この手で変化をつけないと。

そのあの手この手を、私は**弾むボール**と呼んでいます。ヒーローが弾んで上がってくる。そして落ちていく。すいすい進む。全然進まない。何かに成功する。失敗する。意中の彼を手に入れる。失う。探偵が事件解決の糸口をつかむ。偽の手がかりだったと知る。王が戦に勝つ。負ける。弾んで落ちてまた弾んで落ちて、うまく予想を裏切れば、《お楽しみ》のビートが豊かになります。読者を釘づけにできます。そして何より、楽しくなります！

ボールは何回弾ませても構いませんが、最終的にはある一方向に向かっていくことになります。成功か失敗のどちらか。それは作者であるあなた次第。これは**上り坂**（成功の方に向かう）か、それとも**下り坂**（失敗の方に向かう）か？

ルーがウィルの介護をする仕事を始めて、安楽死自殺しないように説得する決心をするのが『ミー・ビフォア・ユー　きみと選んだ明日』の《お楽しみ》ビートですが、全体的には成功のほうを目がけて中間点に向かって坂を上っていきます。ルーは良い給料をもらい（求めるもの）、ウィルに前向きな影響を与えるので、ウィルの機嫌も上向き。2人は、交響楽のコンサートで一応ロマンティックな夜も過ごします。

『火星の人』の主役マーク・ワトニーも同じです。この小説に投下された《触媒》は破滅的（仲間もおらず、地球に帰る手段もない）ですが、《お楽しみ》のビートでマークはＮＡＳＡとの交信方法を考え出し、基地内でジャガイモ栽培に成功します。このままいけば、次の火星探査隊がくるまで生き延びられるかも、と思わせる勢いで。

一方『ハンガー・ゲーム』の《お楽しみ》は、間違いなく下向きです。ゲームが始まるや否や、ありとあらゆる困難がカットニスに襲いかかります。脱水症状、火傷、トラッカージャッカー（遺伝子操作された蜂）、そしてもちろん、彼女を殺す気満々の23人の少年少女たち。

『怒りの葡萄』も同様。この小説の《お楽しみ》のビートでは、トム・ジョードが家族を引き連れ、カリフォルニアに仕事を求めて旅します。しかし旅の途中じいさま、ばあさまが死に、トムの兄アルが逃亡し、家族は崩壊していきます。《中間点》に向かってすべてが下り坂です。

《お楽しみ》が上り坂か下り坂かというのは、小説の構成を考える上で決定的な判断になります。なぜかというと、ここで上るにしろ下るにしろ、その方向が次にくる《中間点》のビートの内容を決めてしまうから。さらに、残りの第二幕の方向も決定してしまうから。

9　中間点

二幕に突入 ＞ Bストーリー ＞ お楽しみ ＞ 中間点 ＞ 忍び寄る悪者 ＞ 完全なる喪失 ＞ 闇夜を彷徨う魂

役割　この小説のちょうど真ん中で、偽りの勝利または偽りの敗北で終わる。ヒーローが変われなかったときの代償を大きく、ハードルを高くする。

位置　ちょうど50％

おめでとうございます！　《中間点》に到達。その名のとおり、本のちょうど真ん中です。

《中間点》は交差点。いろいろな道が交わる辻。小説のど真ん中というだけでなく、第二幕のちょうど中間でもあります。つまり、ヒーローの変容の旅路のちょうど中間なのです。

どこから見ても、ど真ん中！

大勢の作家が、《中間点》のことを「中間沼」と呼びますが、つまり、書くのが難しい場所ということ。足を取られて進めない。重くてあつかいにくい。どうもしっくりこない。焦点がぼける。

他人の草稿を読むと（いや、出版された小説でも）、作者が《中間点》の役割と目的を理解しているかどうか一発でわかります。もし《中間点》がギクシャクしてピントが合ってなかったら、その小説にとってとてつもなく大事なところでしくじったということ。

《中間点》は魔法。物語が方向を急転換する旋回軸。《中間点》という釘にかけられた紐に、他のすべてのビートがぶら下がっているんです。それがヒーローの変容の軌跡の折り返し点である以上、うまく使って《中間点》という泥沼を可能な限りわくわくするものにしなければ、もったいない！

では、《中間点》とは、いったい何？

1場面ビートで、基本的に次のとても大事な3つのことが起きます。

1 ヒーローは偽りの勝利または偽りの敗北を味わう。
2 ヒーローが変われなかったときの代償が大きくなる。
3 AストーリーとBストーリーが、このビートのどこかで交差する。

何はさておき、偽りの勝利と敗北の説明をしましょう。

《お楽しみ》のビートで、あなたのヒーローの進む方向が、上り坂か下り坂か尋ねましたよね？　そのときに答えが出せたなら、あなたの小説の《中間点》がどうなるべきかという答えも半分出ているようなものね、全然気がつかなかったでしょ？

《中間点》というのは、《お楽しみ》で選んだ道のりが、上り坂なら最高点、下り坂なら最低点に達するところ。なぜかというと、物語を《中間点》に連れていってそこからどちらを向いて進むか決めるのが、《お楽しみ》のビートの目的だから。

あなたの創ったヒーローが、第二幕の真っ逆さまの世界で輝いているなら（ボールが何回か弾むとしても）、つまり第二幕の世界は居心地の良いところというのがここまでの展開なら、《中間点》でヒーローに偽りの勝利を与えます。上り坂を上り続けて、最高点へ到達。一見ヒーローが勝ったように見えます。イエイ！　でも、どうしてそれを**偽りの勝利**と呼ぶの？　なぜなら、小説はまだ半分しか終わっていないから。もしこれがヒーローの真の勝利なら、《中間点》はとっくに過ぎてるということになります。

偽りの勝利で《中間点》を迎えられたのなら、ヒーローは多分まんざらでもないと思います。もしかしたら、求めていたもの（第一幕でお膳立てされた表面的なゴール）を手にしたかもしれません。もう少しで手に入るのかもしれません。しかし、その勝利は完全な勝利ではなく、しかもヒーローはそのことを知りません。なぜ？　まだ真に変わっていないから。これまでの人生を蝕んできた欠点を、まだ抱えているから。肝心要な大問題に、まだ向き合っていないから。求めていたものを《中間点》でヒーローに与えることにより、作家（あなた）は肝心要の大問題に光を当てることができます。ヒーローの勝利が偽りだったと読者に見せることで、ヒーローの求めていたものが表面的だとわかってもらうことができます。なぜなら（１）小説はまだ終わってないから。（２）ヒーローは第一幕のどうしようもないヒーローのままだから。

『ミー・ビフォア・ユー　きみと選んだ明日』の場合、ルーの《中間点》は偽りの勝利です。仕事を見つけて（最初から求めていたもの）、ウィルが生きる楽しみを見つける手助け（**新しいゴール**）も、うまく運びます。でも、自分自身の人生を悔いなく生きている（**テーマ**）と言えるかというと、言えませんね。それがはっきりわかるのは、《中間点》で開かれるルーの誕生パーティ。ウィルもルーの家に招かれ出席します。ところが、ルーの（どこからどう見てもルーと一緒にいるべきではない）彼氏も現れます。彼氏は場違いなプレゼントを渡しますが、長い付きあいの割には彼がルーのことをまったく理解していないのは明らかです。一方、ウィルは出会ってから数ヵ月でルーのことをよほどわかっているのです。『火星の人』の《中間点》では、マークは次の探査隊が来るまで生き延びられそうなくらいジャガイモを収穫し、ＮＡＳＡとも交信し、家族からのメールすら受け取ります。どこをとっても、マークの人生は快調。小説の前半で、マークは小さなゴールをすべてクリアしています（食料生産と地球との交信）。彼は火星脱出という大きな表面的なゴールを抱えていますが、それは達成されていません。そして、彼が抱いた恐怖を克服するという内面的なゴールも。

一方で、もしあなたのヒーローが《お楽しみ》のビートで陸に上がった河童のようにジタバタしているのなら、《中間点》には偽りの敗北がきます。下り坂の一番低いところまで下がり、どう見てもヒーローは敗北したかに見えます。求めたものは手にできず、仮に手にしたとしても、何の役にも立たないことに気づいてしまいます。もう諦めようと思っているかもしれません。

なぜここで、偽りの敗北がくるの？　偽りの勝利と同じ理由です。まだ本は半分しか終わってないから！そして、ヒーローはまだ自分がこの物語から学ぶべき教訓を学んでいないから。

ヒーローが求めたもの（**表面的ゴール**）を手にできずに《中間点》を迎えることによっても、ヒーローが直面していない肝心要の大問題に光を当てることができます。これによって作者は読者に「ほら、これさえあればすべては大丈夫と思っていたものを手に入れられなかったから、ヒーローは自分の人生が終わったと思ってるよ！」と伝えているわけですが、物語を半分残した時点で手に入れられもしなかったその**何か**が大して重要でないのは、明らかです。もはや、そんな小さなことに構っている暇はないのです。

『ハンガー・ゲーム』の《中間点》で、カットニスは脱水症状と火傷に対処しているときに、ピータ（Ｂストーリーのキャラクター）がキャリア組（生まれたときからハンガー・ゲームの訓練を受けてきた若者たち）と手を組んだことを知ります。トラッカージャッカー［遺伝子操作された蜂］の巣をキャリア組に目がけて落としたカットニスは、復讐心に燃えたキャリア組に追われます。カットニスの運命はどう見ても暗く、ゲームを勝ち残るという彼女の表面的はゴールにも手が届きそうもありません。キャピトルに反攻するという内面的なゴールなんて、もってのほかです。

『怒りの葡萄』の《中間点》も、偽りの敗北です。カリフォルニアに着いた（表面的なゴール）ジョード一家は、騙されていたことを知ります。そこには、約束された土地も仕事もなかったのです。さらにトム・ジョードは、労働者を組織して平等な労働条件のために戦うという運命的なテーマ（内面的ゴール）を達成してもいません。

小説家というものは、偽りの勝利または敗北を仕掛けることによって、《中間点》のビートで二番目に大事な要素を操ります。そう、代償を大きくするのです。

第二幕でここにいたるまでに、あなたのヒーローは欠点を直し、自分を変える**機会**を与えられたのですが、その機会をちゃんと使いこなせていません。なぜなら、この段階ではまだ**本当に必要なもの**ではなく、**求めるもの**に導かれて行動しているから。《中間点》で変われなかったことの代償を大きくすることにより、基本的に「ぐずぐずしてると、もうすぐ時間切れだよ！」と教えてやるのです。ここで無理やり別の方向に向いて進むように仕向けられたヒーローが、やがて追い詰められて待望の変容を迎えることになります。

というわけで、私は《中間点》のことを「本気を出さないとまずい点」と呼んでいます。つまり、お楽しみの時間は終わりということ。ここで一発、真剣にいきましょう。

では、どうやって代償を大きくするか。それはあなた次第なんですが、人気小説でよく見る代償増強法をいくつか紹介しましょう。

恋愛関係の難易度アップ

これはキス（またはそれ以上とか！）、愛の告白、結婚、プロポーズという形で現れます。恋愛関係のハードルを上げ、ヒーローが変わってしまう前の世界に後戻りするのを各段に難しくします。恋に落ちたら逃げられないもの。ヒーローは恋愛関係をこじれさせてしまうかもしれませんが（多分、こじらせる！）、だからといって何ごともなかったふりをして逃げ出すわけにもいきません。アンジー・トーマス著『ザ・ヘイト・ユー・ギヴ　あなたがくれた憎しみ』の《中間点》では、スターと彼氏のクリスが、初めて「愛してる」と告白し合います。この瞬間まで、スターはクリスに対して自分を偽っていました（警官にカリルが撃たれた事件の主要目撃者だということを隠して）。そうすることで、学校での生活を学校の外の生活とうまく分けていたのです（小説の初めからずっと）。2人の関係のハードルを上げることで、著者はつまり「スター、いつまでも隠れていられないよ、うかうかしてると、あっという間に現実に追いつかれてしまうよ」と忠告しているのです。

秒読み開始

刻々と減っていく時間ほど、物語のハードルを上げて、ピントを素早く合わせ直せる道具はありません。爆弾があった。誘拐犯が時刻指定で身代金を要求。医師による余命2週間の宣告。3ヵ月後の日取りで届いた結婚式の招待状。近日中に行われる政治家の応援演説で暗殺の予告。どれも、小説の後半に突入していくための、緊迫感溢れる仕掛け。残された時間が設定されると、とたんにヒーロー（読者も）の注意が重要なことだけに絞られ、何をすべきか考えるようになります。『火星の人』ではマーク・ワトニーの火星生活は順調と思いきや——ドカン！　基地のエアロックが吹き飛び、せっかく栽培したジャガイモは全滅。食料が底をつくまでに火星を脱出するために彼に残された時間は、急激になくなっていきます。これにはマークの勇気を試し、生き残る意思が本物かを試す究極のテスト（テーマ）になります。

流れを覆すゲームチェンジャーのひねり

プロットをひねるこのハードルの上げ方は、特に私のお気に入りのやつですね。これは要するに、ヒーロー（と読者）に「あんた、実は半分も見えてないんですからね、あんたが本当に相手にしてるのは、コレ！」と伝えるということ。私はこれを**中間点のひねり**と呼んでいますが、スリラーやミステリーの書き手が好んで使う手です。『完全記憶探偵』ではデッカーと相棒のランカスターが、学校発砲事件とデッカーの家族を殺した事件の両方で糸口をつかんだ（偽りの勝利）と思ったとたん、仲間のＦＢＩ捜査官の１人が玄関先で死体で発見され、しかも容疑者が１人だと思っていたのに２人だと証拠が示唆しているというひねりがあります。このひねりで、ハードルの難易度２倍増し確実。事件に関係する捜査官の死。そしてデッカーは、誰も予想できなかったひねり――容疑者が１人じゃない――を発見！　この２点はデッカーの捜査にさらにプレッシャーをかけることに。学校発砲事件の犠牲者の家族のために（Ａストーリー）、そして自分の家族が殺された過去に終止符を打つために（Ｂストーリー）。

パーティ、祝宴、または、人前に出る

自分が好きな小説のことを考えてみてください。中盤で大きなパーティとか祝宴が出てくる本が結構多いのに気づくはず。パーティとか祝宴はハードルを上げるイベントに見えないかもしれませんが、確実に上げ

ます。ここまで、あなたのヒーローは第二幕の世界にいるのは確かですが、世界中に向かって自分は変わった！　と大声でふれまわっているわけではないのも確かです。たぶん、この段階ではまだ心の一部が第一幕に残っているから。だから、そんなヒーローを**中間点パーティ**（命名、私）に参加させます。そしてパーティとか祝宴で大勢の前に出て、第二幕の世界の一員になったと宣言する機会を与えます。衆人環視の中でいわば「カミングアウト」するので、引っ込みがつきにくくなります。『ミー・ビフォア・ユー　きみと選んだ明日』の《中間点》（ルーの誕生日パーティ）は、彼女の両親と彼氏がウィルに初めて会う場面。四肢麻痺になったウィルを介護するためにルーが雇われたのですが、2人はゆっくりと恋に落ちていきます。これはルーの属する2つの世界が初めて衝突する場面。ルーにとって、これが第二幕の世界に「カミングアウト」する瞬間。2つの異なる世界を1つの部屋の中に置くことで、著者はルーがウィルと出会ってからほんの数ヵ月のうちにどれだけ変わったかを、くっきりと見せてくれます。

以上、《中間点》のサンプルを読みながら、もしかしたら、**求めるもの**から**本当に必要なもの**への微かな移行に気づきましたか？　これは偶然ではありません。《中間点》で3つ目に大事なのは、AストーリーとBストーリーが交差し、ヒーローが本当に必要なものが何か探るために、それまで求めていたものを手放すこと。でも、次のページで必要なものが見つかるわけではないし、次の章でも見つかりません。あなたのヒーローがそこにたどり着くのは、まだまだ先のこと。正確には、ビートにして丸々3つ先です。でも、代償が大きくなりハードルが上がったこのときが、ヒーローが今までのやり方では通用しないと悟る瞬間なのです。なぜなら、ここまで全然だめでも（**偽りの敗北！**）すごくうまく進んできても（**偽りの勝利！**）、ヒーローはまだ何かが足りないと感じているのですから。

この求めるものから本当に必要なものへの移行は、ＡストーリーとＢストーリーを交差（そう、中間点ではいろいろ交差する！）させることで描かれます。覚えてますか？　Ａストーリーは表面的な物語。あなたが第一幕からずっとお膳立てしては山場を作って読者を喜ばせてきた見せ場たっぷりの、その小説の前提です。Ｂストーリーは、内面的な物語。Ｂストーリーのキャラクターが象徴する心の旅路です。《中間点》では、**AとBストーリーが交差**、つまりＡストーリーのキャラクターとＢストーリーのキャラクターが出会ったり、絡みあうことがよくあります。これによって作者は、目に見える形で求めるもの（表面的なAストーリー）から本当に必要なもの（内面的なBストーリー）への移行があったと合図するのです。読者は何が起きたか必ずしも気づかないかもしれませんが（読者の心を操作！）。

『ハンガー・ゲーム』の《中間点》では、他の贄たち（Aストーリーのキャラクター）がカットニスを殺そうとしているときに、ピータ（Bストーリーのキャラクター）が彼女を救います。このＡとＢストーリーの交差によってカットニスの旅の代償は大きくなります（ピータが体裁を気にしているからではなく、本心から自分のことを気にかけていることがわかったので）。そしてこの交差は、彼女の変容の中でも重要な転換点を明らかにする役割も果たします。今まで、カットニスはただ生き残ることだけを考えていればよかった（Aストーリー）のですが、この瞬間からはキャピトルに対してどうやって反攻するか（Bストーリー）を考えざるを得なくなります。

おさらいします。《中間点》で、物語の方向が変ります。それによって、ヒーローが元の世界に戻るが一層難しくなります（そう、また！）。どこかで聞いたことありませんか？　ありますとも。《触媒》を投下したときに、まったく同じことをしましたから。あのときも、代償を大きくして、安穏とした第一幕の現状の世界に戻る難易度を上げましたよね。

これも偶然ではありません。常に代償が大きくなっていくのが、素晴らしい物語というもの。プロットの仕掛けを矢継ぎ早に繰り出して、ヒーローを常に前に進ませます。ハードルを上げるたびに、戻るのも困難になりますから。

10 忍び寄る悪者

役割 《中間点》で偽りの敗北を迎えた場合はここで好転、偽りの勝利を迎えた場合はここで転落。その間にも内なる悪者が忍び寄る。

位置 50〜70%

良い報せを1つ。小説の中で一番長いビート（お楽しみ）は片づきました。悪い報せも1つ。これからやるビートも長い。小説全編の中で二番目に長い。

包み隠さずはっきり言います。第二幕はケダモノ。物語全体の50%以上を占める大物！ 《中間点》を過ぎて《忍び寄る悪者》に到達する頃には、第二幕も終わりに近づいています。でも、《完全なる喪失》のビートがくる前にカバーしなきゃいけないことの多さを目の前にして、あなたの自信も完全に喪失かも。

恐れないで！　ゆっくり一緒に歩いてあげるから。

《お楽しみ》のビートと同様、《忍び寄る悪者》も複数場面で構成され、かなりのページ数を食います（全体の25％が目安）。でも、ちゃんと書かれた《忍び寄る悪者》のビートは、物語の中でも特に読み応えのある部分になります。

このビートの名前は、よくあるアクション映画の展開になぞらえました。《中間点》で悪事に失敗した悪者が、仲間を集めなおして、武器を調達して、より悪い悪者になって戻ってくる、というやつ。

書いているのがスリラーならそういう悪者も出てくるでしょうが、そうでない場合は……？　いわゆる「悪者」なんか出てもこない小説を書いてる場合、誰がその悪者なの？

はい、落ち着いて。いちいちビートの名前に惑わされないように。**忍び寄る悪者**という名前だからって、あなたが書く物語に伝統的な意味での「悪者」（そういうのは**表の悪者**と呼ぶ）を出せと言ってるわけではないんです。実は、このビートでは「悪い」ことが起きなきゃいけないというわけですらないんです。物語が悪い方向に向くか向かないかは、あなたが《中間点》をどうあつかったかにかかっています。

もし中間点で偽りの勝利を迎えたのなら（ヒーローが勝利したかに見える）、《忍び寄る悪者》のビートは次の《完全なる喪失》まで、どんどん下り坂です。（単調にならないために何度か**ボールを弾ませる**以外は）事態はどんどん悪化します。何しろ《中間点》の勝利は**偽り**なんだから。ヒーローは実際に勝ったわけではないのだから。勝ったと思っただけ。だから、ここでヒーロー（と読者）に、勘違いを見せつけてやります。その役目を負うのは、いわゆる悪者でも構いません。『完全記憶探偵』の《中間点》以降殺人を繰り返す容疑者たちのように。あるいは、ヒーローの身に降りかかる「もっと悪いこと」でも構いません。『火星の人』では、基地のエアロックが吹っ飛んで、マークの生存のハードルが上がった後、事態はさらに悪化します。マークは負傷し、NASAが探査体を使って送ろうとした食料等は爆発、さらに地球との通信も途絶えます。転がるように落ちていくわけです。

一方、もし《中間点》で迎えたのが偽りの敗北（ヒーローは負けたかに見える）なら、その物語の《忍び寄る悪者》は、好転して上向きになります。人生、どんどん良くなっていきます！　すべては快調、良いことばかり。障害物はとり除かれ、状況は改善。ひっくり返った第二幕の世界も、捨てたもんじゃないかも！

『怒りの葡萄』は困難に満ちた《中間点》の後、ジョード一家を襲った苦難は次第に解消します。快適な公営のキャンプ（フーバー村の貧民キャンプに比べるとかなりまし！）に移り、桃を収穫する仕事も見つけます。

『ハンガー・ゲーム』も同じく上り坂。悪のキャピトル、そして他の贄たちとの戦いは続くものの、《中間点》以降、第二幕の後半の状況は、カットニスにとって好転します。いくつかの勝利を収め、同じく贄のルーと共闘してキャリア組の備品を爆破します。《忍び寄る悪者》が上り坂の場合、《完全なる喪失》の直前に、このような偽りの勝利を置くことがよくあります。ヒーローは、すべてを失う前に小さな勝利を収めるのです。

あなたが書いているビートが上り坂でも下り坂でも、あなたの「悪者」が、いわゆる悪者でも単にヒーローに降りかかる災難でも、すべての物語に絶対に存在しなければならない悪者が1人います。

それが**裏の悪者**です。つまり、ヒーローが抱える欠点・問題のこと。第一幕でお膳立てしたヒーローにとって都合の悪い諸問題。《語られるテーマ》のビートで約束されたとおり、いよいよヒーローが自分の問題から逃げきれないときがきたのです。

『ミー・ビフォア・ユー　きみと選んだ明日』のルー・クラークは、いろいろな目にあいながら、ウィルが人生を楽しめるように献身的に努力してきましたが、まだ自分の人生に向き合うことを避けたまま。彼女は、22ページで問いかけられた「あなた自身の人生に何を望んでいるの？」というテーマに応えていません。この時点でのルーは、物語の冒頭と同じ――自分に不満を抱えたまま。ろくでなしの彼氏とすら別れていないし。それどころか、同居なんか始めるし！　これこそが、ルーが第一幕から引きずっている**裏の悪者**。彼女に忍び寄って、変わるのを邪魔します。

それが《忍び寄る悪者》というビートの正体です。第二幕でヒーローが転落しても好転しても、ヒーローの心に巣食った**裏の悪者**が悪さをする。人間関係を邪魔し、成功を阻害し、幸福を壊している。ヒーローが**正しい方法**で問題を修復できるようになるまで、裏の悪者は暴れ続け、ヒーローをどん底に追いこんでいくのです。

ここでいよいよお待ちかね。《完全なる喪失》にようこそ。

11　完全なる喪失

役割　どん底（全体的に最悪のところ）にいるヒーローの様子を見せる。

位置　75％

どん底。ついに落ちるところまで落ちてしまいました。底つきを経験するまで、誰も本当に変わることはないというのは、嘘じゃありません。すべてを試して、大切なものをすべて失って、初めて真実の道を見極めることができるのが人間というもの。そして、それがヒーローの条件。そして、私たちのヒーローが体現しているのは、人間の本質なのだから。だから心に響くのです。

そういうわけで、あなたのヒーローが真実の道を見極めて本当に変わる前に、一度どん底に突き落として、絶望の底に沈めて、もう変わる以外に道はない、というところまで追いつめましょう。

今度こそ、**正しく**変われるように。

仮に《忍び寄る悪者》で良い方に行ったとしても、すべてのヒーローは避けられずして墜ちるのです。

どーんと最低のどん底まで！

それをやるのが《完全なる喪失》のビートです。これは1場面ビート（1つの場面または章）で、全体の75%あたりにくるようにします。そしてヒーローを深い深い敗北の沼に沈めます。

全体主義政府がヒーローを逮捕する（『1984』）。王が死に、ヒーローとその家族に危機が訪れる（『白薔薇の女王』）。破局を迎える2人（『あなただけ見つめて』）。犯人たちが、ヒーローに近い人を襲う（『完全記憶探偵』）。ヒーローが、一生を捧げようと思っていた人が既婚者だったと知る（『ジェイン・エア』）。ヒーローが信用していた人に裏切られる（『ダ・ヴィンチ・コード』）。

何でも構いませんが、ともかく**最悪**！　《触媒》より強力で破滅的！　勝てる気がしない。ヒーローの人生は、小説が始まったときより悪くなっています。

すべては失われたとしか思えません。

私が教える執筆講座の参加者の多くが、《完全なる喪失》を本当に酷くするのを避けて通ろうとします。自分が創ったヒーローを酷い目に合わせたくないから。逃げちゃだめ！　殺しちゃって！　クビにしちゃって！　破局に追いこんで！　ここでぬるい《完全なる喪失》を書いて、度外れて酷くしなかったら、最後に訪れるヒーローの変容が、ワザとらしくなってしまうから。もっともらしさを失うから。どん底と言ったら、どん底なんです！

す・べ・て・を・失・わ・せ・ろ。

では、そんなに劇的で感動的な変容を迎えられるようにこのビートを書くには、何をすればいいの？

ここに、**死のにおい**というのを注入します。死という言葉以上に絶望的なものはありません。だから、このあたりで登場人物が死んだり、死にかけたりするのです。無神経に聞こえるかもしれませんが、そういうものなんです。『さよならを待つふたりのために』の《完全なる喪失》では、オーガスタスが死にます。『ミー・ビフォア・ユー　きみと選んだ明日』では、ルーの献身にもかかわらず、ウィルは自ら命を絶つ可能性を仄めかします。エマ・ドナヒュー著の『部屋』では、ジョイが自殺未遂を起こします。『完全記憶探偵』のデッカーも自殺を考えます。『ハンガー・ゲーム』ではルー〔カットニスと共闘する贄の1人〕が殺されます。

あなたが好きな小説を思い出してください。《完全なる喪失》のビートでは何が起きるか。登場人物が死ぬとすれば、このビートで死ぬことが多いのです。特に師匠キャラ。このビートで師匠キャラを死なせると、残りの旅をヒーローが自分1人で進まなければならなくなるので、すごく効果的。自分の内面を深く見つめざるを得なくなり、そしてすでに答えを持っている自分に気づくのです。必要な力を、能力を、フォースを。『怒りの葡萄』では、説教師のケイシーが殺されて初めてトム・ジョードは、ケイシーの遺志を継いで人々を助ける使命を受けとめるのです。

実際に誰かが死ななくても、死をにおわせる何かが出てきます。部屋の隅で枯れている観葉植物。死んで浮かんだ金魚。頓挫した計画。壊れた人間関係。うまくいかなくなった商売。駄目になったアイデア。エミリー・ギフィン著の『サムシング・ボロウ』では、長年の友人に死が訪れます。ソフィー・キンセラ著の『レベッカのお買いもの日記』はコメディですが、《完全なる喪失》では死のにおいがします。クレジットカードが凍結されていたので、レジ係にカードを没収されてしまうという、クレジットカードの死が！

要するに、何かがここで死ななければならないのです。新しい世界が、新しいキャラクターが、そして新しい考え方が生まれ出るためには、古い世界が、古いキャラクターが、そして古い考え方が《完全なる喪失》で死なないと。

私は、ここを**もう1つの触媒**だと考えることにしてます。事態が激しく動くこのビートは、第一幕の《触媒》のビートと似た役目を果たします。最初の《触媒》がヒーローを悩ませ二幕に突入させたなら、《完全なる喪失》はヒーローを、《闇夜を彷徨う魂》に誘い、《三幕に突入》させます。

《完全なる喪失》でヒーローが被っている悲劇が何であれ、それは間接的であってもヒーローのせいで起きたことにするべき。なぜ？　だって、このバカがいつまで経ってもテーマを理解しないから！　裏の悪者が、あなたが書いたヒーローを内側から困らせ続けています。邪魔をし、間違いを犯させて。その果てに訪れた悲劇が、このビート。誰かの死の直接的な原因がヒーローでなくとも、ヒーローが置かれた暗い状況は、自分のせいなのです。

『グレッグのダメ日記』で、グレッグが親友ロウリーと絶好したのは、一方的にグレッグのせい。友達として駄目なことをしたから。グレッグはまだ、自分の行動に責任を取るというテーマを理解していません。『高慢と偏見』では、リディアが自分の判断でウィカムと駆け落ちしますが、エリザベスのダーシーに対する偏見があれほど強くなければ、リディアはもっと早くウィカムの本性に気づいて、こんな顛末にはならなかったはず。

　ここで起こる大変なことに、ヒーローは少しでも関係していなければいけません。でなきゃ、ヒーローが学ぶべき教訓がなくなっちゃうから。だから《完全なる喪失》というビートが大事なんです。ここにきて、ヒーローはすべてを失い、敗北の悲しみにのたうち苦しみ、過去に下した間違った判断の数々を反省します。それが、人生でもっとも重要な、もっとも激しく変化を促す反省になるとも知らずに。

12　闇夜を彷徨う魂

役割　《完全なる喪失》を経験したヒーローの反応と、最終的に覚悟を決める過程を見せる。

位置　75～80％（この終わりに二幕の幕を引く）。

《完全なる喪失》が「もう1つの触媒」なら、当然、《闇夜を彷徨う魂》は「もう1つの問答」です。どん底に落ちたヒーローは何をすればいい？　普通、何をする？　そう、反応します。

今まで起きたことについてすべて考えなおしてみます。深く、熟考します。そして、苦しみます。

個人的にはこのビートのことを「のたうつビート」と呼ぶのが好き。何しろヒーローがのたうち回るから。座りこんだり部屋の中をうろうろしたりしながら自己憐憫に浸るのが、このビート。雨が降ってることも。

ジェインはソーンフィールド邸から逃げ出し、危うく餓死しそうになる（『ジェイン・エア』）。カットニスは、ルーの亡骸を花で埋めて、死を悼む（『ハンガー・ゲーム』）。我が身の行く末も知れぬウィンストンは監獄の中でのたうち回る（『1984』）。［ウィルが死を仄めかすことを知ると］ルーは部屋に閉じこもって、何日も出てこない（『ミー・ビフォア・ユー　きみと選んだ明日』）。

ヒーローなら誰でものたうち苦しむのかというと、そうとも限りません。『ザ・ヘイト・ユー・ギヴ　あなたがくれた憎しみ』のスターは怒ります。カリルを死なせた者に法の正義が執行されないことを知り、暴動を起こしてすべてを破壊したいと思うのです。中には「否認」に陥るヒーローも。『グレッグのダメ日記』のグレッグは、親友のロウリーと一緒にいないほうが身のためだと自分を納得させ、他の子どもと遊んだりします。

ここでヒーローがどう反応するかというのは、そのヒーローの人格によって違います。人生最低のときに、どう振る舞えばいいのでしょう。

《完全なる喪失》は1場面ビートでした。悲劇はあっという間に襲いかかり、1場面または1章で終わり。ヒーローは自分に降りかかった悲劇を理解するために時間が必要。だから《闇夜を彷徨う魂》のビートは複数場面で構成されます。敗北と向き合うヒーローを、何場面、何章か使ってじっくり見せます。

でも、ただひたすら雨に打たれながらのたうち回ったり、悲しみに浸るだけではありません。《闇夜を彷徨う魂》には、とても重要で、しかも有益な役割役目があるんです。これは明け方前の闇。何か大きな展開が始まる前の暗闇なのです。

ここは、真の変化が訪れる前の、最後の瞬間。

だからこそ、思いもよらぬ発見はこのビートに集中するわけです。私はこのビートを**闇夜の啓示**とも呼びます。最後の手がかりが見つかり、謎が解ける。ヒーローがそれまでと違った視点で何かを発見する。今まで見ようとして失敗し続けたものが、急に見えるようになる。大体の場合、この《闇夜を彷徨う魂》のビートで謎（ミステリー小説に限らず）が解かれます。『完全記憶探偵』の主人公デッカーは、《闇夜を彷徨う魂》のビートの最後で、なぜ自分の命が狙われるのか気づきます（パズルの最後のピース）。『レベッカのお買いもの日記』の《闇夜を彷徨う魂》の終わりでは、レベッカが大手金融機関が投資家相手に詐欺行為を働いていることを見抜きます。

今、人生は最低ですっかりへこんでいるヒーローですが、心の底で何かがちゃんと機能しているわけです。それは、分析力。ずっと考え続けている。自分の人生を分解して、自分の下した決断を一つ一つチェックしている。求めるものを手にするために今まで試して失敗したすべての行動について、考えを巡らせている。そして、ゆっくりと最終的な結論に近づいている。

だから、《問答》のビートと同じように、《闇夜を彷徨う魂》も問いかけを中心に展開します。ヒーローはこれから何をすればいいのか？　絶望的な状況にどう対処すればいいのか？　どうやったら第三幕に突入できるのか？　『怒りの葡萄』のトム・ジョードは、説教師ケイシーを殺した男を殺して敵を討ちます。「ジョードはこれからどうするんだろう?」が《闇夜を彷徨う魂》の問いかけ。『火星の人』のマークがNASAと交信不能になったときの問いかけは「どうやったらアレス4にたどり着いて、クルーと合流できるのだろう?」。

ここは、小説全体の中でただ1回だけ、ヒーローに**後戻り**が許されるところ。前進しなくても構わないのです。私はこれを**慣れ親しんだものへの回帰**と呼んでいます。『レベッカのお買いもの日記』では、運もお金も尽きてどん底に落ちたレベッカが、安心を求めて両親の家に戻ります。『ミー・ビフォア・ユー　きみと選んだ明日』のルーは、ウィルを空港に置き去りにした後、両親の家に引っ越します。

無理でなければ、あなたのヒーローを出発点に戻してみてください。昔の友人と再会する。別れた恋人/配偶者とよりを戻す。昔の職場に戻る。第一幕の現状の世界に戻してやります。のたうち回って、どうしていいかわからない状態なら、慣れ親しんだところへ帰りたいと思うのは自然ですから。そして、ここが大事。戻ったとしても、全然安心できないし、懐かしくもない。まったく昔と同じように感じられない。

慣れ親しんだものへの帰還によって、ヒーローがどれだけ変わってしまったかを、くっきりと見せることができます。ヒーローはもはや、第一幕の**命題の人**ではないのです。ひっくり返った世界を通過したことで、別の人になったのです。第一幕の世界に放りこんでやることで、変化はより強調されます。以前あんなに居心地の良かった場所で、見知らぬ他人のように感じる自分がいる。これを見てヒーロー(と読者)は、自分が第一幕の世界の住人ではなくなったことをはっきり理解します。昔の生活には戻れない。

だから、難しい決断をしなければならない。

第二幕で貼った絆創膏を引っぺがし、その下に隠された深い傷を直視して、本当に治さなければならない。

本当に変わるときがきました。

第三幕

終点はもうすぐ！　ここは第三幕、最後の幕。またの名を**統合命題**。覚えていますか？　第一幕は命題（または、現状の世界）。第二幕は反対命題の世界（または、ひっくり返した世界）。だから、第三幕は統合命題の世界（命題と反対命題を融合させた世界）。
私好みに別の言い方をすれば、こうなります。

第一幕の元々のヒーロー　＋　第二幕でヒーローが学んだ物事　＝　第三幕でヒーローがなる人

《中間点》があらゆる物事の交差点だとすれば、この最終幕ではすべての物事が統合されます。ヒーローは、第一幕の自分と第二幕の自分を混ぜ合わせて、新しい改良型の第三幕の自分になるのです。壊れた友情は元どおり、人間関係は修復され、別れた恋人たちは復縁します。AストーリーとBストーリーが再び交差しますが、今度は絡みあって1本のストーリーになります。最高の組み合わせ。見せ場たっぷりの**表の物語**と、**裏の物語**が獲得した知恵と知識が融合し、動的で力強く心を掴む第三幕の物語となって読者の心に響き、息を奪います！

13　三幕に突入

三幕に突入 ＞ フィナーレ ＞ 終わりの光景

役割　ヒーローを第三幕の統合命題の世界に導く。そこでヒーローは、ついに正しい方法で問題を修復する。
位置　80%

ご覧ください、答えです！　解決法が見つかり、修理完了！

《三幕に突入》は、文字どおり**突破**のビート。ついにこの瞬間がきました。ひっくり返した世界で散々苦闘した甲斐あって、テーマの象徴であるBストーリーのキャラクターに教えてもらった大事なレッスンのお陰で、そして、あなたが仕組んだ感情的絶叫ローラーコースターに耐えた甲斐あって、あなたのヒーローは、第二幕で身から出た錆で発生した諸問題（たっぷりと！）を修復するためにすべきことを理解します。そしてなにより、**自分自身**を変えるために、すべきことを。

《二幕に突入》のビートでは直すつもりで壊していたヒーローですが、《三幕に突入》でついに、**正しい方法で修復する**やり方を考えつきます。もう近道はなし。ズルもなし。肝心要の問題から目を背けるのもなし。すべてを失い、どん底に落ち、闇夜を彷徨ったヒーローですから、今こそ何をすべきかわかっているのです。

ルー・クラークは迷ってないでスイス行きの飛行機に乗り、ウィルの死に立ち会いに飛ばなければなりません（『ミー・ビフォア・ユー　きみと選んだ明日』）。レベッカ・ブルームウッドは人生最高の記事を書き、投資家を騙している大手金融機関を告発しなければなりません（『レベッカのお買いもの日記』）。マーク・ワトニーはNASAの助けなしでアレス4にたどり着く方法を考案しなければなりません（『火星の人』）。エイモス・デッカーは家族を殺した犯人たちに独りで立ち向かわなければなりません（『完全記憶探偵』）。スター・ウィリアムズは、彼女の本当の武器、つまり自分の声で戦う覚悟をしなければなりません（『ザ・ヘイト・ユー・ギヴ　あなたがくれた憎しみ』）。そしてトム・ジョードは自分の問題から逃げることをやめ、労働者を組織して不当な仕打ちに終止符を打たなければなりません（『怒りの葡萄』）。

《三幕に突入》では、ほぼ間違いなくヒーローが悟る瞬間が訪れます。

「変わらなければならないのは他のみんなではなくて、私だったのだ」

ここにいたるまでのヒーローは、持てる力のすべてを費やして、自分の人生に影を落としている本当の問題を避けてきました。語られたテーマは無視。本当に必要なものは追わず、欲しいものだけ求める。直すつもりで壊す。それを全部他人のせいにする。そろそろ悪あがきはやめて、重くて冷たい真実を見つめるとき。

「最初から自分の問題だったということが、今わかった。だから直せる」

ここは1場面ビートです。1場面または1章を使って、ヒーローの悟りと悟った帰結の決断を見せます（実際、1ページどころか、1行で見事にヒーローの悟りと決断を見せた例もたくさんあります）。このビートを使って、素早く、そして確実にヒーロー（と読者）を最後の幕へ引っ張りこんでください。

三幕に突入 ＞ **フィナーレ** ＞ 終わりの光景

役割　第二幕で発生したすべての問題を解決し、ヒーローがテーマを自分のものとして受けとめ、変容を遂げたことを証明する。

位置　80〜99％

あなたのヒーローは、ついに悪あがきをやめて何をすべきか理解しました。次は？　そう、次があるのです。理解したなら、実行しなきゃ。のんびり座って「変わったぜ」とか言うのと、実際に行動に移すのでは天と地の差。立ち上がって、三幕に突入して考えた作戦を実行するときはきているのです。これが最後のテスト。うまくいくだろうか？　まあ、見てみましょう。

第三幕にはたった3つしかビートがないのにお気づきですか？　第一幕には5つ、第二幕にはなんと7つもあったのに。どういうことかと言うと、この《フィナーレ》のビートはかなり長めになるということです。複数場面で構成され、基本的に第三幕の大半を占めます（小説全体の20％近く！）。

そんなにたくさんのページで何か起きるというの？

ヒーローが新しい作戦を実行する。それはそうだけど、それをどうやって飽きさせず、急ぎ過ぎずに第三幕全体に引っ張ればいいのか。

その答えは**フィナーレの5段階**と呼ばれる、天才的で感動的な方法。これを知ったら、あなたの人生が絶対変わる。

このフィナーレの5段階というのは、《フィナーレ》のビートをさらに5つのサブビートを割ったもの。小説という長い旅の最後の部分に、さらに細かく道路標示をつけてくれます。有難いですよね。何しろフィニッシュラインはもうすぐなんですから。もうずっと運転しっぱなしで、疲れたし。眠いし。小さなゴールをいくつも設けて、1回の走行距離を減らしながら、なんとか終着点にたどり着きましょう。

フィナーレの5段階は、第三幕という城を攻略するのに必要な設計図です。城というのは比喩ですよ。城じゃなくて構いません。ルー・クラークは、ウィルが死ぬ前にスイスに着く（『ミー・ビフォア・ユー　きみと選んだ明日』）。ゲームに勝ち残る（『ハンガー・ゲーム』）。アレス4の発着台にたどり着く（『火星の人』）。もちろん文字どおり城の話でも構いません。レバーナ王女の邪悪な企みをカイ皇太子に知らせるために、シンダーはお城で開かれる舞踏会に侵入しなければならない（マリッサ・メイヤー著『Cinder　シンダー』）。

比喩的な意味で、「城」というのは「攻略作戦」だと考えてください、そして、フィナーレの5段階を使えば、最大限に興味深い第三幕にするための攻略作戦を、見事に遂行することができますから。早速、段階ごとに見ていきましょう。

第一段階　チーム招集

ヒーローが城に攻め入るには、助っ人が必要です。同じ志をもつ仲間が必要。兵力を集めないと！　本当の兵士たちという場合もありますが、すごく仲の良い友達でも構いません。忘れないでほしいのですが、第二幕の《全なる喪失》の後ですから、中には口も利かなくなった友達がいるかも。だから、助けを求める前に仲直りの必要があるかも。実はそれが、チーム招集というサブビートの（そして第三幕そのものの）大事な役割なのです。ヒーローは仲違いを修復し、非を認め、何も見えてないバカは自分だったと認めなければ。これも、ヒーローが変わる軌跡の一部なのです。『ハンガー・ゲーム』でゲームメーカー［主催者］が2人の勝者を認めるという特例を宣言したとき、カットニスはピータと組まなければと思います。でも、まずはピータを見つけなければ。

ヒーローは絶対にチームを招集しなければ城の攻略ができないというわけではありません。独りで攻め入るヒーローの話はたくさんあります。このサブビートは、**道具集め**（武器の装着、計画立案、物資確保、ルートの選択、等々）としても使えます。『火星の人』のマーク・ワトニーがアレス4に向かって出発する前に、まず探査車の準備をして、ルートを設定しなければなりません。この場合は、《三幕に突入》のビートで立てた大いなる計画を実行するための、準備の時間ということになります。

第二段階　作戦実行

このサブビートでは、いよいよ城を攻めます（比喩的に、または文字どおり）。チームは招集され、武器は装着され、物資は集められ、攻撃ルートは決まった。準備完了！　マーク・ワトニーはアレス4に向けて出発し（『火星の人』）、ルーはスイス行きの飛行機に乗り（『ミー・ビフォア・ユー　きみと選んだ明日』）、カットニスとピータは他の贄を倒してただ2人の生き残りになる（『ハンガー・ゲーム』）。

あなたのヒーローとそのチーム（いない場合は独り）が作戦を実行するに際して、どんなに頑張っても無理だろうという空気は必須。頭がおかしいような作戦に見えなければ。そして、チームが力を合わせて作戦を遂行するにつれ、次第に増す達成感も必須。つかみどころのないキャラクターに個人的な見せ場を与えるなら、ここです。小説のどこかでお膳立てした変わったスキル、道具、または妙な癖がここで役に立つように仕組むこともできます。少しずつですが、作戦がうまくいっているように見せます。チームは作戦を成功させるかも。もしかして、そんなに頭のおかしい作戦じゃなかったのかも。もしかしたら——言っちゃいますよ——簡単にいくのかも！

このサブビートでは、脇役キャラたちが大義のために**Bストーリーの犠牲**になって脱落し始めます。命を落とす者もいるし、ヒーローを庇って銃弾を受けるかも。あるいはヒーローが輝くチャンスを与えるために、あえて身を引くかもしれません。J・K・ローリング著『ハリー・ポッターと賢者の石』では3人の子どもたちが賢者の石を探して隠し扉を抜けていきますが、ハリーが最後の部屋にたどり着けるようにロンとハーマイオニーが身を挺します。もちろんこれには意味があります。チームのメンバーが1人脱落するたびに、ヒーローは自分の力を試されるから。問題を解決する力を備えていると証明することになるのです。

第三段階　高い塔でビックリ仰天

ヒーローとそのチームが作戦を実行しました。城に攻め入り、すべては順調に見えます。でも、皆さんはもうおわかりでしょうが、「SAVE THE CAT!」の世界では見た目どおりのことなんてありません。ここで、《高い塔でビックリ仰天》が参上！　このサブビートの名前は、よくあるお伽噺に由来しています。ヒーローが囚われの姫を救いに高い塔に突入すると……ビックリ仰天！　姫がいない！　それどころか、悪者たちはヒーローを追い詰めてしまうというやつ。

あなたの小説には、本物の悪人も、本物の高い塔も、本物の姫君さえも登場しないかもしれませんが、それでもこのサブビートは同じ役割を果たします。ヒーローとそのチームが調子に乗り過ぎたことを見せるという役割。こんな作戦、うまくいくはずなかっただろう？　そんなに簡単にいくわけないだろう？　カットニスとピータがハンガー・ゲームで勝ち残ると、ゲームメーカーは、やはり勝者は1人だけであるとルール変更を宣言します（『ハンガー・ゲーム』）。ルーがスイスに到着したとき、彼女はまだウィルが［安楽死を諦めるように］決断を変えてほしいと願っていますが、彼の決意は変わりません（『ミー・ビフォア・ユー　きみと選んだ明日』）。マーク・ワトニーはアレス4にたどり着くと、MAV［火星上昇機］に「手術」［軽量化の措置］を施さないと脱出できないとNASAの指令室に言われます。マークの返事は「バカにしてんのか？」（『火星の人』330ページ）。

《高い塔でビックリ仰天》は、要するにヒーローが自分の価値を証明するように押しつけられたひねりの1つ。ある意味、もう1つの《触媒》とも言えます。ヒーローに向かって投げつけられた、対処せずには済ませられない変化球。ここまでくると、努力も筋肉も武器も知恵も、ヒーローの助けになりません。ヒーローは、自分の心の奥底まで潜っていって重要な何かを拾ってこなければならないのです。

第四段階　真実を掘り当てる

もし《高い塔でビックリ仰天》がさらにもう1つの《触媒》だとしたら、この《真実を掘り当てる》は何でしょう。そう、もう1つの《問答》！　パターンが読めてきましたか？　原因と結果。アクションとリアクション。これこそ、物語の秘密の暗号。それがあるから、ビート・シートはうまくいく。そして、素晴らしい物語には、それがある。

《フィナーレ》の中でも、特にみんなが待ちかねていたのがこのサブビート。いや、この際はっきり言っちゃいます。小説の最初からずっとみんなが待っていたのが、このサブビート。《高い塔でビックリ仰天》で、ヒーローは再び敗北し、すべてを失ったかに見えます。もう策がない。応援もない。希望もない。何もない――けど1つだけ残されたもの。ヒーロー自身がまだ気づいていないそれは、心の奥深くに潜んでいる、何にも勝る強力な武器。

それはこの小説のテーマ。

それはヒーローが克服した欠点。

それは自分が変ったという証拠。

そして何よりそれは、あなたの本の冒頭ではヒーローが決してなし得なかったこと。欠点だらけのイモムシだったのは、もう遠い昔のこと。今こそ、美しく力強い蝶に成長した姿を見せるとき。

第1章で、ヒーローの欠点をいろいろと決めましたよね。そのとき、不完全な心を持った、変わらなければならない人としてヒーローを描き、その心の奥にずっと放置されたままのガラスの欠片が何か考えろと言いましたよね。

今ここで、ヒーローに自分の心の奥底まで掘り進み、そのガラスの破片を取り除いてもらいます。問題を根本から引き抜き、すべてに打ち勝つときです。例えば『ハンガー・ゲーム』の中でも印象的な場面。キャピトルに反抗する意思表明として、カットニスが毒の実を食べようとする［死ぬとゲームが無効になり政府のメンツ丸潰れ］。自分はゲームの駒じゃないという宣言。そして『ミー・ビフォア・ユー　きみと選んだ明日』のルーがついにウィルの意思［安楽死］を尊重しようと決断する場面。人は他人のために生きることはできず、自分の人生は自分のものだという悟り。そして『火星の人』のマーク・ワトニーが「今日こそ本当に死ぬかもしれない」（340ページ）という運命と対峙する場面。

このサブビートは、別名**聖なる何かに触れられる瞬間**です。宗教は関係ないですよ。宗教と無関係でもOK。でも、あなたが書く小説には魂がなければ。読者の魂に語りかけなければ。さて、いよいよヒーローが清水の舞台から飛びます！　信ずる者は救われると信じて！

第五段階　新しい作戦を実行

ついにきました。ヒーローは心の奥底に潜んでいた真実を掘り当て、ガラスの欠片を取り除き、安全ネットも命綱もなしで一か八か飛び降ります。そうして初めて勝利を手にする権利を得るのです。

カットニスとピータが毒の実を食べ始めた途端、ゲームメーカーたちはルールを変えて、2人とも勝者にします［本来、勝者は1人だけ］（『ハンガー・ゲーム』）。マーク・ワトニーは、いろいろ取り払って軽量化したコンバーティブルのＭＡＶ［火星上昇機］に乗って一か八か飛び立ちます（『火星の人』）。ルー・クラークはウィルに最後の別れを告げます（『ミー・ビフォア・ユー　きみと選んだ明日』）。

このサブビートでは、ヒーローは大胆不敵な新作戦を実行して――もちろん成功します！　なぜって、あれだけ魂の深い部分を探って自分と向き合って、散々苦労して自分を変えたんですから。人間の精神が、諦めない心が、最後には何者にも打ち勝って終わるのを、読者は待っているんです。だから読者の心が震えるのです。地獄巡りをさせられ、本当に勝つまで何度も何度も戦わせられ、答えを見つけるために心の底まで曝け出して、ヒーローはようやく物語のエンディングに相応しいヒーローになるのです。

もし、ヒーローが失敗してあなたの物語が終わるのであれば、その失敗には**意味**があります。失敗からも学ぶべき人間的教訓があります。やらずに後悔するより、やって後悔と言うじゃないですか。

以上、フィナーレの5段階でした。あなたが書いた素晴らしい変容の旅路に相応しい最高のエンディングです。あなたが打ち上げた花火の華々しいクライマックス。この瞬間に、物語の「メッセージ」にピントが合い、読者の心に鮮やかに、いつまでも残るのです。考えさせる何か。魂の奥で震える何かが。

フィナーレの5段階は、絶対に必要なのかというと、そうとは限りません。5段階以下のもっと短いフィナーレで、最高に心に残る小説はたくさんあります。フィナーレの5段階を試してみたほうがいいかと問われたら、答えは「絶対お勧め」。15段階のビートと同様、この5段階は、あなたが書いている物語の焦点を絞り、読者の納得の結末を書く助けになります。

書き方はさて置き、《フィナーレ》は絶対に散漫にならないように。ヒーローが何もしないで勝利するようなことがないように。何かに気づくことなく三幕に突入して、悩むこともなく、障害物もなく、邪魔もされずに最後の作戦を実行することにならないように。変わるためにたっぷり努力させてください。ヒーローが苦労せずにさっさと終わってしまう《フィナーレ》には、こんなレビューが書かれる危険があります。

「面白い話だが、結末を畳むのが簡単過ぎ」

一幕、二幕と同じように、第三幕を感情的で行動に溢れて、激しくうねるように書く努力をすれば、あなたの小説は間違いなくひとつ上の高みに昇ります。そして、最後の最後のビートが、ヒーローにも読者にも、そして書いたあなた本人にも「勝ち取った」と思えるものになるのです。

15　終わりの光景

三幕に突入 → フィナーレ → **終わりの光景**

役割　ここで変わったヒーローとその世界を見せる「アフター」の光景。

位置　99〜100%（これであなたの小説は終わり）

やりましたね。最後のビートにたどり着きました。

《始まりの光景》が「ビフォー」なら、この《終わりの光景》は「アフター」の写真です。これは、長い長い変容の旅を終えたヒーローの姿を見せるための1場面ビートです。

どれだけの距離を旅してきたか。何を学んだか。人間としてどれだけ成長したか。《闇夜を彷徨う魂》を潜り抜け、内なる悪魔と対峙し、ガラスの欠片を引っこ抜き、世界の反対側から出てきたら、そこにはどんな光景が待っていたのか。

『ミー・ビフォア・ユー　きみと選んだ明日』の《終わりの光景》は、パリでコーヒーを飲んでいる、ついに自分自身の人生を歩き始めたルーの姿です。小さなイギリスの田舎町に閉じこめられていた《始まりの光景》とは雲泥の差。『火星の人』では、マークがヘルメス号に乗り移り、宇宙飛行士の仲間と再会します。火星上で同じ仲間たちに見捨てられた《始まりの光景》の正反対です。『ハンガー・ゲーム』の《終わりの光景》は、第12地区に帰る列車に乗るカットニスとピータ。もはやカットニスは、生き残るだけで精いっぱいの可哀そうな少女ではありません。彼女は勝者、そして反抗者なのです。

この最後の1場面または1章の中で、ヒーローが良い方向に変わったということが一目で読者にわからなければいけません。もしあなたが書いた《終わりの光景》が《始まりの光景》と鮮烈にくっきり違わない場合は、どこかのビートに書き直しの必要があるということです。ヒーローの始めの姿と終わりの姿が違えば違うほど、あなたが書いた物語の肝がくっきり見えるのです。

そう、物語はぐるぐる同じところを回るものではないのです。ちゃんと**どこか**にたどり着いて終わるもの。だから、甲斐のあるものにしましょう。ちゃんと第一幕で欠点のあるヒーローをお膳立てして、第二幕で引っ掻き回して、第三幕で自分の価値を証明させましょう。素晴らしい《終わりの光景》を見ることで、ちゃんとここまでの長い道のりをついてきた読者にご褒美をあげましょう。そのとき読者の心に浮かぶ言葉は、たった一言で十分です。

「すごい……！」

変身マシン

以上、15段階のビートを最初から最後まで解説しました。「SAVE THE CAT!」式ビート・シート。それは魔法のプロット用紙。
ビート・シートは**変身マシン**とも呼ばれますが、理由の見当はつきますよね。欠点や問題を抱えたヒーローが一方からマシンの中に入り、魔法のように反対からすっかり変わって出てくるから！　変身マシンというのは、ヒーローを再プログラムするように設計されています。ヒーローの考え方から行動にいたるまでをすっかり変えるために。小説に登場するヒーローたちは、融通の利かない（そして欠陥だらけの）プログラムに命令されて、間違いを犯しながら動き回る小さなロボットだと考えてみてください。変身マシンを通り抜けるというのは、このロボットの内部配線をいじってちゃんと動くように、そしてちゃんとした判断ができるようにしてあげるということ。

結局、どの物語も同じことをしているわけです。ヒーローをプログラムし直し、変身させる。ビート・シートは、そのプログラミングの手引きです。どの配線を切って、どのコードをどの順番で書き換えるか。

ね、いいでしょ？

でも、ちょっと待った！　ということは、ビートはいつも同じ順番じゃないとだめ？

そんなことはありません。この後、15段階のビートで分析した10本の人気小説を紹介しますが、中にはビートの順番が前後しているものもあります。《語られるテーマ》が《触媒》の後にくる小説もあります。《触媒》がすごく早くきて、お陰で《お膳立て》と《問答》が一緒になっちゃうのも。偽りの勝利または敗北が、《中間点》より少し前、あるいは後にきていることも。Bストーリーのキャラクターが A ストーリーで紹介されて、第二幕に入ってから重要なキャラクターになるというのもあります。

大事なのは、順番が違ってもビートは全部あるということ。かつて語られたほとんどすべての物語に同じことが言えます。前にも言いましたが、ビートは方程式でもひな形でもありません。ビートの正体は、それがあるから物語がちゃんと動くという機関。なぜかというと、人間も同じ機関で動くから。《触媒》がなければ、ヒーローは退屈な第一幕の世界から一生出ないでしょう。《中間点》でハードルが上がらなければ、ヒーローは本当に大事なものの存在に気づくことなく、《お楽しみ》のビートを彷徨い続けるでしょう。《完全なる喪失》でどん底に落ちなければ、正しく変わることがなく終わるでしょう。

それが物語というものです。

それが人生というものだから。

見本がないと今ひとつ具体的にイメージできないというあなた。第15章「あなたの悩みをすべて解決」の中の「構成が物足りない！」（434ページ）で、ビート・シートの活用法を参照してください。

練習

あなたのヒーローが経験する変容は、考えられる限り大きなものですか？　各ビートが持つ力を最大限に絞り出しましたか？　このチェックリストで、ヒーローが変身したかどうか測ってみましょう。

始まりの光景

- □ 1場面または連続性のある数場面で構成されていますか？
- □ 視覚的ですか（説明ではなく、見せていますか）？

□ ここですでに、ヒーローの欠点か問題が最低1つは見えますか？

語られるテーマ

□ あなたが考えたテーマは、ヒーローの本当に必要なもの、または魂の教訓と直結していますか？
□ テーマを仄めかすのはヒーロー本人ではなく、他の誰か（または何か？）ですか？
□ あなたのヒーローは、仄めかされたテーマを自然に無視できますか？

お膳立て

□ ヒーローが抱える要修理案件を、最低1つは出しましたか？
□ Aストーリーのキャラクターを、最低1人は導入しましたか？
□ ヒーローが求めるもの、つまり表面的なゴールを最低1つは紹介しましたか？
□ 様々な日常的空間（家、仕事、遊び）にいるヒーローを見せましたか？
□ ヒーローの欠点や問題は、このビートで明らかになりますか？
□ 早く変わらないと大変なことになるという緊迫感（停滞＝死の瞬間）を出しましたか？

触媒

- □《触媒》はヒーローに降りかかるように訪れますか？
- □ここは、ヒーローが行動するビートになっていますか？（説明はご法度）
- □触媒投下後、ヒーローは元の世界に帰れないようになっていますか？
- □その《触媒》は、ちゃんと現状の世界を破壊するほど強力なものですか？

問答

- □あなたの《問答》は、一言の問いかけにまとめられますか？　もしあなたの《問答》が「準備のための問答」なら、それが何の準備でなぜ準備が必要なのか、すぐわかるように書きましたか？
- □ヒーローに躊躇させましたか？
- □ヒーローが、日常の様々な環境（家、仕事、遊び）で問答する姿を見せましたか？

二幕に突入

□ヒーローは、古い世界から出て、新しい世界に入っていきますか？

□実際にどこかに行くのでない場合は、何か新しいことを始めましたか？

□第二幕の世界は第一幕の世界の正反対になっていますか？

□第一幕から第二幕になったことが、明確ですか？

□ヒーローは、自分の意思で積極的に第二幕の世界に入りますか？

□ヒーローは、ちゃんと求めるものを追って第二幕の世界に入る決断をしましたか？

□ヒーローの行動が、直すつもりで壊すことになる理由を言えますか？

Bストーリー

□新しい恋愛対象、師匠、友達、または仇敵を導入しましたか？

□《Bストーリー》のキャラクター（1人、複数でも）が、どのようにテーマを具現するか言えますか？

□新しく導入するキャラクターが、何らかの形で第二幕のひっくり返った世界の産物になっていますか？（もし第一幕にその人がいたら、悪目立ちするようになっていますか？）

お楽しみ

□ヒーローが新しい世界で楽しんでいる、または苦しんでいる姿を見せましたか？

□約束されたあなたの小説の売りが、ちゃんとここで読めるようになっていますか？

□第二幕の世界が、第一幕の世界と正反対であることが、手に取るようにわかりますか？

中間点

□ここで偽りの勝利または敗北がきていることが、読めば明確にわかりますか？

□物語のハードルを上げましたか？

□Aストーリー（表面）とBストーリー（内面）が交差しますか？

□求めるものから本当に必要なものへの移行が、たとえ微細なものでも読めばわかりますか？

忍び寄る悪者

□《お楽しみ》のビートとは反対の方向に向いて物語が進みますか？（例えば、《お楽しみ》のビートでうまいことやっていたなら、ここでは苦しんでいますか？）

□裏の悪者（欠点）が、どのようにヒーローを苦しめるか見せましたか？

完全なる喪失

□ ヒーローに襲いかかる何かがありますか？

□ その何かはヒーローを第三幕に突入させるほど大きなものですか？（ちゃんとどん底に落ちましたか？）

□ ちゃんと、死のにおいを入れましたか？

□ 《触媒》のように変化を促すものになっていますか？

夜闇を彷徨う魂

□ ヒーローは自己を見つめていますか？

□ ヒーローは何らかの啓示に導かれていますか？

□ ヒーローが置かれた状況は、小説の最初よりも酷くなっていますか？

三幕へ突入

□ ヒーローはここで普遍的な教訓（テーマ）を学びますか？

□ ヒーローは問題を修復するために積極的に行動しますか？

□ ヒーローの決断は、本当に必要なものに導かれていますか？

□ ヒーローの行動が正しい理由を説明できますか？

□ 第三幕の世界は、第一幕と二幕に対する総合命題になっていますか？

フィナーレ

□ ヒーローは、作戦遂行で苦労しますか？（ちゃんと対立はありますか？）

□ 《真実を掘り当てる》が、ヒーローがテーマを自分のものにした証拠になっていますか？

□ AストーリーとBストーリーが何らかの形でより合わさって1本になっていますか？

終わりの光景

□ 1場面または、いくつかの連続した場面で構成されていますか？

□ この光景は視覚的になっていますか？

□ 一目でヒーローが変容したことがわかるようになっていますか？

□ 「アフター」の光景が、ある意味「ビフォー」の光景の鏡写しになっていますか？

第3部
物語ジャンルをマスターする

第3章

すべての物語にあてはまる10のジャンル

もちろん、あなたが書いている小説も

良い物語を書きたければ、どんな材料をどう使うか知らなければ、というのは当たり前ですよね。それと同じで、書いた小説に成功を望むなら、成功した小説を読まなければ。成功する小説は、どう機能するのか。何が成功に必要な要素なのか。どうして大勢の心を揺さぶるのか。中身を見られるように小説をこじ開けて、何がどう動いているか調べなければ。医学生が人体について学ぶのに解剖するのと同じ。

個々の部品はどういう仕事をしているの？

この部品はどうしてここにあるの？

どの物語にも共通する何かがあるのは、なぜ？

つまり、うまい書き手になるには、まずうまい読み手にならなければ。

でも、そこにはちょっとした問題があります。

小説といっても、たくさんあるじゃないですか。何千万タイトルとか。全部読むなんて、絶対に無理。でも、よく聴いてください。全部読まなくてもいいんです！

「あらゆる小説をたった10のジャンルに分けて、その10のジャンルを理解すればいい」、と言ったらどうしますか？　共通性のある物語をタイプ別に分類して、それぞれのタイプに共通した性質を特定してテンプレートとしてまとめ、それに従えばあるジャンルに属する物語が書けると言ったら？　それって可能……？

私が何を言うか、もうわかってますよね。

可能です。

ていうか、もうやっちゃってます。

そう、それが「SAVE THE CAT!」式の物語のジャンル分類ですよ。

前章では、ビート・シートを使って、物語そのものの機能と作動の仕方を分析しました。ここからは一歩進んで、タイプ別に物語の機能と作動の仕方を見ていきます。それを頼れる設計図として、あなたが心躍らせる小説を書けるように。

この章のタイトルを見て見当がついたと思いますが、「ジャンル」という言葉に惑わされないように。私は、コメディとかドラマとかホラーとかミステリーとかスリラーとかいうカビの生えたジャンルの話をしているのではありません。そういうジャンルは「ムード」で分けたジャンル。私がするのは、「ストーリーの語られ方」で分けたジャンルの話。

あなたは、どういう物語を語ろうとしているの？

あなたのヒーローは、どういう変容を遂げることになるの？

あなたが小説を通して答えを出そうとしているテーマ、または問いは何？

このような問いに答えていくことで、小説は開発しやすくなります。「SAVE THE CAT!」式のジャンル分類は、まさにこのような問いに答えるために設計されているのです。

そして、「SAVE THE CAT!」式のジャンル分類について、素晴らしい報せがあります！　なんと、たった10個しかないんです。ホメロスの壮大な叙事詩『オデュッセイア』から、ジェイン・オースティンの古典的名作『高慢と偏見』、さらには最近の大ヒット小説、ポーラ・ホーキンズの『ガール・オン・ザ・トレイン』にいたるまで、すべては10タイプの物語にきれいに分けられてしまうんです。ジャンルを勉強していくにつれ、あるジャンルに属するすべての物語に、必ず繰り返し登場する共通した要素があることが、あなたにも見えるようになります。

また、誰かが「方程式」とか「穴埋め」とか言い出す前に、どうしてすべての物語が10のタイプに分けられるか説明します。

それが、その物語がうまく作動するために必要な部品だから。

人間の感情というものは、物語を構成する特定の要素に特定の反応をするように配線されているのです。それらの要素がある特定の順序で並べられたとき、私たちの心を歌わせ、魂を泣かせるのです。そして内に秘めた人間性を音叉のように震えさせるのです。だから、それぞれのジャンルを構成する要素を分析し、それがどのような順序で構成されるとうまく働くか調べれば、あるジャンルに属する小説がどうしてそんなに素晴らしいのか可視化できるはず。そして、古くはジェフリー・チョーサーの『カンタベリー物語』から、アーネスト・クラインの『ゲームウォーズ』にいたるまで（ちなみに、どちらも同ジャンル）、同じ要素が、同じパターンが繰り返し現れる理由が見えるはず。

15段階のビートと同じで、「SAVE THE CAT!」式ジャンル分類は、物語をコード化して10のタイプに分けたもの。何千年にもわたる文学の歴史と蓄積を、誰にでも簡単に使えるたった10のテンプレートに抽出したというわけです。

「何かうまくいってないいんだけど、なぜかわからない！」と髪の毛を掻きむしる日々ともおさらばです。あなたが書く物語がどのジャンルに属するか見極めて、そのジャンルに必要な要素をちゃんと入れさえすれば大丈夫。あなたが書く物語は、うまくいきます。

信じない？　ならとりあえず、10のジャンルそれぞれで分析するために私が選んだ1世紀ぶんの小説群を見てください。誰もが知ってる作家たちが全員、これから解説するテンプレートと同じ方法論で書いてうまくいったんですから。作家たちがテンプレートの存在に気づいていたかどうかは知りませんよ。でも結果は同じこと。

だから、あなたにもできる。

続く10章にわたって、10のジャンルを1つずつ詳細に分析していきます。その前に、「SAVE THE CAT!」式ジャンル分類がどんなものか、ざっと目をとおしておきましょう。

1　どうしてそんなことを？

ヒーロー（探偵とは限らないが探偵でも可）が謎を解くうちに、人間というものの暗く衝撃的な面が暴かれていく。

2　**大人の階段**

ヒーローが、人生につきものの痛みや苦難を乗り越えていく（死、別離、喪失、離婚、中毒、成長、等々）。

3　**組織と制度**

ある集団（組織、体制、家族）に入ろうとする、またはすでにその中に深く入りこんでいるヒーローが、その集団の一員になるか、逃げるか、集団を破壊するか決断を迫られる。

4　**スーパーヒーロー**

非凡なヒーローが平凡な世界の中で、自分という特別な存在、または定められた特別な運命と折り合いをつける。

5　**絶体絶命の凡人**

平凡で疑うことを知らないヒーローが、突然平凡ではない状況に放り込まれて、対応を迫られる。

6　**最後に笑うおバカさん**

人から大したことないと目される負け犬が、なんらかの「体制」に立ち向かう羽目になり、その隠し持っていた価値によって社会に認められる。

7　**相棒愛**

誰かとの出会いによってヒーローが変容する。その誰かは、恋愛相手、友人、ペットでもあり得るが、それ以外でも可。

8　**魔法のランプ**

普通の人であるヒーローが、一時的に「魔法の力」を与えられ、願いが叶ったり、呪いが成就したりする。その過程でヒーローは「現実」をよりよく生きるという教訓を得る。

9　**黄金の羊毛**

ヒーロー（個人またはグループ）が、何かを求めて陸路、海路にかかわらず旅に出る。求めていた何かの代わりに別のもの（自分／自分たち）を見つける。

10　**家にいる化け物**

ヒーロー（個人またはグループ）が、超自然的であってもなくても、密室内（または限定的な状況）にいる何らかの化け物と対峙しなければならない。その化け物が現れたのは、物語内の誰かのせい。

いつもと同じもの……でも、違うやつ

「すべての物語は、もう語り尽くされている」というようなことを言ったのは誰でしたっけ。聞いたこと、あります？　この後続く10章を読むと、それが正しいことがわかります。小説を書くという世界において、誰も書いたことのない小説というのは、存在しません。オリジナルなんてない。そんな言葉は、さっさと窓の外に捨てちゃってください。

　でも「新鮮」という言葉はありますよ。

新鮮に再解釈された昔からある物語。それが読者と出版社が望んでいるもの。繰り返し語られた物語を、どのようにあなた的に語り直すか。その物語の原型を、どうやって自分なりに変えるのか。読者が慣れ親しんで自然に反応するようになっている物語の新しいバージョンを、どのように作るか。それが私たち作家の仕事。

　つまるところ読者が欲しいのは、いつもと同じもの……でも、違うやつ。読めば絶対好きになるとわかっている物語が、今まで思いつかなかった方法で語られている。読者が求めているのは、それです。

　例を挙げれば、キャスリン・ストケット著の『ヘルプ 心がつなぐストーリー』は、ジョージ・オーウェルの『1984』と同じ、〈組織と制度〉というジャンルに属する話だって信じられます？　アンディ・ウィアー著の『火星の人』は、スティーヴン・キングの『ミザリー』と同じ、〈絶体絶命の凡人〉ジャンルということも！

小説を書くのは、ケーキを焼くのに似てますよね。何を作るにしても、それが入ってなかったら、別のものになってしまうという材料があります。ケーキを焼くのなら、バター、卵、小麦粉、砂糖が必要。それがなければケーキにならない。塩味のクラッカーになっちゃう。でも、一度基本的なケーキのレシピをおさえてちゃんとした作り方を覚えてしまえば、好みで味を変えたり、チョコレートやブルーベリーを混ぜこんだり、トッピングシュガーをまぶしたり、オレンジのアイシングで飾ったり、基本のレシピに手を加えられるようになるのです。

なんだか、お腹空いてませんか？　私だけ？

これ以降の章は、料理の本だと考えてください。10のジャンルはレシピ。それぞれのジャンルに特有な要素は、料理の材料です。レシピをよく読んで、ジャンルを研究して、基本の作り方を覚えたら、自分なりのスパイスを利かせた料理に仕上げてください。規則を曲げたければ、まず規則を習ってから。物語の構造を覚えたら、思う存分、物語で遊んでください。

なぜジャンルが必要なのか

物語のジャンルを研究しておけば、自分で書く小説の構成に役立ちますし、壁にぶつかったときに抜けだす糸口にもなります。執筆中に行き詰ったら、いつも「SAVE THE CAT!」式ジャンル分類を参照し、自分が書いている作品と同じジャンルの小説や映画を見つけ出して分析します。先駆者が同じジャンルの要素とどう格闘したかを見ると、新しいアイデアが閃いて、間違いなくぶつかった壁を壊せますよ。

　さらに、いつかはあなたも自分の小説を誰かに売りこむ日がくるわけです。相手が出版代理人でも、編集者、映画のプロデューサー、監督でも、または直接読者に売りこむことになったとしても、作品の内容を手短にまとめて、なぜ相手が読むべきか伝えなければならないのは同じ。そのための一番手がたく、手っ取り早い手段は、あなたの作品が他のどの作品に似ているか伝えること。

　どんな本かと尋ねられたとき、その人が本当に聞きたいのは、

「何に一番似てる？　で、それとどこが違う？」

　ここで「私の小説は、絶体絶命の凡人タイプのジャンルで……」と切り出す人はいないと信じますが、大丈夫ですよね。相手もこの本を読んだというならともかく、そうでなければすごく変な顔をされるのがオチだから。でも代わりに、アメリカ出版業界で「比較作品《コンプ》」と呼ばれるものの話をしてくださいね。

　では、その比較作品をどこで調べたらいいかって？　大丈夫。それぞれのジャンルの解説の後にちゃんと載せてあります。

　そう、「SAVE THE CAT!」式ジャンル分類は、あなたが小説を書くときだけでなく、売るときにも役に立っちゃうんです。

始める前に一言、ジャンルが被ったとき

でも、小説というのは複雑。それは間違いない。必ず1つのジャンルにきれいに収まるとは限らない。ヴィクトル・ユゴーの『レ・ミゼラブル』を例にとってみましょう。私はこの作品を、〈組織と制度〉のジャンルに入れました。革命後のフランスという「組織」に関わった人たちに焦点を合わせた話だから。一方で、『レ・ミゼラブル』は〈スーパーヒーロー〉のジャンルだという興味深い考え方もあります。ヒーローのジャン・ヴァルジャンは善人になるという使命を帯びて特別な力を手にします。仇敵ジャヴェール警部に追われながら、19世紀のフランスを罪人として生きるという「呪い」に打ち勝たなければなりません。でも究極的には、この長編小説のジャンルが何かというのは、本当に大事なことではないのです。ちゃんと正しくジャンルを当てないと、ユゴーの幽霊が墓から出てきてあなたを祟ったりはしないのですから（でもそれはそれで、いい〈家にいる化け物〉ジャンルの小説ネタかも！）。

　正解を求めて、一晩中息が切れるまでジャンル討論してもいいのですが、やめときましょう。大事なのは、ジャンル分類はあなたが書いている物語の焦点を絞る道具にすぎないということ。そのジャンルに必要な要素を全部使っているかどうかを、あなたが確認する道具。

　だから、自分の小説のプロットを組んで書き始めるにあたって、その物語がぴったり当てはまるジャンルは何か特定することにエネルギーを使い過ぎないように。あなたの小説は、いくつかのジャンルに当てはまるのかもしれません。その場合、一番似ているのがどれか選ぶのがあなたの役目。人生というのは、白か黒かではなくて、白黒の間の五十階調の灰色《フィフティ・シェイズ・オブ・グレイ》なんですよ（これは〈相棒愛〉のジャンルに入れますね、私なら）。

　自分に一番しっくりくるジャンルを選んでください。そして、書いてるうちにジャンルは変わるかもしれないということを、忘れないように。

私は『Unremembered〔未邦訳：記憶されぬもの〕』を書いているときに、ジャンルを3回ほど変えましたよ。最初は〈絶体絶命の凡人〉として書き始めました（飛行機の墜落事故で生き残った少女は、記憶がない。大問題！）。でも、彼女がどうやって事故から生還したかを最後まで明かさないことにしたときに、〈どうしてそんなことを？〉に変えました（この少女に何が、どうして起こったの？）。そして最後に、この少女が「普通のヒーロー」ではないと気づきました。彼女は、特別な能力を持った特別な人なのです。そこで、他の人たちとは違う自分を受け入れることができるかというのが、この小説の肝だと気づいたんです。その後は、〈スーパーヒーロー〉ジャンルの物語ということで落ち着きました。

これは覚えておくといいと思いますが、シリーズもの小説の場合、それぞれの巻が違うジャンルに属すことも可能です。

例えばスーザン・コリンズ著の『ハンガー・ゲーム』。1巻はきれいに〈絶体絶命の凡人〉ジャンルに収まります。疑うことを知らないヒーローが、望みもしないのに生死を賭けた戦いに引きずりこまれます。2巻目の『燃え広がる炎』は、明らかに〈組織と制度〉ジャンルの物語。ゲームを勝ち残ったカットニスは、今は体制の新入りです。2巻の大きな問いは「カットニスは組織を相手にどう行動するか？」で、答えは「焼き尽くす」です（少なくとも火をつけます）。そして第3巻『マネシカケスの少女』は〈スーパーヒーロー〉ジャンルの物語。カットニスが「マネシカケス」、つまり反乱の指導者としての特別な自分を受け入れ、宿敵スノー大統領に反旗を翻すのです。

さて、以降の章を読んで「その分類は違うと思う！」という燃える思いのやり場がなくて困ってしまった人がいたら、その人に一言アドバイス。深呼吸して、肩の力を抜いて、その燃え盛るエネルギーをもっと価値のあることに注入しましょう。例えば、自分の小説をもっとよくする方法を考えるとか。

それこそ、皆さんがこの本を手に取った最大の理由なわけですから。

第4章

ジャンル・タイプ1
どうしてそんなことを？
動機に隠された真実を探る

ネタばれ警報！　この章では以下の小説が登場します。

『完全記憶探偵』デイヴィッド・バルダッチ著
『暗い暗い森の中で』ルース・ウェア著
『そして誰もいなくなった』アガサ・クリスティー著
『ガール・オン・ザ・トレイン』ポーラ・ホーキンズ著

「見かけそのままなんていう人は、まずいませんよ」。かつてアガサ・クリスティーがそう言いました。外見には騙されやすいもの。真実は雲をつかむよう。どんなものにも裏がある。だから、どんな書店でも必ず書棚をいくつも連ねて**ミステリー**というセクションが確保されているのです。

誰でも自分たちのことを知る鍵を物語に求めて本を読みます。そして自分たちの暗い側面について深く知る鍵を求めてミステリーを読むのです。

人の心に巣食う邪悪な闇の正体とは？　人というのは、どれほど恐ろしい罪を犯せてしまうのだろう？

そして、何にもまして、**どうしてそんなことをしたのか？**

読んでも読んでも、まだミステリーが読み足りないという気にさせる何か。考えてみると、それは「誰が？」ではなくて「どうして？」であることがわかります。読者にページをめくらせるのは、犯人が誰かではなくて、なぜその人が犯罪を犯したのかという理由のほう。例えばアガサ・クリスティーの『そして誰もいなくなった』の読者は、もちろん兵隊島に招かれた10人のゲストのうちの誰が他のゲストを殺しているのか知りたいのですが、本当に知りたいのは殺人の動機、つまりこの物語の原動力として読者の心に響く「裁き」というテーマのほうなのです。

ダン・ブラウン著の『ダ・ヴィンチ・コード』の読者は、ジャック・ソニエールを死にいたらしめた組織のことよりも、どんな秘密を知ってしまったから殺されたのかという**理由**のほうに興味を覚えます。

なぜそんな恐ろしいことをしたのだろう？

そして、その「どうして？」に秘められた、人間の本性とは？

以上2つの問いが、「SAVE THE CAT!」式の物語ジャンル分類のひとつ〈どうしてそんなことを？〉の肝です。

アガサ・クリスティーのような古典的殺人ミステリーでも、マイクル・コナリー著『ハリー・ボッシュ』シリーズやタナ・フレンチ著『ダブリン殺人課』シリーズのような探偵もの、デイヴィッド・バルダッチ著『Camel Club〔未邦訳：キャメルクラブ〕』シリーズやトム・クランシー著『ジャック・ライアン』シリーズのような政治ミステリー、あるいは『ダ・ヴィンチ・コード』やルース・ウェア著『暗い暗い森の中で』のような素人探偵ものでも、〈どうしてそんなことを？〉の物語には共通点が1つあります。どの物語にも共通する核は、犯された犯罪と事件の核心に潜む暗い秘密。そして、常に先が読めない展開で読者の関心をつかみ続けるのが、あなた（作家）の仕事。あなたが書く小説のヒーローは犯罪には縁のない素人かもしれないし、すべてを見てきたすれっからしの玄人探偵かもしれませんが、実はあなたの物語の本当の探偵は**読者**なのだから。あなたが伏せたカードをめくるたびに、読者が驚愕しなければ。新しい手がかりや情報が明かされるたびに、物語をまったく新しい方向へ飛ばし、物語の最後で明かされる恐るべき真実によって、読者が人間を見る目を永遠に変えてしまわなければ。

〈どうしてそんなことを？〉の物語というのは、次第に暗さを増す一連の部屋を進んでいくようなもの。最後の部屋の扉を開くと中に何があるのか、または誰がいるのか。それはたどりつくまでわからない。でも進まずにはいられないのです。理由を知るために。よくできたミステリーの背後に隠された本源的な「どうして？」という問いに対する答えを知るために。

あなたが〈どうしてそんなことを？〉ジャンルの小説を書くなら、次の３つの素材を絶対に忘れないでください。（１）**探偵**が１人、（２）**秘密**が１つ、そして（３）**暗い曲がり角**が１つです。

早速、３つの大事な要素を詳しく見ていきましょう。

探偵と書きましたが、職業探偵でなくても誰でも大丈夫。何千もの事件を解決してきた人でも、死体なんか見たこともない人でも構いません。ただし、次の２つは守ってください。事件に対する心の準備が１ミリもできていないこと（玄人探偵であっても同じ）。そして、その事件に引きずりこまれるちゃんとした**理由**があること。前にも書きましたが、そのプロットに適したヒーローかどうかという問題です。最初は無作為で何の関係もないように見えても構いませんが、ヒーローとプロットの相性が悪いと、このジャンルの言葉を使えば、探偵と事件の相性が悪いと、絶対に聞きたくない一言を読者から頂戴する羽目になります。「で？」。

デイヴィッド・バルダッチ著の『完全記憶探偵』も〈どうしてそんなことを？〉ジャンルですが、主人公のエイモス・デッカーの場合、彼が家族を失うことになった殺人事件と1年後に起きる学校発砲事件がまったく無関係に見えます。しかし、銃弾の弾道分析から2つの事件がつながり同一犯が浮かびあがります。それによって捜査班の中でのエイモスの重要性も高くなります。

『ダ・ヴィンチ・コード』の主人公ロバート・ラングドンは、真夜中にルーヴル美術館に連れてこられて、裸で死んでいる男とその血で書かれた謎の文言を見つけます。宗教象徴学者に似つかわしくない大事件ですが、やがて警察によって消去された文言の一部に、彼自身の名前が含まれていたことを知ります。もう無関係ではいられませんが、「どうしてそんなことがおきたの？」

アガサ・クリスティー著の『そして誰もいなくなった』は、ひねった仕掛けが特徴的な推理もの。兵隊島に招かれたゲストたちは、自分が次の犠牲者になる前に犯人が誰かという謎を解こうと必死。でも、この物語の探偵はなんと読者のあなた！〈どうしてそんなことを？〉ジャンルの物語で本当に謎を解くのはいつも読者なわけですが、この小説の場合は、読者以外に謎解きをする探偵役の登場人物がいないのです！

探偵が誰であっても、共通しているのは**事件に対する心の準備ができていない**ということ。たとえベテラン刑事であってもです。その小説のその事件が、その探偵にとって前代未聞でなかったら、その小説の肝がないじゃないですか。最終的に明かされる秘密が前にも見たことのあるようなものだったら、ミステリーもへったくれもないじゃないですか。

というわけで、このジャンルに必要な第2の素材。探偵が手がかりを見つけるうちに、あなた（作者）は

1枚ずつ伏せたカードをめくり、最後には**秘密**の切り札をめくって読者に見せます。それが、読み始めてから読者が探していた真実。〈どうしてそんなことを?〉というジャンルの肝です。最後の暗い部屋で見つけるものです。「誰?」「どうして?」だけではなくて、「何?」「どこ?」「いつ?」まで全部明かしてください! それは読者がずっと待ち続けてきたものだから。この餌を追いかけて最後のページまで泳がされてきたのです。なぜ? 知らずにはいられないから。スティーグ・ラーソン著『ミレニアム1 ドラゴン・タトゥーの女』のハリエット・ヴァンゲル失踪事件の真相を知りたいから。『ダ・ヴィンチ・コード』でシオン修道会が隠していたのは何か知りたいから。『暗い暗い森の中で』でジェシカの身に何が起きたか、知らずにはいられないから。

そして、待った甲斐がある秘密にするのが、あなた〈作者〉の責任。

秘密というのは、最初は小さなものでも、探偵が深く掘り進み、手がかりを見つけるにつれて大きくなります。『完全記憶探偵』の場合、エイモス・デッカー〔探偵〕の家族の命を奪った銃と、学校で発砲された銃が同じだということが、まず明かされます。著者デイヴィッド・バルダッチは慣れた手つきで秘密のカードをめくり続け、やがて犯人は個人的にデッカーを狙っており、2件の殺人事件を使ってデッカーにメッセージを送っていたことを明かしていきます。『そして誰もいなくなった』の場合、1人死に、3人死に、7人死に、死人が出るたびに、謎が深まっていきます。

秘密の謎が深まるほど、事件を解決したいという探偵の欲求も深まります。そこで〈どうしてそんなことを?〉ジャンルで重要な第3の素材、**暗い曲がり角**の出番です。この角を曲がったときは、探偵が秘密を暴き真実を知るために、社会の規則や、自分の決めごとを破ることになります。

『完全記憶探偵』のエイモスは、第三幕では殺人犯を追い詰めるために自分1人で行動します。事件解決の糸口になる手がかりを捜査班と共有せず、応援も呼ばずに1人で。これは、警察捜査手順の重大な違反行為。

破られる規則は、倫理的なもの、社会的なもの、または個人的なものかもしれません。探偵が、解決しようとしている事件に影響されてしまったことを見せるために、規則を破らせるのです。秘密と謎を追って、かつて踏み入れたことのない領域に踏みこみ、普通なら絶対にやらないことをするのですから。ほとんどの場合、暗い曲がり角を曲がったことでテーマの理解に導かれ、変容を遂げることになります。

そして、そこが読者が読み甲斐を感じるポイントです。

〈どうしてそんなことを?〉ジャンルでよく使われる手（必ずとは限りませんが）として、**入れ子の事件**というのがあります。探偵がある事件を追って捜査を始めると、やがてその事件と緊密に絡みあった他の事件が見えてくる、というもの（多くの場合、小説の冒頭で終わろうとしている事件）。タナ・フレンチ著『悪意の森』では、この手法の使い方が際だっています。物語は1984年にダブリンの小さな町で始まります。森に遊びに入った3人の子どものうち、1人しか帰ってきません。その子の名はロブ・ライアン、後に刑事になり、同じ町で起きた少女失踪事件を担当することになります。著者が秘密のカードをめくるにつれ、2つの事件が交差し始め、最初の事件の関係者であるライアン刑事が現在の事件を見る目は曇り始めます。『悪意の森』では第1の事件は解決しませんが、通常このように入れ子の事件が使われるときは、第2の事件をとおしてヒーローは自分に関する何らかの教訓を得ることになります。

以上、探偵、秘密、そして暗い曲がり角という3つの素材を紹介しましたが、どれも最終的にはあるひとつの目的を果たすために存在します。つまり、人間というものがもつ暗い側面を読者に見せるという目的。

例えば『完全記憶探偵』や『悪意の森』『そして誰もいなくなった』『ミレニアム1 ドラゴン・タトゥーの女』といった小説を読んだとき、謎が解かれ、それによってヒーローは変わり、読者は満足して終わります。しかしそれは、何ともいえない居心地の悪さがともなう満足感なのです。そして、その居心地の悪さ、つまり私たち人間に関するある真実こそが、〈どうしてそんなことを？〉というジャンルの物語に読者を引きつけ続けるものの正体なのです。そしてこのジャンルが広く読まれる古典的名作の宝庫である理由ですね。

おさらい。〈どうしてそんなことを？〉ジャンルの小説を書こうと考えているなら、次の3つの大事な素材を絶対に忘れないように。

- **探偵**　玄人探偵、素人、あるいは読者かも！　それは事件に関わることになる人なら誰でもよく、しかもその事件に対してまったく無防備（そのことに本人が気づいていなくても）でなければいけません。
- **秘密**　すべての謎を暴くための鍵。真実を追求する旅の最後にたどりついた暗い部屋にあるものは？人というものに隠された暗い真実に光を当てるような秘密。その事件が解決するまで、あり得ないと思っていたような何かです。
- **暗い曲がり角**　謎解きの深みにはまりこむあまり、ヒーローが自分に対する約束事や倫理や道徳を曲げてしまうとき。主に小説の後半部でこれがくることが多いですが、この角を曲がったことで、ヒーローは自分の信念を歪めることになったり、場合によっては法に触れてしまうことにもなります。そのような心をかき乱されるような代償が、いいミステリーには不可欠。そして、ヒーローがこの暗い曲がり角を曲がるから、読者は事件の行方が気になるのです。そうまでしてたどり着かなければならない抗しがたい秘密である証ですから。

〈どうしてそんなことを？〉ジャンルの人気小説

『シャーロック・ホームズの冒険』アーサー・コナン・ドイル著、延原謙訳、1953年、新潮社
『古時計の秘密　ナンシー・ドルー・ミステリ』キャロリン・キーン著、渡辺庸子訳、2007年、東京創元社
『レベッカ（上・下）』ダフネ・デュ・モーリア著、茅野美ど里訳、2008年、新潮社
『そして誰もいなくなった』アガサ・クリスティー著、青木久惠訳、2010年、早川書房
『アンクル・サムの遺産』エレン・ラスキン著、掛川恭子訳、1981年、あかね書房
『アリバイのA』スー・グラフトン著、嵯峨静江訳、1987年、早川書房
『ナイトホークス（上・下）』マイクル・コナリー著、古沢嘉通訳、1992年、扶桑社
『多重人格殺人者（上・下）』ジェイムス・パタースン著、小林宏明訳、1994年、新潮社
『私が愛したリボルバー』ジャネット・イヴァノヴィッチ著、細美遙子訳、1996年、扶桑社
『ダ・ヴィンチ・コード』ダン・ブラウン著、越前敏弥訳、2004年、角川書店

『ミレニアム1　ドラゴン・タトゥーの女（上・下）』スティーグ・ラーソン著、岩澤雅利訳、２０１１年、早川書房
『悪意の森（上・下）』タナ・フレンチ著、安藤由紀子訳、２００７年、集英社
『ゴーン・ガール（上・下）』ギリアン・フリン著、中谷友紀子訳、２０１３年、小学館
『Ten［未邦訳：10人］』Gretchen McNeil, 2012, Balzer + Bray
『カッコウの呼び声　私立探偵コーモラン・ストライク（上・下）』ロバート・ガルブレイス著、池田真紀子訳、２０１４年、講談社
『ガール・オン・ザ・トレイン』ポーラ・ホーキンズ著、池田真紀子訳、２０１５年、講談社（ビート・シート参照）
『完全記憶探偵（上・下）』デイヴィッド・バルダッチ著、関麻衣子訳、２０１６年、竹書房
『暗い暗い森の中で』ルース・ウェア著、宇佐川晶子訳、２０１７年、早川書房
『ミッシング・ガール』ミーガン・ミランダ著、出雲さち訳、２０１９年、二見文庫
『Watch the Girls［未邦訳：女を見張れ］』Jennifer Wolfe, 2018, Grand Central Publishing

『ガール・オン・ザ・トレイン』

著者：ポーラ・ホーキンズ
10のジャンル：どうしてそんなことを？

販売ジャンル：ミステリー／スリラー
ページ数：323（2016年リバーヘッド・ブックス社刊ペーパーバック単行本［英語原書］）

ポーラ・ホーキンズによるこの作品は、出版されるなり一大旋風を巻き起こし、ニューヨーク・タイムズ紙が選ぶベストセラーになり、エミリー・ブラント主演で映画化もされました。『ガール・オン・ザ・トレイン』は、ミステリー小説でよく使われる「あてにならない語り部」という手法を巧みに使って読者を物語に引きこみ、最後の最後まで読者の頭をひねり続けます。そして、他の優れたミステリー小説と同様、この作品の肝となるのは、メガン・ヒップウェルを殺した犯人は「誰か？」ではなくて、殺したのは「なぜ？」という問いかけです。だから読みだしたら止まらないこの小説は、〈どうしてそんなことを？〉の素晴らしい見本になっています。

1　**始まりの光景**（1〜2ページ［ページは原書］）

この小説の最初の情景は、タイトルが示すとおり、電車の中です。さまざまなことが電車の中で起きる作品としては、極めて妥当な《始まりの光景》ですね。タイトルのガール・オン・ザ・トレイン《電車に乗った女》は、主人公のレイチェル。この小説には3人の主人公がいますが、レイチェルが主要なヒーローです。

レイチェルが他人の生活に強迫的な興味をもっていることが、すぐにわかってきます。この彼女の欠点が、残りの物語を引っ張る原動力になります。

2 語られるテーマ（1ページ）

1ページ目でレイチェルは「母はよく、私の夢想癖は度がすぎると言った。トムにも同じことを言われた」。**虚構と現実**がこの小説のテーマ。いともたやすく操作できてしまう私たちの現実。そして、レイチェル、メガンそしてアナという3人の主人公たちが、受け入れることを拒み続ける現実。虚構と現実というテーマを受け入れて、真実と向き合うまでは、レイチェルはAストーリーの謎も、自分の人生に隠されたBストーリーの裏の謎も解くことはできないというわけです。

3 お膳立て（2〜38ページ）

レイチェルにとって現状の世界は暗い世界。最初の12%を有効に使って著者のポーラ・ホーキンズは、レイチェルが抱える**要修理案件**を紹介していきます。

- レイチェルはアルコール依存症。飲み過ぎては意識を失い記憶も曖昧になります。
- レイチェルには、ウィットニーという街のブレナム・ロード15番地に住む1組のカップルに「ジェス」と「ジェイソン」という名前をつけて、2人の夢のように幸せな結婚生活を夢想する癖があります［離婚前のレイチェルはブレナム・ロードに住んでいた］。
- レイチェルは、別れた夫のトムを忘れられません。再婚したトムは実は「ジェスとジェイソン」の家の三軒隣に住んでいます。再婚相手は、レイチェルとの結婚中の不倫相手アナです［つまり、レイチェルが出ていったあと、トムとアナが同じ家に住んでいる］。

- レイチェルはしばしば記憶を失います。トムに電話したり、家に押しかけたりしますが、本人は覚えておらず、迷惑がられています。
- アパートの同居人は、レイチェルの酒癖の悪さにうんざりしています。
- 飲酒問題がたたって解雇されたレイチェルですが、そのことを同居人に悟られないように、毎日出かけて、電車に乗っています。

《お膳立て》では、第2の主人公メガンが紹介されます（後に明かされますが、実はレイチェルが夢想で「ジェス」と呼んでいる人妻）。メガン主観の章は、1年前から現在にいたるまでの回想で構成されます。メガンの生活はレイチェルが夢想するような素晴らしいものではないことが、ほんの数ページのうちに明らかに。メガンはどこか落ち着かず、心に闇を抱えています（原因はやがて明かされます）。心理カウンセラーのセラピーを受けており、結婚生活もうまくいっていません。メガンが登場する章には、「彼」として言及される謎の男性も登場します。「彼」はこの物語の重要人物ですが、謎のまま登場し続けるので、読者はその正体を勘ぐり続けることに。著者のポーラ・ホーキンズは読者を巧みに誘導しながら緊張感を維持し、見かけどおりのものなど何ひとつないという曖昧な現実の中で物語を紡いでいきます。

4　**触媒**（38～41ページ）

29ページでレイチェルは、「ジェス」（本当はメガン）が知らない男とキスしているのを目撃し、彼女が夢想する幸せな夫婦像が音を立てて崩れます。それは小さめの**きっかけとなる出来事**で、本物の《触媒》は、前の晩に泥酔して意識を失ったレイチェルが日曜に目を覚ましたとき訪れます。頭には打撲によるコブ、毛髪には血、脚にはアザ、そしてブレナム・ロードに行ったという微かな記憶。

ここから『ガール・オン・ザ・トレイン』という小説は俄然面白くなります。レイチェルは、また泥酔して前夫トムと彼の妻のところに押しかけたの？　レイチェルは、「ジェス」が男とキスしているのを目撃したときに「いま目の前にあの女が、ジェスが現れたら、絶対にその顔に唾を吐きかけてやる。二目と見られない顔にしてやったのに」（31ページ）と自分に言い聞かせたから？

レイチェルは、電車で赤っぽい髪をした人と一緒だったことをおぼろげに覚えています。この男はあとで重要な役割を負って戻ってきますが、今は彼女の記憶の闇に埋もれた断片のひとつにすぎません。この巧みに紡がれたスリラーの全編に散りばめられた断片のひとつ。

5　**問答**（41〜62ページ）

この小説最大の《問答》の問いかけは、次の2つ。土曜の夜に何が起きたの？　レイチェルはどのような行動を起こすの？　何か良からぬことが起きて、それは恐らく自分の責任ということを、レイチェルは薄々感づいています。そして**現状＝死の瞬間**が41ページに訪れます。レイチェルの酒癖の悪さに我慢できなくなった同居人が、アパートから出ていくように迫るのです。

レイチェルは引き続き土曜の夜の謎を解明しようとしますが、ようやく本気になって行動を起こす決心をするのは、あの土曜の夜にメガンが失踪したと知ってから。この第2の《触媒》は「SAVE THE CAT!」の法則では**二連発**と呼びますが、これによってレイチェルは第二幕に叩きこまれます。

さらに、回想によりメガンが例の謎の「彼」と不倫していたことも明らかに。著者は巧みな筆さばきで、「彼」はカマル・アブディッチというメガンのセラピストに違いないと読者に思わせます。メガンの夫スコット（「レイチェルの夢想ではジェイソン」）が「喧嘩をしたんだよ。アザが残りそうなやつを」と気になることを言うので、メガンの失踪はスコットのせいなのではないかと思うように、読者は誘導されます。スコットは自分の妻に怪我をさせるような男なのでしょうか？

6　**二幕に突入**（62〜64ページ）
メガンの失踪の謎を解こうと決意したときに、レイチェルは第一幕の**現状の世界**に決別します。自分がメガン失踪の謎にかかわっているかどうかを、確かめなければならないのです。

7　**Bストーリー**（89ページ）
レイチェルの《Bストーリー》（裏の物語）は、過去の問題。今現在進行中の謎を解決する手がかりを得るためには、レイチェルは自分の過去に起きた出来事と向き合わなければなりません。レイチェルの過去は、スコット・ヒップウェルとアナ・ワトソンという2人のキャラクター（**双子のBストーリー**）によって象徴されます。スコットは、メガン失踪後にレイチェルと仲良くなる男性［メガンの夫］。アナは前夫トムの妻、つまりレイチェルに痛ましい過去を思い出させる女性。89ページでレイチェルはスコットに会って、失踪前のメガンが見知らぬ男とキスしているのを見たと伝えます。スコットは後々レイチェルが夢想していたような人ではなかった（**虚構と現実**）ことがわかるので、テーマの理解を助けることになります。しかし、１０８ページで初めてアナの主観から物語が語られるときに、別の側面が見えてきます。この小説は、このようにして全編を通して巧みに「別の側面」を補完しながら物語を語ります。まだ見えていないものは何？　今は隠されているのは？　この物語のあてにならない語り部が教えたくないもの、あるいは教えられないものは何なの？

8　**お楽しみ**（64〜136ページ）

メガン失踪の捜査にのめりこんでいく様子をとおして、レイチェルにとってひっくり返しになった第二幕の世界が描かれます。図書館で調べ物をして、いろいろと推理のシナリオをたて、事件に関係ある土曜日の夜に自分がいたかもしれないウィットニーの街に行き、スコット（**Bストーリー**）に会い、警察には誰かとキスしているメガンを目撃したと伝えます。（相手はメガンのセラピストだったカマル・アブディッチだと後でわかります）。そして、なんとレイチェルは酒を断ちます！　お陰で気分は最高。見かけも元気に。「本当に久しぶりに、惨めな自分のことじゃなくて、何か他のことを考えてる。目的があるから。というより、単なる気休めかもしれないけど」（85ページ）。

レイチェルは**上り坂**を進んでいきますが、自分で言ったように、それは単なる気休めにすぎません。飲んで誤魔化さなければならない過去の傷と向きあったかといえば――全然向きあっていませんよね。今はお酒の代わりを見つけ、別のやりかたで痛みを誤魔化しているだけ。ヒーローらしく、レイチェルは**直そうとして壊して**いるだけ。でも、カマル・アブディッチのことを警察に伝えたお陰で、捜査は進展します。

しかし、レイチェルが自分の隠された真実に向かいあう（**テーマ**）までは、自分の抱える謎もメガン失踪の謎も解くことはできないのです。

著者のポーラ・ホーキンズは、巧みな筆致で読者とレイチェルを同化させ、彼女が見たものを見て、彼女が信じるものを信じるように誘導します。《中間点》にたどり着くまでに読者もレイチェルと同じ結論に達します。カマル・アブディッチがメガン失踪にかかわっている。カマルがメガンと不倫関係にあったのは（多分）間違いないのだから。

9　**中間点**（137～161ページ）

そして、大手柄！　カマル・アブディッチは逮捕され、自宅と車から証拠が見つかります。レイチェルのお陰で、警察はメガン失踪の真実に近づきつつあるようです。

カマル（**Aストーリー**）逮捕の報を聞きスコットの家から出たレイチェルが、トムとアナ（**Bストーリー**）にばったり出会って**AとBストーリーが交差**します。しかし、レイチェルは今までと違って2人に対して素っ気なくします（少なくとも本人はそうしたと信じている）。これは、レイチェルが**偽りの勝利**に酔っているから。

偽りの勝利で終わる《中間点》ではしばしば使われる手ですが、実はもっと大きな事件が待ち構えているのです。仕掛けられた小型プロット爆弾が爆発し、物語（と読者）を別の方向に向けてしまうのです。〈どうしてこんなことを？〉ジャンルは大抵、《中間部》で読者に真相が見えたと思わせるように書かれます。誰がそんなことをしたのかという謎は解かれたとすら思わせてくれますが、もちろんまだです。あとで**中間点のひねり**がきたときに、まだ見えぬ謎の深さを思い知ることになります。この小説でもそのとおりの展開。

なんとカマルは起訴されることなく釈放、そしてメガンの死体が森で発見され**代償が高く**なります。これで失踪事件は殺人事件になり、しかも容疑者は自由の身に。

10　**忍び寄る悪者**（161〜244）

早くもレイチェルは大量に飲酒再開。つまり《お楽しみ》で見せた彼女の変化は本物ではなかったということ。絆創膏の応急措置。レイチェルに迫る**裏の悪者**はまだ彼女の内面にいて、やがて総攻撃を仕かけて彼女を《完全なる喪失》に叩き落とします。電車で出会った赤っぽい髪の人に会おうとしないというレイチェルの行動が、その証拠。赤っぽい髪の男は事件が起きた土曜日の夜のことを知っているはずで、レイチェルはそれに気づいていますが、本当のことを知る（**テーマ！**）のが怖いのです。

その間、メガンによる回想では、メガン自身の人生は好転。カマルとのセラピーでは、過去の大きな悲劇（誤って自分の赤ん坊を浴槽で死なせてしまった）について話すことができ、肩の荷がおりて心が軽くなります。

一方現在では、メガンの死に関する詳細がわかってきます。死因は頭部に受けた外傷で、しかも妊娠していたのです。メガンの夫スコットが有力な容疑者候補になりますが、レイチェルは彼と接近し続け、ついにはベッドを共にします。テーマを受けとめる気がまったくないのは明らかですね。「私はそれを望んだ」とレイチェルは独白します。「ジェイソンと一緒にいたかったから」（217ページ）。でも「ジェイソン」は彼女の夢想する世界にしかいないのです。

レイチェルは患者を装いメガンの心理カウンセラーだったカマル・アブディッチに近づきます。事件に首を突っこむことで必要とされる自分を感じたいというのが、レイチェルが**求めた**間違ったゴールだったわけですが、カマルとのセラピーを重ねるうちに、レイチェルの中で「**求める**」から「**本当に必要とする**」への

変移が起きます。その結果レイチェルは、トムとの過去と飲酒という自分の抱える問題に向きあい始めます。やがてレイチェルの記憶が戻り始めます。誰かが彼女を殴って歩き去ったこと。その誰かはアナだったのではないかとレイチェルは考えます。

アナの主観で語られる章では、アナ自身の人生も**下り坂**だということがうかがえます。レイチェルの存在のせいで、アナとトムの夫婦関係には亀裂が生じてしまいます。口論が増え、アナはトムがまた浮気しているのではないかと疑います。どん底に落ちたアナは、本質的にレ、イ、チ、ェ、ル、に、な、り、ま、す。深酒をし、トムの私物を物色します。

11　完全なる喪失（244〜252ページ）

スコットがレイチェルを招き、死んだメガンのお腹の中にいた赤ちゃんは自分の子でもカマルの子でもないと衝撃の告白。これで事件は行きづまり、レイチェルの裏の物語も行き場を失います。ここで明らかになる第3の男の存在。つまり真相は、今までレイチェルが見ていた世界、そして読者が理解していた世界とは全然違うものだったということ。メガンが仄めかした「彼」はカマル・アブディッチではなかったということ。では誰？

レイチェルに告白するスコットは酔っており、怒りっぽくなっています。ここでスコットは、レイチェルがいろいろと嘘をついていたことを知ります。レイチェルが患者を装ってカマルに会っていたことを知り、最初から自分がメガン失踪に関係していたと疑っていたに違いないと考えます。怒ったスコットはレイチェルに襲いかかり髪の毛をつかんで空き寝室に放りこんで閉じこめ、殺すと脅します（**死のにおい**）。レイチェルは、メガンを殺したのはスコットだと確信します。

レイチェルはどん底ですべての希望を失いました。事件に首を突っこみ、嘘をついた報いですが、真実に向きあう（**テーマ！**）ことを避け続けたことも、ここまで落ちた大きな原因。もしもっと早く自分の過去と向きあっていたら、本当の悪者が誰かとっくに気づいていたはずだから。

12 **闇夜を彷徨う魂**（252〜269ページ）

スコットから解放されたレイチェルは、意識がなくなるまで酒を飲みます。警察に電話して、スコットに脅されたこと、そしてスコットがメガンを殺したのは間違いないと伝えますが、信じてもらえません。酔っ払いのほら吹きということで、すっかり信用を失ったレイチェルですが、ここで《闇夜を彷徨う魂》に差しかかったヒーローがやりがちなことをやります。諦めるのです。「今までずっと、自分に欠けてる何かがあるはずだと思ってた。思いだすべき何かがあると。でも、そんなものはない」（254ページ）。

自分が何かの助けになるだろうと考えて事件にかかわったレイチェルですが、そこに答えはありませんでした。答えは最初からずっと自分の中にあったのです。彼女自身の過去に埋もれた、鍵をかけた黒い箱の中に隠されていたのです。

ようやく赤毛の男にあの土曜の夜の顛末を聞きにいくレイチェル。事態は解決に向けて動き出します。赤毛の男があの土曜の夜に見たレイチェルは、動転していました。レイチェルから歩き去る男がいて、しかもその男は1人の女性と一緒でした。

その2人連れは当然トムとアナだと考えたレイチェルは、トムに問いただしますが、話が嚙みあいません。

あの土曜の夜、アナは家で赤ん坊の世話をしていたのです。では、トムは誰とどこに？

　ここでトムの一言が、レイチェルの記憶を呼び覚まします。「驚いたな、覚えてることもあるのか、レイチェル。歩けないほど酔ってたのに」（261ページ）。レイチェルは、何も思い出せないほど飲み過ぎたときにトムに同じことを言われたことを思いだします。トムは、そのときにレイチェルに酷いことをされたと言います。あの土曜日の夜に自分を殴ったのがトムだったということが思い出された瞬間、ぼやけていたものが像を結び始めます（**闇夜の啓示**）。

　一方、アナも《闇夜を彷徨う魂》になっています。酔ってトムの私物を物色する彼女は、ジム用のバッグの中に隠された携帯を発見。それはメガン・ヒップウェルのものだったのです。

13　**三幕に突入**（271ページ）
トムに関して記憶の底に沈めていたものが浮上するにつれ、レイチェルの記憶が蘇ってきます。トムは長い間レイチェルを騙して支配し、いいように操っていたのです。ついにテーマを受けとめたレイチェルは、自分の過去に向きあって、行動を起こすことに。そして電車に乗ります（もちろん）。電車でどこへ？　それはこれからわかります。

14　**フィナーレ**（271〜318ページ）
1　〈チーム招集〉
レイチェルは、トムとアナの家を訪れ、アナを味方につけることにします。1人では無理だから。嘘で固められた人殺しのトムには、2人の妻が協力しなければ敵いません。2人がチームを組まなければ。

2〈作戦実行〉

レイチェルは一緒にくるようにアナを説得しますが、アナは、トムは人殺しではなくメガンと浮気しただけだと言い張って拒否。アナは、まだテーマを受けとめていないのです。まだ自分の夢想する世界にとどまって、真実を拒んでいるのです。

3〈高い塔でビックリ仰天〉

トムが帰宅し、ことを荒立てます。居あわせたレイチェルはトムを追い詰めますが、トムはいつものように嘘をついて逃げようとします。愛情を試されたアナに対して、トムは優位に。レイチェルは警察を呼ぶようにアナに言いますが、アナは動けません。そしてトムはメガン殺しの真相を話します。レイチェルは逃げようとしますが、トムに酒瓶で頭を殴られ昏倒します。

4〈真実を掘り当てる〉

ここで、レイチェルもアナも、自分がちゃんとテーマを受けとめたことを見せてくれます。そして、トムに打ち勝つ心をもっているということを。まずアナが廊下に忍び出て警察に電話します。そしてレイチェルはトム相手に一芝居うちます。以前のように自分がトムの言いなりであるかのように振るまい、今度はトムを手玉にとるのです。

5 〈新しい作戦の実行〉
レイチェルはトムにキスさせている間に、その手をキッチンの抽斗《ひきだし》に忍びこませて何かを取り、逃げます。そして追ってきたトムの首にコルク抜きを突き立てます。この武器の選択はもちろん偶然ではありません。コルク抜きが象徴するのはレイチェルの抱えていた飲酒や過去の諸問題。それを使って彼女は、自分を悩ませていた悪魔を退散させ、勝利を収めるのです。

15 **終わりの光景**（318〜323ページ）
第1章と同じようにレイチェルは電車に乗っていますが、《始まりの光景》とは鏡写しのように光景が変っています。彼女は断酒3週目で生まれ変わったようにシラフ。過去の過ちと古い世界を置き去りにし、レイチェルは新しい人生へ。

この小説はどうして〈どうしてそんなことを？〉なの？

『ガール・オン・ザ・トレイン』は、このジャンルの物語に必要な3つの素材をすべて兼ね備えている立派な〈どうしてそんなことを？〉小説。

● **探偵**　レイチェルという女性が、この物語の素人探偵。今まで何の事件にも巻きこまれたことのない彼女は、当然どんな騒動に自分が巻きこまれてしまったか気づいていません。

●**秘密**　メガンとスコットの関係が、事件の全貌につながる鍵になります。これは著者が最後まで見せなかった切り札。それは、レイチェル（と読者）がパズルを完成させる最後のピースとして、ここまで取っておかれたのです。

●**暗い曲がり角**　レイチェルがスコットと寝たとき、読者は彼女が深入りしすぎたとわかります。スコットは容疑者の1人ですし、しかも殺された女性の夫。この瞬間、レイチェルの事件に対する執着が、彼女の倫理観を乗り越えたのです。

ネコの視線でおさらい

ここで、『ガール・オン・ザ・トレイン』のビート・シートを、さくっとおさらい。

1　**始まりの光景**

レイチェルが、他人の生活を夢想しながら電車に乗っています。

2　**語られるテーマ**

「母はよく、私の夢想癖は度がすぎると言った。トムにも同じことを言われた」（1ページ）。レイチェルも、アナも、メガンも、3人とも真実と向き合うことを学ばなければいけません。

3　**お膳立て**

レイチェルは酒の飲み過ぎで、しばしば記憶を失います。だから物語の語り部としては頼りないレイチェル。メガンの夫婦生活は、レイチェルが夢想するほどは理想的でないことがわかります。

4　**触媒**

レイチェルは意識を失い、目が覚めるとアザだらけ。前の晩（土曜日）何が起きたかまったく記憶なし。

5　**問答**

土曜の夜に何が起きたのか。それに対して何をすればいいのか。レイチェルはメガンが行方不明になったことを知ります。

6　**二幕に突入**

レイチェルは、失踪したメガンの捜索の手助けをしようと、事件にのめりこみます。

7　**Bストーリー**

レイチェルは、メガンの夫スコットに会います。ここで初めてアナの主観で語られる物語が導入されます（双子のBストーリー）。

8　**お楽しみ**

レイチェルは酒を断ち、事件解決に貢献しているように見えます（上り坂）。

9　**中間点**

カマル・アブディッチという容疑者が逮捕されます（偽りの勝利）。しかし釈放され、そしてメガンの死体が発見されます。失踪事件は殺人事件になり、代償が高くなります。

10　**忍び寄る悪者**

レイチェルは再び飲酒を始め、メガンのセラピスト（カマル）に会い、メガンの夫（スコット）と寝て、次第にあの土曜の夜のことを思いだしていきます。アナは夫のトムが浮気しているのではと疑います。

11　**完全なる喪失**

レイチェルに騙されていたことに気づいたスコットは、彼女を監禁し殺すと脅します（死のにおい）。レイチェルは、死んだメガンが妊娠していたことを知らされます。しかもスコットの子でもカマルの子でもなかったのです。

12　**闇夜を彷徨う魂**

泥酔したレイチェルは警察の信用も失ってしまいます。意を決して赤毛の男に会い、あの土曜の夜に関する重要な情報をもらいます（闇夜の啓示）。

13　**三幕に突入**

レイチェルは、トムによって長年騙され、いいように操られていたことを思いだします。そして彼女は電車に乗ります。

14　**フィナーレ**

アナと協力してレイチェルは、メガンを殺したトムと対決します。レイチェルを殺そうと迫るトムを、逆にコルク抜きで刺します。

15　**終わりの光景**

断酒に成功したレイチェルは、電車に乗って新し人生へ。

第5章 大人の階段

ジャンル・タイプ2 人生の難題に立ち向かう

ネタばれ警報！　この章では以下の小説が登場します。

『エマ』ジェイン・オースティン著
『The Sky Is Everywhere［未邦訳：どこに行っても空］』ジャンディ・ネルソン著
『サムシング・ボロウ』エミリー・ギフィン著
『君のためなら千回でも』カーレド・ホッセイニ著

子どもの頃の話。夜になると、何か脚が重ったるい感じで痛い時期がありました。両親に聞くと、それは「成長痛」だと教えてくれました。私の体が、骨や筋肉が育って変化しているからだと。でも、心が成長するときは、どうなるの？　その場合は、心や気持ちも「成長痛」を感じるの？

もちろんです。

そして、それが〈大人の階段〉ジャンルの肝。

死別、思春期、別離、中年の危機、青春。人生という道には、このようなバリケードが現れて、自分が一体何者なのかと自問しなおすことを迫ります。これらは、読者の心を深く揺さぶる物語を構成する大事な部品。なぜなら、誰もがみんな**絶対に**通る道だから。でしょ？　長い人生、誰でも絶対にケツに蹴りをいれられたような痛い体験を一度や二度はするはず。成長することでしか、変わることでしか、対応できないような「人生の難題」に直面しないで済む人はいないのだから。

〈大人の階段〉は、時を、文化を、人種を、性別を、そして年齢を超える普遍的な物語。なぜなら、**人生**は普遍的だから。何でも思いどおりになるわけではないのが、人生。ときには不親切で、不公平で、こちらのプライドも尊厳もお構いなしというのが、人生。というわけで〈大人の階段〉ジャンルは、ほとんどの場合、痛みについての物語。そして、苦しみ、失望、痛い思いをして得た教訓の物語になります。

ちょっとアガりませんか？

確かに心に重くのしかかるような内省的なドラマが多い中で、実は思いのほか多くのコメディが、このジャンルに入ります。まあ、人生の野郎が変化球を投げつけてきたときに対処する方法は、笑ってやりすごすか、真顔で受けとめるかの2種類しかありませんからね。

あなたが書く小説が死にまつわる物語でも（例　ジャンディ・ネルソン著『The Sky Is Everywhere［未邦訳：どこに行っても空］』、ウィリアム・ポール・ヤング著『神の小屋』）、思春期の痛みの話でも（例　スティーブン・チョボスキー著『ウォールフラワー』、J・D・サリンジャー著『ライ麦畑でつかまえて』）、アラサーや中年になって迎えた人生の危機でも（例　エミリー・ギフィン著『サムシング・ボロウ』、ニック・ホーンビィ著『アバウト・ア・ボーイ』）、何十年も重荷になっている人生の問題でも（例　カーレド・ホッセイニ著『君のためなら千回でも』）、あなた（作者）のやるべきことは、これ1つだけ――人生が大きく変わる瞬間になんとか立ち向かおうとする誰かの物語を語ること。

そのために絶対必要な素材は次の３つ。（１）**人生の難題**が１つ、（２）その問題を解決するための**間違った方法**が１つ、そして（３）ヒーローが避けてきた受け入れがたい真実を、受け入れることで可能になる**解決法**が１つ。

早速、詳しく見ていきましょう。

素晴らしい物語の展開はどれも、ヒーローが解決しなければならない難題に直面（第一幕）、直すつもりで壊す（第二幕）、受け入れがたい真実を受入れて難題を解決する（第三幕）という流れになりますが、〈大人の階段〉ジャンルの場合、生きていること自体が解決しなければならない難題だというところが違います。〈大人の階段〉に現れる**人生の難題**は、大抵避けようのないもの。人として生きる以上、必ず現れる曲がり角。誰でも成長する以上は、その途中でいろいろ大変なことがあり、しかもそれは万人共通だったりします。だから、ヤングアダルト小説のほとんどがこのジャンルに収まるのです。人生という旅の中でも特に上がり下がりの激しい時期を掘り下げるのがヤングアダルト小説ですから。ジェニー・ハン著『The Year I Turned Pretty［未邦訳：私が可愛くなった夏］』であつかわれる人生の難題は、そのままタイトルそのもの（思春期）です。サラ・デッセン著『Truth About Forever［未邦訳：永遠にかんする真実］』のヒーローのメイシーは、父の死に加えて、思春期にぶら下がっているあらゆる問題と一度に直面する羽目に。

成長といっても、ティーンじゃなければということはありません。ジェイン・オースティン著『エマ』も、大好きな家庭教師の結婚（別離）、そして子どものころ経験した母との別れ（死）をあつかった〈大人の階段〉物語。そして、『サムシング・ボロウ』の主人公レイチェルが直面する難題も、30歳になること（中年で迎えた人生の危機）です。

忘れてはならないのは、ヒーローという人達は、問題を直すつもりで壊してしまう名人だということ。このジャンルにおいてはなおのことです。というわけで、〈大人の階段〉ジャンルに必須の第2の素材は、**問題を解決するための間違った方法**。この要素は多くの場合、痛みや苦しみを避けようとする行動に現れます。『エマ』の場合、人生の難題に向きあう代わりに、一生結婚しないと誓った挙句、友達の縁談の世話にかまけます。『The Sky Is Everywhere〔未邦訳：どこに行っても空〕』のレニーも、姉の死にポジティブに向きあうことができません（少なくとも最初は！）。代わりにレニーは2人の男子と恋に落ちます。しかも1人は亡き姉の彼氏。『アバウト・ア・ボーイ』のウィル・フリーマンも、自分に訪れた中年の危機にうまく対処できません。子どもがいないのに、1人で子育てをする片親の会に女性を物色しにいくという外れっぷり。〈大人の階段〉ジャンルの場合、間違った方法という材料は2つの意味をもちます。変化を拒むヒーローを見せるということ、見せることで物語に目的を与えるということ。人生に訪れた難題を、最初から悟ったように真摯に受け入れる人がヒーローだったら、そんな小説、読む意味がないじゃないですか！

〈大人の階段〉の物語は、最終的には第3の素材である**解決法**につながる、何かを**受け入れること**で終わります。通常これは、ヒーローが避けてきたことの受容になります。『エマ』の主人公は、本当に寂しいのは自分で、結婚相手を紹介するというお節介が必要なのは他ならぬ自分自身だという事実を受け入れます。『The Sky Is Everywhere〔未邦訳：どこに行っても空〕』のレニーは、自分が受けた悲しみから逃げることはできず、一生抱えて生きていかなければならないと悟ります。『サムシング・ボロウ』のレイチェルは、子どもの頃からの親友ダーシーとの時間が終わったことを受け入れます。このような「成長痛」の物語は、どれも同じような悟りで幕を引きます。人生は変えられないのだから、自分が変らなければ、という悟り。〈大人の階段〉の物語の味わい深いところは、小説のヒーローが自分について何か重要な発見をしたとき、読者もそれぞれ自分について重要な発見をするということ。何歳になっても、成長は続きますからね。

おさらい。〈大人の階段〉ジャンルの小説を書こうと考えているなら、次の3つの大事な素材を絶対に忘れないように。

- **人生の難題**　生きているだけで直面せざるを得ない問題や挑戦（思春期、青春、中年の危機、別離、死別、その他）。
- **問題を解決するための間違った方法**　そのような問題に、最初はヒーローは直面できません！　痛みを避ける努力をするなど、必ず何らかの回避行動をとります。
- **受け入れがたい事実を受け入れる**　それこそが、真の解決。それには、変わるのは人生ではなくて自分であるという悟りが伴います。

〈大人の階段〉ジャンルの人気小説

『エマ（上・下）』ジェイン・オースティン著、中野康司訳、2005年、筑摩書房

『大いなる遺産（上・下）』チャールズ・ディケンズ著、石塚裕子訳、2014年、岩波書店
『赤毛のアン』ルーシー・モード・モンゴメリ著、村岡花子訳、1954年（新装版2008年）、新潮社
『彼らの目は神を見ていた』ゾラ・ニール・ハーストン著、松本昇訳、1995年、新宿書房
『ライ麦畑でつかまえて』J・D・サリンジャー著、野崎孝訳、1984年、白水社
『神様、わたしマーガレットです』ジュディ＝ブルーム著、長田敏子訳、1982年、偕成社
『アバウト・ア・ボーイ』ニック・ホーンビィ著、森田義信訳、2002年、新潮社
『スピーク』ローリー・ハルツ・アンダーソン著、金原瑞人訳、2004年、主婦の友社
『ウォールフラワー』スティーブン・チョボスキー著、田内志文訳、2013年、集英社
『君のためなら千回でも（上・下）』カーレド・ホッセイニ著、佐藤耕士訳、2007年、早川書房（ビート・シート参照）
『The Truth About Forever［未邦訳：永遠にかんする真実］』Sarah Dessen, 2008, Penguin
『サムシング・ボロウ』エミリー・ギフィン著、2009年、宙出版
『神の小屋』ウィリアム・ポール・ヤング著、結城絵美子訳、2015年、いのちのことば社
『The Summer I Turned Pretty［未邦訳：私が可愛くなった夏］』Jenny Han, 2009, Simon & Schuster
『ラスト・ソング』ニコラス・スパークス著、雨沢泰訳、2010年、アチーブメント出版
『部屋（上・下）』エマ・ドナヒュー著、土屋京子訳、2014年、講談社
『The Sky Is Everywhere［未邦訳：どこに行っても空］』Jandy Nelson, 2010, Speak
『Fangirl［未邦訳：同人誌少女］』Rainbow Rowell, 2013, St. Martin's Press

『Every Last Word［未邦訳：最後の一言まで］』Tamara Ireland Stone, 2015, Disney-Hyperion

『君のためなら千回でも』

著者：カーレド・ホッセイニ
10のジャンル：大人の階段
販売ジャンル：フィクション
ページ数：371（2003年リバーヘッド社刊ペーパーバック単行本［英語原書］）

アフガニスタン系アメリカ人作家カーレド・ホッセイニによる第1作であるこの小説は、2003年に出版されるや文壇の喝采を浴びました。罪と贖罪というテーマをあつかったこの物語は、父親との複雑な親子関係に苦しむ少年が大人になってからの人生を描いた〈大人の階段〉の物語でもあります。その複雑な親子関係によって、この小説は〈大人の階段〉ジャンルの最高の見本のひとつになっています。

1　**始まりの光景**（1～2ページ［以下、原書］）

この物語のヒーローであるアミールを紹介する《始まりの光景》は、少し謎めいています。しかし、読者の心をつかんで残りの物語に引きこむには十分効果的なさわりになっています。

最初の2ページだけで、1975年の冬に起きたある事件がアミールのその後の人生を変えてしまったことを読者は知ります。これは来るべき《触媒》の前兆。彼の人生を変えてしまった事件に関する思い出は、ラヒム・ハーンという男からの1本の電話によって記憶の沼底から引きずり出されます。この父のビジネスパートナーからの電話は、「わたしの、罪を贖《あがな》っていない過去」（1ページ）からの呼びかけでもあるのだと、アミールは読者に教えます。これは、ヒーローに変化を促すテーマ（勇気を持つ）をも示唆しています。

2　お膳立て（3～37ページ）

ここからアミールの子ども時代の回想になり、舞台はアフガニスタンのカブールになります。［成人したアミールは移民として国外に住んでいる］。アミール以外にも、この物語には重要な登場人物が2人います。子ども時代の親友ハッサンとババ（中東で言う「パパ」）、つまりアミールの父親です。

アミールとこの2人の関係は複雑。

ババは裕福なパシュトゥーン人（アフガニスタンのマジョリティでスンニ派ムスリム）で、家族とともに大きな屋敷に住んでいます。一家に長年仕える召使いのアリはハザラ人（シーア派のムスリムでパシュトゥーン人に抑圧されている）ですが、家族みんなに愛されています。そしてアリの息子がハッサンです。

アミールとハッサンは兄弟のように仲良く育ちましたが、2人の関係性は兄弟らしからぬ不均衡なもの。ハッサンはアミールの食事を支度し、ベッドを整え、靴を磨きます。アミールが何らかの問題を起こしたときにはハッサンが責めを負い、アミールが喧嘩に巻きこまれたらハッサンが相手になります。ハザラ人であるハッサンは近所の子どもに絡まれることが多いのですが、そんなときにはアミールがハッサンを庇うことはありません。それどころか、アミールはハッサンに意地悪をしたり、小さな悪戯を仕掛けることすらありますが、ハッサンは気にしない様子。

母親の不在がこの2人の少年を結びつけています。アミールの母親は出産のときに亡くなり、ハッサンの母親はハッサンを産んでほどなく家を出てしまったのです。

街に孤児院を建てたりいつも地域に善行を施しているババですが、どうやらアミールにはいつも失望させられっぱなしの模様。そんなアミールは、母の死は自分のせいだという罪悪感を抱えていました。

そして、アフガニスタンは《お膳立て》ビートで戦争に巻きこまれます［ソ連侵攻］。戦争は国の未来にかかわる重大な《触媒》ですが、アミールの物語の中では小さなものにすぎません。アミールに本当の《触媒》が訪れて彼の人生をすっかり変えてしまうのはもう少し先、73ページのことです。

その前に、2人はアセフという少年と対決しなければなりません。アフガニスタンからハザラ人が1人残らずいなくなればいいと考えているアセフは、何かというとハッサンを虐めます。ある日虐められたハッサンは、石を弾にしたパチンコでアセフを威嚇し撃退。アセフは復讐を誓って去ります。

さらに、この《お膳立て》のビートでは、この小説の原題『凧追い《カイト・ランナー》』の由来である冬の伝統的風物詩の凧合戦が紹介されます。競技相手の凧の糸を切ったほうが勝ちという遊びですが、落とされた凧を凧追いが回収しに走ります。アミールは凧合戦の名人で、その召使い兼親友のハッサンは最高の凧追いという、よくできたチームなのです。

1975年の冬の大凧合戦が開かれます。アミールは勝ち残って優勝。ハッサンは、アミールが負かした準優勝者の凧（トーナメント優勝者の賞品になる）を回収しに走ります。

3　語られるテーマ（23ページ）

小さい頃、アミールはラヒム・ハーン（《始まりの光景》に登場）と会話する父の言葉を聞いてしまいました。息子に失望したババは言います。「自分のために戦えない男の子は、何のためにも戦えない男になる」。

アミールに対する厳しすぎるお父さんの言葉に、読者は気の毒な気持ちになりますが、読み進めるにつれ、読者は（アミール本人も）ババの言葉の正しさを痛感することになります。臆病なのがアミールの抱える最大の問題。ハッサンはいつでもアミールのために戦います。ババには、誰かの名誉を守るために命を捨てる覚悟があります。でもアミールは、信じるもののために戦おうとしないのです。

4　触媒（73〜79ページ）

落ちた凧を追いかけていったきり、ハッサンが帰ってきません。アミールが探し回り、やがて路地裏でアセフ一味に囲まれているハッサンを見つけます。そしてアセフがハッサンをレイプするのを物陰から見てしまいます。

ハッサンを助けるどころか、臆病者という欠点を晒《さら》すかのようにアミールは逃げ出します。あとでハッサンと会ったアミールですが、見ていたとは言えません。

これが、アミールが《始まりの光景》で言っていた「過去」です。ハッサンを守れなかった罪悪感と恥辱が、この小説を貫いて彼を責め続けます。そして、この小説のテーマを受けとめることができるようになるまで、アミールは自分の罪を贖《あがな》うことも、大人になることも、そして〈大人の階段〉を上ることも許されないのです。

5　問答（80〜103ページ）

アミールは事件を目撃してしまった結果、何をするのか？　というのがこの小説の《問答》の問いになります。93ページの本人の言葉を借りれば、「ぼくはおまえをどうすればいいんだ、ハッサン？」ということになります。

アミールは誰かに話す勇気がありません。罪悪感がアミールを蝕んでいきます。夜眠れなくなったアミールは、ハッサンに起きた変化に気づきます。以前のようににこやかではなくなり、引きこもり気味になったハッサンとアミールの関係は大きく変わってしまいます。2人の距離は開き、友情は崩壊します。自分が感じている罪の意識を少しでも軽くしようと、アミールはことごとく間違った言動をとります。

まず、父親に新しい召使いを雇うように頼んで、下らないことを言うなと怒鳴りつけられます。次に、ハッサンの気が晴れるかもしれないと喧嘩を仕かけますが、ハッサンは乗ってきません。苛々《いらいら》のやり場がないアミールは、圧し潰されそうな感情に負けてさらに間違ったことをします。

6　二幕に突入（104〜109ページ）

アミールは、自分の新しい腕時計と現金の封筒をハッサンの枕の下に隠して、時計とお金がなくなったとババに言いつけます。時計とお金が枕の下に見つかったとき、ババはハッサンに盗んだかどうか尋ねます。ここでアミールを襲う二重の衝撃。ハッサンは自分が盗んだと認め、ババはそんなハッサンを許すのです。常々盗みが最大の罪だと言っているババなのに。

ババが必死に引きとめますが、アリはハッサンを連れて出ていくことにします。アミールは真実を白状しようとしますが、口をつぐんでしまい、臆病者である自分を変えられません。

アミールの言動は、まさに問題を**直すつもりで壊している**という愚行のいい見本です。ハッサンを追い出そうという決断によってアミールは《二幕に突入》しますが、その決断を促したのは自分を悩ませる臆病さと罪の意識。ハッサンに会わなくて済むなら、もう悩まないで済むと信じているわけですが、もちろん結果は正反対になります。

7 お楽しみ（110〜173ページ）

この小説の第二幕は、まったく違った新しい世界——アメリカが舞台。

あれから5年が経ちました。日に日に危険さが増すアフガニスタンを逃れ、アミールとババはトラックの荷台に隠れてパキスタンに密入国し、そこから《中間点》に向かって物語は**下り坂**になります。

ババとアミールがたどり着いたアメリカは、2人が思っていたような場所ではありませんでした。故郷では裕福だったババが生活保護を受けることを強制され、カリフォルニア州フリーモント［サンフランシスコ近郊の街］のガソリンスタンドで働く羽目に。アミールは高校を卒業してババを喜ばせますが、大学で創作文章執筆を学びたいというアミールをババは認めようとしません。

アメリカに来ても、アミールは問題を直すつもりで壊し続けます。これだけ遠くに来れば、ハッサンのことは忘れられると期待しているのです。136ページでアミールが言います。「アメリカは河だ。過去に目もくれずに怒涛のように流れていく河。その流れの中に必死で入っていけば、自分の罪を川底に沈め、私自身はどこか遠くに流してもらえる。過去の亡霊も、記憶もなければ、罪もないどこかへ」。しかし、ハッサンの記憶はアミールがどこに行っても追いかけてきます。アメリカまで来た今も、アミールは罪悪感に蝕まれているのです。

やがて、ババが健康を損ないます。ガンと診察されたババは、先が長くないと診断されます。

8　**Bストーリー**（140〜142ページ）

アメリカに来たアミールはフリーマーケットで、彼が「ぼくのフリーマーケットのプリンセス」（142ページ）と呼ぶことになるソラヤに一目惚れ。ほどなくアミールは、ソラヤにはちょっとした男性関係の過去があり、だからそれ以降は求愛する者が現れないという噂を聞きます。しかしアミールは、ソラヤが過去の重荷を背負っていることが気に入ります。ソラヤも「罪」を犯した者なのです。

アミールはソラヤを誘い、2人は恋に落ちます。ちゃんとした《Bストーリー》のキャラクターなら必ずそうするように、ソラヤはやがて、過去に向き合い罪を償うようにアミールを手助けすることに。

事実、2人が結婚する前にソラヤは自分の過去を告白し、アミールは自分にもそんな度胸があればと思います。しかしアミールは自分の話はしません。アミールがテーマを受けとめるのは、まだまだ先のことになりそうです。

9　**中間点**（173ページ）

アミールとソラヤが結婚した1カ月後、ババは睡眠中に亡くなります。これはアミールにとって**偽りの敗北**であり、同時に彼にとって**代償が高くなった**瞬間でもあります。ババ亡き後、アミールの罪を贖うことができるのはアミール本人だけ。でも時間はどんどん過ぎていきます。果たしてアミールは、ハッサンのことを後悔しながら残りの人生を生きていけるのでしょうか。

10　忍び寄る悪者（174〜214ページ）

ババの死はありましたが、アミールの人生はおおむね快調、**上り坂**で進んでいきます。アミールとソラヤは2人とも大学に入学。アミールが書いた初めての小説を気にいった出版代理人が、出版契約にこぎつけます（現実でも、こんなにサクッと決まればいいのに！）。

2人は子どもを作ろうとしますが、ソラヤが不妊だということが判明します。

さらに10年が過ぎ、アミールはラヒム・ハーンからの電話を受けます（《始まりの光景》の電話）。ラヒムは重い病気を患っており、自分に会いにパキスタンに来るようアミールに頼みます。電話を切る前にラヒムがテーマを示唆するこんな一言を告げます。「おいで。前のように良くなれる道はある」。果たして、アミールがアフガニスタンでした良くないことの数々を、ラヒムは知っているのでしょうか？

アミールはパキスタンに飛びます。到着したアミールに、ラヒムは死ぬ前にハッサンのことを話しておきたいと言います。アミールはついに過去の亡霊に追いつかれたのです。もう逃げも隠れもできません。

ラヒムは、アミールとババがアフガニスタンを離れて何年もしてからハッサンのことを知りました。結婚したハッサンは子どもが産まれるのを待っていました。父親のアリは地雷原に迷いこんで死亡。ババが昔住んでいた屋敷に住んでいたラヒムは、一緒に住んで家の手入れを手伝ってほしいと言ってハッサンと彼の妻を招きます。2人は引っ越してきます。ハッサンは父親になり、子どもの頃アミールが読んでくれた本の主人公の名前を子どもにつけます。カブールでの戦闘が激化する中、ハッサンは息子ソーラブに読み書きやパチンコの撃ち方を教え、よく面倒を見ます。そして自分が子どもの頃にしたように、凧追いのやり方も教えます。

11　完全なる喪失（214～223ページ）

ラヒムは、ハッサンからの手紙を、そして彼と息子のソーラブが写ったポラロイド写真をアミールに渡します。手紙には、今でもアミールのことを想うと書いてあります。

それからラヒムは、悪い報せを伝えます。ハッサンと妻は、タリバンによって処刑され（死のにおい）、ソーラブはカブールの孤児院に1人残されていると。ラヒムは、パキスタンにソーラブを養子に迎えてもよいと言ってくれる人を知っているので、カブールに行ってソーラブを連れ出してほしいとアミールに頼みます。そしてこう付け加えます。「おまえでなければだめなんだ。理由はおまえもわかっているはずだ」（221ページ）。ラヒムは、アミールとハッサンの間に何があったか知っていたのでした。

アミールは巻きこまれたくないと断ります。そこでラヒムは、《完全なる喪失》爆弾を投下。ハッサンとアミールは、実は異母兄弟だったというのです。ハッサンの「父親」は無精子症で、ババが彼の妻と寝てできた子がハッサンでした。ババがハッサンを特別あつかいした理由がようやく明らかになります。アミールが羨み嫉んだババとハッサンの関係。

アミールはラヒムのアパートから飛び出します。

12　闇夜を彷徨う魂（224〜227ページ）

報せを受けたアミールは何をすべきか？　自分の甥だと判明したソーラブを連れ出しに、カブールに向かうのか？　それとも、今までどおり臆病者として顔をそむけるのか？

アミールが去る前、ラヒムはアミールに彼のテーマを思い出させます。「自分のために戦えない男の子は、何のためにも戦えない男になる」（221ページ）。

アミールは、ラヒムが電話口で言った言葉を思い出します。「おいで。前のように良くなれる道はある」。その瞬間アミールは、自分がすべきことを悟ります。

13　三幕に突入（227ページ）

アミールは、カブール行きを承知します。これは自分が犯した罪を償うチャンス。何かのために戦う男になるチャンス。アミールは自分のテーマを受けとめたのです。ついに大人になって、過去の失敗から逃げ続ける人生に終止符を打ったのです。

14　フィナーレ（228〜363ページ）

1　〈チーム招集〉

アミールはカブールへ。途中、ファリドという名の運転手の家に泊めてもらったアミールは、空腹に苦しむ子どもたちを見てショックを受けます。アミールがハザラ人の子どもを脱出させるためにアフガニスタンに来たと知ったファリドは、手助けを申し出ます。これで2人はチーム。出発前にアミールは、マットレスの下にお金を忍ばせます。《二幕に突入》ビートで、ハッサンを追い出すために彼の枕の下に腕時計とお金を隠すことで、問題を直すつもりで壊したアミールですが、その行為とこの贖罪の行為は対になっています。

2 〈作戦実行〉

カブールへの道すがら、アミールは自分とババがアフガニスタンを去って以来続いている戦争の傷跡を目の当たりにします。孤児院に着いた2人は、まず自分たちがタリバンではないと院長を説得しますが、院長がソーラブはここにはいないと告げます。ソーラブは、あるタリバンの将校に、とても恐ろしい理由で「買われて」いったと言うのです〔定期的に訪れては男女かかわらず孤児を買っていく〕。ソーラブを「買った」将校は、明日ガジ・スタジアムに現れるはずだと院長は教えてくれます。

孤児院を後にした2人。ファリドは、アフガニスタンで見たことはすべて忘れたほうが身のためだとアミールに忠告します。そのほうが楽だろうと。しかしアミールは、「もう忘れたふりはたくさんだ」（263ページ）と言って、自分のテーマを受けとめたことをきちんと証明します。

翌日2人は、サッカーの試合が行われているスタジアムに向かいます。「姦淫」の咎でタリバンの司祭に石を投げつけられて2人の女性が殺されるのが、ハーフタイムの余興です。

3 〈高い塔でビックリ仰天〉

試合が終わり、アミールは例のタリバン将校に会います。将校はソーラブを連れてきます。ソーラブの顔があまりにハッサンによく似ているので、アミールは気が遠くなる思い。やがてアミールは、この将校がハッサンを犯したアセフだということに気づきます。アミールが過去の過ちを正し、罪を償うチャンスがあるとすれば、それはまさに今！

4　〈真実を掘り当てる〉

アセフは、自分と戦って勝てばソーラブを連れて帰っていいとアミールを挑発します。アミールはこっぴどく殴られますが、１９７５年にハッサンを路地裏で見捨てて以来、初めて心の平穏を感じて、その運命の皮肉に笑います。「わたしの体はぼろぼろに壊れていた。思った以上にぼろぼろだったということは、後になるまでわからないのだが、しかし私は癒されたと感じた。ようやく癒されたのだ」（２８９ページ）。

ソーラブがパチンコで撃った石がアセフの目に当たった隙に、アミールはソーラブを連れて逃げます。

5　〈新しい作戦の実行〉

病院で傷ついた体を回復させるアミール。意識を取り戻したところで、ラヒムからの手紙が届きます。パキスタンにソーラブを引き取る家族があるというのは嘘だと認める内容でした。

アミールはソーラブに、アメリカで家族として暮らす気はないかと聞き、ソーラブは同意します。２人はアメリカ大使館に行きますが、アミールがソーラブを養子としてアメリカに連れ帰れる可能性はほとんどないと言われます。

アメリカ行きが無理な今、恐らく孤児院に連れ戻されることを知っているソーラブは、自殺を図ります。

病院でソーラブの治療を待つあいだ、アミールは15年ぶりに初めて神に祈ります。目を覚ましたソーラブにアミールは、妻のソラヤがアメリカの移民専門弁護士と一緒にソーラブを養子にできるように手はずを整えたと伝えます。

しかし、ソーラブは何も喋りません。彼は変わってしまったのです。彼の中で何かが死んでしまったかのように。アミールはソーラブを連れてカリフォルニアに帰ります。ソラヤの父親がソーラブを「ハザラ人の子」と呼んで侮辱したとき、アミールは甥のソーラブを守るために、そして自分の名誉を賭けて立ち上がって言います。「わたしの前で二度とこの子のことを『ハザラ人の子』などと呼ぶな。この子には名前がある。ソーラブと呼んでください」（361ページ）。アミールの変容の長い旅は、このとき終着点にたどりついたのです。

しかし、ソーラブはなかなか口を利きません。寝ていないときは、沈黙するばかりです。

15　終わりの風景（318〜323ページ）

ある午後、アミールはソラヤとソーラブを連れて出かけます。公園では人々が凧上げを楽しんでいます。アミールはソーラブに凧を買ってやり、彼の父親ハッサンはカブールきっての名凧追いだったと教えます。アミールはソーラブに凧の上げ方を教え、2人は別の少年が上げている凧の糸を切り、アミールは凧を走って回収してくるとソーラブに言います。そのときソーラブの顔に、アメリカに来てから初めて笑顔が浮かびます。アミールは落ちる凧を追って走ります。自らの罪を償い終わった彼は、凧追い《カイト・ランナー》となって走っていくのでした。

この小説はどうして〈大人の階段〉なの?

『君のためなら千回でも』は、このジャンルの物語に必要な3つの素材をすべて兼ね備えている立派な〈大人の階段〉小説。

- **人生の難題** 何十年にも渡る物語ですが、実質的にこれは大人への通過儀礼を描く物語。アミールは子どもの頃に犯した失敗に苦しみながら大人になろうともがきます。さらに、父親に愛されていないのではないか、大事にされていないのではないかというわだかまりにも苦しめられるアミールは、一生忘れられない後悔をともなう失敗を犯します。

- **問題を解決するための間違った方法** ハッサンを家から追い出そうとして、アミールは、問題を直そうとして壊す一連の行動をとります。後に故郷に帰ってハッサンに関する真実を知るまでは、アミールはひたすら問題を避けたり、やり過ごしたりするだけです。

- **受け入れがたい事実を受け入れる** ハッサンの息子を探しだしてパキスタンに連れ出すことを承知したとき、アミールは自分とハッサンを結んでいた本当の絆についての受け入れがたい真実を受け入れます。そして、ハッサンの息子をアメリカに連れていこうと決心したとき、彼の受容は本物になります。

ネコの視線でおさらい

ここで、『君のためなら千回でも』のビート・シートを、さくっとおさらい。

1 始まりの光景

アミールは父のビジネスパートナーだったラヒムから電話を受け、「わたしの、罪を贖っていない過去」（1ページ）を思い出します。これは謎めいた《触媒》の前兆になります。

2 お膳立て

アミールとハッサンは親友同士ですが、召使いの息子というハッサンの立場が2人の関係を複雑なものにします。2人は凧合戦が大好きで、ハッサンは凧追いとしてアミールが落とした凧を追って走ります。さらに、ハッサンをひいきしているかに見える父との関係も複雑です。さらにアセフという少年がいつもハッサンに意地悪をします。

3 語られるテーマ

アミールは父が「自分のために戦えない男の子は、何のためにも戦えない男になる」と自分について話しているのを聞いてしまいます。アミールは、自分とそして他の人のために立ち上がって戦えるようになるまで、過去の罪を贖うことができないのです。

4　**触媒**

アミールは、アセフにレイプされているハッサンを目撃してしまいます。

5　**問答**

レイプを目撃してしまったアミールは何をすればいいのか？　罪悪感に蝕まれるアミールですが、警察には言いません。

6　**二幕に突入**

アミールは問題を直そうとして壊します。ハッサンに盗みの嫌疑をかけ、ハッサンと父親が出ていくきっかけを作ってしまうのです。

7　**お楽しみ**

アメリカに来てからアミールの父親はガソリンスタンドの店員になります。アミールは大学で創作文章執筆を学びながらハッサンのことを忘れようとしますが、忘れることはできません。

8　**Bストーリー**

アメリカに移住したアミールは未来の伴侶ソラヤに出会います。ソラヤはその後アミールが勇気をもって過去の罪を贖う手助けをすることになります。

9　**中間点**

アミールの父親はガンで亡くなります（偽りの敗北）。

10　**忍び寄る悪者**

アミールは小説を書き、出版代理人と契約、初の小説は出版されます。10年後、彼の元にラヒムから電話がきます（《始まりの光景》の電話）。パキスタンに会いにくるよう頼むラヒム。ラヒムはアミールがアフガニスタンを離れた後のハッサンの様子を教えます。

11　**完全なる喪失**

ラヒムはさらに、ハッサンが実はアミールの異母兄弟だったこと、今は生きておらず、残された息子のソーラブは孤児院にいること、そしてアミールはソーラブを孤児院から救出しなければならないことを伝えます。

12　**闇夜を彷徨う魂**

アミールは行くべきかどうか迷います。

13　**三幕に突入**

アミールは甥のソーラブを助けにカブールに向かい、テーマを受けとめたことを証明します。

14　**フィナーレ**

カブールに着いたアミールは、アセフ（タリバンの将校になっていた）と対決してソーラブを救け、彼を連れてアメリカに戻ります。

15　**終わりの光景**

アミールはソーラブに凧合戦を教え、自分の凧追いだった親友の息子のために、凧追いとして走ります。

第6章

ジャンル・タイプ3

組織と制度

帰属か、逃亡か、焼き払うか

ネタばれ警報！　この章では以下の小説が登場します。

『侍女の物語』マーガレット・アトウッド著
『グレート・ギャツビー』F・スコット・フィッツジェラルド著
『アウトサイダー』S・E・ヒントン著
『カラーパープル』アリス・ウォーカー著
『ザ・ギバー　記憶を伝える者』ロイス・ローリー著
『ヘルプ　心がつなぐストーリー』キャスリン・ストケット著

中学校1年生、授業初日の昼休み。生徒用食堂に足を踏み入れる、あなた。救命ボートにしがみつくようにお盆をかたく握りしめ、座る場所を探す。自分の「居場所」を探す。選択肢は2つ。イケてる生徒たちのテーブルにただ1つ空いている席。あるいは誰も座っていないテーブルで独りきり。残りの中学生活が、今どこに座るかで決まるかもしれない。否、残りの人生がこの決断にかかっている。あなたならどうする？

集団に加わる？　それとも孤高の人生を歩んでいく？

この恐ろしいシナリオが、他人事とは思えない人、いますよね？

え、私だけ？　じゃあ、それは置いといて……。

帰属すべきか、逃げるべきか。この問いかけが、〈組織と制度〉のジャンルに収まるすべての物語を動かす心臓になります。ある組織のメンバーになるか、あるいは自分だけの道を行くかという選択。それが、このジャンルの小説が照らすもの。

でも、その答えが簡単に決められるとは限りません。

組織――集団、グループ、そしてその組織の制度。大きさも形も様々です。小さいものはルイザ・メイ・オルコット著の『若草物語』に描かれるような1つの家族から、大きいものはハーパー・リー著『アラバマ物語』の舞台であるアラバマ州メイカムや、キャスリン・ストケット著『ヘルプ　心がつなぐストーリー』の舞台である、1960年代のミシシッピ州ジャクソンといった、街が丸ごと当てはまる場合もあります。S・E・ヒントン著『アウトサイダー』で描かれる「グリーサー」［労働者階級の子息］と「ソッシュ」［金持ちの子息］のような、社会のある部分を構成する集団でもあり得ます。F・スコット・フィッツジェラルド著の『グレート・ギャツビー』で描かれる1920年代ロングアイランドの上流階級、アリス・ウォーカー著の『カラーパープル』に出てくる1930年代ジョージアの社会的男性優位という制度などもそれに準じます。架空の集団でも構いません。マーガレット・アトウッド著の『侍女の物語』で描かれる神権政府、ロイス・ローリー著『ザ・ギバー　記憶を伝える者』の偽りのユートピア、そしてジョージ・オーウェルの『1984』に出てくる「党」のように。

そして、〈組織と制度〉というジャンルは、人々を1つにまとめる考え方、イベント、トピックも含みます。例えば、リアーン・モリアーティ著『ささやかで大きな嘘』で3人の主人公が巻きこまれる現代ママ友事情、フィリッパ・グレゴリー著『ブーリン家の姉妹4 悪しき遺産』の3人を通して描写されるヘンリー八世支配下の英国、あるいは、エィミ・タン著『ジョイ・ラック・クラブ』の8人の主要人物に絡めて描かれるアメリカン・ドリームといった具合。

それが**誰か1人**ではなくて**大勢**についての話なら、組織と制度に関する物語である確率が高いといっていいでしょう。『グレート・ギャッツビー』や『アウトサイダー』そして『侍女の物語』のように物語の語り手が1人であっても、これらの物語はヒーローが属する組織の話。我が道を行くヒーローの話ではなくて、ヒーローとその組織の関係性が肝なのです。

『グレート・ギャッツビー』の物語は、1人の新米（ニック・キャラウェイ）の目をとおして語られますが、キャラウェイの人生は、彼が知り合いになるジェイ・ギャッツビーや、デイジーとトム・ブキャナンのそれと較べて遥かに退屈です。『アウトサイダー』では、ポニーボーイが読者の目となり、「グリーサー」と「ソッシュ」たちの間に張りつめた緊張感あふれる世界を見せてくれます。ポニーボーイはこの物語の中で一番大きく変わるキャラクターですが、この物語のタイトルが『The Outsiders』と複数なのは、変わるのが彼だけではないことを示唆しています。

あなたが、どのタイプの組織・集団・制度を選ぶとしても、このジャンルを成功させるために絶対必要な素材は3つ。それは（1）1つの**組織**（2）1つの**選択**、そして（3）1つの**犠牲**。

どういうことか、詳しく見てみましょう。

〈組織と制度〉のジャンルであつかわれる**組織**には、登場人物が生まれつき所属している組織、または連れてこられて入れられる組織（多くの場合、無理やり）、または所属するように勧誘される組織というパターンがあります。うまく書けば、どんなに小さな集団でも、その組織に帰属した者にはそれが世界全体に思えるように書くことが可能。そして、組織の外にいる者にそう思わせることも。このように、幅広い要素をあつかえるこのジャンルですが、一般的にはヒーロー（個人または複数）が「組織の一員になる」ことの是非を考察するのが、物語の核になります。さらに〈組織と制度〉ジャンルの物語を書く作者は、あつかうことになる組織の性質を深く探ることが必要になります。どういう世界で、どのようなメンバーによって構成され、どのような制度によって運営されて、帰属してしまうと自分を失ってしまうような組織なのか？

読者に自分の話だと思わせやすいのが〈組織と制度〉に関する物語。何しろ人間は最初から集団という組織の中で暮らしてきましたから。家族の中に生まれ、学校では仲良しグループを作り、仕事のために会社に所属し、共同体の一員になる。日々日常の中で、組織のメリットを測りながら生きているわけです。人間は群れで行動するようにできていますから、〈組織と制度〉の物語というのは、私たちの中にある原初的なものに語りかけます。何しろ、原始人が1人で狩りに行ってマンモスに遭遇したら死にますから。でもその後数万年の間に、自分の道を切り拓いていくことのメリットのほうが高いのではないかと思うようになったのです。

だからこそ、〈組織と制度〉ジャンルの物語を読むときに読者は、心の奥底にある人間の本質にかかわる質問を自問します。

あいつらは、本当に皆のことを考えて行動しているのか？　それとも自分の身は自分で守らなければならないときがくるのか？

おかしいのはどっちだ？　やつらか？　やつらから逃げようとしている自分か？

そしてそれが、このジャンルを〈組織と制度〉と呼ぶ理由です。作者（あなた）があつかう組織や家族が何であっても、読者がその組織の世界に深く入りこむにつれて、どの組織にも必ず存在する狂気が見えてくるべきなんです。集団の原理というのはおかしくなりがちで、自己破滅的にさえなるものだから。群れの心理は、どんな理屈も論理的思考をも超越するもの。集団への忠誠心というのは常識に反し、生存を脅かすことすらあります。それでも私たちは組織に忠実であろうとするものです。

そして、大勢の一部になることは、自分を構成する部品の一部を放棄することでもあります。

というわけで、あなたがこの〈組織と制度〉ジャンルの物語を書くのであれば、その組織を素晴らしいものであると称えながら、同時に帰属することで個が失われてしまうという問題を暴かなければなりません。

作者（あなた）が、自作に登場する「組織」の表皮を剝ぎ、その集団の行動原理を暴くことで、読者に「自分がこの組織に帰属したらどうしただろう？　自分なら所属する？　それとも抜け出す？」と考えてほしいわけです。

それが、すべての〈組織と制度〉の物語の心臓である、**選択**という要素。このジャンルを成功させるために欠かせない第2の素材です。

この選択という素材をよりよく理解するために、〈組織と制度〉の物語でよく使われる3タイプのキャラクターについて考えてみましょう。

一般的に、この手の物語の主要なキャラクター（主要キャラが複数の場合はそのうちの1人）は、新たにその組織に加わることになる**新米**として登場します。その場合、少しだけ経験の長い先輩が、それまで新米が存在することも知らなかった組織の中でどう振る舞えばいいのか、新米に教えてあげます。リアーン・モリアーティ著『ささやかで大きな嘘』では、先輩マデリーンの導きで新米ジェーンが、シドニーの富裕層の子女が通う小学校の母親たちという制度の中に入っていきます。

『ヘルプ　心がつなぐストーリー』では、スキーター〔南部農園主の娘で白人〕が新米。彼女はミシシッピ州のジャクソンという街で生まれ育ったものの、エイビリーンとミニー〔黒人の家政婦〕と組んで「お手伝い」の実情を世に知らせようとするまでは、自分が属している制度の正体を知らなかったのです。

新米は、読者の「目」としてその世界を見る役を負います。読者は新米と一緒に、集団の規則や規範を学んでいきます。新米キャラが、読者がすんなり物語の世界に入っていくことを助けることで、「情報爆撃」と呼ばれる説明の嵐を避けられます。

しかし、すべての〈組織と制度〉の物語に新米がいるわけではありません。中には**ブランド**（反逆者）と呼ばれる違ったタイプのキャラクターの目を通して語られる話もあります。ハリウッドの反逆児として悪名高かった俳優マーロン・ブランドにちなんだ命名ですが、この手のキャラクターは、すでに組織のメンバーになっている人。すでに組織の仕組みの中にどっぷり浸かっていますが、疑いを持ち始めます。または、何年も疑いを抱えているのですが、何もできず、抜け出すこともできない！　何しろ、その組織が自分の世界そのものですから、そこから抜け出すなんて、頭がおかしいことに思えます。『１９８４』のウィンストン、『ヘルプ　心がつなぐストーリー』のエイビリーン、『ザ・ギバー　記憶を伝える者』のジョーナス、『アウトサイダー』のポニーボーイ、ジェイソン・レイノルズ著『Long Way Down〔未邦訳：落ち続ける長い距離〕』

のウィル、『華氏４５１度』のモンターグ、そして『カラーパープル』のセリーなどがブランド《反逆者》に当たります。

小説が始まるところで、すでにこのタイプのキャラクターは他の人たちと何かが違います。どこか、しっくりこない。持って生まれた何かが組織のシステムと嚙み合わない。でも、物語が核心に触れて初めて、抱えてきた疑念に対して行動を起こすのです。

新米もブランドも、作者（あなた）が書いている体制の問題を顕在化させる大事な役割を負っています。新米は余所者《よそもの》として、ブランドは反抗的な身内という立場によって。しかしどちらのキャラクターも、３番目のタイプのキャラクターに立ち向かわないと、その役割を遂行できません。〈組織と制度〉ジャンルに頻繁に登場するそのキャラクターとは**現場主任**です［会社側の中間管理職的な意味合い］。

現場主任は、組織のシステムを体現するキャラクター。これは帰属する組織の制度を完全に信じ切っている人たち。組織を盛り上げる応援団。集団の一部という生やさしいものではなく、帰属した集団のために命を張る人たち。〈組織と制度〉ジャンルの小説の作者は、このタイプのキャラクターに組織の「狂った面」を見せる役を負わせます。何の疑いも持たずにその組織に心を捧げてしまうと、こうなってしまうという見本です。『１９８４』のオブライエンや、『侍女の物語』のリディア小母（他の小母も全員！）そして、『ヘルプ　心がつなぐストーリー』のヒリー・ホルブルックは、忘れがたい現場主任タイプです。

帰属集団への揺るぎない忠誠心のせいで、このようなキャラクターはどこか常軌を逸した印象、あるいはロボット的な印象すら与えることがあります。組織のシステムの中で確約される自分の安全と引き換えに、魂の一部を売り渡したということ。あなた（作者）が風穴を開けようとしている組織に死に物狂いでしがみつくような人ですから、現場主任タイプはどこか焦点がずれている印象を与えて当然でしょ?

現場主任タイプのキャラクターは、ヒーローが究極的に下さなければならない決断の一面を象徴しています。組織に殉じるか、さっさと抜け出すのか?

その決断は、物語の進展とともに難しくなっていきます。新米またはブランド（あるいは両方）が、組織内の頭がおかしいようなドラマに深くのめりこむにつれて、忠誠心と決断力を試すような出来事が起きるから。

最終的に、どの〈組織と制度〉ジャンルの物語も、物語を成功させる第3の素材によって終わりを迎えます。それが**犠牲**です。

犠牲には次の3種類があります。ヒーローが組織に殉じる決断をする（『1984』）。組織を焼き払う（『ヘルプ　心がつなぐストーリー』『アウトサイダー』『ザ・ギバー　記憶を伝える者』）、あるいは組織から逃げる（『侍女の物語』『グレート・ギャツビー』『カラーパープル』）。比喩的な死を含む自殺も、組織からの逃亡に含まれます。

どのように物語が終わるにしろ、ヒーローの犠牲をもって、組織に帰属することの危険性を伝える教訓として機能します。最終的に伝わるべき深いメッセージは、自分の心の声を聞けということ。誰もが何らかの組織に属さないわけにはいかないとはいえ、最終的に絶対に守らなければならないのは、私が私であるという理由、つまり個人の精神のはず。

集団に気をつけろ!　自分であることに妥協するな!

おさらい。〈組織と制度〉ジャンルの小説を書こうと考えているなら、次の3つの大事な素材を絶対に忘れないように。

- **組織**　家族、集団、企業、共同体、そしてその制度。または、人々をひとつにつなげるような考え方や問題。
- **選択**　新米対現場主任、新米＋ブランド対現場主任、またはブランド対現場主任の終わりなき確執。新米にとっては集団に入るべきかどうかという問いかけ、ブランドにとっては集団に留まるか去るかという問いかけが確執の核になります。
- **次の3つの終わり方のどれかにつながるヒーローの犠牲**　帰属する。焼き払う。逃げる（自殺含む）。

〈組織と制度〉ジャンルの人気小説

『緋文字』ナサニエル・ホーソーン著、鈴木重吉訳、1957年、新潮社
『レ・ミゼラブル』ヴィクトル・ユゴー著、佐藤朔訳、1967年、新潮社
『若草物語』ルイザ・メイ・オルコット著、松本恵子訳、1986年、新潮社
『グレート・ギャツビー』F・スコット・フィッツジェラルド著、野崎孝訳、1989年、新潮社
『すばらしい新世界』オルダス・ハクスリー著、松村達雄訳、1974年、講談社
『1984』ジョージ・オーウェル著、高橋和久訳、2009年、早川書房
『華氏451度』レイ・ブラッドベリ著、伊藤典夫訳、2014年、早川書房

『アラバマ物語』ハーパー・リー著、菊池重三郎訳、1984年、暮しの手帖社
『アウトサイダー』S・E・ヒントン著、中田耕治訳、1983年、集英社
『侍女の物語』マーガレット・アトウッド著、斎藤英治訳、2001年、早川書房
『カラー・パープル』アリス・ウォーカー著、柳沢由実子訳、1986年、集英社
『ジョイ・ラック・クラブ』エィミ・タン著、小沢瑞穂訳、1992年、角川書店
『ザ・ギバー　記憶を伝える者』ロイス・ローリー著、掛川恭子訳、1995年、講談社
『モンタナ・スカイ（上・下）』ノーラ・ロバーツ著、井上梨花訳、2015年、扶桑社
『トラベリング・パンツ』アン・ブラッシェアーズ著、大嶌双恵訳、2002年、理論社
『私の中のあなた（上・下）』ジョディ・ピコー著、川副智子訳、2009年、早川書房
『ブーリン家の姉妹4　悪しき遺産（上・下）』フィリッパ・グレゴリー著、加藤洋子訳、2011年、集英社
『ヘルプ　心がつなぐストーリー（上・下）』キャスリン・ストケット著、栗原百代訳、2012年、集英社
（ビート・シート参照）
『ささやかで大きな嘘（上・下）』リアーン・モリアーティ著、和爾桃子訳、2016年、東京創元社
『レッド・ライジング　火星の簒奪者』ピアース・ブラウン著、内田昌之訳、2015年、早川書房
『Far from the Tree［未邦訳：あの木から遠く離れて］』Robin Benway, 2017, HarperTeen
『Long Way Down［未邦訳：落ち続ける長い距離］』Jason Reynols, 2017, Atheneum/Caitlyn Dlouhy Books

『ヘルプ　心がつなぐストーリー』

著者：キャスリン・ストケット
10のジャンル：組織と制度
販売ジャンル：歴史フィクション
ページ数：522（2009年バークレー社刊ペーパーバック単行本［英語原書］）

キャスリン・ストケットが書いたこの切なくも感動的な歴史小説は、複数のヒーローによって1つの物語をバランスよく語る手法をとった小説の中でも、一際輝く一作です。エイビリーン、ミニー、スキーターという3人の主役を擁する『ヘルプ　心がつなぐストーリー』には、これからご覧いただくビート分析を読めば明らかなように、三人三様のビートがあります（それぞれのビートもあれば、他のキャラクターと連動するものも）。複数の視点、複数の主役、または両方を用いて小説を書こうと考えているあなた、この小説はいいお手本になりますよ。主役が3人いたとしても、キャスリン・ストケットがそうしたように、3人のうちの誰か1人をヒーローとしてあつかうのを忘れないように。旅路の終わりで一番大きく変容するのは誰？『ヘルプ　心がつなぐストーリー』では、ミニーもスキーターも重要な役回りで、それぞれ感情的にも大きな変化の軌跡をたどりますが、一番大きく変わるのはエイビリーンです。というわけで、1960年代のミシシッピ州ジャクソンの街を舞台に繰り広げられる、「お手伝い」［原題にあるthe Help］という差別的な制度に立ち向かう3人の女性たちの痛ましくも心温まる物語の一番のヒーローは、エイビリーンになります。

1　始まりの光景／エイビリーン（1〜2ページ〔以下、原書〕）

第1章で、読者はこの物語の3人の主役の1人に紹介されます。アフリカ系の彼女は**ブランド**《反逆者》タイプのキャラクターで、名をエイビリーンといいます。1962年のジャクソンの街で、白人家庭の家政婦として働いています。ジム・クロウ法によって人種差別が合法化されていた1960年代のミシシッピ州において、家政婦という制度がどういうもので、その制度の中で生きるエイビリーンの日常がどういうものだったかが、この章で垣間見られます。これまでの人生で〔乳母として〕17人の白人家庭の子どもの世話をした彼女。現在の雇用者であるエリザベス・リーフォルト嬢は娘のメイ・モブリーに素っ気なく、エイビリーンはそんなメイ・モブリーを「特別なベビー」と呼んで可愛がります。

2　語られるテーマ／エイビリーン（12ページ）

2人目の主役で**新米**タイプのスキーターは、リーフォルト嬢の家でブリッジの会〔街のお嬢さんたちが定期的にトランプやお茶する女子会〕に呼ばれていました。そこで彼女はエイビリーンにこっそり尋ねます。「考えたことない？　いろいろ……変えられたらいいなって」。

これが、この小説の一番主要なテーマですね。不正義と欺瞞に満ちた制度を変える勇気を持つということ。そしてこの時点では、3人の主役の中で一番そんなテーマからほど遠いのが、このエイビリーン。スキーターの言葉に対しエイビリーンは「いいえ、お嬢様、不満なんかありません」と口では答えつつ、心の中では「こんな阿呆らしい質問は初めてだよ！」と思っています。

読み進めるとすぐに明らかになりますが、不満がないどころか、問題だらけ。でもエイビリーンは、問題に対して行動を起こす心の準備はできていません……今のところは。

3 **お膳立て／エイビリーン**（2〜35ページ）

エイビリーンの過去。製材所で仕事中に起きたトラクター事故で息子トゥリーロアを亡くしたことが、読者に告げられます。エイビリーンはこう自省します。「それから少しして、心の中で何かが変わっちまったのに気づいた。苦い種が1つ心の中に埋められて、それ以来、心が閉じるのがわかった」（35ページ）。この「苦さ」が、エイビリーンにとっての**停滞＝死の瞬間**です。何かを変えなければ。自分が変わらなければ。変わらないと、心の中にある苦さに食い殺されてしまうから。

お嬢さんたちがトランプに興じている間、この物語の**現場主任**であるヒリー・ホルブルックのことが読者に紹介されます。彼女はリーフォルト家の1つしかないトイレが使用人と兼用なので使いません［非衛生的である、という差別的思考による］。そんなヒリーは、友人たちに「ヘルプ衛生法」の草案の話をします。これが可決されれば、市内のすべての白人家庭で、［黒人］使用人用に便所を隔離することが義務づけられることに。

その日の午後、エイビリーンはバスに乗り合わせた親友のミニー（第3のヒーローでブランド）とお喋りします。ミニーの雇用者であるヒリーが、ミニーに盗みの疑いがあるとブリッジ会で言っていたのを立ち聞きしたと伝えます。ほどなくヒリーは、釈然としない理由でミニーをクビにします。

4 **触媒／ミニー**（17ページ）

エイビリーンがミニーに、盗みの嫌疑をかけられていると警告しますが、これがミニーの《触媒》になります。この時点ではエイビリーンの主観にすぎなくても。

5　問答／ミニー（17～35ページ）

次の仕事が見つけられるだろうか？　この答えを探すのがミニーの《問答》になります。

ミニーは職を求めて尋ね歩きますが、誰も雇ってくれません。これは、現場主任に疑われたら二度と誰にも信用されなくなるという、この制度の1つの側面を表しています。

もう誰にも仕事をもらえないかもしれないと焦るミニー。そのとき、シーリア・フットという街の新参者が、家政婦のつてを求めてリーフォルト家に電話してきます。たまたま電話に出たエイビリーンが、エリザベスの推薦と嘘をついてミニーの連絡先をシーリアに教えてしまいます。

6　二幕に突入／ミニー（36～45ページ）

物語は、ここからミニーの視点に移ります。死んでも手に入れなければならない大事な仕事を求めて、シーリア・フットの家を訪れるミニー。彼女がヒリーに解雇されたのは、「とんでもねえ、酷いこと」をしてしまったからですが、それが何なのかは教えません。

さて、シーリアという女性はどんな人かというと、ヒリーとは正反対。制度側にいる他の白人女性たちとは違います。まず違うのは、シーリアはミニーに対して普通に振るまうこと。ミニーは疑心暗鬼です。からかわれているのだろうと勘ぐりますが、仕事はもらえることに。しかもヒリーの時の2倍の給料で。話がうますぎ？　そう、条件が1つありました。シーリアは自分で家事がこなせるようになったと夫のジョニーに思わせたいので、ミニーの存在はジョニーには秘密にすることに。ミニーは条件を飲みますが、クリスマスまでにジョニーにお手伝いを雇ったことをちゃんと言うとシーリアに約束させます。

7　Bストーリー／ミニー（37〜47ページ）

ミニーの新しい雇用者シーリアは、ミニーの《Bストーリー》のキャラクター。ミニーは家政婦稼業の苦労から、雇用者に対して心を閉ざすようになりました。信用できないから。でも、シーリアは違います。シーリアのお陰で、ミニーは白人の雇用者がみんな同じというわけではないと学び、さらにシーリアと心を通わせるようにすらなっていきます。

45ページで、ミニーは14歳になるなり家政婦の仕事に出されたことを思い出します。母親はミニーに「白いレディの家」（白人社会の制度）で働く心得を厳しく言い渡します。「白人はお前の友達じゃないからね」（46ページ）。それが、ミニーが14歳のとき以来、信じてきた世界の仕組み。これは同時に、母がミニーに告げたミニーのテーマでもあります。ミニーは人種で隔てられた制度の規則を頑なに守って生きてきました。白人と黒人の間に引かれた、越えられぬ一線。でも、シーリアがその線をずかずかと超えてきます。シーリアには肌の色は意味を持たないのです。シーリアの存在によって、その線は頭の中にしか存在しないということに、ミニーは気づいていきます。

8　お楽しみ／ミニー（45〜226ページ）

仕事を始めるなり、ミニーはシーリアのことを訝しく思います。巨大な邸宅には子どもの影もなく、シーリアは何もせずにぶらぶらするかと思えば、こっそり2階に消えていきます。ミニーはシーリアに頼まれて料理の手ほどきをします。でも上達の見込みなし。掃除の邪魔なのでミニーはシーリアに遊びにいくよう促しますが、シーリアは誰に電話しても無視されると言います。

3　お膳立て／スキーター（62〜83ページ）

ここでスキーターの視点に変わります。彼女は、家族が経営している綿花農園があるロングリーフに車で帰ってきます。あのブリッジ会の日のことを思い出して、小学校以来仲良しだったヒリーやエリザベス・リーフォルトと徐々に疎遠になっていく自分を感じます。スキーターとヒリーは同じ大学に進学しましたが、ヒリーは結婚のために退学、スキーターは残って卒業しました。1960年代の南部の白人上流階級という制度の中に、スキーターも閉じこめられているのです。女は結婚するもの。仕事なんてもってのほか。でもスキーターは、作家になりたいのです。

「大学から帰ってから、変わってしまったヒリーとの関係を考える。でも変わったのはどっちなんだろう。ヒリー？　それとも私？」（64ページ）。この手の問いかけは、ほとんどすべての〈組織と制度〉ジャンルの物語に出てきます。「おかしいのはどっちだ？　やつらか？　やつらから逃げようとしている自分か？」。

家に帰るなり、スキーターは母親に嚙みつかれます。ちゃんとお婿さんに見つけてもらう努力をしなさい！　スキーターの**停滞＝死の瞬間**は、彼女の独白の中に現れています。「そのとき、大学を卒業して以来3ヵ月間感じていた置いてきぼりのような感覚を覚えて身震いした。自分の居場所ではなくなった場所に、置き去りにされた感覚」（65ページ）。

スキーターは、ともかく何でもいいから「書く」仕事を探します。その間、自分を育ててくれたコンスタンティンという黒人の家政婦を思い出します。産みの母より親しかったコンスタンティンですが、スキーターが大学に行っている間に、よくわからない理由でいなくなってしまったのです。

スキーターはコンスタンティンを探しますが、誰も彼女の引っ越し先を教えてくれません。

スキーターの**現状の世界**が明かされていきます。作家になりたい。出版社の求人に応募するも、返事なし。そして母には自分の夢を明かしていません。

2　**語られるテーマ／スキーター**（73ページ）

スキーターはコンスタンティンの言葉を回想します。「いつか死んで埋められるその日まで、毎朝自分で決めないといけませんよ。毎朝自分に、こう聞くんです。『今日もいろいろ言われるだろうが、阿呆どもの言うことを信じるつもりかい？』」。周囲の雑音を無視して、自分の道を切り拓くか。それがスキーターの**選択**、そして彼女のテーマです。

4　**触媒／スキーター**（83ページ）

スキーターは、ハーパー&ロウ出版の編集者エレーン・スタインから手紙を受け取ります。編集の仕事がしたいというスキーターの要望は、経験不足を理由に断られますが、代わりにまず地元の新聞社で下積みをするように助言されます。そして、さらに素晴らしい助言は「憤りを感じるようなことについて書くこと。

他の誰も疑問に思ってないのなら、なお結構」というもの。エレーン・スタインはスキーターに、制度に挑戦しろと言っているのです！　さらにエレーンは、手書きのメモに［オフィシャルのお断りレターとは別に］、スキーターが自信作の原稿を送ってくれれば、読んで感想を伝えると申し出てくれます。

5　**問答／スキーター**（84～142ページ）

そのような申し出を受けたら、何をすべき？　その答えを探すのがスキーターの《問答》になります。彼女は早速いくつかのアイデアをまとめてエレーンに送りますが、それは所詮相手に気に入られるだろうと思った自分の考えにすぎず、それでは興味を持たれないことに気づきます。そこでエレーンの助言を実行、まず地元新聞ジャクソン・ジャーナル紙で面接を受け、ミス・マーナのお掃除コラムのライターにしてもらいます。ちなみに、スキーターは家事の知識ゼロ。

そこでスキーターは、家事の諸々を教えてもらうためにエイビリーンと面談できるように、エリザベス・リーフォルト［エイビリーンの雇用者］に頼みます。最初の面談の間、スキーターはコンスタンティンのことをエイビリーンに尋ねます。エイビリーンは、コンスタンティンがクビになったことを教えてくれますが、理由は語らず。スキーターに問い詰められた母は、コンスタンティンをクビにしたことは認めますが、理由は教えてくれません。

スキーターは、エイビリーンにエレーンからの手紙のことを話します。するとエイビリーンは亡くなった息子も作家になりたかったと話し、2人の間に小さな絆が生まれます。

やがてエレーンから届いた返事は、スキーターの予想どおりでした。スキーターのアイデアは「ありきたりすぎ」。そして、「誰も思いついたことがないような」アイデアをものにするまでは、手紙をよこすなと言われてしまいます。

コンスタンティンをめぐる解雇。隔離された黒人用トイレ。そしてエイビリーンの息子の話。スキーターの頭に1つのアイデアが閃きます。スキーターは、制度内の一線を超えるその危険なアイデアの虜になってしまいます。

4　触媒／エイビリーン（105〜119ページ）

エイビリーンの現状の世界の中で、いくつもの《触媒》が小さな爆発を繰りかえします。最初の事件は、エイビリーンが黒人使用人用に新たに車庫に設えられたトイレを使ったときに起きます。トイレのトレーニング中のメイ・モブリーのために、見本にトイレに座るエイビリーン。メイ・モブリーは家のトイレを嫌がりますが、エイビリーンの見本を見て、使用人用のトイレには入れるようになります。ところが、汚らしい使用人トイレを使ったからとメイ・モブリーの母親エリザベスは我が子を折檻してしまいます。

そうこうするうちに、エイビリーンの息子の3周忌が訪れますが、知り合いの息子ロバート・ブラウンが白人用トイレを使ったことを咎められ、自動車用タイヤレバーで殴打されてしまいます。

そして、大きな《触媒》が訪れます。この一撃に背中を押されて、エイビリーンは現状の世界を変えざるを得なくなります。スキーターがエイビリーンの家を訪れ、取材を申し出ます。ミシシッピ州のジャクソンの街で家政婦として働くことの現実を取材して、本として出版したいというのです。

スキーターは他の黒人家政婦も取材して、まったく新しい視点で本を書きたいというアイデアを話します。

そして誰にも迷惑がかからないように、絶対に秘密を守ると誓います。

5　問答／エイビリーン（119〜142ページ）

エイビリーンは、スキーターの本の計画に乗るか？　この答えを探すのが、この小説3つ目の《問答》になります。危険すぎるという理由で、エイビリーンは即却下です。

でも、トイレの件その他がエイビリーンの心の滓《おり》になって溜まっています。この制度に問題があるのは明らか。果たしてエイビリーンは、問題に立ち向かう勇気をもてるのでしょうか。

5　問答（続き）／スキーター（84ページ〜142ページ）

エイビリーンに断られたスキーターも進退きわまっています。本の企画は、すでにニューヨークの編集者エレーン・スタインに売りこみ済み。しかも、黒人家政婦1名の取材協力を取りつけてあると嘘までついて。エレーンは興味をもち、読みたいと言ってくれますが、スキーターは取材の当てすらありません。

ブリッジ会に行ったスキーターは、ヒリーがエイビリーンに、黒人使用人専用トイレを作ってもらった礼を言わせるのを目撃します。気分を害したスキーターは「これじゃあ、私に話をしたくないというのも当然」と悟ります（129ページ）。新しい視点を獲得したスキーターには、それまで見えなかった人種差別の制度が見え始めているのです。

そんなとき、ヒリーは夫の友人スチュワートとスキーターがデートするように謀りますが、初デートは散々な結果に。酔ったスチュワートは失礼な態度を取り続け、何かといえばスキーターの癇に障ることを言います。スキーターが帰属する女性と結婚という制度の粗も露呈し始めます。

6　**二幕に突入／エイビリーンとスキーター**（１４２〜１４３ページ）

エイビリーンはスキーターに電話し、取材を受けると伝えます。しかも、他にも数名の黒人家政婦が協力するかもしれないという報せつき。身の安全を考慮して、２人はエイビリーンの家で会うことにします。何があって気が変ったのかとスキーターに尋ねられてエイビリーンは一言、「ヒリー様です」（１４３ページ）。

8　**お楽しみ**（続き）**／ミニー**（45〜２２６ページ）

ミニーは、いつシーリアの夫が急に帰宅して自分が雇われたことがばれ、怒った夫に殺されるのではないかと思うと気が気でありません。２人で決めた刻限（12月25日）が迫っているからと、あの手この手で自分のことを夫のジョニーに話すようにシーリアを説得します。

エイビリーンがスキーターの取材に協力すると聞いたミニーは、エイビリーンが正気を失ったに違いないと考え、自分は絶対に協力しないと決意します。

ある日ミニーが仕事にくると、何かに苛立ったシーリアが寝室にこもって出てきません。心配するミニーを、シーリアが訳も告げずに追い払います。数日後、ミニーが洗面所を掃除していると、斧を手にしたシーリアの夫ジョニーがひょっこり帰宅。ミニーは殺されると覚悟を決めますが、ジョニーは実は優しい男で、シーリアがお手伝いを雇ったことは察していたと言います（ミニーの料理が美味しすぎたのでばれた）。ジョニーはシーリアのことをがっかりさせたくないので、もうしばらくミニーのことを知らないフリをしておくと言ってくれます。

8 **お楽しみ／エイビリーンとスキーター**（167～289ページ）

スキーターとエイビリーンは第1回目の取材をします。エイビリーンは一生懸命の上話を試みますが、人前で緊張しきったエイビリーンはうまく喋れません。そして緊張と恐怖のあまり吐いてしまいます。

帰り道、スキーターは、こんなときに**新米**がとるべき行動をとります。足取り軽くエイビリーンを訪れて、聞きたいことを聞いて帰れると思った自分の浅はかさを呪うのです。これは、考えていたよりずっと危険な真剣勝負。2人が挑もうとしている制度の正体が明らかになっていきます。

数日後、2人は取材をやり直します。エイビリーンは、話したい内容を書いてそれを読むほうが簡単だと提案します。読み上げた内容を書き直す手間を考えたスキーターは気乗りしません。しかし、エイビリーンが読む物語を聞いてその質の高さに気づき、「もしかしたら、うまくいくかも」と思うのでした（176ページ）。

スキーターとエイビリーンの共同作業はその後2週間続きます。その間、2人はリーフォルト家で会っても他人のフリ。取材が進むにつれ、スキーターの目は開かれていきます。今まで見えなかった自分が帰属する集団とその制度の正体が、ついに見え始めたのです。183ページにスキーターのこんな独白があります。

「有色人種と話すとき、ヒリーは声のトーンを3オクターブほど上げる。自分の娘には笑顔ひとつ見せないエリザベスの顔には、小さな子どもに話しかけるかのような笑顔が貼りついている。今まで見えなかったものが見えはじめた」。スキーターの世界は、見事にひっくり返ったのです。

エイビリーンの身の上話が終わると、スキーターは原稿をエレーン・スタインに送ります。エレーンは原稿を気に入り、12人分の身の上話を送るようスキーターに要求します――しかも1月までに。無理。［今は十二月］。スキーターは、他の家政婦に声をかけてほしいとエイビリーンに泣きつきます。

ミニーはついに折れて、身の上話を語ることを承知します。3人はうまいやり方を見つけます。ミニーはエイビリーンに向かって語り、スキーターがそれを可能な限り書き留めていきます。

その間、スチュワートがスキーターを家に訪れます。先日の非礼を詫び、デートに誘います。スキーターは同意し、今度はデートもうまくいき、2人は仲良くなっていきます。

図書館に行ったスキーターは、［その当時］南部で有効だったジム・クロウ法に関する小冊子を見つけます。成文化された「人種分離」制度を初めて目にし、動揺します。今まで目の前にあっても見えなかった制度の正体を、いよいよはっきり見てしまったスキーターは、小冊子を鞄に押しこみ持ちだしてしまいます。しかし、地域婦人会青年部の集まりで立ち寄ったヒリーの家に、うっかり鞄を置き忘れてしまうスキーター！ スキーターは狼狽《うろた》えます。鞄にはエイビリーンとミニーの取材原稿も入っていて、しかもヒリーは人の持ち物を盗み見するタイプ！ 鞄を取りに戻ると、ヒリーが怒っています。取材の原稿を見られたかどうかはわかりません。エイビリーンは、たとえ見られていてもここでやめたくないと言い張ります。やがて、ヒリーが盗み見たのは小冊子だけだったことがわかります。ヒリーは、スキーターが人種差別反対主義者になったと思って怒っていたのです。

エイビリーンはスキーターにとって、そしてスキーターはエイビリーンにとって《Bストーリー》のキャラクターです。身の上話をとおして、エイビリーンはスキーターに黒人使用人の実態を、そして体制の内側から見た世界の様子を教えます。一方、スキーターは、自分の物語を話すように背中を押すことでエイビリーンに自分の声を見つける手助けをします。本の企画がなければ、見つけることがなかった声。

本の取材が進むにつれ、2人の絆は深まります。エイビリーンはスキーターを信じ、心を開いていきます。

8　**お楽しみ（続き）／ミニー**（45〜226ページ）

ミニーは相変わらずシーリアの家を掃除する毎日。そしてシーリアは相変わらず寝室にこもって挙動不審。シーリアは相手にしてもらおうとヒリーに電話し続けますが、無視されます。ミニーは安堵します。もし2人が会ってしまったら大変。ヒリーはミニーがした「とんでもねえ、酷いこと」を根にもっているので、ミニーを解雇するようにシーリアに入れ知恵するでしょうから。

家に帰れば、夫のリロイが、危険な公民権運動に手を出したらただではおかないと、ミニーと子どもたちを脅します［危険分子と見做されてリンチされたりしたので、その火の粉がふりかかるのを恐れて］。

ミニーはシーリアが隠していた酒を発見し、隠れて1日中飲んでいるのではないかと心配します。自分の父親と夫のリロイがアルコール依存症なので、ミニーは怒ります。2人は口論になり、シーリアはミニーをクビにしてしまいます。

シーリアの家での仕事は失うには勿体なさすぎるとエイビリーンに諭されたミニーは、次の日クビにしないでほしいと頼みに戻ります。家に入ると、洗面所で血まみれになったシーリアの姿が。流産でした（妊娠

5ヵ月)。しかも4回目の流産。ミニーが酒だと勘違いしたのは、シーリアが妊娠しやすくなるようにと飲んでいたアルコールをつかった民間薬でした。

9　**中間点／全員**（290〜298ページ）

ヒリーが雇った家政婦のユール・メイが身の上話をしてもいいと言っていると聞き、スキーターは喜びます。しかし、その後ユール・メイから話はできないと手紙が届きます。彼女はヒリーのせいで刑務所送りになったから。ユール・メイ夫婦には双子の息子がいるのですが、1人分しか大学の授業料が出せません。そこで不足分を埋め合わせようとヒリーの指輪を盗んだのでした（スキーターによると、ヒリーのお気に入りでもなんでもない指輪）。それがヒリーにばれて、逮捕されてしまったのです。

その晩、スキーターがエイビリーンの家に行くと、ヒリーのユール・メイに対する仕打ちに憤った黒人の家政婦たちが身の上話をしようと列をなして待っていました。これで、本の出版に必要な原稿は間違いなく確保できます。

297ページでスキーターは言います。「安堵には苦い後味が残った。ユール・メイの逮捕と引き換えに、私たちはひとつになったのだから」。

みんなが身の上話をすると署名して帰宅した後、スキーターは部屋の隅で立っているミニーに気づきます。「でも、私はミニーの口元が微かに動くのを見逃さなかった。怒りの下に隠された微かな安らぎの表情。ミニーがみんなを説得したのだ」（298ページ）。

本を出版するという3人の**ゴール**が1つになったこの中間点で、別々だった3人のビート・シートも交差して1つになります。ついに3人は、ニューヨークにいるエレーン・スタインに送って本にまとめるのに十分な原稿を確保できることに。

しかし、これは明らかに**偽りの勝利**です。確かに家政婦たちを集めて身の上話を語ってもらうというゴールは達成されましたが、その達成のされ方によって、より**代償が大きく**なります。ヒリー・ホルブルックとその一味たちに自分たちのしたことがばれたら、ただではすまないことに3人は気づくのです。

10　**忍び寄る悪者／全員**（298〜420ページ）

それからスキーターは、毎晩エイビリーンの家を訪ねて、身の上話を集めます。協力者にはそれぞれ40ドルが支払われ、全員そのお金をユール・メイの息子の学費として寄付します。

すべてはうまくいっているように見えますが、《忍び寄る悪者》のビートは、スキーターと仲間たちにとって**下向き**になっていきます。

昔の彼女に未練があるスチュワートは、スキーターの元を去ります。元々すぐれなかったスキーターの母親の体調は悪化します。ヒリーは、婦人会青年部の会報に、例のヘルプ衛生法案に関する記事を書くように強いますが、スキーターは拒否。ヒリーは、スキーターを婦人会から除名すると脅し、さらにジム・クロウ法の小冊子を図書館に返すように迫ります。彼女の理屈は、人種差別廃止主義者がいると思われたら、婦人会の「可哀そうなアフリカの人々を救う」活動に支持が得られなくなるから。

自分の発言が孕んだばかばかしい皮肉に、ヒリーはまったく気づきません。

スキーターの独白。「ヒリーがこの皮肉に気づくかどうか、様子をみた。海の向こうの黒人にお金を送って、街はずれの黒人には一文も渡さないという皮肉に」（３３１ページ）。これは典型的な現場主任の行動様式ですね。システムの仕組みにどっぷり浸かっているヒリーは、その規範に洗脳されきっているので、どんなに非常識なことも軽くスルー。

根負けしたスキーターは、会報の記事を書く羽目に。書きながら、ふとかつての家政婦コンスタンティンの言葉を思い出します。周囲のプレッシャーに負けた自分（テーマ）を彼女はどう思うだろうか。しかし、スキーターは「うっかり手違いで」［という言い訳で、意図的に］記事の内容の一部を、別の記事（恵まれない人々のためのコート寄付活動）とすり替えてしまいます。印刷された会報の記事は「御不用の古い便器はヒリーの家に」（３４０ページ）。数日後、ヒリーの玄関前の芝生は古便器で埋めつくされます。この珍事は、地元のジャクソン・ジャーナル紙だけでなく、ニューヨーク・タイムズ紙でも報道されます。

ヒリーはスキーターと絶交。友達全員にスキーターと口をきかないように命令します。スキーターへの復讐心に燃えるヒリー（表の悪者）が、どこまでやるのかとエイビリーンは気が気ではありません。しかも、ミニーがエリザベスの（嘘の）推薦でシーリアの家で働いていることがヒリーにばれてしまい、緊張は高まります。エイビリーンが嘘の推薦をしたことが知れたら、エイビリーンもミニーもただでは済みません。ヒリーはシーリアに電話しますが、運よくミニーが出ます。そして、ミニーは仕事を辞めてそこにはおらず、シーリアも留守だと嘘をつきます。

11　完全なる喪失／ミニー（３４４〜３６５ページ）

ここからは、３人がそれぞれのテーマを自分のものにしなければならないので、ビート・シートは再び別々に進行します。今回は「完全にシラフの」夫リロイにひどく殴られたミニーが、どん底に落ちます（359ページ）。

ミニーの目の上の傷に気づいたシーリアは、何があったか尋ねます。浴槽で頭を打ったと誤魔化すミニーを、シーリアは信じません。シーリアはミニーに嘘をつかなくても大丈夫だと言います。まるで友達がそうするように（ミニーのテーマ）。しかし2人の会話は、裏庭に侵入してきた変質者によって中断。2人は協力して変質者を撃退します。

ことが片づいた後、ミニーは手を洗いながら思います。「そうでなくても酷い1日が、どうしてこれ以上酷くなるのやら。これ以上酷くなりっこないという点は、とっくに過ぎたに違いないよ」（365ページ）。

12　闇夜を彷徨う魂／ミニー（365〜400ページ）

その夜、ミニーは昼間の顚末をエイビリーンに聞かせます。シーリアのことを話すミニーに、エイビリーンは「あんた、まるで、その人のことを心配してるみたいじゃないか」と指摘します（367ページ）。ミニーは反発し、シーリアが人と人を分ける線を見ないから苛々するだけだと言い張ります。エイビリーンは、本当はそんな線はないんだと言って、ミニーに改めてテーマを思い起こさせてやります。実在しない制度的な線の存在を、ミニーはまんまと信じこまされていたのです。

368ページで、エイビリーンはミニーにこう言います。「わたしが言ってるのは、親切には境界線なんかないってことだけさ」。

ヒリーはシーリアを嫌っていますが、ミニーがその理由をシーリアに教えます（ヒリーは、シーリアの夫であるジョニーとつきあっていたから）。シーリアは、次の婦人会のチャリティ・イベントのときに、ヒリーに説明して誤解を解こうと考えます。やめといたほうがいい、とミニーは思います。

恒例のチャリティ・イベント開催の日、会場にはみんなが来ています。エイビリーンとミニーは給仕係として。ヒリーのお陰で村八分にされているスキーターは、客として。

ケーキやパイの競売がおこなわれ、ヒリーが、美味しいことで有名なミニーお手製のチョコレートパイを落札します［売上は恵まれない人を助けるために寄付される］。なぜかヒリーが唐突に怒りだし、自分にパイが当たるように仕組んだと、シーリアを糾弾します。酔ったシーリアはわけがわかりません。ヒリー相手に、自分がジョニーを寝取ったわけじゃないと説明しようとするシーリアですが、勢い余ってヒリーのドレスを破った挙句、絨毯の上で嘔吐します。

13　三幕へ突入／ミニー（395〜402ページ）

イベントでヒリーが突然怒りだしたことに納得がいかないシーリアは、ご機嫌斜め。ミニーは友達として、シーリアにすべてを打ち明けます。ミニーが自分のテーマを受けとめたことが、これで証明されます。ヒリーに盗人あつかいされたとき、ミニーはヒリーに「クソ食らえ」と啖呵を切りました（398ページ）。それからミニーは「お詫びの印」としてチョコレートパイを焼き、ヒリーが2切れ食べ終わったところで、自分の大便を混ぜて焼いたと告白したのです。

シーリアは秘密を教えてくれたミニーに礼を言います。翌朝、庭の手入れのために外に出るほどすっかり気分を回復したシーリアは、婦人会宛てに小切手を切ります。備考欄に「2切れのヒリーさんへ」と書き添えて（402ページ）。こうして、ミニーとシーリアは紛れもなく友達に。

10　**忍び寄る悪者**（続き）／**スキーター**（298〜420ページ）

エレーン・スタインが、急に締め切りを前倒しにしてきます。しかも、本を完成させたかったら、スキーターの家で働いていた家政婦コンスタンティンの話を提出しろと言い出します。スキーターは、コンスタンティンに何が起きたか、真実を暴かなければなりません。

そうこうしているうちにも、スキーターは全会一致で婦人会会報の編集長の座を追われ、ヒリーの村八分の影響を肌で感じます。何をされても関係ないと信じたいスキーターは、本の完成に没頭します。もうすぐ完成というときに、3人は本の題を『ヘルプ』［「お手伝い」と「お助け」という掛詞］と決めます。

11　**完全なる喪失／スキーター**（420〜430ページ）

エイビリーンのお陰で、スキーターはコンスタンティンに何が起きたか知ります。［暴言を吐いて］コンスタンティンの娘に口答えされ、顔に唾を吐きかけられたスキーターの母親が、解雇したのです。コンスタンティンは娘を連れてシカゴに去り、その3週間後に亡くなったのでした（**死のにおい**）。

12　**闇夜を彷徨う魂／スキーター**（430〜447ページ）

本の執筆も終わりました。でも、エイビリーン、ミニー、スキーターの3人は、本の中に登場する街がジャクソンだと知られてしまわないかと心配です。登場人物の名前は変え、街の名前もナイスヴィルという架空のものにしましたが、でも心配。ミニーは、保険として例のチョコパイの挿話を入れるべきだと主張します。それを読んだヒリーは、自動的にジャクソンが舞台だと気づき、自分の恥ずかしい秘密を守るために、懸命にだんまりを決めこむはず。危険な賭けですが、他に手はありません。

スキーターはエレーン・スタインに原稿を送ります。あとは返事を待つばかり。

しばらくして、スキーターは母の体調不良の原因が胃がんだったことを知らされます（また、**死のにおい**）。そしてスチュワートと仲直り（**慣れ親しんだものへの回帰**）します。

13　**三幕へ突入／スキーター**（447〜452ページ）

スチュワートはスキーターに求婚します。スキーターは、真実を避けて通れないことを悟ります。彼女は注意深く実名を避けながら、本の顚末をスチュワートに話します。これはスキーターが自分のテーマ（他人がどう思っても自分の道を切り拓く）を受けとめたことの証明。

スチュワートはショックを受けます。「この街では何もかもうまくいってるじゃないか。どうしてわざわざ波風を立てるんだ?」（449ページ）。でも、スキーターは、うまくいってなんかいないと譲りません。スチュワートは求婚を取り下げ、指輪を手に去ります。

13　**三幕へ突入／全員**（452〜455ページ）

エレーン・スタインから出版の意思を伝える電話がきます。3人のヒーローたちは喜びを分かち合い、この瞬間から物語は第三幕の**統合命題の世界**に突入します。制度から自由になった3人を隔てる透明な線は、もう存在しません。３人はひとつです。やがて出版される本は、制度を**焼き尽くす**ために奮闘した３人の「犠牲」の象徴なのです。

14 **フィナーレ／全員**（456〜516ページ）

数ヵ月が過ぎます。本が出版されて街の人々が読み始めたらどうなるのだろうと思うと、３人は居てもたってもいられません。エイビリーンの独白にあるように「7ヵ月の間、透明な鍋のお湯が沸騰するのを待っている気分」（459ページ）。

本が出版されてから、エイビリーンとミニーが教会に行くと、人々の喝采を受けます［2人が通う黒人だけの教会］。牧師がエイビリーンに、教会員みんなの署名入りの本を1冊手渡して言います。「あなたは自分の名前を出せなかったから、代わりにみんなの名前を書いておきましたよ」（467ページ）。さらに牧師は、包装された本を1冊手渡して言います。「これを例の白人のお嬢さんに。みんなが家族のように大事に思っていると伝えてください」（468ページ）。

本はテレビでも取りあげられ、人々は、これはジャクソンの街のことではないかと、次第に勘ぐり始めます。ヒリーもようやく本を手にし、３人は、彼女が最終章（チョコパイの章）を読むのを待ちます。

仕事に戻ったミニーに、ジョニーがシーリアに良くしてくれたと礼を言います。「これからも、うちで働いておくれ。よかったら一生ここで働いてほしい」。

本を読みながらヒリーは、舞台となっている街がジャクソンだという確信を強めます。そして、どの家政婦たちが書いたのか突き止めるために探りを入れ始めます。知り合いに家政婦をクビにするように触れまわっていたヒリーですが、突然これはジャクソンの話じゃないと言いだします（最終章を読んだからだと読者にはわかります）。スキーターが本の出版に関わっているど知ったヒリーは、彼女と対峙します。そして、関わった家政婦全員に復讐を誓います。「せいぜい気をつけてるといいわ」（497ページ）。

スキーターはニューヨークにあるハーパー＆ロウ社に誘われますが、ミニーとエイビリーンを渦中に残して独りで行くわけにはいかないと、断ります。しかし、2人はスキーターに、行って自分の人生を生きるべきだ、と譲りません。

本はさらに5000部増刷され、エイビリーンはミス・マーナのお掃除相談コラムの仕事をもらいます。これで彼女は職業ライターとしての一歩を踏みだします。

夫のリロイに家ごと燃やすと脅されたミニーは、離婚します。

15　**終わりの光景／エイビリーン**（516〜522ページ）

エイビリーンは、ヒリーに泥棒呼ばわりされ、刑務所送りにしてやると難癖をつけられたときに、自分のテーマをちゃんと受けとめたことを証明します。この小説の最初のほうでは考えられなかったことですが、今のエイビリーンは言われっぱなしではありません。「あなたがしたことを知ってるから、お忘れなく。それに、刑務所の中じゃ、たっぷり手紙を書く時間があるそうなんで」（519ページ）。

結局エイビリーンはクビになりますが、ミス・マーナの仕事があるし、本の印税収入もあるので大丈夫ということを、読者は知っています。「もう新しいことはまっぴら」と思っていたエイビリーンは、バス停に向かって歩きながら、人生はやり直せるのだと悟るのです（522ページ）。そう、人はこうして変われるものなのです。

この小説はどうして〈組織と制度〉なの？

『ヘルプ　心がつなぐストーリー』は、このジャンルの物語に必要な３つの素材をすべて備えた模範的な〈組織と制度〉小説。

- **組織**　この物語は、１９６０年代、ミシシッピ州のジャクソンという街で白人家庭で働く黒人家政婦たちを抑えつける制度の物語。
- **選択**　３人の女性は、それぞれが帰属する制度に関して選択を迫られ、その不公平な仕組みにどう立ち向かうか決めなければなりません。３人ともヒリー・ホルブルックという現場主任と対決する羽目になります。
- **次の３つの終わり方のどれかにつながるヒーローの犠牲**　帰属するか、焼き払うか、逃げるか。全体として３人の女性は、本の出版によって制度的な不正義を暴き、焼き払うことになります。スキーターだけは、最後に街を去るという終わり方を選びます。

ネコの視点でおさらい

ここで、『ヘルプ　心がつなぐストーリー』のビート・シートを、さくっとおさらい。

1　**始まりの光景／エイビリーン**

1960年代、ジャクソンの街に存在した家政婦たちを抑圧する目に見えない制度が、1人の黒人家政婦の目をとおして垣間見られます。彼女は今まで17人の白人の子どもたちを育て上げ、現在も幼いメイ・モブリーのお世話中。このエイビリーンが、この物語の2人のブランド《反逆者》のうちの1人です。

2　**語られるテーマ／エイビリーン**

12ページで「考えたことない？　いろいろ変えられたらいいなって」とスキーターに聞かれたエイビリーンは、即座に「いいえ、お嬢さん、不満なんかありません」と返答。3人の登場人物共通のテーマは勇気。エイビリーンにとっては、正しいことをするために勇気を出せるかどうかがテーマになります。

3　**お膳立て／エイビリーン**

ヒリー・ホルブルック（現場主任）が、黒人使用人が同じトイレを使わないように、すべての白人家庭に隔離を義務づける法案を提案する計画について話すのを、エイビリーンは立ち聞きしてしまいます。

4　**触媒／ミニー**

エイビリーンは、親友で同じく家政婦をしているミニーのことをヒリーが盗人呼ばわりしている（嘘）のを立ち聞きし、ミニーに忠告します。ミニーは、この物語の2人目のブランドです。

5　**問答／ミニー**

ヒリーに悪い噂を広められたミニーは、新しく仕事に就くことができるでしょうか？　仕事の口を求めて回りますが、いい話はありません。

6　**二幕に突入／ミニー**

ミニーは仕事にありつきます。新しい雇用主はシーリア・フット。彼女は街に越してきて日が浅いので、ミニーの噂を知りません。そしてヒリーとは正反対の人物です。

7　**Bストーリー／ミニー**

ミニーにとって、シーリアが《Bストーリー》のキャラクターになります。ミニーは今までずっと、白人と黒人を隔てる線の存在をかたく信じて生きてきました（制度のせい）。しかしシーリアにとって肌の色の違いは意味を持ちません。シーリアはミニーに、その線は消せないほど太くはないこと、そしてミニーが生きてきた「白人は友達ではない」（41ページ）という世界の仕組みは、必ずしも真実ではないことを、教えることになります。

8　**お楽しみ／ミニー**

ミニーはシーリアの家で仕事を開始。シーリアに料理を教えようとしますが、失敗。シーリアは1日中家の中でごろごろしてミニーを苛立たせます。その理由は、後でシーリアが何度目かの流産をしたときにわかるのですが、今は秘密。

3　**お膳立て／スキーター**

スキーターはヒリー・ホルブルックの友達で同じく白人。そして、この物語の新米キャラです。作家になるのが夢ですが、母親には早く結婚しろと言われる日々。スキーターは黒人家政婦コンスタンティンに世話をされて育ちました。大好きなコンスタンティンは、しかし最近どこかへ消えてしまいました。

2　**語られるテーマ／スキーター**

かつて、コンスタンティンがスキーターに言いました。「いつか死んで埋められるその日まで、毎朝自分で決めないといけませんよ。毎朝自分に、こう聞くんです。『今日もいろいろ言われるだろうが、阿呆どもの言うことを信じるつもりかい？』」（73ページ）。やがてスキーターがすることになる選択（そしてテーマ）は、他人に何を言われても自分の道を切り拓いて行けるかどうかです。

4　**触媒／スキーター**

ニューヨークの出版社に勤める編集者エレーン・スタインからスキーターに手紙が届きます。エレーンは、編集の仕事がしたいなら経験を積んで、何か自分を憤らせることについて書きなさいと助言してくれます。

5 **問答／スキーター**

スキーターは、エレーン・スタインの心を動かす何かを書けるのか？　地元新聞の家事相談コラムの仕事に就いたスキーターは、相談に答えるためにエイビリーンの知恵を借ります。エイビリーンと話しながら、スキーターの頭に面白いアイデアが……。

4 **触媒／エイビリーン**

スキーターは、ジャクソンの街で家政婦をやること（制度）の実情を取材して本にまとめたいと、エイビリーンに協力を求めます。

5 **問答／エイビリーン**

エイビリーンは協力するのか？　最初はにべもなく断ります。しかし、街の人種差別は目に余るものがあり、さらにヒリー・ホルブルックの言動も耐え難いものになってきたので、エイビリーンの決心は揺らぎます。

6　**二幕に突入／エイビリーンとスキーター**

エイビリーンは、スキーターに取材を受けると伝えます。

8　**お楽しみ／エイビリーンとスキーター**

最初は緊張でかちかちだったエイビリーン。自分で自分の身の上話を書いて、それを読み上げることに。エイビリーンと過ごす時間が増えるにつれ、スキーターの目は開かれていきます。エレーン・スタインはエイビリーンの話を気に入り、さらに12人の家政婦から話を集めるようにスキーターに要求します。しかも数週間で。エイビリーンはミニーに声をかけます。

7　**Bストーリー／エイビリーンとスキーター**

エイビリーンはスキーターの、そしてスキーターはエイビリーンにとっての《Bストーリー》のキャラクターです。エイビリーンは、スキーターが体制の裏側を見る手助けをし、スキーターはエイビリーンが自分の声を獲得する手助けをします。

9　**中間点／全員**

ヒリー・ホルブルックのせいで、家政婦仲間の1人が逮捕されてしまいます。次に訪れた偽りの勝利の瞬間には、本のために身の上話を語り、ヒリーに対抗して結束するために家政婦たちが大挙して押し寄せます。編集者が要求する身の上話の数はそろいましたが、お陰で失敗の代償が大きくなります。3

人が執筆に関わっていることがもしヒリーにばれたら、どうなってしまうでしょう？　3人は心配になります。

10　忍び寄る悪者／全員

3人は家政婦たちの身の上話を収集します。その間、スキーターの母親が原因不明の病気で体調を崩します。一方、スキーターとヒリーは一触即発、いつ喧嘩になってもおかしくありません。しかも、ヒリーはミニーがシーリアの家で働いていると知り、ご機嫌斜めです。

11　完全なる喪失／ミニー

ミニーは夫に酷く殴られます。シーリアは怪我に気づき、ミニーを慰めます。

12　闇夜を彷徨う魂／ミニー

エイビリーンは、ミニーがシーリアのことを憎からず思っていることを見抜いています。

13　三幕へ突入／ミニー

ミニーは自分とヒリーの確執の秘密をシーリアに教えます。この告白は友情の証で、しかもミニーが自分のテーマを受けとめたという証明。その秘密とは、ヒリーがミニーを盗人呼ばわりした仕返しにミニーが大便入りチョコパイを焼き、ヒリーが知らずに食べたというもの。

11　**完全なる喪失／スキーター**

スキーターは、エイビリーンから家政婦のコンスタンティンに何が起きたか教えてもらいます。自分の母親によって解雇され、その後ほどなく死んでしまったのです（死のにおい）。

12　**闇夜を彷徨う魂／スキーター**

完成した原稿をエレーン・スタインに送ったスキーター。返事を待つ間に、スキーターは母が胃がんを患っていたことを知ります（もう1つ、死のにおい）。そして一度別れた彼氏とよりを戻します（慣れ親しんだものへの回帰）。

13　**三幕へ突入／スキーター**

彼氏に求婚されたスキーターは、彼に本のことを告げ、自分のテーマを受けとめたことを証明します。彼氏は、街の平安を敢えて乱そうとする彼女にショックを受け、去っていきます。

13　**三幕へ突入／全員**

エレーン・スタインは本の出版に同意します。これにより、祝福と不安が同時に訪れます。家政婦たちの身の上話とともに真実が白日の下に晒されることになります。3人のヒーローにとっての犠牲は、制度を焼き払うことでした。

14　**フィナーレ／全員**

本は匿名で出版され、大反響を呼びます。自分の恥ずかしい秘密が匿名ながら暴露されたヒリーは、保身のために本の舞台がジャクソンの街ではないとふれまわります。ニューヨークで職を得ることになったスキーターは、家事相談コラムの仕事をエイビリーンに譲ります。

15　**終わりの光景／エイビリーン**

本の仕返しとして、ヒリーはエイビリーンに盗みの嫌疑をかけ、刑務所行きにしてやると脅します。エイビリーンは屈しません。本に書いてあるチョコパイの件を仄めかしてヒリーをやりこめるのでした。

第7章 ジャンル・タイプ4
スーパーヒーロー
平凡な世界の、非凡なあの人

ネタばれ警報！　この章では以下の小説が登場します。

『白薔薇の女王』フィリッパ・グレゴリー著
『Cinder　シンダー』マリッサ・メイヤー著
『ハリー・ポッターと賢者の石』J・K・ローリング著

人類の創生以来、どの文化のどんな神話にも必ずあるのが「選ばれし者」の物語。普通の人々より何かが優れているある1人の人間がいて、その役目（そして運命）は、立ち上がり、障害物を乗り越え、巨大な悪を倒し、もしかしたら世界も救っちゃう、という話。

イエス、仏陀、ヘラクレスからハリー・ポッターにいたるまで、私たちが足元にもおよばないけれど、私も頑張らなきゃと勇気をくれるヒーローたちが登場します。

「SAVE THE CAT!」式ジャンル分類のひとつである〈スーパーヒーロー〉は、平凡な人間の世界でただ1人非凡な自分に気づいてしまった人間の物語です。

スーパーヒーローと聞くと、マントとかタイツに身を包んだアメコミ的なヒーローを思い浮かべるかもしれませんが、そういうヒーローだけの話をしているのではないのです（そういうヒーローも含みますけど！）。好むと好まざるにかかわらず、偉大な何かを成し遂げる運命を背負わされたヒーローは、全員含みます。〈スーパーヒーロー〉ジャンルのすべての小説が教えてくれるように、特別であるというのは、楽なことばかりではありません。みんなと違うこと、そして特別な力を与えられていることは、しばしば代償を伴うもの。一般的には、世間のみんなに誤解されるというのが、その代償になります。自分と違う人を低くみるのが普通ですから、当然ですよね。

そして、それこそが読者がこのジャンルを自分のことだと共感できるポイント。私たちは、魔法の力や特殊能力を与えられていませんし、誰にも負けない強い心や、困難にも折れない野望や、運命や任務に対する強い信念を持っていないかもしれません。一方で、周りから浮いてしまうとか、誤解されてしまうという呪いに悩まされた経験が絶対に誰にでもあるはず。

〈スーパーヒーロー〉ジャンルに登場するヒーローたちは、大小取り交ぜ極めて多様。そして、それぞれ特別な「能力」を持っています。例えば、フィリッパ・グレゴリー著の大ヒット歴史小説『白薔薇の女王』に出てくるエリザベス・オブ・ヨーク。そして魔法に彩られたJ・K・ローリング著『ハリー・ポッター』シリーズや、リック・リオーダン著の『パーシー・ジャクソン』シリーズの登場人物たち。そして、ベロニカ・ロス著『ダイバージェント　異端者』やロアルド・ダールの『マチルダは小さな大天才』に登場する、世間の「常識の殻」を打ち破るように生まれついた登場人物たち。

どの物語も、基本的には同じ。選ばれし者が（少なくとも最初は）世間に誤解され、蔑まれ、そして最終的にはみんなと違う特別な存在であることを受け入れる。

だから、〈スーパーヒーロー〉の物語は、勝利と犠牲の物語になります。何か偉大なことを成し遂げる運命を背負っているが、簡単には遂行できない。自分の運命をまっとうするためには、立ち上がり、行く手を阻むものに挑まなければなりません。それでこそ**スーパー**なのですから。

勝ち目のなさそうな挑戦を前にしたら、ほとんど誰でも逃げ出すと思いますが、この人たちは違います。心のどこかで自分の進むべき道があることを知っており、その道から足を踏み外すことがないのです。

〈スーパーヒーロー〉ジャンルを成功に導く3つの大事な素材は（1）特別な**力**を持ったヒーローが1人、（2）ヒーローの行く手を阻む**仇敵**《きゅうてき》が1人、そして（3）偉大な力を持ってしまった代償としての**呪い**です。**力**と書きましたけど、魔法とかそういうものとは限らないので、誤解なきよう。何か良いことをするという使命だって、**スーパーヒーロー**の力です。大義を守るための信念も。それは魔法でもあり得ますし、信念があまりに規格外に強くてまるで魔法に見える、ということかもしれません。

例えば『ダイバージェント　異端者』のトリスには特に魔法の力はありませんが、まさに、どのグループにも属さない「異端」という彼女の存在そのものが特別であり、さらに現状の世界［文明崩壊後のシカゴ］に対する脅威となります。マリー・ルー著『レジェンド　伝説の闘士ジューン&デイ』に登場する2人のヒーローの1人デイは、［近未来、分断されたアメリカで］法権力の目を逃れ、共和国から欲しい物を奪って政府の信用を失墜させ、指名手配されても絶対に捕まらないその行動そのものが、**スーパー**なのです。

多方、ハリー・ポッターのように、本当に魔法の力を授かったヒーローもいます。注意したいのは、ハリー・ポッターの世界では、魔法を使えるのが特別ではないということ！　ハリーを特別にするのは、ヴォルデモート［闇の魔法使い］を打ち負かした選ばれし者という立場で、ヴォルデモートと対決して生き残った唯一の存在という事実。

その能力、または宿命が何であれ、その**力**によって特別な存在になる。非凡な存在として、平凡なその他大勢の私たちと分かたれる、そんな力です。

そして、特別な力とセットで必ず付いてくるのが……仇敵です。

仇敵、参上！　ヒーローに真っ向から立ち向かい、ヒーローに匹敵する力を持つ存在。ヒーローを凌駕することすらあります。でも、そんな仇敵とヒーローの最大の違いは、仇敵はあくまで「自称スーパー」だということ。

仇敵に欠けているスーパーヒーローに必要な決定的な資質、それは——**信念**。

スーパーヒーローは、自分が特別かどうか考えなくても、わかっているのです（最初はわかっていなくても、やがてわかるようになります）。一方、仇敵は何かに依存しなければその立場を保てません。自分の努力、策略、味方に引き入れた者たちなどが必要。自分を特別に見せる仕掛けを作り上げ、それが崩れないようにあらゆる工夫をしなければならないのが、仇敵。自分では認めなくても、仇敵というのは自分が偽物であると気づいているからです。そうでなければ、そんなに死に物狂いにならないですよね！

ハリー・ポッターの仇敵ヴォルデモート卿も、悪の宿敵になりきるためにずいぶん大変ですよね。分霊箱を作ったり、魔法使いを集めたり、闇の魔術を身につけたり。お疲れ！　と言ってあげたい。

一方、ハリーは何もしなくても特別です。だって選ばれし者だから。赤ん坊のときからの宿命ですから。望んでそうなった？　いいえ！　でもそれは、スーパーヒーローが背負わなくてはならない重荷というもの。

『白薔薇の女王』のウォリック伯や、マリッサ・メイヤー著『Cinder　シンダー』のレバーナ王女も仇敵です。2人とも、持てる力の限りを尽くして、真のスーパーヒーローが誰か人々が気づかないようにしますから。戦いを仕掛け、軍勢を送りこみ、洗脳し、政略結婚を企てて。自分の優位を誇示する仕掛けを維持する、涙ぐましい努力をつづけます。

信念の欠如こそが、仇敵にヒーローを殺すように駆り立てるのです。殺すことによって、自分こそが「選ばれし者」であると世界を、そして自分自身を納得させたい。ハリー・ポッターが死ねば、ヴォルデモートはもう頑張らなくていい。エリザベス・オブ・ヨークが王座から転落すれば、ウォリック伯は安心して王国を意のままにできるでしょう。

このような思考そのものに、仇敵が抱える矛盾があります。

本当に自分が「選ばれし者」なら、別にヒーローを殺さなくてもいいじゃないですか。そんなことをしなくても、みんな納得しているはず。説明しなくてもみんな納得なのが、スーパーヒーローです。

注意点が1つ。スーパーヒーローは、いつも最後まで生き残るとは限りません。〈スーパーヒーロー〉ジャンルの物語（あるいはシリーズ）の最後には、必ずヒーローと仇敵の雌雄を決する一対一の最後の戦いが控えているものです。そして、特に現実的な話の場合は、ヒーローは打ち負かされることになります。でも、勝ち負けは問題ではないのです。なぜなら、その他大勢の私たち＝読者＝あなたが、ヒーローと一緒に旅をして変わったから。ヒーローが学んだ普遍的で素晴らしい何かを、読んだ私たちも学んだから。私たちがヒーローを信じる心がヒーローを勝者にし、永遠の命を与えるのですから。

そして、〈スーパーヒーロー〉ジャンルの物語を成功させる第3の素材が**呪い**です。最後の、しかも最重要の要素かもしれません。これがなければヒーローは釣りあいのとれたキャラクターにならず、読者に嫌われてしまうでしょう。

マチルダ［大天才の超能力少女］の家族はあまり賢くありません。目先のことしか見えない両親と兄にいつも馬鹿にされていますが、それが彼女のキャラクターの人気に一役買っています（『マチルダは小さな大天才』）。仮に家族が彼女の賢さを理解して愛でるように育てる人たちだったら？　そんなマチルダでは応援したくならないかも。わたしって完璧！　と思っているキャラクターだったら、読むほうもちょっと顔をしかめちゃいますよね。

何かハンデを背負わせて、ヒーローの格を一段下げる（特に物語の初めで）ことで、物語がちゃんと機能するようになります。

忘れてはならないのは、このヒーローはそのへんにいる人とは違うということ。そのままでは、共感したり自分のことだと読者に感じてもらいにくいのです。だから、特別であることの負の面を見せる――それが**呪い**なのです。

特別であるというのは、いいことばかりとは限りません。それなりに頭痛の種を伴うもの。ヒーローが背負う**呪い**は、誰にも理解されないこと、またはそれに準じることになります。私たち凡人が自分たちと違う（しかも優れた！）人を理解しろといっても、簡単にはできませんから。

シンダーはサイボーグですが、著者のマリッサ・メイヤーは賢いことに、サイボーグが社会的に見下されるという世界観を構築しました（『Cinder　シンダー』）。パーシー・ジャクソン［半神半人の少年］は、どの寄宿学校に行っても片っ端から放校処分を受けます（『パーシー・ジャクソンとオリンポスの神々　盗まれた雷撃』）。マリー・ルー著『レジェンド　伝説の闘士ジューン&デイ』のデイは、犯罪者として共和国政府のお尋ね者です。

ここは作者にとって、物語を語るテクニックの腕の見せどころですよね。偉大な作家たちは全員腕をふるいましたから、あなたも逃げるわけにはいきません。読者の心がスーパーヒーローから離れないようにするのは、綱渡りのようなもの。目も当てられないほど惨めな目にあわせてもいけないし、共感不可能と失望して本を閉じられてしまうほど嫌なキャラクターにするのも、利口とはいえません。究極的には、読者はスーパーヒーローのことを心の底から理解はできないのですが、それでも仲間外れにされたり、馬鹿にされたり、誤解されることなら共感できます。それは、誰でも人生のどこかで必ず克服しなければならない呪いなのです。だから、あなたが書くスーパーヒーローにも、克服させてあげてください。

以上3つの大事な素材以外にも、〈スーパーヒーロー〉には頻繁に使われる材料があるので、それにも触れておきましょう。

〈スーパーヒーロー〉の物語（特に第二幕）には、《改名》というビートがよく見られます。それはスーパーヒーローとしての人格を隠すため、または第二幕の世界で新たに獲得した役割りに相応しい名前が必要だからです。『白薔薇の女王』では、エリザベス・ウッドヴィルは女王エリザベスと呼ばれるようになります。『ダイバージェント　異端者』のベアトリスはトリスと名乗り、『レジェンド　伝説の闘士ジューン&デイ』のジューンは、第二幕で潜入捜査のために物乞いのふりをします。

〈スーパーヒーロー〉ジャンルの物語によく見られるキャラクターとして、**マスコット**があります。ヒーローの相棒、または旅の連れ。どんなに大変な状況でも、絶対にヒーローを見捨てない誰か、または何か。ハリー・ポッターにはふくろうのヘドウィグがいます。シンダーの相棒は、風変りなアンドロイドのイコ。『白薔薇の女王』のエリザベスには、母親のジャケッタ。『レジェンド　伝説の闘士ジューン&デイ』の場合、デイにはテス［少女］、ジューンにはオリーという犬がいます。普通マスコットは特別な力は持たず、崇高な宿命も背負っていませんが、スーパーヒーローが我々普通の人間とどれだけ違うか可視化する役目を負っています。マスコットは、スーパーヒーローの特別さを最初から理解しているキャラクターなのです。

〈スーパーヒーロー〉ジャンルはどの層の読者にも人気ですが、10代の読者に圧倒的な人気を誇ります。この後の〈スーパーヒーロー〉作品リストを見ると、ヤングアダルトまたは子ども向きの作品の多さが実感できます。誰でも自分が特別な存在であることを夢想します。奮い立って、自分が学友たちより優れている、自分を虐げる者より優れていると証明したい。そんな感情が爆発するのが、思春期というもの。自分が何者か知りたい。自分は何ができるのか知りたい。悪目立ちせずに目立ちたい。人生のそんな嵐のような時期だからこそ、〈スーパーヒーロー〉の物語が教えてくれるものが、心を震わせるのです。スーパーヒーローですら、問題を抱えていて、しかもあなたの抱える問題と大して違わないんですから。

おさらい。〈スーパーヒーロー〉ジャンルの小説を書こうと考えているなら、次の3つの大事な素材を絶対に忘れないように。

- **力**　良いことをする、良い人間になるという意志も含め、ヒーローに授けられた特別な能力。

・**仇敵**　ヒーローと真っ向から対立し、ヒーローと同等またはそれ以上の力を持っている。自称選ばれし者であるが、真のヒーローに必要な信念を欠く。

・**呪い**　ヒーローが超克する（または敗北する）ことになる、特別な存在になるための代償。これによって読者＝普通の人はヒーローと共感できる。

〈スーパーヒーロー〉ジャンルの人気小説

『吸血鬼ドラキュラ』ブラム・ストーカー著、田内志文訳、２０１４年、角川書店
『ピーター・パン』Ｊ・Ｍ・バリ著、厨川圭子訳、２０００年、岩波書店
『デューン　砂の惑星（上・中・下）』フランク・ハーバート著、酒井昭伸訳、２０１６年、早川書房
『暗殺者（上・下）』ロバート・ラドラム著、山本光伸訳、１９８３年、新潮社
『ライオンと魔女（ナルニア国ものがたりシリーズ）』Ｃ・Ｓ・ルイス著、瀬田貞二訳、２０００年、岩波書店
『マチルダは小さな大天才』ロアルド・ダール著、宮下嶺夫訳、２００５年、評論社
『Parable of the Sower［未邦訳：種をまく人のたとえ］』Octavia Butler, 1993, Four Walls Eight Windows
『ハリー・ポッターと賢者の石』Ｊ・Ｋ・ローリング著、松岡祐子訳、１９９９年、静山社（ビート・シート参照）
『パーシー・ジャクソンとオリンポスの神々　盗まれた雷撃（上・下）』リック・リオーダン著、金原瑞人訳、

２０１５年、静山社
『エラゴン　意志を継ぐ者』クリストファー・パオリーニ著、大嶌双恵訳、２０１１年、静山社
『シャドウハンター　骨の街』カサンドラ・クレア著、杉本詠美訳、２０１１年、東京創元社
『ハンガー・ゲーム３　マネシカケスの少女（上・下）』スーザン・コリンズ著、河井直子訳、２０１２年、ＫＡＤＯＫＡＷＡメディアファクトリー
『ダイバージェント　異端者（上・下）』ベロニカ・ロス著、河井直子訳、２０１４年、角川書店
『レジェンド　伝説の闘士ジューン＆デイ』マリー・ルー著、三辺律子訳、２０１２年、新潮社
『ミス・ペレグリンと奇妙なこどもたち（上・下）』ランサム・リグス著、金原瑞人、大谷真弓訳、２０１６年、潮出版社
『太陽の召喚者（魔法師グリーシャの騎士団シリーズ）』リー・バーデュゴ著、２０１４年、早川書房
『Cinder　シンダー（上・下）』マリッサ・メイヤー著、林啓恵訳、２０１５年、竹書房
『Origin〔未邦訳：起源〕』Jessica Khoury, 2012, Razorbill
『オリシャ戦記　血と骨の子』トミ・アデイェミ著、三辺律子訳、２０１９年、静山社

『ハリー・ポッターと賢者の石』

著者：J・K・ローリング
10のジャンル：スーパーヒーロー
販売ジャンル：児童書／ファンタジー
ページ数：309（1997年スカラスティック社刊ペーパーバック単行本［英語原書］）

J・K・ローリングが書いたこの1冊から、興行収入記録を塗り替えたヒット映画シリーズが生まれ、舞台版が、関連商品が、テーマパークが生まれました。第1巻以降続く壮大な大河ファンタジーシリーズについては、説明の必要はありませんよね。一言ここで明言しておきたいのは、これほどうまく構築されたビートには、なかなかお目にかかれないということ。想像を絶する創造性と、抜かりない世界観、忘れられない登場人物、そして堅固な物語の構造。このシリーズの驚異的な成功は、偶然の産物ではありません。ハリーはシリーズを通して、自分がヴォルデモートを倒すことになる「選ばれし者」であるという宿命（特別な力で、呪い）を受け入れようと苦闘します。これこそ〈スーパーヒーロー〉ジャンルの鑑というべき一作です。

1　始まりの光景（1〜17ページ）

闇の魔法使いヴォルデモートが退散したので、魔法界は喜びに沸いています。幼い男の子が壮絶な戦いを生き残り、みんなを驚かせます。彼の名はハリー・ポッター、まだ赤ん坊です。ヴォルデモートとの遭遇によって負った稲妻型の傷が額に残ります。

ダンブルドアという不思議な名の魔法使いが、プリベット通り4番地の玄関先にまだ赤ん坊のハリーを置いて去ります。ここはダーズリー家、ハリーの叔父と叔母の住み家です。

読者は、この章でJ・K・ローリングが創造した魔法の世界に案内されます。ここですでにこの物語の主要な登場人物たちと出会いますが、ハリーが成長して運命に従うように促されるまでは、話の全容が見えないようになっています。

2　**語られるテーマ**（13ページ）

13ページで、ダンブルドアがマクゴナガル先生（さっきまで黒猫でした）に言います。「歩くどころか、一言も喋る前から有名とはな！　有名になった理由すら覚えていない。そんなことを受け入れる心の準備ができるまで、知らぬ存ぜぬで育ったほうがよほどあの子のためだということが、わからんかね？」。

〈スーパーヒーロー〉の定番的展開として、『ハリー・ポッター』シリーズ第1巻は、ヒーローが自分の特別な生い立ちを知り、それを受け入れるまでの物語。「生き残った男の子」として知られるハリーは選ばれし者。この物語の核は、ハリー本人がそのことを受け入れるお話なのです。

3　**お膳立て**（18～45ページ）

10年経過。ハリーは11歳に。ダーズリー家での生活は惨めなもので、**要修理案件**が山積みです。寝るのは階段下の戸棚の中。孤児であるハリーは両親のことをほとんど知らず、どこにも居場所がありません。さらに叔父と叔母の酷い仕打ち。ハリーの**停滞＝死の瞬間**は、とてもわかりやすく提示されます。このままでは、ハリーはダメになってしまいます。

問題なのは、ハリーは自分が特別な存在だと知らないどころか、魔法を使えることすら知らないということ。でも、ハリーの行く先々で奇妙なことが起きるのは確か。遠足で行った動物園では、蛇の檻のガラスが突然消えて、蛇が逃げ出します。

4　触媒（45〜60ページ）

郵便受けに届けられた1通の手紙が、ハリーの第一幕の世界をかき乱します（手紙！　メールじゃなくて）。バーノン叔父さんはハリーが読む前に手紙を焼いてしまいます。しかし、焼いても焼いても手紙は届きます。手に負えないほどの手紙がハリー・ポッター宛てに届けられ、家は手紙だらけ。ダーズリー一家は人里離れた小屋に逃げ出しますが、大音響でドアをノックする者あり。ハグリッドという名の巨人が、ハリーが魔法使いで、ホグワーツという魔法学校に入学を許されたことを伝えます。

現状破壊といいますか、もう滅茶苦茶です。

さらにハリーは、「例のあの人」の手にかかって両親が亡くなった経緯と、額に稲妻の傷を受けた理由を教わります。ハグリッドはハリーを連れて行こうとしますが、叔父叔母は反対します。バーノン叔父さん対巨人のハグリッド、どちらが勝つか見当がつきますか？　言うまでもありません。

5　問答（60〜87ページ）

翌朝、すべては夢だったのだろうと思いながらハリーが目を覚ましますが、そこにはまだ魔法の世界からきた巨人がいます。これ以降この小説の最後まで、ハリーのマグル（人間）の生活から魔法使いの人生へ移行に関わる《問答》が繰り広げられます。ここでは、ハリーは学校にまつわるもろもろの支度をしなければなりません。ハグリッドはハリーを、ダイアゴン横丁に連れていきます。ここでハリーは、ロンドンの街の中に密かに存在する魔法の世界の不思議な地勢に初めてふれます。

ハリーは、物理的な準備（呪文の教科書、ローブその他を購入）と、心理的な準備（自分の過去を知り、自分が有名人だということ、そして魔法界における自分の重要な立場について教わる）をしなければなりません。

今までの人生で、ハリーはどこにも自分の居場所を見つけたことがありません。この魔法の世界で、ついにうまくやっていけるのでしょうか？　そして、「生き残った男の子」という評判を裏切らずに生きていけるのでしょうか？

6　二幕に突入（88〜112ページ）

一幕の幕引きと二幕の幕開けは、とてもわかりやすく明快です。ハリーは自分の意思でホグワーツ行きの列車に乗ることで、1つの世界（マグル界）を去り、新しい世界（魔法界という、ひっくり返しの世界）に突入していきます。服も着たし、道具も持ったし、おまけにふくろう（マスコット！）もそろって、すっかり準備完了。これで疑う余地なく、ハリーは魔法使いになったのです。

7　Bストーリー（90〜106ページ）

列車の中でハリーが出会った2人が、ハリーの親友兼お助けキャラ兼相談役になります。ロンとハーマイオニーは、この物語の《Bストーリー》のキャラクター。この2人がハリーを、「生き残った男の子」という宿命とそれに伴う責任を受け入れるというテーマに導くことになります。

8　お楽しみ（113〜179ページ）

この小説の表紙、裏表紙、解説、キャッチコピー、すべてが私たち読者に約束している前提——それが、魔法使いと魔女の学校です！　素敵。そして作者は、見事に私たちの期待に応えてくれます。

列車に乗ったとたん、そこから先はまったく違う世界。しかも、楽しい世界。寮の組分けをしてくれる帽子。動く階段。闇の魔術に対する防衛術の授業。魔法の薬に魔法の道具。飛行訓練。クィディッチという聞いたこともないスポーツ。さらには、いろいろ不思議なキャンディーまで！

この世界は、ハリーが知っている世界と何もかも違います。誰もハリーのことを無視したりしません。今や有名人のハリーには、さっそく友達まで！

でも、自分には敵もいるらしいということが、ほどなくわかります。スリザリン寮では、ドラコ・マルフォイと会うなりライバル関係に。スネイプという意地悪な先生も腹に一物ありそうで、ハリーは疑心暗鬼。敵はいますが、《お楽しみ》のビートはハリーにとって**上り坂**です。新しい世界のすべてが楽しく、ハリーはついに自分の居場所を見つけたように見えます。ハリーはクィディッチのチームに選抜されます。それは1年生としてはすごいこと。

9　**中間点**（180〜191ページ）

クィディッチの試合は、ハリーにとって新しい自分として**人前に出る**最初の機会。ハリーはすっかり新しい環境に馴染み、試合の観客たちの目にもそれは明らか。ハリーは箒の操作に不安があったものの、チームは勝利を収め、ハリーは英雄として祝福を浴びます。

この時点で、ハリーは求めていたものをすべて手にしたと思っています。自分の居場所、他より秀でた能力、そして友達。でも、これは**偽りの勝利**。後ほど、ハリーの箒の不調はスネイプ先生がかけた呪いのせいだとハーマイオニーが言ったときに、ハリーにとっての**代償が大きく**なります。《お楽しみ》の時間はお終い。もっと大きな何かがホグワーツでは進行しており、ハリーと友人たちは、その真相を探ろうと決意します。

10　**忍び寄る悪者**（191〜261ページ）

夕食中に、ハグリッドがうっかり口を滑らせて、ハリー、ロン、ハーマイオニーに、ニコラス・フラメルという人物の話をしてしまいます。その男は、3人が最近出くわした三頭犬と関係があるらしいのです。三頭犬は番犬として何かを守っているのですが……何を？

陰謀のにおい！

クリスマスに、ハリーは匿名のプレゼントを受け取ります。それはハリーの父が使っていた透明マントでした。

それからハリーは、覗きこんだ者が最も強く望むものを写してくれるみぞの鏡を見つけます。鏡の中に映った両親の姿を見たハリーは、ホグワーツという居場所を見つけたにもかかわらず、孤独感を覚えます。ハリーは、両親が死ぬという悪夢（**裏の悪者**）を見るようになります。

その後、ハリー、ロン、ハーマイオニーは、ニコラス・フラメルという人物が賢者の石の発明者だと知ります。人を不死身にする力を持っているという石。3人は、賢者の石こそ三頭犬が守っているものだと結論づけます。

そうこうしているうちに、**表の悪者**が忍び寄ります。スネイプ先生がヴォルデモートの手下なのではないかと疑うハリー。ハリーと友人たちは、放課後に城内を嗅ぎまわっているところを見つかって、居残りさせられます。禁じられた森でハグリッドに監督されながら居残りをしていたハリーは、森の中で傷を負ったユニコーンを見ます。そして、ユニコーンの血を啜るターバンで顔を隠した怪しげな人物も。ハリーの額の傷が疼《うず》きます。ハリーは、ターバンの男がヴォルデモートだと確信します。ヴォルデモートは、賢者の石を我がものにするまでユニコーンの血を飲んで生きながらえているのです。

11　**完全なる喪失**（261〜266ページ）

ハグリッドがまた口を滑らせます。お陰で、ハリー、ロン、ハーマイオニーは、スネイプとヴォルデモートが賢者の石を守っている三頭犬をかわす方法を考えだしたことを知ります。止めない限り、ヴォルデモートは賢者の石を手にして、不死身になってしまいます（**逆転した死のにおい**）。

12　**闇夜を彷徨う魂**（266〜269ページ）

では、どうすればいい？

ヴォルデモートが賢者の石を手にしたら最後ということは、ハリー、ロン、ハーマイオニーもわかっています。スネイプが黒幕だと疑う3人は、ダンブルドア校長に相談しに行きますが、校長は出張中。3人はマクゴナガル先生に石の危機を訴えますが、先生は大丈夫と言って3人を追い返します。

13 **三幕に突入**（269〜271ページ）

となれば、他に手段はありません。3人は自分たちだけで石を守らなければ。ハリー、ロン、ハーマイオニーは放課後に寮を抜けだし、ヴォルデモートのために石を確保しようとしているスネイプ先生を止める計画を立てます。

14 **フィナーレ**（271〜309ページ）

1 〈チーム招集〉

ホグワーツ城（本当に城！）を襲撃する準備のために、ハリー、ロン、ハーマイオニーは就寝時間後に談話室で落ち会います。3人は、学生が寮から抜け出さないように見張っている城憑きのポルターガイストと、ネビル・ロングボトム［魔法使いの同級生］をやり過ごさなければなりません。

2 〈作戦実行〉

3人は3階の廊下にたどり着きますが、三頭犬はすでに眠らされており、隠し扉は開けられていました。つまり、スネイプはすでに中に入っており、もしかしたら手遅れかも！ 3人は隠し扉の中に入り、悪魔の罠や魔法使いのチェス、そして魔法の薬のテストという難関に遭遇。難関を通過するたびに、ハリーの仲間が1人ずつ**Bストーリーの犠牲**となって脱落（ロンは魔法使いのチェスで、ハーマイオニーは薬のテストで）。こうして、ハリーは、ヒーローとして独力で最後までたどり着き、そこで待ち構えている何者かと対峙することになります。

3 〈高い塔でビックリ仰天〉

中にはスネイプ先生がいることを期待したハリーですが、そこにいたのはクィレル先生でした。誰も彼が黒幕だとは思わなかったのです！ クィレル先生がヴォルデモートと通じていて、賢者の石を盗もうとしていたのです。クィレルの魔法の縄に縛られてハリーは絶体絶命！ クィレル相手に身を守ることができるのでしょうか？

4 〈真実を掘り当てる〉

部屋の中にはみぞの鏡があり、クィレルは石のありかを探るためにハリーに鏡を覗かせます。鏡を覗いたハリーは、今度は賢者の石をポケットに入れる自分を見ます。でもクィレルには、見えたのは寮杯を獲得して、ダンブルドアと握手している自分の姿だと嘘をつきます。

気味の悪い声がハリーを嘘つき呼ばわりし、ハリーと直接話をさせろと迫ります。クィレルがターバンを外すと、そこには彼の頭だけでなく、ヴォルデモートの顔が！ 2人は体を共用していたのです。クィレル／ヴォルデモートがハリーに手を伸ばします。しかし、手が触れた瞬間、ハリーの額の傷が熱をもち、ヴォルデモートが苦痛に叫びます。ハリーは何が起こっているのか理解します。「生き残った男の子」である彼は、ずっと前からヴォルデモートから身を守る力を秘めていたのでした。その力は彼の中で眠っていたのです。

5 〈新しい作戦の実行〉

ヴォルデモートは、ハリーを殺せとクィレルに命じます。しかし、今や自分の力を知ったハリーは、手をのばしてクィレルの顔を掴みます。激痛がハリーの体を駆け抜け、彼は気を失います。目が覚めると、そこは学校の医務室。クィレルは死に、ヴォルデモートは行方不明（戻ってくるのは間違いなし）、そして賢者の石は破壊したと、ダンブルドア校長が教えてくれます。ハリーに、どうして自分だけが石を見つけられたのか聞かれたダンブルドアは、私利私欲でない目的で石を求めた者だけに見えるという呪文を石にかけておいたからだと教えます。さらに、ヴォルデモートがハリーに手を出せなかったのは、ハリーのお母さんが死ぬ前にかけた愛の魔法のお陰だと教えてくれます。ヴォルデモートは母の愛に弾かれたのでした。

ハリーが医務室から出ると、グリフィンドール寮が寮対抗試合の勝者と告げられ、ハリーも友人たちとお祝いに加わるのでした。

15 **終わりの光景**（307〜309ページ）

ハリー、ロン、ハーマイオニーの3人は、ホグワーツ・エクスプレスに乗ってロンドンへ帰ります。駅に迎えにきたバーノン叔父さんは、相変わらず不機嫌。でもハリーは、まるで別人です。照れ屋で自信のない天涯孤独の孤児だった彼は、自信と友達を手に入れて、もう孤独ではありません。

ハリーは友人たちに別れを告げ、夏休みの間、〔意地悪な〕いとこのダドリーに魔法を使って仕返しするのが楽しみだと言います。《始まりの光景》のハリーとは正反対の、すっかり変わったハリーを見せて、幕が閉じます。

この小説はどうして〈スーパーヒーロー〉なの？

『ハリー・ポッターと賢者の石』は、このジャンルの物語に必要な3つの素材をすべて兼ね備えている立派な〈スーパーヒーロー〉小説。

- **力**　ハリーはただの魔法使いではありません。最も偉大な魔法使いになることが運命づけられた魔法使いです。ヴォルデモートを負かした「生き残った男の子」である彼は、初めからその他大勢とは違うのです。
- **仇敵**　ハリーの仇敵は2人います。マルフォイ（学友でライバル）と、ヴォルデモート（宿敵）。2人とも、運命ではなく苦労してハリーを倒そうとします。

●**呪い**　幼くして「生き残った男の子」という名を受けることには、問題もあります。ダンブルドア校長が《語られるテーマ》のビートで言ったように、ハリーは歩けるようになる前から有名なのです。幼子には大変な重圧です。

ネコの視点でおさらい

ここで、『ハリー・ポッターと賢者の石』のビート・シートを、さくっとおさらい。

1　**始まりの光景**

ヴォルデモートという闇の魔法使いが（今のところ）敗退しました。謎の理由によりその攻撃をかわした赤ん坊（「生き残った男の子」）を、魔法使いのダンブルドアがダーズリー家の玄関先に届けます。

2　**語られるテーマ**

「歩くどころか、一言も喋る前から有名とはな！　有名になった理由すら覚えていない。そんなことを受け入れる心の準備ができるまで、知らぬ存ぜぬで育ったほうがよほどあの子のためだということが、わからんかね？」（ダンブルドア）。「生き残った男の子」という自分の立場をどう受け入れるか。これが、この物語（そしてシリーズ全体で）でハリーが学ばなければならないテーマになります。

3　お膳立て

ダーズリー家でのハリーの生活は惨めなもの。虐げられ、階段下の戸棚の中で眠らされているハリーは、無視され、照れ屋で孤独です。

4　触媒

ハリー宛ての不思議な手紙がたくさん届きますが、ハリーは読ませてもらえません。とうとうハグリッドという名の巨人がやってきて、ハリーが実は魔法使いで、ホグワーツ魔法学校に入学を許可されたと伝えます。

5　問答

ハグリッドはハリーをダイアゴン横丁に連れていき、学校の支度をさせます。そして、ハリーが有名人であると教えます。

6　二幕に突入

ハグリッドとともにホグワーツ行きの列車に乗ったハリーは、こうしてマグルの世界（第一幕）を後にし、魔法の世界（第二幕）に入っていきます。

7　Bストーリー

ハリーは、列車に同乗していた後に親友になるロンとハーマイオニーに出会います（双子のBストーリー）。

8　**お楽しみ**

ハリーはホグワーツでの生活を楽しみます。魔法の授業を受け、飛び方を教わり、クィディッチのチームに選抜されます。

9　**中間点**

ハリーは初めての試合に勝ち（偽りの勝利）ますが、スネイプ先生が試合中に自分を殺そうとしたのかもしれないと疑います（大きくなる代償）。

10　**忍び寄る悪者**

ハリー、ロン、ハーマイオニーの3人は、不死身の力を与える賢者の石のこと、そしてヴォルデモートがその石を我がものにしようとしていることを知ります。

11　**完全なる喪失**

ハリー、ロン、ハーマイオニーの3人は、ヴォルデモートがスネイプを使って、ホグワーツ城内に保護されている賢者の石を奪取しようとしていることを知ります。

12　**闇夜を彷徨う魂**

3人はダンブルドア校長に助けを求めますが、ダンブルドアは留守中。マクゴナガル先生は、3人の心配を真面目に取りあってくれません。

13　**三幕に突入**

ハリーたちは、自分たちだけで賢者の石をヴォルデモートから守ろうと決めます。

14　**フィナーレ**

いくつもの魔法の試練を通過したハリーは、スネイプ先生ではなくクィレル先生がヴォルデモートの手先だったことを知ります。自分に秘められた内なる力に気づいたハリーは、ヴォルデモートの顔をつかみます。ヴォルデモートは（とりあえず今は）破れ、賢者の石は守られます。

15　**終わりの光景**

一学年が終わり、ハリーはすっかり変わって帰ってきます。自信に溢れ、自分の居場所を見つけたハリーは、もう孤独ではありません。

第8章 絶体絶命の凡人

ジャンル・タイプ5 究極の試練を生き抜く

ネタばれ警報！　この章では以下の小説が登場します。

『火星の人』アンディ・ウィアー著
『法律事務所』ジョン・グリシャム著
『ザ・ヘイト・ユー・ギヴ　あなたがくれた憎しみ』アンジー・トーマス著
『ハンガー・ゲーム』スーザン・コリンズ著
『ミザリー』スティーヴン・キング著

世界を救う「選ばれし者」のお話は、みんな大好きですよね。でも、読者というものは、たまには平凡なおニイさんとか普通のおネエさんがあり得ないような挑戦に打ち勝つ話を読んで、勇気をもらいたいものなんです。

そこで〈絶体絶命の凡人〉登場。

つまり、極めて普通な人が、全然普通じゃない状況に巻きこまれるというジャンルです。

このジャンル以上に「これは私の話！」と読者に思ってもらえるものはないと思います。何しろ私たちはみんな普通のおニイさんかおネエさんですから。でも、ごく普通の日常でも、瞬きした刹那、全然普通じゃなくなることは、皆さんもご存知のとおり。

〈スーパーヒーロー〉の物語とは違い、このジャンルに出てくる「凡人」は世界を救う宿命を背負わされていたりしません（少なくとも物語の冒頭では）。どこにでもいるような田中くんと鈴木さんが、ありきたりの日常を送り、いつもと同じことをしているところに、ドカン！　何も悪いことはしていないのに、突如、始末に負えないような大問題が、頼んでもないのに降りかかってくるのです。

突如襲いかかった身に迫る危険に対処する術を知っているのかといえば……知らなさそう。そして、それが〈絶体絶命の凡人〉ジャンルの物語を面白くする鍵。ヒーローの平凡なおニイさんやおネエさんは、どう考えても勝ち目がない状況に立ち向かい、最後には絶対に無理だと思っていたことを成し遂げるのです！

「凡人」といってもいろいろいますが、男でも女でも、人種が何でも、仕事が何でも、平凡であることだけが条件。アンディ・ウィアー著『火星の人』のマーク・ワトニー（平凡な宇宙飛行士）から、ルイス・サッカー著『穴　HOLES』のスタンリー・イェルナッツ（平凡な男子）、『ハンガー・ゲーム』のカットニス・エヴァディーン（平凡なティーンの少女）、ジョン・グリシャム著『法律事務所』のミッチ・マクディーア（平凡な弁護士のおニイさん）、果てはジャック・ロンドン著『野生の呼び声』のバックという、平凡なワンちゃんまで！

〈絶体絶命の凡人〉ジャンルの物語は、孤立した1人の男、孤立した1人の女、孤立した集団、（孤立した犬も！）が、どうしたって勝ち目のなさそうな、しばしば正気を失いそうな逆境に追いこまれる物語。

ヒーローは、自ら望んで逆境に追いこまれるわけではないどころか、どうしてそんなことになったか見当もつかないことも。でもどっぷり巻きこまれちゃうんだから、しょうがありません。それどころか、逆境が大きければ大きいほど、いい物語になるのです。

でも、逆境の難易度は相対的なものだということもお忘れなく。巻きこまれる凡人の背景、性格、持っている知識や技術を考慮して、逆境の難易度とちゃんとつり合いがとれるようにしなければいけません。突きつけられる逆境と対処する凡人のつり合いが、物語の成否を決める鍵ですから。

例えば、『火星の人』のマーク・ワトニー。彼は熟練の宇宙飛行士で植物学者です。もし彼がジャングルで置き去りになったとしても、恐らく問題なく生き残れたでしょう。でも、マークが置き去りにされるのはジャングルではありませんよね。彼が1人きりで取り残されたのは、火星！　私たちは宇宙飛行士ではないので、マークが火星で成し遂げたことのひとつだってできないでしょう。でもマークなら、なんとかぎりぎりできるかも、という感じ。この「なんとかぎりぎり」が、物語にとって大きな違いになります。なぜなら、もし「どうしたって無理」なら、すぐに死んで終わる、すごく短い物語にしかなりませんから。でももし「なんとかぎりぎりできるかも」なら？　素晴らしい物語を作る材料になるわけです。

〈絶体絶命の凡人〉の物語は、**表の悪者**が入ってくることで成功する作品が多いということも言及しておきましょう。舞台裏から次から次へと、あの手この手でヒーローを苦しめる誰かまたは何か。**表の悪者**は例えば、スティーヴン・キング著『ミザリー』のアニー・ウィルクス［殺人鬼の元看護師］、『法律事務所』のベンディーニ・ランバート&ロック法律事務所［マフィアが経営］、『ハンガー・ゲーム』のキャピトル［殺人ゲーム主催］、あるいは『火星の人』やヤン・マーテル著『パイの物語』のように、ヒーローを襲う自然の脅威でもあり得ます。ともかく、悪者を構築するときに大事なのはこの1点につきます。

悪ければ悪いほど、凡人の行動は英雄的になり、物語は面白くなる……。というわけで、ともかく悪くしてください。そして、物語の展開とともに、どんどん悪くしてやってください。

『ハンガー・ゲーム』のカットニスが立ち向かう試練は、キャピトルのゲームの主催者たちの手でどんどんその難易度が上っていきます。『火星の人』の火星ですら、哀れなマークがもうすぐ脱出できると思うたびに、無理難題を押しつけてきます。

悪者が誰であっても、それが人でも自然の猛威でも、〈絶体絶命の凡人〉ジャンルの物語を読み終わったときの満足感というのは、自分しかもっていない力を使って凡人が「敵」の裏をかいて勝つことから発生します。だから、凡人と逆境という組み合わせのバランスは完璧でなければならないのです。

『法律事務所』のミッチ・マクディーアが火星に置き去りにされたらすぐに死ぬでしょうが、不正が横行する法律事務所でなら、持っている知識と野心で生き残れるでしょう。〈絶体絶命の凡人〉物語の凡人には、問題解決に必要な知識や技能を最初から与えておきましょう。その凡人を構成するDNAにがっちり組みこんでおくのです。同じく大事なのは、究極の試練をつきつけられるまで、持っている潜在的な知識や能力をどのように使って逆境から抜け出せるのか、凡人自身が（そして読者も）把握していないということ。

凡人と逆境の組みあわせは無限ですが、ジャンルの基本的な素材は次の3つ。（1）**罪のないヒーロー**が1人、（2）**突発的な事件**が1つ、そして（3）**生死を賭けた戦い**が1つ。

まず**罪のないヒーロー**から。望んでもいないのに、災難に巻きこまれるのがポイントです。マークが突然大砂嵐に襲われ、生存不可能な火星に取り残されたとき、彼はヘルメス［宇宙船］の専属植物学者として日常業務をこなしていただけでしたよね？　カットニスも、友人のゲイルと一緒に家族を養うために狩りをしていただけですよね？　そこに［妹の］プリムがゲームに参加させられるという告知があって、ガーン！　ヒーローに罪がないというのが、読者の気を引く大事なポイント。これは自分に起こってもおかしくない！　読者も同じような状況にはまり、不可能な災難から抜けだすために可能性に賭ける羽目に陥るかも。

このジャンルの物語は犯した罪に対する罰ではなく、生き残れるかどうかの物語（だから「罪のない」ヒーロー）。〈家にいる化け物〉（第13章参照）の物語は、ヒーローが自分のせいで災難を招いてしまうという原因が肝ですが、〈絶体絶命の凡人〉の場合は、どうやって災難から抜け出すかという方法が肝なのです。

次に、ヒーローを痛めつける恐ろしい世界に引きずりこむ**突発的な事件**。「突発的」というのは、文字どおりいきなりということ。ヒーローの元に《触媒》として、理由もなく、どこからともなく襲いかかるので、ヒーローは何がどうなっているのか把握できずに慌てます。アンジー・トーマス著『ザ・ヘイト・ユー・ギヴ　あなたがくれた憎しみ』のスター・ウィリアムスの場合、幼馴染のカリルが警官に撃たれてしまいますが、そんなことは夢にも考えたことがありませんでした。カットニスが妹の代わりにハンガー・ゲーム参加を志願すると決めたとき、考える暇などなく、反射的にそうしただけ。マーク・ワトニーが火星に置き去りにされたときにも、悩む時間はありませんでした。ともかくなんとかしなければ！　という状況。

最後に、このジャンルに欠かせない3つ目の素材。それは、あなたが書くすごい物語に見合ったすごい大問題。そしてその大問題に対処するために、ある個人、集団、あるいは社会全体が強いられる、**生死を賭けた戦い**が必要。

マーク・ワトニーは、火星から脱出できなければ死にます。ミッチ・マクディーアは、法律事務所を抜け出す算段を考え出さないと死にます。カットニス・エヴァディーンは、他の23人の贄［ゲーム競技者］を殺さなければ死にます。『ザ・ヘイト・ユー・ギヴ　あなたがくれた憎しみ』のスター・ウィリアムスの場合は、自分が生まれ育った町の存続がかかっているという意味で、生死を賭けた戦いを強いられます。カリルの死にともなう騒動によって、地域の住人たちはばらばらになろうとしているのです。

つまり、ヒーローを襲う問題は大きければ大きいほど良い、ということ。

あなたが考えた問題が十分に大きいかどうか測りたければ、誰かを使って試してみましょう。「え？　それってマジ、ドツボじゃない？」というような反応がほしいわけです。ついでに「そんなことになったら、どうすればいいの？」と思わせられれば最高です。

もし、そんな反応が得られたなら、合格。最強の〈絶体絶命の凡人〉物語を手にしたと言えます。

〈絶体絶命の凡人〉ジャンルによく使われるもう1つの要素があります。それは**恋愛対象**。絶対に登場するとは限りませんが、登場したときは大抵ヒーローを助けて、応援する係。『ハンガー・ゲーム』のピータ・メラークは、誰よりもカットニスを支えて、悩みを聞いてくれましたよね？　『ザ・ヘイト・ユー・ギヴ　あなたがくれた憎しみ』のクリスは、何があっても絶対スターの傍から離れませんでしたよね？　このようなBストーリーのキャラクターたちは、ヒーローが問題を克服する力を自分の中に見出し、自分の力を信じる手助けをします。このようなキャラクターたちは、大変な目にあって四苦八苦しているヒーローを慰めてやる係でもあります。

ヒーローが恋愛対象と過ごす安らぎのひとときは、**台風の目**と呼ばれる場面にくることがよくあります。物語の中のある瞬間だけアクションが抑えられて、ゆっくりとした時間の中でヒーロー（と読者）が緊張を解いたり、それまでのことを振りかえるなどして、ちょっと一息つくところ。アクション満載の状態が続いてしまうと、感覚が麻痺して心に残りにくくなり、しかも読者を疲れさせてしまいます。『ハンガー・ゲーム』の洞窟の場面でキスをするカットニスとピータを思い出してみて。または『ザ・ヘイト・ユー・ギヴ あなたがくれた憎しみ』のプロム［アメリカの学校主催ダンスパーティー］の場面。スターの人生はいろいろ大変すぎてそれどころではないのですが、著者のアンジー・トーマスは読者が少しドラマから休憩できるようにペースを落とし、普通の高校生が普通にダンスパーティを楽しむひとときを与えてくれます。

ヒーローが陥った危険な状況は続行中でも、頭がおかしくなりそうな状況から一時的に離れて、ただあるがままのヒーローを見せるのは効果的。恋愛や友情を深める絶好のチャンスでもあります。

〈絶体絶命の凡人〉ジャンルの物語はすべて、最後には人間の精神が勝利して終わる話になります。凡人ヒーローが生き抜いた！　生き抜かなかった場合は、読者が深く考えずにはいられないような興味深い理由があってそうなったはず。〈絶体絶命の凡人〉ジャンルの物語は、私たち凡人が実は思ったほど平凡ではないはずだと思い起こさせてくれます。隠れた力や能力を秘めて、試されたら簡単には引き下がらない！　最後には困難を克服する！　そして勝つ！

このジャンルの小説は勇気をくれます。生きる気持ちを奮い立たせてくれます。

10代の1人の少女が政府を転覆させたら？　1人の宇宙飛行士が惑星そのものに打ち勝ったら？　1人の弁護士がマフィアの経営する事務所の鼻を明かしたら？

それ以上にやる気を起こさせてくれるものはないですよね。

おさらい。〈絶体絶命の凡人〉ジャンルの小説を書こうと考えているなら、次の3つの大事な素材を絶対に忘れないように。

●罪のないヒーロー　何も悪いことをしていないのに災難に巻きこまれ、場合によっては巻きこまれたことすら気づいていません。でも、災難に対処する知識や能力を（最初は気づかなくても）持っています。

●突発的な事件　これによって罪のないヒーローは逆境に追いこまれます。何の予告もなしに訪れる、決定的なものでなければなりません。

●生死を賭けた戦い　一個人の、集団の、社会全体の存亡がかかった戦いです。

〈絶体絶命の凡人〉ジャンルの人気小説

『完訳ロビンソン・クルーソー』ダニエル・デフォー著、増田義郎訳、２０１０年、中央公論新社
『野生の呼び声』ジャック・ロンドン著、深町眞理子訳、２００７年、光文社
『オ・ヤサシ巨人ＢＦＧ』ロアルド・ダール著、中村妙子訳、２００６年、評論社
『ミザリー』スティーヴン・キング著、矢野浩三郎訳、１９９０年、文藝春秋（ビート・シート参照）
『法律事務所（上・下）』ジョン・グリシャム著、白石朗訳、１９９４年、新潮社
『穴　HOLES』ルイス・サッカー著、幸田敦子訳、２００６年、講談社

『パイの物語』ヤン・マーテル著、唐沢則幸訳、２００４年、竹書房
『ハンガー・ゲーム（上・下）』スーザン・コリンズ著、河井直子訳、２０１２年、ＫＡＤＯＫＡＷＡメディアファクトリー
『火星の人』アンディ・ウィアー著、小野田和子訳、２０１５年、早川書房
『フィフス・ウェイブ』リック・ヤンシー著、安野玲訳、２０１６年、集英社
『イルミナエ・ファイル』エイミー・カウフマン、ジェイ・クリストフ著、金子浩訳、２０１７年、早川書房
『ザ・ヘイト・ユー・ギヴ　あなたがくれた憎しみ』アンジー・トーマス著、服部理佳訳、２０１８年、岩崎書店

『ミザリー』

著者：スティーヴン・キング
10のジャンル：絶体絶命の凡人
販売ジャンル：心理スリラー
ページ数：３５１（１９８７年スクリブナー社刊ペーパーバック単行本［英語原書］）

スティーヴン・キングの小説を抜かしてしまっては、この『SAVE THE CAT の法則で売れる小説を書

く』も片手落ちになってしまいます。私たちの時代を代表するフィクション作家の1人であるスティーヴン・キング。何しろ今まで累計で3億5000万冊以上の小説が世界中で売れているのです。

キングの小説のほとんどは〈家にいる化け物〉ジャンルに収まりますが、私は〈絶体絶命の凡人〉の素晴らしい見本として、この『ミザリー』を選びました。なぜなら、人生で最高の小説を書こうと苦闘する小説家の話だから！　こんなドンピシャな機会はそうそうありませんからね。ホラー小説によって名を成したもののホラーというジャンルから抜けだせなくなったと感じているキングが、自分の苛々と重ねて、人気ロマンス小説シリーズの奴隷になってしまったように感じている作家の物語を書いたのがこの『ミザリー』。本人がそう言っているので、間違いありません。

そしてなんといっても、これほど見事に構成された小説もそうはありませんから！

小説を執筆していると、ときには人格異常者《サイコパス》と2人きりで閉じこめられ、「書き終わらないと殺す」と脅されながら書いているような気分になるもの。でも『ミザリー』は、ただ暗いばかりの話ではありません。キングは、書くという行為そのものが私たちの惨めな日常を忘れさせてくれ、しかも生き抜く力すら与えてくれるということを描いているのです。

1　**始まりの光景**（1〜6ページ〔以下、原書〕）

この小説のヒーローは、ポール・シェルダン。彼は意識も霞む激痛を感じながら目を覚まします。朦朧《もうろう》として死にそうな彼は、誰かが口に息を吹きこむのを感じます。誰かが彼に蘇生処置を施してくれている。意識が晴れたポールは、自分がコロラド州のサイドワインダーという田舎町に、アニー・ウィルクスという女性と一緒にいることを知ります。アニーは自称ポールの「ナンバーワンの愛読者」。

2　お膳立て（7〜36ページ）

まだ意識が朦朧としているポールですが、彼についてのもろもろが明かされていきます。ポール・シェルダンは、ビクトリア朝を舞台に繰り広げられる恋愛小説『ミザリー』シリーズで有名な売れっ子作家。発売されたばかりのシリーズ最新刊で、ポールは主人公のミザリーを死なせます。もうミザリーものを書くのはうんざりで、別のジャンルを書きたくてうずうずしていたので。ポールは『高速自動車』という自信作の草稿を書き上げたばかり。同時に、ポールがどうして怪我をしたのかもわかってきます。運転中に事故を起こし、元看護師のアニーが瀕死の彼を発見、車から引きずり出し、折れた脚を添え木で固定してくれたのでした。アニーはポールに依存性の高い鎮痛剤を処方し、ポールは薬なしでは生きていけない体に。

ほどなく、このアニーという女性は常軌を逸しており、予測不可能で危険であるということがはっきりします。アニーは痛みに苦しむポールに鎮痛剤を与えず、街から遠すぎて道も悪いので病院には連れていけないと言います［家は深い雪に閉ざされ人里離れた山の中］。アニーがポールの命を救ってくれたのは確かですが、ポールは自分が監禁されていることを、徐々に理解します。

アニーはポールが書いた新作の原稿を読んで、激怒します。まず、自分が大好きな『ミザリー』の話ではないし、しかも言葉遣いが汚らしくて耐えられない！　ということで、アニーはポールに罰を与えます。汚い言葉を吐く口をきれいに洗うために、石鹸水で鎮静剤を飲ませるのです。

3　語られるテーマ（19ページ）

身に降りかかった災難を、そしてなぜ自分がこんなところにいるのか理解できずに混乱するポールに、アニーがこう言います。「あんたが生きているのは私のおかげ。覚えときなさい。忘れないほうが身のため」（19ページ）。

この小説は興味深いさまざまなテーマを満載していますが、このビートで語られるポールが受けとめるべきテーマは、生き抜くということ。そして、この恐ろしい状況で生き抜くということのもつ皮肉な意味。これから332ページに渡ってポールは想像を絶する恐怖を味わうことになるのですが、それでもアニーが事故車の中から彼の命を救ったことは事実です。しかしそれ以上に、結果的にアニーは、身も凍るような手段によってですが、ポールが最高傑作『ミザリーの帰還』を書き上げる手助けをすることになるのです。この作品を書き上げることによって、ポールは文字どおり命拾いして、しかも作家人生が再起動されるという象徴的な意味でも命拾いすることになるのですから。

7ページでキングがこう書いています。「彼、ポール・シェルダンが書く小説は2種類しかない。良い小説とベストセラーだ」。これが、小説の冒頭でポールが自分に対して持っているイメージです。ポールは自分をベストセラー作家にしたミザリーものを拒もうとしているわけですが、売らんかなの小説でも良い作品が書けるということを最終的に学ぶことになります——ちゃんと丹精する時間さえ費やせば。ポールは『ミザリーの帰還』を書くために必要な閃きを手にし、自分の置かれた惨め《ミザリー》な状況から抜け出すことになります。それは彼の生きたいという意思に繋がっているのです。

つまり、極めてスティーヴン・キング的な身も凍るような意味において、ポールが生きているのは、いろいろな意味で間違いなくアニー・ウィルクスのおかげなのです。

4　触媒（36〜40ページ）

アニー・ウィルクスは情緒不安定。そのことは徐々に明らかになりますが、彼女の不安定さの度合いが明らかになるのは、36ページ目です。『ミザリーの子供』を読み終わったアニー。主人公ミザリーは死に、大好きなシリーズがこれで完結と知ったアニーは激怒。ポールの寝室に飛びこんできてベッド脇にある卓をひっくり返し、自分が「馬鹿なこと」をしてしまう前に出ていくと言って家から飛び出していきます。

ポールは、身体も満足に動かせないまま、食事も水も薬もなく、いつアニーが帰ってくるか知らず、帰ってくるかどうかもわからないままに、家の中に置き去りにされます。この一件で、ポールは自分でなんとかしなければと悟ります。

5　問答（40〜70ページ）

しかし、一体何ができるというのか？　ポールはこの問いに答えなければなりません。

1日が過ぎた頃、ポールはアニーは死んだのかもしれないと考えます。もしアニーが死んでいるのなら、ポールもこの部屋で死ぬということ。しかしアニーは帰ってきます。ポールはまず鎮痛剤をくれと懇願。なにしろ体中が耐えられないほど痛い！　アニーは承知しますが、代わりに『高速自動車』の原稿を焼くように迫り、バーベキュー用の木炭グリルを寝室に持ちこみます。原稿はこれ1本しかない［タイプライターで書いたものなので］。引き裂かれるポールの心。焼いたらお終い。でも薬をもらえるならば！

そして彼は原稿を焼きます。そして心の中で、いつかアニーを殺すと誓います。

しばらくして、アニーはロイヤルという種類のタイプライターを運びこみ、続編『ミザリーの帰還』を書けと言います。自分だけのために。ポールの回復を助ける治療代として。書くのか、ポール？

ポールはアニーに、書き終わったら家に帰っていいかと尋ねます。アニーは漠然と、肯定とも、とれる返事をします。それが嘘だとわかっているポールですが、『ミザリーの帰還』を書かなければ命はないということも、わかっています。

6　二幕に突入（70ページ）

《問答》の問いに対してポールは、立ち向かうという答えを出します。『ミザリーの帰還』を書く決心をしたポールは、ちょっとわくわくしている自分に気づきます。

7　Bストーリー（109ページ）

この小説の《Bストーリー》は、ポールと彼が書く『ミザリーの帰還』の関係になります。ポールがテーマを受けとめるように導くのが誰かを考えると、ミザリー・チャステインという小説内小説のキャラクターその人が《Bストーリー》のキャラクターと言ってもいいのかもしれません。

アニーの家に閉じこめられる前、ポールはミザリーというキャラクターにも、彼女の住む世界にも、シリーズそのものにも辟易していたので、喜んで終止符を打ちました。ミザリー・チャステインはもうお終い。

しかし、アニーに「ずるをしないで」（ちゃんと苦労して）書けと強制されながら『ミザリーの帰還』を書くにつれて、自分が書く物語に引きこまれ、自分が構築したプロットやキャラクターに発想を刺激され、ポールはついには人生最高の小説を書き上げることになるのです。

「皮肉なのは、あの女に脅迫されながら書いた作品が、間違いなく『ミザリー』というシリーズの中で最高傑作になったということだった」（109ページ）。

『ミザリーの帰還』は、こうしてポールの命を救い、彼の作家人生も救うことになります。ポールは、狂暴なアニー相手に優位を保つ取引の餌として小説のエンディングを使いますし、小説を書くという行為そのものが、彼に生きる気力を与えるのですから（彼の気持ちがわかるという作家も大勢いますよね）。

8　お楽しみ（70～170ページ）

第二幕は『ミザリーの帰還』を中心に展開します。自分が書いている小説が、ポールにとっての第二幕の世界になるわけです。ポールはどこにも旅しておらず、新しいキャラクターは1人も導入されませんが、ポールは彼が予想もしなかったような世界に来ているのです。それは、二度と書くことはないと思っていた小説の物語の世界。

小説内小説という形式を使ってキングは、猛然と執筆するポールの姿を見せてくれます。最初はアニーが「間違った」紙を買ってきてしまったので、印字が滲むという良くない出足。腹を立てたアニーは、ポールの怪我をして砕けたほうの膝に拳を叩きつけて紙を買いに飛び出していきます。

アニーがいつ戻ってくるかわからないまま、ポールは寝室の鍵をこじ開け、助けを求めようと車椅子で部屋の外へ。しかし電話の線は繋がっていません。洗面所に保管してある鎮痛剤を見つけたポールは薬を失敬し、アニーが帰ってくる寸前に寝室に戻り、シーツの下に隠します。

最初の数章を書きながら、ポールは前巻の最後で死なせてしまったミザリーを復活させる方法を考案しなければなりません。最初の原稿を読んだアニーは、ミザリーの復活が「フェアじゃない」、ポールが「ずる」をしたと言ってダメ出し。ポールは、アニーを適当にごまかして終わらせられないことを悟ります。ちゃんと気持ちをこめて書かなければだめ（それが**テーマ**）！

9　**中間点**（170～180ページ）

執筆は快調。予想外なことに、ポールは書くことを楽しんでいます。170ページでキングはその様子を「今までに書かれたどのミザリーの小説よりも豊かに構築されたプロット、そして生き生きとしたキャラクター」とすら描写しています。

このままいけば、『ミザリーの帰還』は、ポール・シェルダンの執筆人生最高の小説になりそう。でも、これは明らかに**偽りの勝利**。なぜかというと……だって、ポールはまだ狂人の家に監禁されっぱなしだから。そのことを思い出させるかのように、数ページ後には雨が降ってアニーが深刻な鬱状態に陥り、ポールの失敗の**代償が高く**なります。アニーが不安定で危険だということを理解したつもりだったポールは、彼女の危険な本性を垣間見ます。

「彼は一切の仮面を脱ぎ捨てたアニーを見ているのだと気づいた。これこそが本当のアニー。これが裏のアニーなのだ」（175ページ）。ポールを殺して自分も死ぬとアニーが言いだしたとき、ポールは「人生でこれほど死を間近に感じたことはなかった」（177ページ）と自分の死を確信するのでした。

そして、アニーはこれまで避けられていた一言をついに発します。ポールをここから出す気はない。そして、いつまでも生かしておく気もない。ポールは、小説を書き終わるまでは死ねないと言って時間を稼ぎます（**秒読み開始**）。アニーは同意して、しばらく戻らないと言って出ていきます。ポールは再びミザリー・チャステインに命を救われたのです。

10　忍び寄る悪者（181〜266ページ）

アニーが出ていってから、ポールは脱出の可能性を探るために、再び寝室から抜け出します。扉という扉はかんぬきで施錠されており、仮に外に出られたとしても、何キロも人影もない僻地であることを悟ります。この体でどうやって人里に出られるというのでしょう。

ポールは、この家から生きて出るなんていう考えは捨てちまえという心の声（**裏の悪者**）と戦わなければなりません（**テーマの拒否**）。台所から食料をかき集めた彼は、寝室に戻る途中、「思い出の小道」と書かれたスクラップブックを目にします。この瞬間、**表の悪者**が一気に忍び寄ってきます。スクラップブックをめくりながら、アニーが想像をはるかに超えて予測不能な危険人物だということを思い知ります。なんとアニーは、数えきれないほど人の命を殺めた連続殺人魔だったのです。家族皆殺し。子どもや赤ちゃんまで！　しかし、なぜかいつも罪を免れてきたのでした。デンバーでかけられたのが一番最近の裁判でしたが、証拠不十分で不起訴。

このときポールは悟ります。もしここから生きて出たければ、アニー・ウィルクスを殺すしかないと。どうすればアニーを殺せるか散々考えてから、喉を刺し殺すという方法に落ち着きます。台所で包丁を確保、マットレスの下に隠します。

アニーが帰ってきて、ポールに何かを注射します。昏倒した後、意識を取り戻したポールに、鍵をこじ開けて寝室から出たことは毎回知っていたとアニーが言います。スクラップブックを盗み読まれていたことすら知っているアニーは、マットレスの下から包丁を取り上げて、ポールがもっていた逆襲の希望を打ち砕きます。さらにアニーは、先ほどの注射は「手術前の麻酔」（227ページ）だったと宣告。何の手術かと思うと冷静ではいられないポールの左足をアニーは斧で切断の上、プロパントーチで傷口を焼いて止血。ポールが二度と逃げようなどと思わないように「あしなえ」、つまり歩行不能にします。

ポールが身体的に衰えるにつれ（親指も切断）、タイプライターの機能も衰え始めます。NとRとEのキーが欠落し、小説を仕上げて生き残る可能性も小さくなります。ポールは手書きに切り替えます。これは明らかに**下り坂**の印ですが、書けば書くほど、書くのが難しくなるという小説執筆という行為そのものを比喩的に表してもいます。

さらにアニーの心の状態もますます不安定になり、ポールも正気を保つのが難しくなります。ポールは、自分が今この瞬間生きているのはミザリー・チャステイン（**Bストーリーのキャラクター**）のお陰だということを疑わなくなります。「もう何もわからなくなっていた。何もかもわからない。1つだけわかっているのは、今までの、そしてこれからの彼の命は、ミザリーにかかっているということだった。もう死んでしまうべきなのに、死ねない。作品がどう終わるか見届けるまでは、彼は死ねないのだった」（246ページ）。

ポールだけでなくアニーも、小説の終わりを見届けるまで必死に生にしがみついているのです。

11　完全なる喪失（266〜273ページ）

警察の車がアニーの敷地に入ってきます。アニーの復讐が恐ろしくて声も出せないポールですが、なんとか助けを求め、灰皿を投げつけて窓ガラスを割り、警官の注意を引きます。警官はポールが行方不明の作家だと気づきますが、次の瞬間アニーに芝刈り機で轢かれて（死のにおい）死んでしまいます。

振りむいたアニーの目が、ポールにこう語っています。「あんたは後で始末するから」（273ページ）。

12　闇夜を彷徨う魂（274〜295ページ）

生き抜いて小説を書き上げる望みを一切失ったポールは、アニーにいっそ殺してくれと頼みます。地下室に引きずっていかれたポールは、今度は何を切り落とされるのかと勘ぐりますが、アニーは警官の死体を処理するために出ていきます。

去り際にもう一度テーマを念押しすることを忘れないアニー。「私がしたことと言えば、あんたが凍死しないように壊れた車から引きずり出して、折れた脚に添え木を当てて、痛み止めの薬をあげて、お世話してあげて、あの酷い本を諦めさせてあげて、かわりに最高傑作を書かせてあげただけ。それでも私の頭がおかしいと言うなら、精神病院送りにでもしたらどうよ」（282ページ）。

頭がおかしいのは確かですよね。でも彼女の言うとおり。

ポールは逃げられないことを覚悟します。作品を書き上げたら間違いなく殺される。生存の望みは絶たれた。暗い地下室にドブネズミと一緒に監禁されたポール。文字どおり、《闇夜を彷徨う魂》です。

13　**三幕に突入**（295〜300ページ）

アニーが戻ってくるまでの間、薄れては戻る意識の中でポールは、アニーが『高速自動車』の原稿を焼かせるために使った木炭グリルを発見します。アイデアが閃き、希望の光が灯ります。ついにこの災難から抜けだす方法を思いついたポール。アニーが戻る前に、木炭グリル用の着火用の燃料を失敬します。

14　**フィナーレ**（300〜348ページ）

1　〈チーム招集〉

フィナーレ大作戦の準備として、ポールは必ず1週間で『ミザリーの帰還』を書き上げると誓います。その代わり、終わるまで読まないとアニーに約束させます。そしてポールは、寝室の幅木の下に着火液を隠します。

2　〈作戦実行〉

ポールは狂ったように書き続けます。その間、別の警官が立ち寄りますが、ポールは声も上げなければ、注意を引こうともしません。アニーの息の根を止めるのは誰でもない、自分なのだから。それに、ポールは心の底から『ミザリーの帰還』を書き上げたいと思っているのです（**テーマ**）。

ついに原稿を書き上げたポールは、アニーに煙草を1本頼みます。1冊書き上げたら必ず煙草を1本吸うという儀式だからと。アニーは承知し、マッチを1本渡します。アニーが部屋を出たときを見計らって、ポールは例の着火液を原稿に振りかけます。そして読むのを楽しみに戻ってきたアニーの目の前で、原稿に点火。「良い作品が書けたよ、アニー。あんたの言ったとおりだ。ミザリーものの中で最高、いや俺の人生最高の傑作だ。残念ながら読ませてやらないけどな」（327ページ）。
燃える原稿に飛びつくアニーの背中に、ポールはタイプライターを叩きつけます。そして燃えさしの原稿をまるめて口に押しこんで窒息させます。よろよろと立ち上がったアニーですが、タイプライターに足を取られて転倒、暖炉の炉棚に頭をぶつけて死にます。

3〈高い塔でビックリ仰天〉

と思ったら、アニーはまだ生きていました！　目を開き、ポールに向かって這いよるアニー。ポールに摑みかかり首を絞めますが、やがて動かなくなります。今度こそ死んだと安心したポールは、寝室から這いだしドアを閉めます。するとドアの隙間からポールを求めてまさぐるアニーの指が！　しかしその指もやがて動かなくなります。

4〈真実を掘り当てる〉

洗面所に這っていったポールは、鎮静剤を見つけて3錠飲みます。眠りに落ちたポールですが、正気と狂気の狭間で苦しむ彼は、まだアニーが本当に死んだと信じられません。何かの音がする。それとも気のせいなのか？　恐怖にすくみながらも、ポールは寝室に戻らなければなりません。本物の原稿を取り戻さなければ（燃やしたのは偽物）。命を救ってくれた小説を救いださなければ。
ドアを開けたポール。アニーはやはり生きていました。と思ったら、それは彼の想像の産物でした。やがて警察が到着、ポールは気力を振り絞って助けを求めます。

5 〈新しい作戦の実行〉

警察官たちに見つけられたポールは、事の顚末を話します。死体がある寝室を指さしますが、警官たちが行ってみると誰もいません。

9ヵ月後、ポールはかなり回復しました。アニーに切り落とされた脚には義足がついています。『ミザリーの帰還』が間もなく出版されます。出版社は初版を100万部刷るという前代未聞の計画。とてつもないベストセラーになること間違いなしというわけです。

それでも、ポールはいまだに物陰にアニーの姿を見ます。そして、今でも「アニーの刺激」が一発ほしいと思うことがあるのです。どうやら、アニー・ウィルクスの依存性は鎮痛剤より強かったようです。

あの後アニーは、納屋まで這っていってから、転倒したときに負った頭の傷が原因で死んだということが明かされます。ポールの命を救ったタイプライターがアニーには死をもたらしたということになります。しかしポールの心の中でアニーは永遠に生き続けます。悪夢の中に、そして執筆中にも現れます。ポールが嫌でも、アニー・ウィルクスは永遠に彼の創造性を刺激する惨めな女神であり続けるのです。

15 **終わりの光景**（349〜351ページ）

チェーンソーを振りかざして迫ってくるアニーを「見た」ポールに、新しい小説のアイデアが閃きます。恐怖を覚えながら書くポールは、同時に奇妙な感謝の気持ちも感じるのでした。

この小説はどうして〈絶体絶命の凡人〉なの？

『ミザリー』は、このジャンルの物語に必要な3つの素材をすべて兼ね備えている立派な〈絶体絶命の凡人〉小説。

- **罪のないヒーロー**　自作の主役を死なせたという以外、ポール・シェルダンは何も悪いことはしていません（それが許しがたい罪だと思っているのは、アニーというサイコパスのファンだけ）。なのに、彼はアニーによって監禁され想像を絶する恐怖を体験することになります。
- **突発的な事件**　自動車事故によって重傷を負い、身動きが取れなくなるという突発的な事件によって、ポールの恐怖体験が始まります。
- **生死を賭けた戦い**　正気を失ったアニーがいつポールを殺して自殺するかわからないので、彼の執筆活動はまさに命がけになります。

ネコの視線でおさらい

ここで、『ミザリー』のビート・シートを、さくっとおさらい。

1 始まりの光景

コロラド州サイドワインダーにあるアニー・ウィルクスの家で、ポール・シェルダンは目を覚まします。激痛に苦しむ彼は瀕死の重傷を負っています。

2 お膳立て

ポールは恋愛小説家で、ミザリーという登場人物を主役にしたシリーズで有名。元看護師のアニーは、常軌を逸した自称「ナンバーワンの愛読者」。自動車事故を起こしたポールを家まで運び手当てしたのでした。

3 語られるテーマ

「あんたが生きているのは私のおかげ。覚えときなさい。忘れないほうが身のため」(19ページ)というアニー。恐ろしいことに、アニー・ウィルクスはポールの命を救い、彼の作家人生も救うことになります。アニーに強要されて書いた『ミザリーの帰還』はポールの最高傑作になるのです。極限状況で生きることを諦めないというのが、この小説のテーマになります。

4　**触媒**

ポールが書いたミザリー・シリーズの最新作『ミザリーの子供』を読んだアニーは、主人公のミザリーが死んでしまうことを知って激怒し、出ていってしまいます。独り残された全身不随のポール。

5　**問答**

ポールには何ができるのか？　あのサイコパスから逃れようがあるのか？　アニーはタイプライターを持って戻り、ミザリーを生き返らせて新作を書いたら解放すると約束します。

6　**二幕に突入**

解放するというのは嘘だと知りながらも、ポールは『ミザリーの帰還』を書くことに同意します。

7　**Bストーリー**

ポールを有名作家にしたシリーズの主人公ミザリー・チャスティンが、《Bストーリー》のキャラクターになります。生き抜くというテーマを理解するようにポールを導くのは、ミザリー・チャスティンと彼女が主役の小説を執筆するという行為なのです。

8　**お楽しみ**

ポールは『ミザリー』の世界を再訪します。このビートでは、執筆中の『ミザリーの帰還』の内容が部分的に明かされ、脱出を企てるポールの様子も描かれます。最初の数章を読んだアニーは、これではダメだと書き直させます。

9　**中間点**

ポールは囚われの身ですが、『ミザリーの帰還』の執筆はうまく進み、《中間点》は偽りの勝利になります。しかしアニーが鬱状態に陥ったとき、ポールは自分が結局は殺されることを確信します。

10　**忍び寄る悪者**

アニーが外出中に家の中を探索したポールは、自分で殺した人たちの記事を集めたアニーのスクラップブックを見ます（表の悪者）。ポールの生きる意志は弱まっていきます（裏の悪者）。寝室から抜け出したことがばれ、アニーはポールの片足を切断します。

11　**完全なる喪失**

行方不明の作家に関する情報を求めて、警官が車で訪ねてきます。ポールは助けを求めようとしますが、そこに死のにおい。アニーが警官を殺します。

12　**闇夜を彷徨う魂**

テーマをまったく受けとめていないポールは、アニーに自分を殺して苦しみを終わらせてくれと頼みます。警官の死体を処理するために、アニーはポールを鼠が巣食う地下室に閉じこめて出ていきます。

13　**三幕に突入**

地下室で木炭グリルを見つけたポールに、いい考えが閃き、生きる気力が復活します。

14　**フィナーレ**

ポールは小説を書き上げます。人生の最高傑作。そしてポールは、その傑作をアニーの目の前で焼きます。止めようとするアニーにタイプライターを叩きつけるポール。揉みあいのあと、ポールはまんまと逃げだします。燃やした原稿が偽物だったことも明らかに。警察が到着し、アニーも死にました。9ヵ月後、出版を控えた『ミザリーの帰還』はベストセラー間違いなし。これもアニーのお陰です。

15　**終わりの光景**

チェーンソーを手にしたアニーを妄想したポールに、新作のアイデアが閃きます。アニーは一生ポールの惨めな創作の女神で居続けるのです。

第9章

ジャンル・タイプ6 最後に笑うおバカさん 負け犬の勝利

ネタばれ警報！　この章では以下の小説が登場します。

『プリンセス・ダイアリー』メグ・キャボット著
『ブリジット・ジョーンズの日記』ヘレン・フィールディング著
『ジェイン・エア』シャーロット・ブロンテ著

この本のタイトルに「猫（CAT）」とあるのはご存知の通りですが、ちょっと気分を変えて「犬」の話をしましょう。犬と言ってもどこにでもいる犬というわけではありません。

そう、負け犬です。

負け犬が勝利する物語が嫌いな人が、どこの世界にいるでしょう？　無視されがちな哀れな外れ者が、自分を無価値だと軽く見た人たちに負けずに立ち上がり、世間に、そして何より自分自身に対して、オレにだって価値があるんだ、コノヤロウ！　と証明するのです。無価値なんかじゃない。変えることができるし、変えてやる！

それが、このジャンルに収まるすべての物語の肝です。

紹介します……〈最後に笑うおバカさん〉です。

このジャンルのヒーローは、いわゆる愚か者（軽んじられる負け犬）タイプ。何らかの支配的な組織や集団の中で常にその存在を無視されることが、この手のヒーローの弱味（同時に強味）です。

ジェフ・キニー著の『グレッグのダメ日記』を覚えていますか？　このグレッグという［ダメな］少年が素晴らしい中学生活を送るなんて思う人は、誰もいませんよね？　それから、ソフィー・キンセラ著『レベッカのお買いもの日記』の主人公。彼女が金融ジャーナリズムの世界で才能を認められるなんて、最初は考えることもできません。シャーロット・ブロンテ著『ジェイン・エア』のジェインだって、どこにいっても無視され軽んじられますよね。彼女が独り立ちして、幸福な生活をつかむと誰に予想できたでしょう。

でも、うまくいきますよね。

他のキャラクターたちも、うまくいきますよね。

なぜなら、この手の物語の主役であるおバカさんは、絶対に最後に勝利をつかむから。負け犬が勝つんです。ただ勝つだけではなく、（大抵の場合は意図せずに）自分を下に見た組織や集団の馬鹿馬鹿しさを暴いて勝つんです。最後には、ヒーローを馬鹿にした集団が、馬鹿を見て終わるのです。

〈最後に笑うおバカさん〉ジャンルでうまく小説を書くために絶対不可欠な素材が3つあります。（1）支配的な集団に軽んじられ、自分の力に気づかないナイーブな**おバカさん**。（2）そのおバカさんが帰属し、真っ向から対立することになる**支配的な集団**。そして（3）おバカさんがあたかも別人になる、または新しい名前を得て**変異**すること。さっそく、それぞれの要素を詳しく見てみましょう。

おバカさんは、どんな年齢の誰でもＯＫ。『グレッグのダメ日記』のグレッグみたいな中学生男子から、メグ・キャボット著『プリンセス・ダイアリー』のミア・サーモポリスみたいな女子高校生、『レベッカのお買いもの日記』のレベッカ・ブルームウッドのような成人女性まで何でもあり。最初は周囲に見くびられているというのが、唯一の条件です。初めは、誰にも相手にされないことがそのヒーローの弱点に見えますが、最終的にはそれが最大の強味になることが証明されるのです。

〈最後に笑うおバカさん〉のヒーローが〈スーパーヒーロー〉と違うのは、誰1人としてそのおバカさんが特別だと思っていないこと（ヒーロー本人も含む！）。〈スーパーヒーロー〉ジャンルのヒーローは、みんなに「特別なあの人」だと知られていますが、〈最後に笑うおバカさん〉のヒーローは最初は誰にも構ってもらえず、無害だと思われています。

「誰にも」と言いましたが、1人を除いては。

集団の中には必ず、おバカさんの潜在能力を見抜いている人が1人いて、集団のみんながおバカさんの能力に気づかないように万策を尽くします。そのようなキャラクターは〈最後に笑うおバカさん〉ジャンルの物語によく使われ、**嫉妬する部内者**と呼ばれます。誰も気づいていないおバカさんの真の能力に1人だけ気づき、その能力が集団に脅威をおよぼすという予測に基づいて、何かと邪魔しようとします。

支配的な集団とはつまり、人々の集まり、社会を構成する小集団で、おバカさんがそこに入ってきて対立する場合もあれば（例えば、ジュリー・マーフィー著『恋するぷにちゃん』で描かれるミスコンの世界や、ローレン・ワイズバーガー著『プラダを着た悪魔』のファッション業界、または『グレッグのダメ日記』のような極めて普通の中学校）、すでにおバカさんはその集団内にいて、自然と対立してしまう場合もあります（例えば、『ジェイン・エア』やチャールズ・ディケンズ著『オリバー・ツイスト』が舞台の19世紀の社会〉。

ここで、〈最後に笑うおバカさん〉に惑わされないようにひとつちゃんと理解しておきましょう。おバカさんが**組織・制度**を破壊するという〈組織と制度〉ジャンルと混同しないように。勝利をつかむおバカさんは、疑問も持たずに日々生きているだけ。何も壊す気はありません。おバカさんが持つ最強の武器は〈本人が気づいていなくても〉、純真であること、そして自分に正直でいられること。おバカさんを低く見るシステムから離れていられるから、そのシステムに風穴を開け、組織的矛盾を暴けるのです。ほぼ成りゆきで、おバカさんは最後に勝利の笑みを見せることになります。

さて、３つ目の素材である**変異**ですが、このジャンルの物語ではおバカさんが、成りゆき、または変装により自分でない誰かに変わる瞬間があります。どんな物語にも必ず比喩的な変容がありますが〈最後に笑うおバカさん〉の場合は、そこにヒーローの**物理的**変容が加わります。ほんの数ページの出来事かもしれませんが、例えば名前を変える、変装する、お洒落をする、仕事や使命を変える、別人になるなどです。ジェイン・エアは家庭教師になり、『プリンセス・ダイアリー』のミア・サーモポリスはティアラを着けて正装し、お姫様になります。『ブリジット・ジョーンズの日記』のブリジットは、出版社の宣伝広報の仕事を辞めて、テレビのジャーナリストになります。

この**変異**の瞬間は、ヒーローを小馬鹿にしていた集団が、実は馬鹿でもないらしいと気づくという決定的な瞬間。これは、仮面を外して正体を現すという行為の逆バージョン。おバカさんの場合は、自分を馬鹿にする人たちを誤魔化すために、仮面を着けるわけですから！　でも心配ご無用。この変異の仮面はほどなく外されます。なぜなら周囲に何を言われようと自分は自分でそれが最高というのが〈最後に笑うおバカさん〉というジャンルの肝だから。
〈最後に笑うおバカさん〉が読者の心に響くのは、誰でも同じ目にあったことがあるから。誰だって集団の理屈に馴染めなくて悩んだり、疑われて困ったことが一度はあるはず。誰かに、または集団に「そんなやり方じゃダメ」と言われて凹んだことがあるはず。でも〈最後に笑うおバカさん〉の物語が心に響く一番の理由は、1人の人間に変えられるものがあると誰でも信じたいから。おバカさんのヒーローが好まれるのは、私たちの内なるおバカさんを代表して勝ってくれるから。そして、自分を信じることさえできれば勝てる、と教えてくれるからです。

おさらい。〈最後に笑うおバカさん〉ジャンルの小説を書こうと考えているなら、次の3つの大事な素材を絶対に忘れないように。

- **おバカさん**　純な心が最大の武器。そして大人しい言動から周囲に軽んじられますが、ある1人の嫉妬する部内者だけが、その正体に気づいています。
- **支配的な集団**　ヒーローが元々帰属していて対立する集団、またはヒーローが新しく所属するが、最初は浮いてしまう集団。どちらにしても、馴染めないことによって火花が散ります！
- **変異**　成りゆきで、または変装によって、ヒーローが誰か別の人になる、新しいことをする、または別の名前を使います。

〈最後に笑うおバカさん〉ジャンルの人気小説

『カンディード』ヴォルテール著、斉藤悦則訳、2015年、光文社
『オリバー・ツイスト』チャールズ・ディケンズ著、加賀山卓郎訳、2017年、新潮社
『ジェイン・エア（上・下）』シャーロット・ブロンテ著、河島弘美訳、2013年、岩波書店
『ブリジット・ジョーンズの日記』ヘレン・フィールディング著、亀井よし子訳、2015年、角川書店
（ビート・シート参照）
『プリンセス・ダイアリー』メグ・キャボット著、金原瑞人、代田亜香子訳、2002年、河出書房新社
『ブーリン家の姉妹（上・下）』フィリッパ・グレゴリー著、加藤洋子訳、2008年、集英社
『グレッグのダメ日記』ジェフ・キニー著、中井はるの訳、2008年、ポプラ社
『ブー！　ブー！　ダイアリー』レイチェル・ルネ・ラッセル著、西本かおる訳、2012年、アルファポリス
『ワンダー　Wonder』R・J・パラシオ著、中井はるの訳、2015年、ほるぷ出版
『恋するぷにちゃん』ジュリー・マーフィー著、橋本恵訳、2017年、小学館
『The Season［未邦訳：季節］』Jonah Lisa Dyer and Stephen Dyer, 2016, Viking Books for Young Readers

『ブリジット・ジョーンズの日記』

著者：ヘレン・フィールディング
10のジャンル：最後に笑うおバカさん
販売ジャンル：フィクション
ページ数：271（1996年ペンギンブックス社刊ペーパーバック単行本［英語原書］）

この物語がゆるく参照している古典的名作『高慢と偏見』は〈相棒愛〉ジャンルですが、ヘレン・フィールディング著のこの国際的な大ヒット小説は〈最後に笑うおバカさん〉ジャンルにがっちり収まります。この物語のおバカさんであるブリジット・ジョーンズは、アラサーで独身。彼女が「気どった既婚者ども」と呼ぶ集団に、30代未婚という理由で見下されています。しかし、最後にはブリジット本人の純な心と、自分を蔑まないという教訓が、彼女を勝利に導きます。

1　**始まりの光景**（1〜2ページ［以下、原書］）

紹介します。本のタイトルで、本作の**おバカさん**、ブリジット・ジョーンズです。ブリジットは日記をつけ始めたばかり。この本の最初の2ページは、ブリジットの、ビフォーアフターの「ビフォー」の光景。リストに羅列された彼女の新年の誓いが、ブリジットがどのような人なのか、しょっぱなから読者に見せてくれます。ブリジットが直したいと思っている短所は、そのまま彼女が抱える**要修理案件**。飲酒は控える。禁煙。ダイエット。自信をもつ。ビデオ再生機の使い方を覚える。彼氏がいないことにこだわるのをやめる。このリストからわかるのは、ブリジットはとても自分を見る目が厳しいということですが、それ自体も欠点の1つです。

2　語られるテーマ（11ページ）

ブリジットの両親の友人が開いた恒例の新年七面鳥《ターキー》カレーパーティーで、居合わせた人がブリジットにこんな一言。「女がその歳まで結婚もせずにいるなんで、尋常なことじゃない！」（11ページ）。

この発言の役目は2つ。1つはブリジットにテーマを教えること。もう1つはブリジット（見下されたおバカさん）が対立する支配的集団の理論を読者に教えること。彼女は、気どった既婚者どもの世界にいる孤独なお一人様なのです。

この問いかけは、1990年代のロンドンという社会が30代の独身女性に対してかけた重圧を象徴し、しかも30歳を過ぎて結婚していないのは多分その女性に問題があるという考え方すらにおわせています。

これは、ブリジットが受けとめなければならない教訓に直接かかわっています。ありのままの自分を受け入れなさいという教訓。ほとんど強迫的なブリジットの自己改善への執念（《始まりの光景》と、それ以降の日記にはっきりと記されます）は、自分に問題があるという集団の考え方を受入れてしまっていることを示しています。だから彼女は変わることに執着します。頑張って体重を減らして、煙草をやめて、酒も控えて、宝くじも買い控えていれば、いつかは彼氏が、未来の結婚相手が見つけられるという希望にすがって。しかし、ブリジットが本当に愛する相手を見つけられるのは、ありのままの自分を受け入れることができるようになってから、つまり支配的な集団の考え方に逆らえるようになってから。そのとき出会った相手は、ブリジットト自身があると信じている問題を一切無視して、彼女を愛することになります。

3　お膳立て（4〜19ページ）

新年早々、ブリジットの人生は新年の誓いどおりに運んでいません。読者はここで、ブリジットというヒーローがとても努力家（結果がでなくても）だということを理解します。理想の自分になるための彼女の試みはどれも悪いことではありません。他のジャンルの話なら、そのままプロットのゴールになるところですが、ブリジットという**不完全なヒーロー**の場合はちょっとひねりが加わります。彼女のゴールは、愛を見つけたいなら変わらなくていいということを学ぶことなのです。

なんという皮肉！

《お膳立て》ビートでは、ブリジットのAストーリーを彩る楽しいキャラクターたちが紹介されます。まず、早く結婚相手に出会えるように変われと娘に口やかましい、ブリジットの神経質なお母さん（この母にしてこの娘あり）。そして、ジュード、シャロン（愛称シャザー）、そしてトムという3人の親友。3人とも、それぞれ支配的な集団の論理を象徴しています。ジュードは優しくない彼氏にしがみつくことで、集団の論理を支えます。シャロンは、すべての男を「情緒的うすらバカ」と呼び、いつか男がいなくても女たちだけで生きていける世がくると信じて集団の論理を拒否します。そしてトムは、支配的集団そのものに対するひねった存在。ゲイでパートナーなしの彼もまた、素敵な出会いがなくて悩んでいます。

読者に紹介されるもう1人のキャラクターは、ダニエル・クリーヴァー。ブリジットの上司で、彼女が絶望的な片思いを抱く「ちょい悪男子」です。実はブリジットは、ダニエルには近づかないという新年の誓いも立てたのですが、誓いを守りとおす意思もぐらつきがち。その結果は《触媒》ビートに起きる事件ではっきりします。

4 Bストーリー（9ページ）

でも《触媒》にいく前に、ちょっとマーク・ダーシーに会っておきましょう。この小説の恋愛対象兼《Bストーリー》のキャラクターになっていく男性です（Bストーリーのキャラクターという役割りは、87ページあたりまで明かされませんが）。

マーク・ダーシーというキャラクターの発想の源は『高慢と偏見』のミスター・ダーシーです。『高慢と偏見』のエリザベスと同様、ブリジットもダーシーのことを高慢な自惚れ屋で、つきあうのは無理と断じます。この時点では、マーク・ダーシーという男が実は自分にぴったりな人だとは考えもおよびません。

ブリジットが必死に自分を変えて彼氏としてキープしようとしているダニエル・クリーヴァーがAストーリーを象徴するキャラクターなら、マークはBストーリーを象徴するキャラクター。自分じゃない誰かになろうと必死なあまり、ありのままの自分を好きになった男がいることに気づかないブリジット、という図です。

ブリジットが目もくれないマークがやがては彼女と恋に落ちるということは、要するにブリジットが必死に「完璧な私」になろうとする必要すらなかったことの現れ。今のままで十分なのです。

5　**触媒**（19〜20ページ）

仕事中にダニエルがブリジットに誘いをかけるようなメールを送って、ことは急展開。ブリジットは即答し、2人のきわどいメールのやり取りが繰り広げられ、読者を笑わせてくれます。

6　**問答**（20〜52ページ）

で、あのメールは何だったの？　ブリジット（と読者）がすごく知りたいのはそれです。これが《問答》の問いでもあります。

お互い誘惑するようなメールを送りあって、そこから何かが起きるの？

このダニエル・クリーヴァーという男は、ブリジットが食事制限までして待ち望む、運命の人なの？　それとも、来ては去っていく「情緒的うすらバカ」の1人にすぎないの？

この問いの答えは簡単には出せません。手がかりを探そうにも、煙に巻かれてしまいます。ダニエルはブリジットに電話番号を聞きますが電話せず、デートに誘いますが、何時間もかけておめかししたブリジットは待ちぼうけ。

ダニエルはセックス相手がほしいだけということがはっきりしてきたので、ブリジットは彼と会わないことに。でも、《問答》はここで終わってくれません。ダニエルは相変わらずメールで誘いをかけてきます。相手にしないと決心するブリジットですが、「素っ気なさで接する」と自分に言い聞かせて、やはり相手にしてしまいます。

そうこうするうちに、ブリジットの両親の結婚生活は暗礁に乗りあげます。そしてブリジットは、結婚できない理由をしつこく聞いてくる気どった既婚者たち相手におバカさんを演じ続けます。

7　**二幕に突入**（52〜53ページ）

ブリジットの素っ気ない態度作戦が効いたのか、ダニエルが再びデートに誘ってきます。デートのあと2人はめでたくベッドへ。これで《問答》の「そこから何が起きるの？」という問いの答えは出ました。ブリジットは、次の段階に駒を進めようと決めますが、もしかして勇み足？　ダニエルはブリジットのことを同じように思っているの？　ダニエルと一夜をともにして第二幕に突入したブリジットの世界は、このように一進一退、押したり引いたりを繰りかえしながら進んでいきます。

8　**お楽しみ**（54〜145ページ）

ブリジットがダニエル・クリーヴァー相手に恋人としての関係を築こうと奮闘するのが、この小説の《お楽しみ》。でもダニエルは、明らかに結婚を前提としたおつきあいには消極的。この男は彼氏なのか、違うのか？　この問いに引っ張られて、物語は中間点に向かって進んでいきます。

著者のヘレン・フィールディングは、全編を通して物語が上がったり下がったりするように巧みに仕掛けを施しましたが、特に《お楽しみ》ビートでの**弾むボール**の使い方は秀逸です。「愛してる！　愛してない！」が繰り返されます。一夜をすごした翌日、ダニエルは電話してきません。そこでブリジットは、彼のほうから戻ってくることを期待して彼を無視。するとダニエルがプラハに行こうと誘ってきたので、計画は成功と思われましたが、今度はプラハ行きの旅をキャンセル。

この段階では、マーク・ダーシー（Bストーリーのキャラクター）は、まだ物語の中でたまに顔を出す程度です。9ページですでに紹介済みのマークですが、87ページで再登場するまで（そして読者に、彼とダニエルの間に何やら因縁があるらしいと匂わせるまで）は、Bストーリーのキャラクターとしての仕事を始めません。

ここにきて、うわべだけはご立派な支配的な集団が綻びを見せはじめます。ブリジットの母が、もううんざりと夫の元を去ります。そして、ブリジットの気どった既婚者の友人の1人が、夫の浮気を知ります。ブリジットが対立している集団理論のよくない側面が明らかになり始めます。ダメになる結婚もあるのです。集団の理論に従えば「結婚すればすべてはOK」で一生幸せなはずですが、そうもいかないのです。

それでも、ブリジットは自分を改善する努力を地道に続け（禅によって内なる平静を獲得とか）、なんとかダニエルを彼氏にしようと希望を捨てずに頑張ります。そして、地道な努力は目に見えて報われ始めます。90ページまでに、ブリジットは目標まで体重を減らします（しかし友達に「前のほうがよかった」と言われます）。煙草もほとんどやめることに成功します（その代わりにスクラッチくじに依存しますが）。すると、なんと！　酔ったダニエルが玄関に現れ、愛を告白。これで2人の仲はオフィシャルに！

でも、幸せに浸るのはまだ早いかも。ボールは弾み続けています。

ブリジットが妊娠を疑い始めると、ダニエルは再び彼女を無視。妊娠ではなかったとわかると、またデートへお誘い。ダニエルはブリジットを連れて小旅行（ブリジットにとっては一大事）に行くことに同意。ところが旅行先で、ダニエルが以前一度だけ寝た女にばったりという修羅場が。ボールが弾む、弾む！

2人の仲はどうなるの？　2人のボールは永久に弾み続けるの？

その答えはもうすぐわかります。

9　**中間点**（145〜153ページ）

ブリジットとダニエルは仮装パーティ［セクシーまたはお道化た格好で参加するタイプ］に呼ばれます（**中間点パーティ**）。しかしダニエルは仕事が入ってドタキャン。ブリジットは仕方なく、セクシーなバニーガールの扮装で独り会場へ向かいますが、なんと仮装ではなくただのパーティになっていたことをブリジットだけ知らなかったという顚末！　おバカさんが笑い者になってしまいます。

マークが女性を伴って会場に現れ、**AとBストーリーが交差**します。マークの連れはナターシャという上品な同僚弁護士で、マークを落とす気満々。ナターシャは**嫉妬する部内者**で、ことあるごとにブリジットのことを悪く言います。パーティの最中、マークはダニエルに対する不信感を表明、ブリジットに気をつけるように伝えます。

ほんの数ページ後に、マークの心配が現実に。パーティが終わり、急に訪れて驚かそうとブリジットがダニエルの家を訪ねると、屋上に裸の女性が（**中間点のひねり**）！

10　**忍び寄る悪者**（153〜237ページ）

彼氏（かどうかは最初から微妙だったとしても）の浮気現場を目撃というどん底の底まで落ちたら、もう行けるところは上しかないですよね？

だからブリジットも上へ！

友達が慰めようと遊びに誘ってくれて、素晴らしい時間をすごします。そして、母親が、なんとテレビの仕事の面接を決めてきてくれます。

ブリジットは仕事を射止めます（変異）。これでダニエル（その後、例の裸の彼女と婚約！）と一緒に働かなくて済むので好都合。それからもいろいろあるのですが、ともかくブリジットは新しいキャリアは快調に滑りだします。

そしてブリジットが、マークの両親のルビーウエディングのお祝いに呼ばれます。そしてデートに誘われます！　マークのことなど眼中になかったブリジットは困惑。でも207ページでマークがこう言います。「ブリジット。ぼくの周りにいるのは、うわべを繕う女性ばかり。バニーの尻尾をパンツに縫いつけるような人は他にはいないよ……」。ブリジットにとって今年最も恥ずかしい瞬間ですが、マークは君のそこが好きだと言うのです！　つまり、マークが好きなのはありのままのブリジットであって、彼女が正月からずっとなろうと努力している理想のブリジットではないのです。

そしてデートの夜。どうやらブリジットは待ちぼうけを食らわされた模様。折よく、注目を集める人権裁判を取材する仕事が入り、ブリジットは気持ちを切り替えます。ところが、その裁判の担当弁護士がマークで、独占インタビューをさせてくれます。しかも、マークはデートの夜、ブリジットの家にちゃんと迎えにいっていたことがわかります。ドアをノックするも、ドライヤー中のブリジットには聞こえなかったので、マークはブリジットが不在だと早とちりしたという顛末。

ボールが弾んで、弾んで、もっと弾む！

ブリジットは夕食パーティを開いて料理に失敗しますが、マークと親友ジュードがうまく取り繕ってくれます。

ついに！　ついにブリジットの人生は軌道に乗りました！

11　**完全なる喪失**（237〜239ページ）

と思ったらとたんに、ドカン！　父親からの電話で、ブリジットは母親が愛人とともに警察に指名手配されたことを知ります。タイムシェア［不動産物件を複数の名義人で1年間の一定期間ずつ所有する仕組み］を騙って大勢の被害者から金を巻きあげ、雲隠れしたのです。

12　**闇夜を彷徨う魂**（240〜265ページ）

弁護士マーク・ダーシーが行動に出ます。ポルトガルに飛んでブリジットの母親を見つけ、警察と交渉し、母親を英国に連れ戻します。

そして、それきり電話してこなくなります。

12月なのに、一言も連絡なし。ブリジットは嘆き、250ページでまだ自分のテーマを理解していないことを明らかにします。「なんで？　なんで？　あんなに頑張ったのに、やっぱり私なんかシェパードに食われたほうがましなんだわ！」。マークにありのままの君が好きと言われているのに、まだ自分を改善しそこなったからマークが電話してこないと信じています。ブリジットの魂は完全に闇夜を彷徨い迷っているので、へべれけに酔ったダニエルが電話してきたら「魅惑のクリスマスの奇跡」と喜ぶのです（**慣れ親しんだものへの回帰**）。

13　**三幕に突入**（265ページ）

クリスマスの日、マークがブリジットの元を訪れます。ブリジットの母親と元愛人の詐欺師逮捕にまつわるごたごたがようやく終了。マークは彼女を食事に誘います。ブリジットは承知します。

14　フィナーレ（265～267ページ）

この小説の《フィナーレ》は、確かに短いですね。映画化されたときに、脚本家たちがドラマとサスペンスを足して一番膨らませたのがこのビートです（基本的にはフィナーレの5段階どおりに！）。

原作の《フィナーレ》は、ブリジットとマークが素敵なデートをして終わり。ブリジットの母親の元愛人を逮捕できるようにイギリスに呼び戻すのに手間どったので、電話できなかったとマークはブリジットに説明します。ブリジットが彼に、どうしてこんなにいろいろ手を尽くしてくれたのか尋ねます。マークの反応は「言わないと、わからないかな？」。

そう、言われないとわからない。ブリジットはこの瞬間まで、何が起きているか全然わかっていなかったのです。

15　終わりの光景（268～271ページ）

ここは《始まりの光景》の鏡像。時は年末。ブリジット・ジョーンズの日記は、1年のおさらいで終わります。今年飲んだお酒の量。今年吸った煙草。今年消費したカロリー。それでもブリジットは「1年を通じて大した成果」と結びます。

それは彼女がついにテーマを受けとめたから。必死に頑張って自分を変えるより、自分は自分、それだけで最高ということを受け入れたのです。

この小説はどうして〈最後に笑うおバカさん〉なの？

『ブリジット・ジョーンズの日記』は、このジャンルの物語に必要な3つの素材をすべて兼ね備えている立派な〈最後に笑うおバカさん〉の小説。

- **おバカさん**　ロンドン在住のアラサーの独身女性ブリジットは、何をやっても笑い者。会う人会う人に、なぜ結婚できないの？　と馬鹿にされます。除け者で負け犬あつかいされる彼女ですが、最後にはありのままの自分を変えないことによって、勝利をつかみます。
- **支配的な集団**　「気どった既婚者」（ブリジット命名）の世界。支配的な集団の住人たちはブリジットを30過ぎの「行かず後家」と呼び、常に対立します。この人たちのせいで、ブリジットは自分を変えなければいけないと信じるようになります。
- **変異**　彼氏に浮気された後、ブリジットは変身します。今の仕事を辞めてテレビの仕事を始め、根本的に新しい自分に生まれ変わります。

ネコの視点でおさらい

ここで、『ブリジット・ジョーンズの日記』のビート・シートを、さくっとおさらい。

1 始まりの光景

年頭最初の日記に、新年の誓いを書き連ねるブリジット。つまり、自分の気に入らないところ、変えたいところのリストです。

2 語られるテーマ

「女がその歳まで結婚もせずにいるなんて、尋常なことじゃない！」と、心ないゲストにパーティで言われるブリジット。独り身なのはきっと自分のせいとにおわせる発言。この発言によって、この物語の「支配的な集団」の理論がわかります。そしてブリジットが最終的に受けとめなければならない、結婚相手を見つけるために自分を変える必要はないというテーマが提示されます。

3 お膳立て

新年の誓いどおりにことが進まない中、この物語のAストーリーのキャラクターが紹介されます。それはブリジットの親友たちと、上司でブリジットがときめく「ちょい悪男子」ダニエル・クリーヴァーです。

4　**Bストーリー**

ありのままのブリジットを愛し、愛を見つけるために自分を変える必要はないと証明することになるマーク・ダーシー（《お膳立て》で初登場）が、この小説のテーマの具現です（ということに、ブリジットはまったく気づいていません）。

5　**触媒**

ダニエル・クリーヴァーは、仕事中にブリジットにきわどいメールを送り、彼女の気を引きます。

6　**問答**

あのメールの真意は？　ダニエルはブリジットとつきあいたい？　それとも寝たいだけ？

7　**二幕に突入**

ダニエルが自分と寝たいだけ（で、深い関係は望んでいない）と理解したのにもかかわらず、ブリジットは彼と寝てしまいます。

8　**お楽しみ**

ブリジットとダニエルはくっついたり離れたりを繰り返して読者を笑わせてくれます。ダニエルは本気なの？　これがこの小説の約束された前提。そうこうしているうちに、ブリジットの両親が別れます。

9　**中間点**

ブリジットはダニエルの浮気現場を見てしまいます。これでダニエルが本気でないのは明らかに（偽りの敗北）。

10　**忍び寄る悪者**

ブリジットは今の職場におさらばして、テレビの仕事に就きます。そしてマーク・ダーシーにデートに誘われて驚きます。マークは、周りにいる女性とは違う彼女に惹かれると言いますが、デートの日、ブリジットに待ちぼうけを食らわせます。と思ったら実はちょっとした行き違いでした。

11　**完全なる喪失**

ブリジットの母と愛人が、詐欺容疑で逮捕されます。

12　**闇夜を彷徨う魂**

マーク・ダーシーはポルトガルに飛び、ブリジットの母を英国に連れ戻したっきり電話してこなくなります。悲嘆するブリジットは、ダニエルが酔っぱらって電話で詫びてきたので喜び、慣れ親しんだものへ回帰します。

13　**三幕に突入**

クリスマスの日にマークが現れ、ブリジットを夕食に誘い、ブリジットはＯＫします。

14　**フィナーレ**

ブリジットとマークは、ついに素敵な初デート。そこでブリジットは、初めてマークが本気でありのままの自分を愛していると知ります。

15　**終わりの光景**

《始まりの光景》の鏡写しのこのビートで、ブリジットは日記で今年1年のおさらいをします。年頭に立てた自分を変える誓いは1つも達成しませんでしたが、彼女的には最高の1年だったと締めくくります。

第10章

ジャンル・タイプ7

相棒愛

愛と友情が変化を起こす

ネタばれ警報！　この章では以下の小説が登場します。

『きいてほしいの、あたしのこと　ウィン・ディキシーのいた夏』ケイト・ディカミロ著
『高慢と偏見』ジェイン・オースティン著
『エレナーとパーク』レインボー・ローウェル著
『さよならを待つふたりのために』ジョン・グリーン著
『あなただけ見つめて』スーザン・エリザベス・フィリップス著
『ミー・ビフォア・ユー　きみと選んだ明日』ジョジョ・モイーズ著
『トワイライト』ステファニー・メイヤー著
『きみに読む物語』ニコラス・パークス著
『Everything, Everything　わたしと世界のあいだに』ニコラ・ユン著

愛の物語以上に本能的なものはありません。信じない？　年商10億ドルのロマンス小説市場を見てから言

ってください。アメリカ書籍市場の売り上げの33パーセントを占めるのです。なぜ？　だって、誰かと一緒になりたいという気持ち以上に、人間の心を直撃するものは存在しないから。

でも、愛の物語《ラブストーリー》といっても、ロマンスの話とは限りません。確かに、ほとんどのロマンス小説はこの枠に収まりますが、「SAVE THE CAT!」式の〈相棒愛〉ジャンルは、ロマンスにとどまらないどころか、友情からペットに注ぐ愛情にいたるまで、愛といったら何でも含みます。

このジャンルを〈相棒愛〉と呼ぶのは、ヒーローがもう1人の誰かによって変わることが、その手の物語の本質だから。どんな物語でも変容について描かれるものです（絶対！）。何かのきっかけやイベント（触媒）が原因でプロットが転がり始め、ヒーローを究極的な変容に導いていきますよね。この〈相棒愛〉の物語の場合は、ヒーローに変化を促すプロットを転がすのが、イベントではなくて**誰か**の存在なのです。

だから〈相棒愛〉の物語の《触媒》は、ほとんど間違いなく誰かに出会うこと。この誰かという存在は恋愛対象でも、新しい友達、ペット、またはモノですらあり得ますが、その誰かが入ってきたお陰で、ヒーローの人生は永遠に変わってしまうのです。

『高慢と偏見』の主人公である勝気なエリザベス・ベネットは、高慢ちきなミスター・ダーシーと出会うまでは、変わる素振りも見せませんよね。『きいてほしいの、あたしのこと　ウィン・ディキシーのいた夏』のオパールの世界は、ウィン・ディキシーという野良犬と出会ったことで完全にひっくり返ります。スーザン・エリザベス・フィリップス著『あなただけ見つめて』のフィービー・ソマヴィルとダン・ケイルボーの人生は、フィービーがプロフットボールチームのシカゴ・スターズを相続したときに、ひっくり返ります。

相棒がどんな存在であっても、〈相棒愛〉の物語は必ず同じような流れ方をします。〈相棒愛〉の物語とは、補完の物語。ある人が、もう1人のお陰で満たされるということ。そこまでいかなくても、ヒーローが必要としていた変化を、誰か（人でも犬でも）がもたらしてくれる物語。

『きいてほしいの、あたしのこと　ウィン・ディキシーのいた夏』では、お母さんがいない11歳のオパールという少女が、引っ越し先の新しい街で、孤独な日々と戦っています。友達がほしい！　と思っていたところに、ウィン・ディキシー参上。この犬はオパールの友達になるだけでなく、オパールがあとで友達になる素敵な人たちに出会うきっかけを作ってくれます。しかもウィン・ディキシーは、オパールが何よりも必要としていた変化を彼女の人生にもたらしてくれます。お父さんと再び気持ちが通じあうようになり、自分が一番必要だったのはお父さんだったと気づかせてくれるのです。

『高慢と偏見』のエリザベスは、他者に対する偏見を乗り越えなければなりません。高慢で気取り屋のダーシー以外にエリザベスを導ける人がいるわけありません。しかも実際には彼は高慢ですらなかったというオマケつき！

誰かがキスしてもしなくても、基本的にはどれも同じ話なんです。

エリザベスとオパールの人生は、もう1人の誰かのお陰でよりよくなりました。

仮にヒーローと相棒が一緒にならない場合でも（レインボー・ローウェル著『エレナーとパーク』や、ジョン・グリーン著『さよならを待つふたりのために』のように）、2人はお互いが変われるように助けあうことになります。

「ラブストーリー」という言葉に惑わされないで。物語に恋愛要素が入っているからといって、〈相棒愛〉の仲間入りとは限りません。あなたが書く小説が〈相棒愛〉の物語かどうかは、あなたがAストーリーとBストーリーをどのようにあつかうかにかかってきます。

覚えてますか？　Aストーリーというのは、主要な物語の軸。外側で起こっている物事。あなたの小説の「売り」で、プロットを前に進める力。一方Bストーリーは、横道または裏道の物語。ヒーローのたどる魂の旅路を具現するキャラクター（一人または複数）のこと。

〈相棒愛〉ジャンルの小説の場合、ラブストーリーがAストーリー。その小説の売りそのもの！　読者が『あなただけ見つめて』を手に取ったのは、優しいフィービー・ソマヴィル（フットボールの知識ゼロ）とシカゴ・スターズ［フットボールのチーム］のマッチョなヘッドコーチの恋が激しく燃え上がるのを見たいから。それがこの小説に**約束された前提**だから。フィービーが、選手やチームの監督たちと関係を築きながら、プロフットボールチームのオーナーとして急成長していく姿が、横道のストーリー。これがフィービーの成長の旅路を促すBストーリー。

読者がジョジョ・モイーズ著の『ミー・ビフォア・ユー　きみと選んだ明日』を手に取ったのは、ルー・クラークという普通の女性が、ウィル・トレイナーという四肢麻痺を負った非凡な男性と恋に落ちるという話（Aストーリー）が心に触れたから。ウィルとかかわったことで、自分の人生を精一杯生きるというテーマを受けとめる（Aストーリーがヒーローを変化に促す）ことになるルーですが、このテーマを具現しているのは、実はウィルの母親で一見冷淡なカミラとルーの緊張感に満ちた関係のほう。裕福であるにもかかわらず、人生につまづいて停滞しているカミラがこの小説のBストーリーなのです。

一方で、〈相棒愛〉ジャンル以外の物語では、愛情や友情の話は通常Bストーリーになります。愛情や友情は、そのような小説のプロットの焦点ではないということです。

あなたが書いている小説が〈相棒愛〉の物語かどうかは、《触媒》ビートを見ればわかります。もう1人の主役が現れたというだけで、ヒーローの変化が始まるようなら、あなたが書いているのは〈相棒愛〉の物語といって間違いなし。

〈相棒愛〉の物語を書くなら、欠かせない素材があるのでよく覚えておくように。それは（1）**未完成のヒーロー**、（2）**片割れ**、そして（3）**厄介な事情**の3つです。

未完成のヒーローから順に見ていきましょう。まず、その小説は誰の物語なのか考えます。〈相棒愛〉の物語はもともと2人の物語ではあるのですが、2人のうちの片方が、自分の人生を軌道に乗せるためにより頑張らないといけないのが一般的。それが、2人の中で一番大きく変わっていく人（またはモノ）。変わらなければ困る、そして最後には必ず変わる人です。

今度〈相棒愛〉の小説を読むときには、その物語を語っているのが誰か考えてみてください。例えば、『ミー・ビフォア・ユー　きみと選んだ明日』はルーによって語られる一人称［ルーがこの小説の「私」］の物語。ジェニファー・E・スミス著『The Statistical Probability of Love at First Sight［未邦訳：一目惚れの統計的確率］』は三人称ですが、その視点は常にヘイリー・サリバン寄り［ヘイリーは「彼女」だが、物語は彼女の主観］。このような場合は、ルーとヘイリーが相棒2人の中で主要なほう。それは著者が仕組んだ、読者がそのキャラクターの脳内に入っていける仕掛け。あなたが小説を書くときも同じこと。あなたが書く物語の肝は、あなたが語り手として選んだキャラクター（1人または複数）ということです。

ヤング・アダルト小説の定番『さよならを待つふたりのために』や『トワイライト』にも目をやってみましょう。それぞれ、ヘイゼルとベラという女性のキャラクターがヒーローで、それぞれの物語は、この2人の視点から語られます。2人の恋愛対象であるオーガスタスとエドワードは、変化を促す仲介者。オーガスタスもエドワードも、それぞれ小さく変わりますが、ヘイゼルとベラの遂げる変容に較べたら大したものではありません。オーガスタスはヘイゼルを残して《完全なる喪失》ビートで死にますし。それに吸血鬼のエドワードは何度も人生をやり直しながら変わっていくことになるので、この小説の肝はやはりベラです。

例外はもちろんあります。2人のヒーローが双方ともお互いの存在によって同じように変わる場合、ヒーローは2人ということになります。これを**二人芝居**と呼びます。この場合、著者は2人の視点で物語を語ってバランスをとります。『あなただけ見つめて』の物語は、フィービーとダン（コーチ）の別々の視点により三人称「彼が」、「彼女が」で語られます。ヤング・アダルト小説のヒット作『エレナーとパーク』では、著者レインボー・ローウェルはエレナーとパークという2人の外れ者のそれぞれの視点で物語を語りました。つまり、2人とも同じような劇的な変容を遂げるようにしたということ。だからタイトルも2人で共有。

語り手が誰で何人いても同じこと。例に挙げたどの物語にも、人生を変えないと困る未完成のヒーローが、変化を促してくれる誰かの到来を待っています。その誰かが、〈相棒愛〉で大事な第2の素材、片割れです。これは世界中でただ1人、ヒーローの人生を完成形にしてあげることができる誰か。ヒーローが渇望している変化を持ってきてくれる誰かです。

ちょっと独自の世界をもった変わり者であることが多いのが、この片割れ、つまり相棒の特徴。この人が新しく登場したからヒーローの人生がかき乱されるわけで、普通でもつまらない人でもダメなのです。何しろ1人で《触媒》を背負うんですから！　この片割れが注入されたことで、ヒーローは**停滞＝死の瞬間の沼**から一気に引きずり出されて第二幕に飛びこまされるのですから！

『さよならを待つふたりのために』のオーガスタス・ウォーターズは、独特な世界観と粋な会話でヘイゼルの人生をかき乱します。オーガスタスなしでは、ヘイゼルが愛を知ることはなかったでしょう。落ちこんだまま、基本的にただ死を待ち続けることになったでしょうね［ガンを患っている］。

相棒が犬でも同じこと。『きいてほしいの、あたしのこと　ウィン・ディキシーのいた夏』の著者ケイト・ディカミロは、ウィン・ディキシーをそんじょそこらの普通の犬にはしませんでした。元気をくれるような犬。性格豊かで、人を見るとニッコリ笑いかける犬。この犬がいなかったら、オパールと牧師のお父さんはお互いの大切さに気づかなかったかも。

さて、〈相棒愛〉ジャンルに不可欠な最後の素材は、**厄介な事情**です。これがあるから、相棒たちは（少なくともしばらくは）一緒になれないのです。厄介な事情は、三角関係を引き起こす第三者でもあり得ます。その場合は**三人芝居**になりますね。厄介な事情は物理的でも心理的なものでもあり得ます。例えば、四肢が麻痺した『ミー・ビフォア・ユー　きみと選んだ明日』のウィル。厄介な事情は、誤解や性格の不一致という場合も。『高慢と偏見』や『あなただけ見つめて』の相棒たちは、それが原因で最初はお互いを嫌いあいます。さらには、人生観や倫理感の相違、歴史的事件、社会的な不寛容（ニコラス・スパークス著『きみに読む物語』のように）などでもあり得ます。『トワイライト』みたいに、片割れが人間ではないという厄介な事情もあり。人生を賭けた恋の相手に血を吸われるかもしれないとしたら、それ以上に厄介な事情はないですよね。

あなたが書く小説の相棒たちにふりかかる厄介な事情が何であっても、それは物語の主な対立要素、つまり障害物になりますから、とても重要です。ちゃんとした厄介な事情がなかったら？　邪魔が入らないのなら、愛する2人は最初の10ページで永遠に結ばれて夕日に向かって消えちゃえばいいでしょ？　そんな短い小説……あり得ません。

だから、相棒たちや愛する2人が一緒になるのを、何かに邪魔させるのです。〈相棒愛〉の物語は、対立要素にかかっているんです。邪魔になる対立が小さすぎたら、「簡単すぎ」と思って読者の心は離れてしまうし、愛情（または友情）を勝ち取った達成感も弱まります。「愛し合う2人」が一緒になれない時間が長いほど、そして2人の間に横たわる溝が多いほど、物語は興味深く、読者の心を摑みやすくなります。物語の序盤で2人が一緒になったとしても、2人の関係は何かの理由で壊れやすいものにしましょう。厄介な事情は、2人の間に仕掛けられた小さな爆弾。いつ爆発して2人を引き裂くかわからないのです。

厄介な事情が、2人をお互いに惹きつける理由でもあるという皮肉な展開もありです。『さよならを待つふたりのために』のヘイゼルとオーガスタスの絆は、人生でも乗り越えるのが難しい一大事（末期ガン）を抱えていたからこそ、結ばれたのです。『きみに読む物語』のアリーとノアは社会の偏見とアリーの家族の無理解によって一緒になれませんが、まさにその障害と戦うことが2人の絆を強くします。『ミー・ビフォア・ユー　きみと選んだ明日』のルー場合、ウィルの抱える障害が2人の出会いの理由（ルーがウィルを介護する）ですが、2人が身体的、心理的に近づくことを最後まで妨げ続ける理由でもあります。

厄介な事情は、文字どおりあつかいにくいもの。相棒たちをくっつけたり、引き離したりします。愛し合う2人、または友達が、《完全なる喪失》のビートで別れたり、引き離されたり、喧嘩別れすることになる原因が厄介な事情です。《完全なる喪失》がどん底になるように物語を設計するわけだから、〈相棒愛〉の物語では、別離が《完全なる喪失》にくるのが一般的。愛する誰かと離れ離れになる以上にどん底なことはありませんよね？　2人の相棒は、失ったものの大きさを本当に理解し、どうすればそれが取り戻せるか（それがテーマを受けとめるということ！）、そして2人の仲を取り戻して、壊れた自分たちも直せるか理解するために、別離のビートが必要なのです。

〈相棒愛〉の物語は、大体似たようなメッセージを残して終わります。あの人と会ったから私は変わった、というメッセージ。それがその小説の売り。ラブストーリー（ロマンスでも、そうでなくても）は、そのように読者に人生について教えてくれるのです。そして、何度も何度もその同じメッセージを読みたくなるのが、人間の不思議なところ。

それはきっと、そこに人生の真実があるから。

おさらい。〈相棒愛〉ジャンルの小説を書こうと考えているなら、次の3つの大事な素材を絶対に忘れないように。

- **未完成のヒーロー**　身体的、倫理的、あるいは信じる心が、完全に満たされていない人。欠けている何かは、もう一人の誰かがいないと満たされません。
- **片割れ**　ヒーローに欠けている、または必要としている何かを補完できる人。
- **厄介な事情**　誤解、人生観や倫理観の相違、物理的または心理的な障害、歴史的事件、社会の不寛容その他。これが小説中の一番大きな対立、つまり障害となり、相棒たちを引き寄せる力にもなる一方で、2人を遠ざけます。

〈相棒愛〉ジャンルの人気小説

『ドン・キホーテ（全6巻）』ミゲル・デ・セルバンテス著、牛島信明訳、2001年、岩波書店
『高慢と偏見』ジェイン・オースティン著、大島一彦訳、2017年、中央公論新社
『嵐が丘（上・下）』エミリー・ブロンテ著、河島弘美訳、2004年、岩波書店
『アンナ・カレーニナ（上・下）』レフ・トルストイ著、木村浩訳、1998年、新潮社
『仔鹿物語（上・下）』マージョリー・キナン・ローリングス著、土屋京子訳、2012年、光文社
『あなただけ見つめて』スーザン・エリザベス・フィリップス著、宮崎槙訳、2006年、二見書房
『きみに読む物語』ニコラス・スパークス著、雨沢泰訳、1997年、新潮社
『きいてほしいの、あたしのこと　ウィン・ディキシーのいた夏』ケイト・ディカミロ著、片岡しのぶ訳、2002年、ポプラ社
『Safe Harbour〔未邦訳：避難港〕』Danielle Steele, 2004, Dell
『トワイライト（上・下）』ステファニー・メイヤー著、小原亜美訳、2008年、ヴィレッジブックス
『Irresistible Forces〔未邦訳：抗えぬ力〕』Brenda Jackson, 2008, Harlequin Kimani
『純白の誓い』ノラ・ロバーツ著、村上真帆訳、2011年、扶桑社
『Anna and the French Kiss〔未邦訳：アンナとフレンチキス〕』Stephanie Perkins, 2011, Speak
『エレナーとパーク』レインボー・ローウェル著、三辺律子訳、2016年、辰巳出版
『さよならを待つ二人のために』ジョン・グリーン著、金原瑞人訳、竹内茜訳、2013年、岩波書店

『ミー・ビフォアー・ユー　きみと選んだ明日』ジョジョ・モイーズ著、最所篤子訳、２０１５年、集英社

『The Statistical Probability of Love at First Sight〔未邦訳：一目惚れの統計的確率〕』Jennifer E. Smith, 2012, Poppy

『Aristotle and Dante Discover the Secrets of the Universe〔未邦訳：アリストテレスとダンテ、宇宙の謎をとく〕』Benjamin Alire Sáenz, 2012, Simon & Schuster Books for Young Readers

『Everything,Everything　わたしと世界の間に』ニコラ・ユン著、橋本恵訳、２０１７年、静山社

『When Dimple Met Rishi〔未邦訳：ディンプルがリンと出会ったとき〕』Sandhya Menon, 2017, Simon Pulse

Everything, Everything わたしと世界のあいだに

著者：ニコラ・ユン
10のジャンル：相棒愛
販売ジャンル：ヤング・アダルト・ロマンス
ページ数：３０６（２０１５年デラコルテ社刊ハードカバー単行本〔英語原書〕）

２０１５年、『Everything, Everything　わたしと世界のあいだに』という息をのむような美しい小説を携えて突然ヤング・アダルト小説の世界にキラ星のごとく現れたニコラ・ユン。「バブル・ベビー症」というべき病気〔無菌状態じゃないと生きられない〕を患い、今までの人生を家から一歩も出ずに過ごしてきた少女の

話。ある日、1人の少年が隣に引っ越してきたときに、少女だけでなく少年の世界も一変します。伝統的な物語の手法に、イラスト、グラフ、図、メール、チャットなどのクリエイティブな仕掛けがふんだんに施されたこの小説は、発売早々ニューヨーク・タイムズ紙のベストセラー1位に踊り出ました。さらに2017年にはアマンドラ・ステンバーグとニック・ロビンソン主演で映画化されました。

1 始まりの光景（1〜2ページ［以下、原書］）

この小説のヒーローはマデリン。まず読者は、彼女の真っ白い部屋に案内されます。「棚も白、本棚も白くてピカピカ」。本棚にある本は、「除菌され、真空包装されてから」（1ページ）運びこまれます。なぜそんなことを？　それは段々わかります。今読者にわかるのは、マデリンがとてつもない読書家だということだけ。

2 お膳立て（3〜20ページ）

3ページまでには、マデリンが置かれた状況が明らかになります。マデリンは基本的に世界に対してアレルギー、つまりSCID（重症複合型免疫不全症）を患っています。だから外には出られません。一生！　マデリンの第一幕の世界は、一歩も外に出ない家の中。どうりで本ばかり読んでいるわけです。

マデリンが触れ合える人物は2人だけ。母親（医師）と、日中母親の仕事中に面倒をみてくれる専属看護師のカーラ。

《お膳立て》のビートで読者は、ユニークなマデリンの世界をさらに見せてもらいます。マデリンはとてもクリエイティブ。でも退屈しきっていて、孤独（**要修理案件**）。彼女が何よりも**求める**のは、外の世界を見ること。「欲しいものは本当はひとつだけ。魔法のように病気が治って、外の世界を野生の動物みたいに好きなように走り回ること」（11ページ）。しかし症状を抱えて生きていく彼女が外の世界を走ることは、恐らくありません。

昼間のマデリンは、オンライン授業を受けて、本を読み、文章を書き、「ネタバレ書評」［彼女の書評ブログ］をネットにアップロードする毎日。夜は、映画を観たり、ボードゲームをして母と過ごします。毎日同じ、ありきたりな予想どおりの人生。

そんな生活ですから、予想がつかないようなことをする誰かが相棒として彼女の日常をかき回して、新しい方向に転がしてくれたらおあつらえ向けですよね？

3　**触媒**（20〜21ページ）

引っ越しトラックが隣の家に横づけします。マデリンが自室の窓から見ると、黒い服に身を包んだ（マデリンの真っ白な世界の逆）10代の少年がトラックから飛び降りるのが見えます。

マデリンが初めて見た瞬間から、その少年オリーはじっとすることがありません。絶えず動き、飛び跳ね、「野生」の生き物のように人生を疾走します。部屋の中から出られないマデリンとは正反対。しかし〈相棒愛〉の物語の定番の流れとして、正反対のオリーこそマデリンが必要とする人なのです。マデリンを孤独で決まりきった日常から引きずりだして、本当に生きることの意味を教えてくれる存在。

2人の目が窓ごしに合ったその瞬間から、2人にとってすべては変わってしまうのです。

4　**問答**（22〜41ページ）

この少年は誰？　そしてこの出会いから何が起きるの？　その答えを見つけるのが、この物語の《問答》。そしてマデリンは次の20ページを使って、このオリーという少年について窓から仔細にスパイして答えを探します。

すっかりオリーに興味を持ったマデリンは、オリーと彼の家族の行動を記録。オリーについては「予測不能」の判定をくだします（これは13ページで「ありきたり」と評した自分の生活と正反対）。

オリーの生活を「スパイ」するうちに、彼の趣味はパルクールだということがわかります。これもマデリンとは正反対。さらにオリーの父親は怒りっぽい人で、オリーや母親、妹に暴力的な振るまいをすることがわかります。

ある日、オリーと妹が母親の焼いたブントケーキ［焼き型で作る定番菓子。バントケーキとも］を持って玄関に現れますが、マデリンのお母さんが丁寧に断ります。家の中を汚染してマデリンに発作を起こさせる可能性があるものを入れるわけにはいかないのです。マデリンのお母さんの行動に興味を覚えたオリーは、向かい合わせの寝室の窓から、マデリンとコミュニケーションをとります。声が聴こえないので、窓越しにオリーがちょっとした芝居をし、マデリンを笑わせます。

オリーが窓にメアドを書いたところで、《問答》は終了。マデリンは即行動に移ります。

5　**二幕に突入**（42ページ）

マデリンはオリーにメールします。

6　語られるテーマ／Bストーリー（68ページ）

マデリンの専属看護師カーラが、マデリンに向かってテーマを教えます。「危険を伴わないことなんて何もない。何もしないことですら危険。だから、あなた次第よ」（68ページ）。

物語の冒頭では、マデリンはリスクを負うことを極端に嫌います。彼女の症状を考えれば、当然のこと。でも、ただ死んでないのではなくて、本当に人生を生きたいのなら、今まで避けてきた危険を冒さなければ。それが自分の生命にかかわる危険であっても。ただ生きてるだけが人生じゃないはず。これが、マデリンが自分のものにしなければならない、この小説のテーマです。

テーマを教えるカーラは、《Bストーリー》のキャラクターでもあります。マデリンを心地よい殻の中から追い出すきっかけはオリーとの出会いですが、彼女の巣立ちを一歩ずつ導いていくのは、カーラなのです。

7　お楽しみ（42〜130ページ）

マデリンにとって第二幕の世界は、オリーがいる世界。それは自分だけの世界とは昼と夜ほども違う世界。気の利いた楽しいメールのやりとりは、ほどなくチャットに発展。好きな本、好きな映画、そして好きな食べ物など、小さな話題から始まって2人が次第にお互いを知り合っていくこの《お楽しみ》ビートは**上り坂**です。お互いを信頼し始めた2人は、もっと重い話（マデリンの病気やオリーの暴力的な父親）を始めます。オリーが暗い気持ちのときでも、マデリンはいつも彼を笑顔にします。つまり、マデリンがオリーを必要としているのと同じくらい、オリーにもマデリンが必要だということ。

オリーとの秘密の交信がカーラにばれてしまいます。マデリンはカーラに、お母さんには絶対に秘密にするから、オリーとじかに会いたいと相談します（お母さんが許可することは絶対にあり得ないので）。カーラは当然（危険すぎるので）だめだと言いますが、考えを変えます。危険を冒す価値があるなら挑戦すべきと信じる彼女は、この物語のテーマを具現するキャラクターなのです。

エアロックで消毒されて家に入るオリー。2人はサンルームでじかに出会いますが、絶対にお互いに触れないという条件つき。マデリンとオリーが激しく惹かれあっているのは、明らかです。

しかしマデリンは、2人の恋が自分の健康を害する可能性、そして自分の心を傷つける可能性を悟ります。**上に向かって弾んでいたボール**が落ちてきます。「本当に久しぶりに、自分が手に入れられないものを欲しいと思った」（80ページ）。マデリンは、求めてしまう自分の心に恐れを抱きます。オリーとは絶対に一緒になれないことはわかっているので、マデリンは尻ごみします。

しかし、カーラという《Bストーリー》のキャラクターが、オリーとの関係を終わらせないようにマデリンを説得します。ここでカーラは再びテーマを思い起こさせます。「ちょっと心が傷ついたくらいで、たった1人しかいない友達を失ってもいいの？」（86ページ）。カーラの言うことが正しいとすぐに気づいたマデリンは、オリーに会うという危険を冒すことに。友達以上にはならないと自分に誓って。

でも、会えば会うほど、マデリンはオリーのことを好きになってしまうと確信。そして2人の距離は縮まり続けます。マデリンは自分の父親と兄弟が死んだときのことを打ち明けます。2人は居眠り運転のトラックに轢かれたのですが、それはちょうどマデリンが重症複合型免疫不全症と診断される少し前のことでした。

マデリンの態度の変化に気づいたお母さんは、何かがおかしいと疑いの目。マデリンは疲れやすくなり、2人で過ごす夜の時間がなおざりに。（それよりオリーとチャット）。

マデリンはお母さんに嘘をつくことに罪悪感を覚える一方で、さらに大きな危険を冒し始めます。2人が初めてお互いに触れたとき、当然2人はキスのことを話します。そしてマデリンは、オリーとのキスの可能性で頭が一杯に。やる？　できる？　初キスのことで心臓は張り裂けそうです。

8　**中間点**（130～138ページ）

マデリンとオリーの初キスは、あり得ないほど大きな、《中間点》の**偽りの勝利**。「たったそれだけで、すべては変わった」と130ページにあるとおりです。

でも、ほんの数ページ後に、2人にとって**代償が大きく**なる出来事が起きます。オリーが自分の父親と道端で喧嘩になってしまいます。父親から腹に一発食らったオリーを見たマデリンは、反射的に行動します。玄関から外に飛び出しオリーの元へ。お母さんが叫びながら止めにきます。

マデリンが人生最大の危険を冒して外に出るこの瞬間。これは、とてもわかりやすい「**求める**」から「**本当に必要にする**」**への変移**の一例。彼のために命をかけたのです。

騒動が収まって、お母さんはマデリンとオリーが初対面ではないと察します。でもマデリンは、2人はただのチャット友達と嘘をつきます。

9　**忍び寄る悪者**（139～235ページ）

下り坂はすぐに訪れます。オリーがいつも手首に巻いている輪ゴムを、お母さんが家の中で見つけてしまいます。娘とオリーの密会の証拠をつかんだお母さんは、マデリンをインターネット禁止処分にし、カーラを解雇してしまいます。そして代わりにジャネットという独裁的で厳しい看護師を雇います。

オリーと話すことができなくなったマデリンは、絶望の底に滑り落ちていきます。

夏休みが終わってオリーは学校に戻り、2人は前ほど会わなくなってしまいます。ある日オリーが女の子を連れて帰宅します。それはただの理科の実験グループの同級生だったのですが、マデリンは自分が外の世界の女の子たちに敵わないと悟ります。

「問題は可愛いかどうかじゃなくて、その子が太陽の温かさを肌で感じることができるということ。フィルターで除菌してない空気を吸えるということ。そして、オリーがいるのと同じ世界で生きていられるということ。私には無理。一生、絶対に無理」（157ページ）。

再びオリーと父親の喧嘩を目撃したマデリンは、ある決意をします。自分とオリーのためにハワイ行きの航空券を2枚購入し、お母さん宛てに置手紙を残して家から忍び出ます。「私が今まで生きてこられたのも、私がこの世界の中で小さな役割を果たしてることを知ることができたのもママのお陰。でも、それだけではもう足りないから」（168ページ）。

オリーと一緒にいる幸せを経験してしまったマデリンは、もう引き返せません。オリーなしでは幸せにはなれないのです。「もう、前と同じように世界を見ることはできないから」（168ページ）。

マデリンはオリーに、症状を抑える実験薬を手に入れたから大丈夫と嘘をつきます。そして2人はハワイに飛び、天国のような2日間を過ごします。マデリンは生まれて初めて海を見ます。そして初めて海に入ります。2人はご馳走を食べて、ロマンチックな夜を過ごします。何かをするたびに、マデリンは自分のテーマに近づいていきます。208ページでマデリンはこう書いています。「息を吸うたびに、ただ生きてるだけじゃないという確信が深まる。私は今、心の底から生きている」。

10　完全なる喪失（234〜237ページ）

しかし、すべては唐突に終わります。マデリンが、ホテルの部屋で倒れるのです。そして死のにおい。マデリンの心臓が停まります……。

11　闇夜を彷徨う魂（238〜270ページ）

……そして、また鼓動を始めます。

マデリンのお母さんがハワイに追いかけてきて、病院に担ぎこまれた娘を家に連れて帰ります。マデリンの寝室はまるで治療室のようにされ、二度と家から出ることはないと悟ったマデリンは深く絶望します。「自分が触れることもできない世界のことを知ってしまった私が、この泡の中でどうやって生きていけばいいの？」（247ページ）。

そして、実に《闇夜を彷徨う魂》的なこの瞬間、マデリンは「絶望の地図」を描きます。そこには、「不幸の山脈」、「悲しみの砂漠」、そして「後悔の海」（249ページ）まであります。やがてマデリンはオリーのメールを無視するようになり、オリーもメールを送ってこなくなります。

マデリンを元気づけようと、お母さんはカーラを呼び戻します。そしてマデリンとお母さんは、昔の習慣を取り戻していきます。マデリンは、ネタバレ書評を再開（慣れ親しんだものへの回帰）します。

オリーと妹、そして母親は、父親が仕事で外出中に家を出ます。オリーはマデリンの部屋の窓を見上げます。《触媒》の場面を鏡で映したかのように。2人の視線が交わることは、恐らくこれが最後。

マデリンは、ようやくオリーからのメールを読むことにします。そして、ハワイへ行ったマデリンの勇気を見習って父親と別れろと、オリーが母親を説得したことを知ります。命をかけたマデリンの行動が、少なくとも誰かに勇気をあげたのです。

そして、今度はマデリンの世界を粉々に砕くような出来事が。ハワイでマデリンを診察した医師がメールで血液検査の結果を報せてくれたのですが、その医師はマデリンが重症複合型免疫不全症が原因で倒れたのではないと言います。それどころか、一度も重症複合型免疫不全症だったことはないと（**闇夜の啓示**）。

お母さんは、その医師がマデリンの複雑な症状について何もわかっていないと突っぱねますが、マデリンは納得できません。カーラの「あなたのお母さんを見ていると、何かが壊れているような気がすることがある。あなたのお父さんとお兄さんを失ったショックから、もしかしたら立ち直れてないのかも」（270ページ）という一言を聞いて以来、なおさら納得できません。

12　**三幕に突入**（270ページ）
マデリンは、自分の秘密を知るために、人生で一番大きな危険を冒します。そしてカーラ（**Bストーリー**）に、自分の血液を検査に出すように頼みます。

13　フィナーレ

1　〈チーム招集〉

血液検査の結果を待ちながら、マデリンはお母さんの医療ファイルを盗み見することに。ありとあらゆる記録の中に、マデリンの重症複合型免疫不全症の記録だけがありません。「私の今までの人生が本当だったという証拠はどこ?」。それはどこにも見つけられません。

2　〈作戦実行〉

マデリンはお母さんに詰めよります。お母さんはどこかに診断書があるはずと言い張り、必死に探します。それを見ながらマデリンは、カーラの疑いが正しいことを悟ります。お母さんは、壊れているのです。「そのときはっきりわかった。私は病気じゃない。私は一度も病気になったことはない」。

3　〈高い塔でビックリ仰天〉

お父さんとお兄さんの死をお母さんが乗り越えていないことに、マデリンはすぐ気づきます。2人が交通事故で死んで間もなく病気になった赤ん坊のマデリンを診て、お母さんは重症複合型免疫不全症だと診断したのです。そうして、お母さんはマデリンを恐ろしい世界から守ろうとしたのです。世界の目に触れないように隠して。マデリンの「人生はすべて嘘」(279ページ)だったのです。

そして、血液検査の結果が出ます。マデリンは重症複合型免疫不全症ではありませんでした。しかし、これまでの人生を家から出ずに生きてきた彼女の免疫系は弱く、外の世界に慣れるのには少し時間が必要。

マデリンとお母さんの関係は、永遠に変わってしまいます。マデリンはお母さんの嘘を許せる自信がありません。しかし、《Bストーリー》であるカーラは、許してあげてと言います。

4　〈真実を掘り当てる〉

最後にマデリンはニューヨーク行きの片道切符を買って、オリーを探しに行きます。ニューヨークへ飛ぶ旅の途中、マデリンは自分の魂を深く探って、自分のテーマをちゃんと受けとめたことを300ページにある独白で証明します。「いつ何が起きても不思議じゃない。安全がすべてじゃない。ただ生きてるだけじゃ、人生じゃない」。そして302ページにある『星の王子さま』ネタバレ書評の文章で「愛はすべて《everything》を賭ける価値がある。人生のすべて《everything》を」。

そして、オリーを探す旅を続けながらマデリンはお母さんのことを理解し、赦すことができるようになっていきます。「愛は人を狂わせる。失った愛も人を狂わせる」（300ページ）。

5　〈新しい作戦の実行〉

マデリンはオリーにメールします。ニューヨーク・シティにある古本屋にプレゼントがあるから、取りにくるようにと。マデリンは本の山に隠れてオリーの到着を見守ります。やってきたオリーは、黒づくめではありませんでした（マデリンもオリーを変えたという印）。

14　**終わりの光景**（306ページ）

この小説の最後のページにある「画」は、マデリン自身が描いた、オリーへのプレゼントとして本屋に置いた『星の王子さま』の中表紙のイラスト。そこにマデリンはこう書きました。「この本を見つけてくれた人、お礼あげます＝私」

2人は、再びお互いを見つけあったのでした。

この小説はどうして〈相棒愛〉なの？

『Everything, Everything　わたしと世界のあいだに』は、このジャンルの物語に必要な3つの素材をすべて兼ね備えている立派な〈相棒愛〉小説。

- **未完成のヒーロー**　家の外に出ることができないマデリンは、独りぼっちで退屈しています。できることを精一杯頑張るマデリンですが、それでも何かが足りません。
- **片割れ**　オリーとマデリンが正反対なのは、彼が登場した瞬間から明らか。マデリンが陰なら彼は陽。マデリンが囚われの身で、オリーは自由奔放。

- **厄介な事情**　マデリンが患っている珍しい病気のせいで、2人は距離を縮められません。物語をとおして2人の関係を邪魔することになります。

ネコの視点でおさらい

ここで、『Everything, Everything　わたしと世界のあいだに』のビート・シートをさくっとおさらい。

1　**始まりの光景**

読者はマデリンの真っ白い生活を垣間見ます。部屋にある本は除菌され真空包装されています。

2　**お膳立て**

マデリンは重症複合型免疫不全症を患っていることが明かされます。つまり、すべてのものにアレルギー反応があり、伝染性の病気に抵抗力がありません。だから家から出ないのです。家から出たいとは思いますが、その日は来ないでしょう。マデリンの日常はありきたりで退屈。

3　**触媒**

オリーという少年が隣の家に引っ越してきます。

4　問答

この少年は誰？　彼との出会いから何かが始まるの？　マデリンはオリーを観察し、オリーは窓越しにお芝居をしてマデリンを笑わせます。

5　二幕に突入

オリーが窓ガラスにメアドを書いたとき、マデリンが彼にメールする決心をすることで、2人の関係が始まり、マデリンは第二幕の世界（オリーとの予期不能の世界）に突入。

6～7　語られるテーマ／Bストーリー

「危険を伴わないことなんて何もない。何もしないことですら危険。だから、あなた次第よ」（68ページ）と、マデリンの専属看護師カーラが言います。《Bストーリー》のキャラクターでもあるカーラがマデリンにテーマを告げて、背中を押します。自分が望む生き方のために危険を冒す勇気を見つけるという人生の教訓を学ぶようにと。

8　お楽しみ

マデリンとオリーの関係は、楽しくて気の利いたメールやチャットの応酬で始まります。やがて2人は密会（カーラのお陰）。マデリンはオリーを求めてはいけないと頭ではわかっていますが、恋に落ちずにはいられません。

9　**中間点**

マデリンとオリーが初めて、人生を変えるようなキスをして、物語は偽りの勝利に。後ほど、マデリンは父親にいたぶられるオリーを目撃、何年も出たことがなかった屋外に、思わず走って出ます（2人にとって代償が高くなります）。

10　**忍び寄る悪者**

2人が会っていたことを知ったお母さんは、マデリンをインターネット禁止処分に。そしてカーラを解雇し、代わりに厳しい看護師を雇います。再びオリーをいたぶる父親を目撃したマデリンは、オリーと2人で逃げるためにハワイ行きの航空券を買います。

11　**完全なる喪失**

2人の旅は、マデリンが倒れて終わります。マデリンの心臓が一瞬止まるという、死のにおいをともなう瞬間があります。

12　**闇夜を彷徨う魂**

マデリンは家に引き戻されます。再び無菌状態の「泡」から出られない生活を強いられ、オリーとの会話も拒否。オリーは引っ越してしまいます。その直後マデリンは、ハワイの病院で処置してくれた医師からメールを受信します。医師は、マデリンは重症複合型免疫不全症ではないと言います。

13　**三幕に突入**

マデリンは、人生最大の危険を冒すことにします。隠された自分の真実を知ることに。カーラ（Bストーリー）に手伝ってもらって、血液検査をします。

14　**フィナーレ**

マデリンはお母さんの医療ファイルを読みますが、自分が重症複合型免疫不全症であるという診断の証拠が見つけられません。血液検査も、病気ではないという結果です。マデリンはお母さんのとった行動を理解します。交通事故で亡くした夫と息子のような運命からマデリンを守ろうと、重症複合型免疫不全症を使ったのです。マデリンはオリーを探すためにニューヨーク行きの航空券を買います。そしてオリーにメールを送ります。彼を古本屋に導いて、生まれ変わった自分を見つけてくれるように。

15　**終わりの光景**

オリーへの手がかりとして古本屋に置いた本にマデリンが描いたイラストに添えた一文。「見つけてくれた人、お礼あげます＝私」

第11章
ジャンル・タイプ8
魔法のランプ
人生捨てたもんじゃない

ネタばれ警報！　この章では以下の小説が登場します。
『スターな彼女の捜しもの』ソフィー・キンセラ著

流れ星に祈るとき。誕生日のケーキのロウソクを吹き消すとき。願掛けの骨《ウィッシュボーン》に願をかけるとき。あるいは毎晩寝る前でも、誰だって一度くらいは何かを願ったことがありますよね？　そして「願いが本当に叶ったらいいな」と思ったことが。だから、アラジンに敬意を表して名づけられたこの〈魔法のランプ〉というジャンルは、読者の心に深く響くのです。幾度となく語られてきた物語。ヒーローが、自分が抱える問題を消し去ってくれるような何かを願うと——あら不思議！　その通りになります！

でも、このジャンルの売りは願いを叶えることだけではありません。呪いをかける、でもいいですし、守護天使を送る、身体が入れ替わる、ヒーローを異世界やら並行宇宙に送る等でもいいのです。

あなたが選ぶ超自然的な仕掛けが何であっても、〈魔法のランプ〉ジャンルの物語は、いつも同じ話。1

人の男または女が、何らかの魔法的な力を授けられ、最終的に自分の「現実」はそんなに悪くないということを知り、物語の終わりでは生まれ変わる、というもの。

それこそ、魔法みたいに！

〈魔法のランプ〉に登場する魔法は、普遍的な真実を、巧みで、示唆に富んだ、しかも便利な方法で私たちに見せてくれる道具です。その真実というのは、私もあなたも、魔法なんかなくても今のままで全然大丈夫！　ということ。

なぜなら、一度魔法を授かったヒーローは、結局魔法はいらなかったということを学ぶ羽目になるのが、このジャンルだから！　だから、このジャンルには異世界系のファンタジーやSFがあまり入っていないのです。このジャンルの小説の目的は、異世界や別世界を探検することではないから。『ハリー・ポッター』シリーズや、『指輪物語』シリーズ、『ナルニア国物語』シリーズ、『七王国の玉座』シリーズ（『ゲーム・オブ・スローンズ』原作）とは、方向性が違うのです。〈魔法のランプ〉のヒーローは、大体の場合、私たちの世界の住人で、**あくまで一時的に**魔法（または呪い）をかけられるだけです。私やあなたのような、ごく普通の人！　それがこのジャンルの物語の醍醐味なのです。

このような「魔法をかけられる」ジャンルというのは、小説よりも映画でよく見かけますよね（例えば『底抜け大学教授』または『ナッティ・プロフェッサー　クランプ教授の場合』『ビッグ』『13ラブ30　サーティン・ラブ・サーティ』『フリーキー・フライデー』『ブルース・オールマイティ』『マスク』『ライアー　ライアー』『愛しのローズマリー』『恋はデジャ・ブ』）。でも小説でもうまくいった例もたくさんあります。興味深いことですが、このジャンルは若い人により人気があるようです。例えば、リン・リード・バンクス著『リトルベアーの冒険〈1〉小さなインディアンの秘密』、メガン・シュル著『The Swap〔未邦訳：ザ・スイッチ〕』、ウェンディ・マス著『11 Birthdays〔未邦訳：11回目の誕生日〕』、ローレン・オリヴァー著『Before I Fall〔未邦訳：転ぶ前に〕』、そしてゲイル・フォアマン著『ミアの選択』などがあります。魔法で願いが叶うという話は、10代あるいはそれより若い読者に訴える強い力を持っているから。でも、大人が楽しんではいけないということではありません。魔法を使ってちょっとした悪戯をしかけたり、ちょっと規則を破ったりするのは、誰にとっても楽しいじゃないですか。ついでに、あの全人類共通の大きな問いに答えを出したり。

そう、「もし〇〇できたら……?」という問いに。

このジャンルで人気の（大人向き）小説は、ソフィー・キンセラ著『スターな彼女の捜しもの』や、レインボー・ローウェル著『Landline〔未邦訳：固定電話〕』、そして広く愛されているチャールズ・ディケンズ著『クリスマス・キャロル』などがあります。あのオスカー・ワイルドですら、〈魔法のランプ〉を試してみたくなり、結果は有名な『ドリアン・グレイの肖像』になりました。

対象読者年齢がいくつであっても、〈魔法のランプ〉の物語に必ず共通している素材は（1）**魔法の助けを借りて当然なヒーロー**が1人、（2）**魔法**（または魔法のような特別な力）、そして（3）**教訓**の3つです。詳しく見てみましょう。

あなたが書く小説のヒーローは、魔法の力でもなければどうしようもないダメな人（『スターな彼女の捜しもの』のように）かもしれないし、『クリスマス・キャロル』のように、ちょっと呪いでもかけて物の道理をわからせてやる必要があるような、どうしようもなく鼻持ちならない偏屈男かもしれません。どちらにせよ、魔法の助けを借りて当然なヒーローでなければなりません。そして、〈魔法のランプ〉物語のヒーローには、その人だけが必要とする適切なランプを与えなければいけません。

つまり、読者は読んだらすぐに、なぜこのヒーローに魔法の助けが必要なのか理解できなければ。さらに、読者がそのヒーローを応援したくならなければ！『クリスマス・キャロル』のエベネーザ・スクルージの意地悪ぶりをディケンズが見事に《お膳立て》してくれるので、読者としては3人の幽霊が現れて彼をこっぴどくやりこめて改心させるのを見逃すわけにはいきませんよね。それとは真逆に、最近彼氏にフラれて人生どん底なララ（『スターな彼女の捜しもの』）の前に１０５歳の大叔母サディーの幽霊が現れて、ララの人生がうまくいくように手助けしたら、読者はすぐに納得するはず。「わかる。応援しちゃう」といった具合に。ララはどん底から抜け出したくてあがきますが、私たちもララにうまくいってほしい、と思うから。

というわけで、〈魔法のランプ〉の物語を書くなら、まず自分に聞いてみてください。このヒーローは、どういう理由で、こういう魔法の助けが必要なの？　その人は、何をやっても報われないシンデレラのタイプ（「勇気をあげる系」物語とも呼びます）？　それとも、誰かにガツンと一発言ってもらって改心しないといけないシンデレラの意地悪なお姉さんタイプ（「天罰系」物語）？　どっちにしても、ともかく読者がすぐにわかるようにすること。魔法が登場したとき（一般的には《触媒》のビート）、読者が「ああ、そうだよね、もちろんそうなるよね」と言うように、ヒーローをお膳立てしてやるように。

ちょっと忠告。「天罰系」の物語は、「勇気をあげる系」の物語を書くより難しいときがあります。嫌われタイプのキャラクターがヒーローの場合、読者は引いてしまって、物語が楽しくなる前に読むのをやめてしまう可能性が高くなるのです。意地悪なヒーローがやがては意地悪の報いを受けるとしても、あなた（作者）がヒーローに一発ガツンと食らわせる前に読者の関心を失っては元も子もありません。だから、ここが

「SAVE THE CAT!」《ネコを助けろ》の法則を使ってあなたの小説を助けるところ。ヒーローの悪いところを見逃してあげたくなるような何かを、一刻も早くやらせましょう。理想的には《触媒》ビートまでに。可能なら最初の10～20ページまでに。どんなに救いようのない馬鹿者でも、どこか1つくらいは助けてあげるに値するものを持っているはず。貴重な時間を割いてこのヒーローが成長するのを見守る価値があると、早めに読者に見せてやりましょう。今はどうしようもないヒーローでも、待っていれば隠れた深みを必ず見せると約束してやりましょう。

さて、〈魔法のランプ〉の必要な素材リストの2つ目は、もちろん**魔法**！　呪文をかけるとか、魔法（魔法みたいなものも含む）をかけるということ。では、魔法の物語に登場するのは、どんな魔法？『スターな彼女の捜しもの』みたいな、フラッパードレスを着てチャールストンを踊る［1920年代産の］幽霊？『ミアの選択』みたいな、幽体離脱体験？　それとも、『11 Birthdays［未邦訳：11回目の誕生日］』や『Before I Fall［未邦訳：転ぶ前に］』のような、巻き戻って繰り返す時間？　何でも構いませんが、絶対に第二幕で一番中心的なものとしてあつかうこと。それが、あなたの小説が読者に約束する前提なのですから。本の裏表紙とかネットの解説に、その魔法について書いてないはずがないので、絶対読者の期待に応えてあげて！

ヒーローが願いを叶えるために魔法を求めるにしても、自分の意思と関係なく呪文がかけられてしまうにしても、ともかくありきたりの魔法にはしないように。面白くて、わくわくするような魔法にしましょう。それがあなたの小説の売りなんですから。

魔法がどのように作用するかという設定に、あまり時間をかけないように。大事なのは、魔法が「どのように」働くかではなくて、「どうして」ヒーローに魔法がかけられたのかという理由のほう。このジャンルの物語の肝は、魔法そのものではなくて、ヒーローがその魔法から何を引き出すのか、なのです。だから、何ページも使って呪文の解説をしないように。長くて深い兎の穴に読者を引きずりこんで困らせないように。『スターな彼女の捜しもの』の魔法は、導入された後は説明なし。主人公ララの大叔母サディーが言うように、「私にも、よくわかんないのよ！　そこに行きたいと考えると、そこにいるんだから」（73ページ）。『リトルベアーの冒険〈1〉小さなインディアンの秘密』では、戸棚は魔法の戸棚で、主人公オムリがリトルベアーという名のインディアン人形を入れると人形に命が宿るという以上のことは説明されません。著者のリン・リード・バンクスは、それで十分と知っていたわけです！

魔法がどのように作用するかということより重要なのは、魔法の**約束事**です。自然の法則に逆らって、何でもできちゃう魔法であっても、何ができて何はできないという規則は必要。そして、一度決めたら絶対に曲げないこと。ちょっと変えるとプロットが楽に組めるからって、変えちゃダメ。読者はあなたが書いた破天荒な小説を読むために、「あり得ないじゃん」という気持ちを敢えて抑えてくれているということを、お忘れなく。「あり得ないけど、面白そうじゃん！」と思ってくれているのですから、読者にもらった一度だけのチャンスを台無しにしないように。最初に提示した魔法の約束事を物語の展開にあわせて変えてしまったら、読者は裏切られたと感じ、読むのをやめます。〈魔法のランプ〉ジャンルの読者は、作者（あなた）が巧くやってくれると信用して、それが自然の法則に逆らう物語だとわかっていても読むのだから、期待に応えてあげてください。

そして、〈魔法のランプ〉の物語を紡ぐときに必要不可欠な3番目の素材は、**教訓**です。魔法がヒーローをどう変えたか？　ということ。

このジャンルの物語は、ヒーローが最終的に1つの重要な事実に気づいて終わらなければなりません。それは、人生の問題をなんとかするのに必要なのは、実は魔法ではなかったということ。必要なのは、**問題を抱えた本人**が問題を解決するということ。魔法は問題を形にして見せてくれただけ。それが〈魔法のランプ〉の本質なのです。

魔法を使って、すべての問題を絨毯の下に隠してなかったことにできたら、楽でいいと思いますよね。でも、それはズルだとみんなわかっているのです。それに、もしすべての問題が魔法で消えてしまうという物語だったら、読者の心を打つものが何も残らないじゃないですか！　魔法なんて現実にはないからこそ、〈魔法のランプ〉の物語は、現実とか人間性に関する教訓が肝になるわけです。現実も人間も、最高だよねという話。人間であるということには、いいこともある。だから、最後に魔法が問題を解決することはありません。魔法は、途中でお話を盛り上げるちょっとした仕掛けなんです。

というわけで、ほとんどの〈魔法のランプ〉の物語には、第三幕で《魔法に頼らず自分でやらなければならない》というビートがあります。普通は《フィナーレ》にきて、それが、くだらない魔法なんかなくても自分は変われると証明する瞬間になります。自分の力だけで何でも解決できるようになっている、という証明。

なぜかというと、魔法というものは、実は私たちの中にあるものだから。

おさらい。〈魔法のランプ〉ジャンルの小説を書こうと考えているなら、次の3つの大事な素材を絶対に忘れないように。

- **魔法の助けを借りて当然なヒーロー**　助けが必要なヒーローに勇気をあげる場合でも、天罰を受けて当然のヒーローにガツンと食らわせるのでも、必ずそのヒーローがこういう魔法を必要としているということを、読者がすぐに理解できるように書くこと。
- **魔法**（**または魔法のような特別な力**）　魔法がどのようにかけられるにしても（人を介して、場所、物、その他）、必ず何らかの法則性と整合性を持たせ、読者の信頼を裏切らないように。
- **教訓**　ヒーローは、魔法から何を引き出し、最終的には、どうやって魔法に頼らずに問題をちゃんと直すか？　ということ。

〈魔法のランプ〉ジャンルの人気小説

『クリスマス・キャロル』チャールズ・ディケンズ著、村岡花子訳、２０１１年、新潮社
『ドリアン・グレイの肖像』オスカー・ワイルド著、仁木めぐみ訳、２００６年、光文社
『風にのってきたメアリー・ポピンズ』Ｐ・Ｌ・トラヴァーズ著、林容吉訳、２０００年、岩波書店
『てんやわんやの金曜日』メリー・Ｍ・ロジャース著、佐藤由美子訳、１９８４年、旺文社
『リトルベアーの冒険〈１〉小さなインディアンの秘密』リン・リード・バンクス著、渡辺南都子訳、１９９６年、講談社

『エアヘッド！　売れっ子モデルになっちゃった!?』メグ・キャボット著、代田亜香子訳、２０１２年、河出書房新社
『ミアの選択』ゲイル・フォーマン著、三辺律子訳、２００９年、小学館
『スターな彼女の捜しもの』ソフィー・キンセラ著、佐竹史子訳、２０１４年、ヴィレッジブックス（ビート・シート参照）
『11 Birthdays［未邦訳：11回目の誕生日］』Wendy Mass, 2010, Scholastic Paperbacks
『1Q84』村上春樹、２００９年、新潮社
『Before I Fall［未邦訳：転ぶ前に］』Lauren Oliver, 2010, Hodder & Stoughton
『The Ocean at the End of the Lane［未邦訳：つきあたりの奥は海］』Neil Gaiman, 2013, William Morrow Paperbacks
『Landline［未邦訳：固定電話］』Rainbow Rowell, 2014, St Martins Pr
『The Swap［未邦訳：ザ・スイッチ］』Megan Shull, 2016, Katherine Tegen Books
『Parallel［未邦訳：平行］』Lauren Miller, 2014, HarperTeen

『スターな彼女の捜しもの』

著者：ソフィー・キンセラ
10のジャンル：魔法のランプ
販売ジャンル：フィクション
ページ数：４３５（２００９年ダイアル・プレス・トレード社刊ペーパーバック単行本［英語原書］）

抱腹絶倒『お買いもの』シリーズで大ヒット作家になったソフィー・キンセラ。その著作が30以上の言語に翻訳されている、現代のコメディ小説に君臨する女王です。『スターな彼女の捜しもの』は、１９２０年代最先端の姿で現れた大叔母サディーの幽霊に憑依される20代の女性にまつわる喜劇。著者にとっては（今のところ）唯一の超自然コメディです。幽霊という形でかけられた「呪い」によって、人生に関する予期せぬ教訓を得ることになるララというヒーローの物語は、正統派の〈魔法のランプ〉物語です。

１　**始まりの光景**（1〜10ページ［以下、原書］）

ララ・リントンはアラサーの20代娘。両親と一緒に、１０５歳で亡くなった大叔母のお葬式に参列しますが、親族の誰も故人のことをよく知りません。知らない故人のことより気になるのは、ララが最近両親についた数々の嘘。新しく始めたベンチャー事業は順調。共同経営者はすごく頼れるすごい人、というのは嘘で、真実は正反対。

羅列された嘘の数々から、ララの人生のさまざまな**要修理案件**が見えてきます。自分を捨てた元カレのジョッシュのことはきれいさっぱり乗り越えて忘れたという嘘もつきますが、本当はよりを戻したい（**求めるもの**）ララなのです。これらの小さな嘘が、ララというヒーローと彼女の抱える問題について、いろいろ教えてくれます。彼女は、自分が犯した過ちから前進できずに、家族に嘘をついて隠すタイプ。

2　**語られるテーマ**（8ページ）

ララが元カレのことは忘れたと両親に話しているとき（つまり嘘）、父親が優しく言います。「普通は、誰かと別れたりしたときは、よかった頃を思い出して、よりを戻せれば人生は完璧なのにと思うもんじゃないのかな」（8ページ）。

ララにとっての変容の旅は、前進あるのみ。自分の人生に抱いた「こうなってほしい」という幻影を捨てて、ありのままの人生を受け入れて楽しく生きられるかどうか。でも、今のララにはそうする自信がありません。もっと大胆で自由に振る舞えるように、勇気をもって行動できるようにならなければ。

3　**お膳立て**（10〜25ページ）

ララと両親は、105歳でこの世を去ったララの大叔母サディー・ランカスターの葬儀に参列します。葬儀場の外でララはビル叔父さんにばったり。ビル叔父さんは、リントン・コーヒーの創業者ですが、彼は文無しの頃にポケットに入っていた10ペンスの硬貨2枚からすべてを築き上げたという創業逸話でも有名です。今は「2枚の小さなコイン」というセミナーを開催、起業家たちに自分の成功の秘訣を教えています。

ララは、自分が経営するヘッドハンティング会社（共同経営者のナタリーが逃げてから失敗の連続）をなんとかできないかと持ちかけますが、ビルは相手にしてくれません。

ララは間違えて他人の葬儀が執りおこなわれている部屋に入ったあと、ようやく大叔母の葬儀にたどりつきます。そして、参列者がほとんどいないどころか、大叔母の写真を持ってくる人すらいなかったことに気づきます。まるで、サディー・ランカスターと親しかった人はいなかったかのよう。

4　触媒（25〜28ページ）

葬儀の最中、ララは、首飾りを探してほしいと尋ねる耳慣れない声を聴きます。そしてララは、自分と同年齢の1人の若い女性が、自分の向かいに座っているのに気づきます。誰？

女性は指でララに触れますが、指がララの体を通り抜けてしまいます。怖い！　女性はサディー・ランカスターと名乗ります。そう、ララの大叔母です。

5　問答（29〜72ページ）

〈魔法のランプ〉ジャンルではよくあることですが、《問答》のビートは、現実把握のチェックになります。これは夢？　それとも現実？　ララは、大叔母が20代だったころの姿を自分が妄想していると考えます。ララは妄想を追い払おうといろいろ試しますが、女性の姿は消えません。それどころか、ちょっと強引で迷惑。ララに葬儀を取りやめるように声高に要求し始めます。失くなった首飾りを見つけるまで、埋葬されるわけにはいかないと言いはるサディーに根負けしたララは、素早く言い訳を考えて葬儀を延期させます。サディーの死は実は殺人事件で、警察の捜査が終わっていないという理由で。同席していた人はララの気がふれたのではないかと勘ぐります。本人も同じ心配をします。

翌日ララは、サディーは自分の意識下から出現した想像の産物だということで納得しようとします。しかし、その日の昼食中、サディーはララにちゃんとした牡蠣の食べ方を教えます。牡蠣の食べ方を知らない自分の意識下からサディーが出現することのあり得なさに気づくララ。もしかしたら、サディーは本当に幽霊なのかも！

6　**二幕に突入**（73〜74ページ）

サディーは、首飾りのことでララを困らせ続けます。首飾りが見つからないと「安らかに眠れない」から、ララの助けが必要だと言い張って。ララは、「見つけてあげたら、もう付きまとわないと約束してくれる？」（73ページ）と条件を出します。

サディーは条件を飲み、そこで物語は第二幕に突入します。それは、ララと1920年代から魔法の力でやってきた幽霊の世界です。

7　**お楽しみ**（75〜211ページ）

首飾り探しの手始めとして、ララはサディーが入っていた老人ホームを訪れます。スタッフによると、首飾りは手違いでチャリティバザーの景品として競り落とされたといいます。ララは、首飾りを競り落とした可能性がある人の名前と電話番号が載った気が遠くなるような長いリストを手に、帰宅します。

老人ホームにいるときに、チャールズ・リースという謎の男性が生前のサディーを訪れたことを聞いたラですが、サディーはそんな男のことは知らないと言います。サディーは、きっと死の数年前に心臓発作が起きて以来すっかり記憶が衰弱したせいだと考えます。後ほど2人は、チャールズ・リースと名乗ったこの男は、実はララの有名な叔父のビル・リントンのことだったと知ります。首飾りは、彼がそのときに持っていってしまったのです。金持ちのビル叔父は、老女が持っていた大して価値もない首飾りをどうするつもりだったのでしょう?

この小説の**約束された前提**は、ララとサディーが事あるごとに繰り広げる漫才的コメディ展開。サディーとララの性格は正反対。サディーは威勢がよくて大胆です。ララは、ちょっと退屈なタイプ。サディーはことあるごとにララにあなたは退屈と教えてあげます。〈魔法のランプ〉の物語は大抵そうですが、この作品でもララが自分の問題に気づいて自分の力で直す手助けをサディーがすることになります。

首飾り探しを続ける2人は、お互いに苛つきあいながらも、やがて友情を結びます。サディーとララがお互いの文化の違いに困惑するたびに、笑いを誘います。2人とも20代ですが、それぞれが生きる時代を反映して、異性観や人生観がまったく違うのです。

サディーはララに、未練がましくジョッシュという元カレの話をしないように言います。もっと外に出て人生を楽しめと。サディーはいろいろな意味で、ララよりよほど現代的。94ページでサディーは、「いい?人生うまくいかなくなったら、こうするものよ。顔を上げて、無理やりにでも笑顔を作って、カクテルを一杯飲んだら、さあ、遊びに繰り出すの」と言って、ララにテーマを思い起こさせます。

《お楽しみ》のビートを使って著者ソフィー・キンセラは、魔法の約束事を読者に理解させ、効果的にプロットを進めていきます。まず、ララ以外の人にはサディーは見えないということ。サディーは、行きたいと思えばどこへでも行け、着たいものは着ることができること。そして、著者が幽霊のサディーのために考案した一番クリエイティブな約束事は、サディーが耳元で大声で叫ぶと、叫ばれた人に言うことを聞かせられるという、コミカルな説得力。これを知ったララは、いい考えを思いつきます。サディーを元カレのジョッシュのところに送りこみ、どうして自分を捨てたのか探らせ、関係を修復しようという魂胆。サディーは、そんなことを考えるララが許せませんが、渋々協力します。

ララは、問題を**直すつもりで壊して**います。テーマを受けとめ、前進してちゃんと問題を直すことを避け、自分にかけられた「呪い」を利用して人生を改良しようとしているのだから。ララが**求めるもの**は、ジョッシュとよりを戻すことで、それが第二幕を途中まで引っ張っていく原動力になります。そして、ララはサディーに、例の説得力を使ってジョッシュの気持ちが自分に向くようにしようと提案します。ジョッシュは（多分）まだ私のことを想っているんだから、ちょっとそれを思い出させてやってもいいのでは？《中間点》に向かって物語は**上り坂**。ジョッシュはララに愛を告白、別れたのは大変な間違いだったと告げます。ララは幸せで有頂天。これで彼女が望んでいたとおりです。

サディーのことを知るにつれ、彼女の人生にも特別な男性がいて、その男性もまた彼女の元を去っていったことが明かされます。その男はスティーヴン・ネットルトンという若くして亡くなった画家でした。彼は亡くなる前に美しいサディーのポートレイトを描いたのですが、火事で絵が焼失してしまったのです。それ以来サディーは、誰も本気で愛することができませんでした。

ララは、サディーを使って失敗続きの自分の商売を再起動しようともします。サディーをオフィスに連れていき、顧客が抱える問題を解決させるのです。オフィスにいたサディーはエドというハンサムな男性を見かけ、デートしたいと思います。残念ながら、幽霊の彼女にデートはできないのですが。

でも、ララだったら……。

8 Bストーリー（111〜120ページ）

エドは、この物語の《Bストーリー》のキャラクター兼恋愛対象。サディーは、エドをデートに誘うようララを説得。ララの体を通してデートを体験しちゃおうと考えます。ララはあり得ないと断りますが、サディーはララの罪悪感を責めて、同意させます。

エドの会社の会議室で、ララは全従業員の前でエドをデートに誘います。その間サディーに耳元で大声で叫ばれて、エドは断ってはいけないような気分になり快諾。もちろん自分でもなぜ快諾したかわかりません。

デートのために、サディーは自分が着たい1920年代のフラッパー・ファッションをララに着せ、自分と同じように振る舞わせ、ララは大恥をかきます。でもこれはサディーのためだし、自分はジョッシュと相思相愛なんだからと、ララは気にしないことに。

しかし、ララは次第にエドに、そしてエドもララに惹かれていきます。エドは、ララがジョッシュのことを忘れて前に進む（テーマ！）手助けをすることになります。サディーが言ったとおりにことが展開していくわけです。自身も別れた女性との関係をひきずっているエドは、この作品のテーマを具現しています。そのせいで前に進めなくなっているエド。エドの問題を目の当たりにしたララは、やがて自分も同じ問題を抱えていることを理解します。

9　**中間点**（231〜264ページ）

ララはエドと一緒に、大規模なビジネス親睦夕食会に出かけます（**中間点パーティ**）。会場にはビジネス界の重要人物が大勢。ララはサディーを使ってコネをいくつも作り、うまくいっていない自分の会社を立て直そうとします。そして、いい出会いをものにします。

この時点では、すべてがララの思いどおり。ジョッシュとはよりが戻り（求めるもの）、事業も軌道に乗りそう。もちろんこれは**偽りの勝利**。なぜなら、どれも魔法をつかわなければうまく運ばないことだったから。特に、どう考えても一緒になるべきじゃないジョッシュとの仲は。

夕食会のあと、心を許したエドが自分の抱える別離の傷のことを打ち明けたときに**AとBストーリーが交差し**、2人の関係の**失敗の代償が高く**なります。

サディーはララに、エドを踊りに誘うようけしかけます。サディーが背中を押してはいますが、ララは自分の意思でエドを旅行に誘います。ララの心はエドに傾き始めているのです。本人が気づいてないだけ。

10　**忍び寄る悪者**（212〜319ページ）

夕食会のときにはうまく運んでいたかに見えたララの人生は、その後**下り坂**に。ジョッシュとの仲はぎくしゃくし始めます（もしかして、心変わり?）。ララはサディーの首飾りを手に入れるまであと一歩というところで、逃してしまいます。ララの元共同経営者ナタリー（会社が大変なときにララを残して逃げた人）が、突然るんるんと戻ってきて、苦労して業績を好転させたララの手柄を横取りします。さらに、ララとサディーの間でも緊張が高まります。サディーは、ジョッシュとよりを戻そうと必死のララが許せません。2人は喧嘩になり、サディーは、自分が〔霊的に〕説得しなかったらジョッシュはララに戻ってはこなかったと言い捨てます。

ジョッシュとの気まずい夕食のあと、ララはサディーの言うことが正しいと悟ります。ジョッシュがどんなに頭をひねっても、2人が一緒になるべき理由をひとつも思いつかなかったのです。ジョッシュとは終わりにすることにしたララは、テーマに少し近づきました。

ララとエドは旅行を通じて絆を深めていきます。エドはララに好きだ〔愛してるの手前〕と伝えますが、ララは素直に信じられません。きっとジョッシュと同じで、サディーの魔法のせい。でも、2人がロンドン・アイ〔観覧車〕でロマンチックな時を過ごしているとき、エドはララにキスし、ララは彼に対する自分の気持ちに気づくのでした。

ところが、キスする2人を目撃したサディーは激怒。私のエドに！　ララは一生懸命謝ろうとしますが、目の前で見えない相手に謝るララに、エドは困惑するばかり。

もう二度と恋に落ちることがないと悟ったサディーは落ちこんでしまいます。死んでいる自分は、二度と男性に相手にされることもない。そして、何の痕跡も残さずに葬式に訪れる者もいない無駄な人生を送ったと嘆きます。

11　完全なる喪失（319〜329ページ）

翌朝、ナタリーがララに衝撃的な告白をします。エドに、ララは彼を引き抜こうとしているだけで個人的には興味なしと言ったと。ララは電話で説明しようとしますが、エドは冷たく、会社の業績のために自分を使ったことを咎めます。ララは酷い仕打ちをしたナタリーに怒鳴りつけ、会社を辞めます。

ララはサディーを失い、エドとも別れ、自分の会社も手放す羽目に。24時間ですべてを失ったのでした。

12 闇夜を彷徨う魂（330〜359ページ）

ララは仲直りしたくてサディーを探して走り回りますが、探しても探しても見つけられません。《問答》ビートの鏡として、ここでもララの自問が始まります。サディーは本当にいたのか、それとも自分の心が作り出したのか。

サディーを追って彼女の故郷までやってきたララ。街の牧師館を訪れたララは、大変な発見をします。それは「匿名」の若い女性を描いた絵画の複製で、しかも描いたのはサディーが先立たれた最愛の画家だったことがわかります。サディーが火事で焼失したと思っていた絵が、あったのです！　絵の中のサディーは20代で、2人が探し続けていたトンボの首飾りをしています。

牧師館のガイドが、この絵は「首飾りの少女」という有名な肖像画の複製だと説明します。本物はロンドンのナショナル・ポートレート・ギャラリー［国立肖像画美術館］に展示してあり、モデルが誰かは不明だということ。でも、ララはモデルが誰か知ってる（**闇夜の啓示**）！

サディーは自分が世界に何の印も残さず、誰にも気にとめられず、愛されることもなかったと思いこんで死にました。しかし真実は逆。サディーは有名人で、彼女の肖像画は何百万という人に愛されてきたのでした。

13　**三幕に突入**（360〜361ページ）

サディーに散々助けてもらったのだから、今度はララが助ける番。でも、サディーの居場所はわかりません。だからララは、**魔法の助けなし**でそれを成し遂げなければなりません。肖像画のモデルがサディーだということを公式にするために、ララはロンドンのナショナル・ポートレート・ギャラリーに行き、肖像画コレクションの責任者マルコムと話します。

14　**フィナーレ**（362〜425ページ）

1　〈チーム招集〉

ララは単独で行かなければなりません。だから情報を集めます。マルコムによると、サディーの肖像画は1980年代に、売主の名前を明かさないという契約で購入したとのこと。だからマルコムはララに、誰から買ったか言えないのです。

2　〈作戦実行〉

なんとかしてサディーに彼女の肖像画は焼失していないこと、そしてサディーは多くの人に愛されて人生を終えたのだと伝えなければ。ララはサディーをジャズフェスティバル［20年代娘なので］で発見、2人は感動の再会をします。ララが肖像画の話をする前に、サディーはエドを指さし（ここにくるようにサディーが説得した）、話してくるように勧めます。これはロンドン・アイでの一件をサディーなりに詫びるジェスチャー。エドとララは仲直りします。サディーはエドの耳元でわめいて何かをさせようとしますが、エドには魔法が効きません。それはエドが心からララを愛していることの証明です。魔法は必要なし。ララは、肖像画のことをサディーに（そして、そこに居合わせたエドにも）話します。そして3人はロンドンのナショナル・ポートレート・ギャラリーに絵を見に向かいます。

3〈高い塔でビックリ仰天〉

ギャラリーでマルコムと出くわす3人。ララはマルコムに、肖像画の購入契約書を出すように仕向け、サディーが内容を盗み読みします。

なんと、絵を売ったのはビル・リントン。ビル叔父さんでした！　ビルは絵を火事から救い出したことをサディー（ビルの叔母）に知らせず、そのまま絵をロンドンのナショナル・ポートレート・ギャラリーに50万ポンドで売ってしまったのです！

4〈真実を掘り当てる〉

ララはすべての手がかりを結びつけて謎を解きます。ビル・リントンは、たった20ペンスからリントン・コーヒーを創業したのではなかったのです。創業資金は、叔母から詐取した50万ポンドでした。彼を有名にした「2枚の小さなコイン」セミナーはインチキ。しかも彼は必死に首飾りを手に入れようとしました。年老いたサディーの記憶が薄れ始めてからは、首飾りだけがサディーと肖像画を結びつける唯一の証拠品。つまり、ビルがインチキであるという唯一の証拠。

ララはサディーの受けた仕打ちに報いて、ビルに仕返しする決心をします。

5　〈新しい作戦の実行〉

どこにでも思ったところに行けるサディーの能力を利用して、ビルが南仏でバカンスを楽しんでいることがわかり、早速2人はフランスへ。

ビルを見つけたララは、新しく身につけた自信を胸に彼と対決します。コーヒー事業の創業の真実、そして事業の成功が実はサディーに負うものだったことを、公にするように迫ります。これで世界中が、「首飾りの少女」のモデルがサディー・ランカスターだと知ることになりました。サディーは世界に自分が居たという印を残したのです。これでサディーの望みどおりに。

ララは、新しいヘッドハンティングの事業を、今度は独力で始めることに。やがて彼女にパリから大きな封筒が届きます。中にあったのは、パリにあると思われていたサディーのトンボの首飾りでした。

サディーの幽霊に泣く泣く別れを告げたあと、ララは葬儀場に戻り、首飾りを本物のサディーの首にかけます。ララが外に出ると、サディーの幽霊は消えていました。

2人の20代娘は、こうして過去に決別、未来に向けて歩き出したのです。

15　**終わりの光景**（426〜435ページ）

二度目の、そして最初よりエレガントで盛大なサディーの葬儀が執りおこなわれます。サディーと肖像画に敬意を表して、1920年代の服装で大勢が参列。ララは、サディーという女性の生き様について感動的な弔辞を述べます。今度は、サディーは大勢に惜しまれ、理解されて去ることになったのです。

この小説はどうして〈魔法のランプ〉なの？

『スターな彼女の捜しもの』は、このジャンルの物語に必要な3つの素材をすべて兼ね備えている立派な〈魔法のランプ〉小説。

- **魔法の助けを借りて当然なヒーロー**　開幕早々、ララの人生は滅茶苦茶。見捨てて去った元カレにしがみつき、自分が起こした事業はダメダメで、ララは自己嫌悪の塊になっています。ちょっと魔法の助けでも借りないとどうにもならないレベル。そこで早速、サディーという幽霊が処方されます。
- **魔法**（**または魔法のような特別な力**）　サディー・ランカスターは、見ていて面白いユニークな幽霊。著者は、よくある幽霊ものをひっくり返して爆笑コメディに仕立て、色々と新奇な約束事を考案して、ララが死ぬほど必要としている救いの手を差し伸べます。
- **教訓**　サディーはララとは正反対。自由奔放で、大胆、冒険心満々の彼女が、ララに大事な教訓を教えます。愛と、人生と、フラッパードレス！　サディーとの経験を通して、ララはありのままの自分に自信をもち、過去のしがらみを振り切って人生を進んでいくことを学びます。

ネコの視点でおさらい

ここで、『スターな彼女の捜しもの』のビート・シートを、さくっとおさらい。

1　**始まりの光景**

アラサーのララの人生はドン詰まり。ヘッドハンティングの事業も恋愛関係もうまくいっていませんが、両親には順風満帆と嘘をつきます。元カレのことは忘れたと言い張りますが、もちろん未練たっぷり。

2　**語られるテーマ**

「普通は、誰かと別れたりしたときは、よかった頃を思い出して、よりを戻せれば人生は完璧なのにと思うもんじゃないのかな」と父親に言われます。ララの裏の物語は、過去に囚われず、人生に勝手な期待をするのでもなく、ありのままの自分の人生を受け入れること。

3　**お膳立て**

ララは105歳で亡くなった大叔母サディーの葬式に出席しますが、サディーとは面識がありません。参列者はまばらですが、そこには優良企業経営者でララの叔父のビル・リントンがいました。

4　**触媒**
サディーの幽霊が出現（20代のフラッパーガール［1920年代のイケてる女性］として）、ララに話しかけます。

5　**問答**
これって本物？　それともララは正気を失ったの？　ララの結論は、妄想。

6　**二幕に突入**
サディーが幽霊だという現実を受け入れたララは、サディーが失くした首飾りを探してあげることに。

7　**お楽しみ**
首飾りを探しながら、ララとサディーは恋愛観や人生観の相違から口論が絶えません。ほどなくララは、サディー（魔法）を使って自分の人生を改良できることに気づきます（問題を直すつもりで壊す）。

8　**Bストーリー**
首飾りをめぐる冒険を繰り広げるうちに、ララはエドという男性に出会います。まずエドに恋したのはサディーで、ララに憑依してデートします。

9　**中間点**

ララの人生はサディーという魔法（気づかれずに偵察したり、相手の意思に働きかけたり）のおかげで、見る間に好転（偽りの勝利）。ララの事業は上り調子、別れたジョッシュともよりを戻します。

10　**忍び寄る悪者**

ララは、ジョッシュがどうやらララとよりを戻すことにあまり乗り気でないことに気づいてしまいます（しょせん、サディーが彼の意思に働きかけただけ）。首飾りは見つからず。ララを捨てて去った共同経営者が戻ってきて、事業の業績を好転させたララの手柄を横取り。さらに、エドとキスするララを見てしまったサディーは、怒り心頭でどこかへ行ってしまいます。

11　**完全なる喪失**

ララの共同経営者がララはエドを引き抜こうとしただけで、恋愛対象ではないと本人に嘘をついてしまいます。ララは自分の事業からも逃げ出し、エドも失い、サディーもいなくなってしまいます。

12　**闇夜を彷徨う魂**

ララはサディーを探しますが、見つかりません。でもサディーの故郷で、彼女がとても有名で高価な肖像画のモデルだったことを知ります。

13　**三幕に突入**

ララは、サディーが知らずに死んだ自分の本当の「価値」を、本人に知らせなければと思いますが、サディーはどこにもいません。ララは魔法の助けなしでサディーを見つけなければならないのです。

14　**フィナーレ**

ララはサディーの肖像画のオリジナルをナショナル・ポートレート・ギャラリーで見つけます。そしてビル叔父が絵をサディーから盗んでギャラリーに売ったことを突き止めます。ついにサディーを見つけて仲直りしたララ（エドとも仲直り）。2人はビルに仕返しをし、首飾りを取り返し、サディーはようやく安らかに天国へ。

15　**終わりの光景**

ララはめでたくエドとつきあい始めます。2人はサディーの葬式を、改めて盛大に催します。有名な肖像画に描かれたあの女性の葬儀ということで、大勢の人が参列。20代の2人女性はお互いを助け合って、過去と決別し、未来に進むことができたのでした。

第12章
ジャンル・タイプ9
黄金の羊毛
旅立ち、求め、奪い取る

ネタばれ警報！　この章では以下の小説が登場します。

『ゲームウォーズ』アーネスト・クライン著
『怒りの葡萄』ジョン・スタインベック著

大事なのは目的地じゃなくて、途中の旅路！

何度も何度も、聞き飽きてますよね？　耳にタコでしょうけど、実際にそのとおりなんです！　特に〈黄金の羊毛〉ジャンルにおいては、最重要。ちなみに〈黄金の羊毛〉というのは、ギリシャ神話の英雄イアソンとアルゴ船探検隊のことですよ。簡単に言えば、イアソンという男がいて、大勢の仲間（ヘラクレスだってヘラクレスがいたら絶対仲間にしといたほうがいいから）を集めて、自分を王にしてくれる力をもつ金の羊毛を求めて大冒険の旅に出る話。当然、旅の途中であらゆる苦難困難に出合います。つまり、誰もが大好きな物語の原型――旅もの――なわけです［要するに、『桃太郎』のような話］。

皆さんもご存知なとおり、旅ものの肝は目的地ではありません。どこかの地理的な目標とか、宝物とか、褒美とか、物理的なものではなくて、そう、冒険そのものが肝！　何かを求める旅！　旅の途中で寄る場所、寄り道、それがドラマ！

そして旅もので何より重要なのは、旅の途中で見つける**何か**。そう、旅の途中で発見する自分。少なくとも、優れた旅もの小説は自分を発見する旅であるべき。「でも、私は旅ものを書いてるわけじゃないし」と次のジャンルに移ろうとしたあなた、ちょっとページをめくる手を止めて聞いてください。このジャンルに収まる作品はたくさんあります。ジョン・スタインベックの『怒りの葡萄』、ウィリアム・フォークナーの『死の床に横たわりて』、ライマン・フランク・ボームの『オズの魔法使い』、マーク・トウェインの『ハックルベリー・フィンの冒険』など。でも実は、旅ものでない作品にも、この冒険ジャンルに含められる作品があるんです。〈黄金の羊毛〉ジャンルには、嬉しいことに、いわゆる強盗・強奪計画ものも入ります。その場合の「旅路」は強奪実行までの計画の道のりになり、計画実行が第三幕になります。よく知られた例として、リー・バーデュゴ著『Six of Crows〔未邦訳：鳥の6〕』、アリー・カーター著『快盗ビショップの娘』、マイクル・クライトン著『大列車強盗』、チャック・ホーガン著『強盗こそ、われらが宿命』〔『ザ・タウン』という題で映画化〕などがあります。

さらに、壮大なクエスト〔冒険〕ものも〈黄金の羊毛〉というジャンルに含まれます。この場合、「旅路」はどこか遠くにある宝物、賞品や褒美、出生にかかわる秘密を探す旅になります。J・R・R・トールキン著『旅の仲間』〔『指輪物語』の第一部〕、ジョージ・R・R・マーティン著『七王国の玉座』〔『ゲーム・オブ・スローンズ』原作シリーズの第一巻〕などですね〔クエストもので成功するには名前に2つ以上「R」がつくのが必須みたい〕。〈黄金の羊毛〉というジャンルに必要な素材は、基本的に以下の3つ。（1）**道**（2）**仲間たち**（3）**褒美**。

道というのは、旅の舞台。ヒーローと、共に旅する仲間たちは、その長い道のりを旅しなければ、クエストや使命を果たすことができないのです。でも道といっても実際に道路である必要はありません。アーネスト・ヘミングウェイの『老人と海』のように、海だっていいんですよ。どこか架空の世界だっていいんです。『指輪物語』や『七王国の玉座』や、ルイス・キャロルの『不思議の国のアリス』、そして『オズの魔法使い』のように。道は、別次元の世界でも、どこかの太陽系でも、アーネスト・クラインの『ゲームウォーズ』のように仮想空間でも構いません。ダンテの『神曲』の第1部である『地獄篇』に登場する、地獄の7階層だって問題なし。もちろん、暗喩としての道でも構いません。

ともかく、ヒーローが**成長**したことがわかればOK。なぜって、それがなかったら〈黄金の羊毛〉ジャンルにならないから。旅の行程にあわせてヒーローの変容の道のりをたどれるように設計できるのが、このジャンルの特徴。〈黄金の羊毛〉ジャンルの作品を考えているのなら、ちょっと自分に尋ねてみてください。「私のヒーロー（たち）はどこかへ旅をするか？　そして、旅の進展にあわせてヒーロー（たち）の成長がたどれるか？」

〈黄金の羊毛〉ジャンルに収まる小説には、ヒーローが冒険の旅のどのへんを進んでいるかを読者が理解しやすい仕掛けが施されていることがあります。『ゲームウォーズ』にはスコアボードが登場します。それを見れば、主人公のウェイド（読者も！）が、ハリデーが仕掛けたイースターエッグ探し［仮想ゲーム空間内の宝探しで、3つの鍵と関門がある］の最中に、誰がどの門の鍵を見つけたか一目でわかります。モーガン・マトソン著のヤング・アダルト旅もの小説『Amy and Roger's Epic Detour［未邦訳：エイミーとロジャーの壮大な回り道］』では、エイミーとロジャーがどこを通って何をしたかわかるような楽しい仕掛けとして、写真を貼ってコメントを添えたページが度々登場します。

もう1つ、〈黄金の羊毛〉ジャンルで普通に登場する仕掛けに**道の真ん中に落ちている馬糞**というのがあります。もう一歩で勝利、というところで旅を完全に中断させてしまう何か。これは文字どおり（または比喩的に）障害物を意味し、ヒーローと仲間たちに迂回を強い、作戦再考を迫り、ひびの入った人間関係の修復を要求し、自分たちをじっくり見つめなおさせて、それぞれが備えた真の力や技術を発見させる仕掛け。

ヒーローに同行する**仲間たち**は、大所帯でも少人数でも、あなたのお好みで構いません。〈黄金の羊毛〉のサブジャンルである**羊毛の相棒**も人気の高いジャンルです。その場合は、スタインベックの『ハツカネズミと人間』、コーマック・マッカーシーの『ザ・ロード』そして『ハックルベリー・フィンの冒険』のように、ヒーローと相棒の2人きりで話は進みます。『オズの魔法使い』や『ゲームウォーズ』『怒りの葡萄』のように、旅のお供が3人、またはそれ以上でも構いません。

〈黄金の羊毛〉の変種として、**羊毛の一匹狼**というのもあります。これは、ヒーロー独りで始まった旅の途中で、助けてくれる仲間が増えていくという展開。『不思議の国のアリス』やミッチ・アルボム著『天国の五人』、そしてジョナサン・スウィフト著『ガリヴァー旅行記』の類です。

仲間の人数にかかわらず、〈黄金の羊毛〉ジャンルの物語のBストーリーの肝には友情や愛情を据えるのが一般的。ヒーローが誰と一緒に（場合によっては嫌々）旅立つかという判断は、作者にとって重要なものになります。その仲間が複数なら、全員にBストーリー（内面／魂の物語）に相応しい役割を与えなければなりません。そして、旅の道行で必要になる才能やスキルを持たせてやります。知性、体力、心、何でも構いませんが、小説の冒頭でヒーローに欠落しているものでなければなりません。だからこそ、ヒーローは特定の仲間を必要とするんですから。『Six of Crows〔未邦訳：烏の6〕』の場合、主人公カズは、曲芸師、解体屋、さらには、魔法師まで！　腕利きの仲間を動員して、盗みの計画を実行します。

もし大勢の仲間たちを導入するのなら（強奪ものなら特に）、個々のメンバーはそれぞれ独特かつ面白い方法で紹介すること。上手な紹介に苦しむ作家が大勢いますが、うまくできれば、読者にとってこの上ない楽しみになりますから。大勢の登場人物を紹介するためには、かなりのページを割くことになるので、まるでスターを登場させるように華々しくお願いします。でないと、〈黄金の羊毛〉を探す冒険が始まる前に、読者が飽きちゃうかもしれないから。

最後に**褒美**。それは〈黄金の羊毛〉そのものをさします。ヒーローと仲間たちが求めていたのは何？　長く苦しく最高にイケてる旅を終えた彼らを待っているのは何？　褒美は、ヒーローたちが旅立つに値するもの（そして読者が納得する価値のあるもの）でなければなりませんが、最終的にそれが何であるかは、あまり問題ではありません。途中の旅そのもののほうが大事なので。『ゲームウォーズ』で主人公のウェイドが、ついにオアシス〔仮想ゲーム空間〕内に隠されたイースターエッグ〔宝物〕を見つける頃には、彼は自分について、そして世界の仕組みについて深く学んでおり、もはやゲームの賞金を獲得しようがしまいがどうでもよくなっています。欲しくないというわけではありませんが、物語の最初に比べると褒美が価値を失ってしまったということ。なぜなら、それは実はウェイドの旅で一番重要なものではなかったから。

重要ではなくても、褒美は必ず誰でも価値を理解できるような、**基本的で本質的**なものであるべき。つまり例を挙げれば、家に帰る（『オズの魔法使い』『不思議の国のアリス』）、宝を獲得する（『ゲームウォーズ』『Six of Crows〔未邦訳：烏の6〕』）、自由（『ハックルベリー・フィンの冒険』）、豊かな生活（『怒りの葡萄』）、道化（キーラ・

キャス著『セレクションI　片恋協奏曲』）、大事な目的地へ到達する（『Amy and Roger's Epic Detour［未邦訳：エイミーとロジャーの壮大な回り道］』『死の床に横たわりて』）、血統に約束されたものを得る（『七王国の玉座』）。

基本的で本質的な褒美は物語を動かす役目を果たすもので、多くの場合、《触媒》のビートに縫いこまれています。しかし、ヒーローがひとたび手にした途端（場合によっては手にしなくても）、当初の価値を失うもの。なぜならそれは、ヒーローと仲間たちを旅立たせ、物語を動かす仕掛けにすぎないから。でもそれでいいんです！　ご褒美は物語の本当の肝ではないのです。このジャンルに属する物語の中で一番心に響く瞬間は、あなたのヒーロー（読者も）が旅の途中で手に入れた何かのほうが、褒美の何倍も素晴らしいものだったことに気づくとき。その何かとは、愛、友情、仲間の連帯などといった、あなたのBストーリーの肝。

まさに同じ理由で、〈黄金の羊毛〉ジャンルのプロットは立てにくいことがあります（強奪計画ものの小説があまり多くないのは、そういうわけ）。作者は、ヒーローたちが通過するたびに触っていく里程標のような目印を、一般的にはヒーローたちが遭遇する登場人物や何らかのイベントという形で、旅の道すがらに配置しなければなりません。そのような目印は物語と関連がないように見えるのですが、物語の大きな構造の中では絶対に関連していなければいけません。『怒りの葡萄』のジョード一家は、職を求めてカリフォルニアに行く途中、何人もの人に出会います。ウィルソン一家、フロイド・ノールズ、ティモシー・ウォーレスと息子のウィルキー、ウェンライト一家をはじめ様々な人々に。各人は赤の他人ですが、物語の中では大きなつながりの一部として、この小説のテーマである連帯を象徴します。民衆が助け合うというテーマ。物語の終盤で、季節労働者の連帯を助けるという運命を享受したときにトム・ジョードが学ぶテーマなのです。

〈黄金の羊毛〉ジャンルの物語では、目印を通過するたびにヒーローを最終的な真のゴールに近づかせます。

内面的成長！　変容！　**本当に変わった姿！**（思わず太字で）。目印があるたびに、誰かに遭遇するたびに、ヒーローがどう影響されるか。それを巧く書くのに必要なのは、プロットを超えた技。構成という錬金術。Aストーリー（目印）とBストーリー（目印がヒーローにおよぼす内面的な影響）を巧みに編み上げて、腑に落ちる、満足のいく変容のラストに読者を導くのです。

ここで、おさらい。あなたが〈黄金の羊毛〉ジャンルで1本書きたいと思っているなら、以下の3つの素材を絶対に忘れないように。不可欠ですから。

- **道**　広大な大海原。長い距離。いや、道路のこっちからあっち側へ渡るだけでも、ともかく物語を通じてヒーローの成長を見せることができて、その成長の足取りがたどれるならOK。行く手を遮る**馬糞**が落ちているのが一般的。
- **仲間たち**（**または相棒**）　ヒーローのお供をして道を案内します。ヒーローに不足している何か、つまり技術、経験、態度などを象徴する者であるのが一般的。羊毛の一匹狼の場合は、道すがらヒーローを助けるキャラクターが現れるという展開になります。
- **褒美**　基本的で本質的で、求める価値のある何か。家に帰ること、宝を確保すること、自由、重要な目的地へ到達すること、出自が約束する何かなど。

〈黄金の羊毛〉ジャンルの人気小説

『カンタベリー物語（上・中・下）』ジェフリー・チョーサー著、桝井迪夫訳、1995年、岩波書店
『ガリヴァー旅行記』ジョナサン・スウィフト著、平井正穂訳、1980年、岩波書店
『不思議の国のアリス』ルイス・キャロル著、河合祥一郎訳、2010年、角川書店
『ハックルベリー・フィンの冒険（上・下）』マーク・トウェイン著、西田実訳、1977年、岩波書店
『闇の奥』ジョセフ・コンラッド著、中野好夫訳、1958年、岩波書店
『オズの魔法使い』ライマン・フランク・ボーン著、河野万里子訳、2012年、新潮社
『死の床に横たわりて』ウィリアム・フォークナー著、佐伯彰一訳、2000年、講談社
『怒りの葡萄（上・下）』ジョン・スタインベック著、黒原敏行訳、2014年、早川書房
『指輪物語（1）』J・R・R・トールキン著、瀬田貞二、田中明子訳、1992年、評論社
『オン・ザ・ロード』ジャック・ケルアック著、青山南訳、2010年、河出書房新社
『大列車強盗』マイクル・クライトン著、乾信一郎訳、1981年、早川書房
『七王国の玉座（上・下）』ジョージ・R・R・マーティン著、岡部宏之訳、2012年、早川書房
『天国の五人』ミッチ・アルボム著、小田島則子、小田島恒志訳、2004年、NHK出版
『強盗こそ、われらが宿命（上・下）』チャック・ホーガン著、加賀山卓朗訳、2007年、ヴィレッジブックス
『ザ・ロード』コーマック・マッカーシー著、黒原敏行訳、2008年、早川書房

『Amy and Roger's Epic Detour〔未邦訳：エイミーとロジャーの壮大な回り道〕』Morgan Matson, 2014, Simon & Schuster Childrens Books
『快盗ビショップの娘』アリー・カーター著、橋本恵訳、２０１０年、理論社
『ゲームウォーズ（上・下）』アーネスト・クライン著、池田真紀子訳、２０１４年、ＳＢクリエイティブ（ビート・シート参照）
『セレクションI　片恋協奏曲』キーラ・キャス著、服部理佳訳、２０１６年、ポプラ社
『Six of Crows〔未邦訳：鳥の６〕』Leigh Bardugo, 2018, Turtleback Books

『ゲームウォーズ』

著者：アーネスト・クライン
10のジャンル：黄金の羊毛
販売ジャンル：サイエンス・フィクション
ページ数：３７２（２０１１年ブロードウェイ社刊ペーパーバック単行本〔英語原書〕）

１９８０年代のポップカルチャーに捧げる愛の歌であるこの小説は、２０１１年に書店に並ぶなり大反響を呼びました。張りつめたようなタイトなプロット、創造的に構築された世界観、現実と仮想現実というタイムリーなテーマが、世界のゲーマーたちを驚かせ、ゲームをやらない人をもあっと言わせました。ＵＳＡ

トゥデイ紙、ボストン・グローブ紙、エンターテインメント・ウィークリー誌など主要な刊行誌がこぞって大絶賛。多くの賞を受賞しました。スティーヴン・スピルバーグが映画化［映画タイトル『レディ・プレーヤー・ワン』として2018年に公開］に賛成したのも当然ですよね。

〈黄金の羊毛〉ジャンルのこの冒険小説では、想像力豊かに構築された仮想現実世界の中で、主人公ウェイドや彼の仲間たちと一緒に、読者はイースターエッグと呼ばれる全ゲーマー羨望の宝を探す旅に出ます。

1　始まりの光景（1〜9ページ［以下、原書］）

まず読者は、ウェイド（仮想現実空間での名を「パーシヴァル」）に出会います。彼によって物語の舞台である2045年の世界が紹介されますが、そこは酷い世界。世界的な燃料問題の挙句温暖化が加速し、人類は飢饉、貧困、疫病の脅威に晒されています。人類に残された唯一の救済、というか取り合えずの逃避先は、オアシスと呼ばれる仮想現実空間に構築されたマルチプレイヤー型のオンラインゲーム（しかも史上最大）。それを地球上のほとんどの人間が、狂信的にプレーしています。誰もがほぼ1日をそこで過ごすゲーム世界。オアシスの中で仕事をしている人も、学校に通う人もいます［オアシス＝OASIS＝存在論的人間中心感覚没入型仮想環境の頭文字］。

〈黄金の羊毛〉ジャンルであるこの物語の褒美は、ジェームズ・ハリデーというオアシスの開発者が自らゲーム世界内に隠した、イースターエッグが1つ。最初に見つけた人には、400億ドルとオアシスの所有権が約束されています。ウェイド本人により、黄金の羊毛を求めるクエストの概要が語られます。3つの秘密の門の扉を開けるために、3つの鍵（銅、翡翠、水晶）が隠されていて、イースターエッグは最後の門の中にある。この小説の物語の起点からさかのぼること5年前、イースターエッグ探しのゲームが公表されたときには、当然世界が熱狂しました。しかし、第1の鍵が見つからぬまま5年が過ぎ、当初の熱狂が冷めてしまった頃に、ついに鍵が発見されます。

そう、ウェイドその人の手によって。

この章は、《触媒》ビートの予兆という役割も果たしています。

2　**お膳立て**（10〜69ページ）

ここから59ページにわたって時間をさかのぼり、ウェイドが第1の鍵を見つけるまでのエピソードが語られます。これで、読者はウェイドと一緒に宝探しを楽しめるという仕掛け。このビートで、ウェイドの楽しくもなんともない日常が詳しく紹介されます。

ここで、ウェイドの人生が抱える**要修理案件**をリストにしておきましょう。

- ポートランド・アヴェニューにあるスタックと呼ばれるトレーラー集合住宅［土地不足でトレーラーが縦に積んであるので「スタック」と呼ぶ］に住んでいる。
- これは、基本的に終末後の世界。
- 孤児であるウェイドは、金目のものを断りもなく質に出すような酷い叔母と同居している。
- ウェイドは肥満気味、ニキビ顔で、非社交的。

でもオアシスに入れば、そんな問題は一切なし。パーシヴァルというアバターを纏《まと》ったウェイドは、自信に溢れ、しかもイケメン。オアシス内では、自分の世界を好きなように創り上げることが可能。だからウェイドは、そんな理想的な仮想現実を誰にも邪魔されないように、廃棄されたスタックに潜りこみ、そこに設置したオアシス接続用コンソールにほぼ常時接続状態。

さらに、この《お膳立て》のビートで、読者はウェイドの日常、つまり**家**、**仕事**、**遊び**を垣間見ます。すでに明らかにされたように、ウェイドの日常は暗いもの。仕事（彼の場合は学校）は、オアシス内の公立高校で、他のガンター［イースターエッグ・ハンター、つまり宝探し専門のゲーマーたちのこと］たちと宝探しにいそしむのが、彼の遊びの時間。ウェイドは親友エイチとチャットルームにたむろして、ウェイドが熱烈片思い中のアルテミス（有名なガンターでブロガー。ウェイドは面識なし）の話をします。

さらに2人は、『アノラック年鑑』をめぐって熱い議論。これはハリデーが遺した日記で、宝探しの重要な手がかりが隠されていると信じられている年鑑のこと。さらに、この物語の主要な悪役ＩＯＩ［イノヴェーティブ・オンライン・インダストリーズの略］のことも言及されます。ＩＯＩは、オアシス以外のすべてを所有しているような邪悪な巨大コミュニケーション企業。ＩＯＩは、「シクサー」と呼ばれる宝探し傭兵部隊としてガンターを大量に雇い、オアシス奪取を目論んでいるのです。

3　**語られるテーマ**（45ページ）

45ページで、ゲーマー仲間のアイロックが、ウェイドとエイチ相手に「お前ら、ゲームばかりしてないで、リアルを楽しめ」とテーマを口にします。ちょっとした悪態の一言に過ぎないのですが、ウェイドにとってはまさに図星。ウェイドが、ハリデーと1980年代のポップカルチャーに関する蘊蓄《うんちく》を披歴するこの場面によって、オアシスの中で宝探しをすることだけが彼の人生だということが明確になります。オアシスはウェイドの燃料であり、同時に人生の目的なのです。この小説が終わるまでには、ウェイドはゲームの中にこもるだけが人生ではないというテーマを学びます。真の幸福を手にするためには、いつか現実と向きあわなければなりません。

ウェイドが住む世界というのは、人類がいまだ体験したことのない世界。でも、SNSをはじめインターネットがすっかり生活の中心になった今のことを思えば、この世界の前提はあながち信じられないものでもありません。だからこの小説のテーマは、読者の心を直撃するのです。嘘は甘い罠なので、落ちないように。現実と地続きであることは、フィクションを書く上でも大事なのです。

4　**触媒**（69～70ページ）

69ページにたどり着いた頃、そろそろ第1章の時系列に物語が追いつきます。ウェイドはハリデーの謎かけを解き、コッパー・キー［銅の鍵］の隠し場所を見つけます。なんと、鍵はウェイドの学校がある惑星ルーダスにあったのです。ハリデーが、学校に行く年齢の子どもに発見させたくてそこに隠したに違いないと、ウェイドは考えます。

5　**問答**（70～76ページ）

鍵の隠し場所を推測した途端、ウェイドの《問答》が始まります。「どうやって、その場所に行けばいい？」」。推測される鍵の隠し場所である「恐怖の墓所」は、惑星ルーダスの反対側にありますが、学校からは遠く（歩くには遠すぎ）、しかもウェイドはテレポート［瞬間移動、課金制］するためのお金をもっていません。そこで彼は、校外学習に参加という言い訳を使って無料テレポーテーション・チケットをせしめることを思いつきます。

6　二幕に突入（77〜86ページ）

77ページでウェイドは、コッパー・キーが隠されている可能性大の「恐怖の墓所」（『ダンジョン&ドラゴンズ』のからの引用）ゲームの世界に入り、同時に第二幕に突入します。

ここから先は、ハリデーが企んだイースターエッグ探しという、真っ逆さまの世界。ドラマチックで目を見張る展開、ヴァーチャルバトル、そして80年代文化の引用の嵐！

墓所の中でウェイドは、ハリデーのアバターとして有名なアノラックに出会います。アノラック［アサーラックというゲームのキャラクターとして現れる］は、鍵を手に入れたければ『ジャウスト』という80年代のゲームで、自分を負かさなければならないとウェイドに告げます。第1の鍵を見つけるために何年もの間研究を重ねたウェイドは、『ジャウスト』だけでなく、80年代のあらゆるゲームを特訓したので、準備は万端。ハリデーのアバターを操る人工知能の欠陥を見抜いたウェイドは、その弱点を突いて勝利、褒美に相応しい人物であることを証明します。そして、オアシスの中で初めてコッパー・キーを手にした者として、ウェイドの名前はスコアボードの一番上に表示されます。

7　**Bストーリー**（87〜99ページ）

意気揚々と「恐怖の墓所」を後にしたパーシヴァル（ウェイド）が仮想世界内で出会うのは、長年一方的に思いを寄せている片思いの相手、アルテミスでした。彼女がこの物語の恋愛対象兼《Bストーリー》のキャラクターになります。最初は宝探しの競争相手として競い合う2人ですが、やがてウェイドは、仮想現実にこもるより現実の世界で生きることの価値をアルテミスに教わることになります。物語が展開するにつれ、一層深くアルテミスに恋心を募らせることになるウェイドは、アバターでは我慢できず、実際の彼女を望むわけです。

アルテミスは何週間も前に墓所を発見していましたが、『ジャウスト』でアノラックに負け続けていました。スコアボードにパーシヴァルの名前を見つけたアルテミスは、怒って15分間動けなくなるバリアの呪文をパーシヴァルにかけます。ウェイド（パーシヴァル）は、金縛りにされてもアルテミスにアノラック攻略のヒントを授けずにはいられません。こうして2人の密かなロマンスは、ゆっくりと動き始めます。

8　**お楽しみ**（100〜189ページ）

この作品の**約束された前提**は、ジェームズ・ハリデーが仕掛けたイースターエッグという宝探し。著者アーネスト・クラインはその約束を見事に果たしてくれます。コッパー・キーには謎かけが彫りこまれており、それを読んだウェイドはたちまち第1の門にたどり着きます。そして、ハリデーの大好きな映画『ウォー・ゲーム』の1場面を演じてみせるという最初の難関をわけもなくクリア。上向きで始まるかに見えたウェイドの冒険ですが、ジェード・キー［翡翠の鍵］への手がかりの謎が解けずに難航、彼の軌跡は一気に**下向き**に。

ウェイドが第1の門をクリアしてほどなく、アルテミスが続き、さらにウェイドにヒントをもらった親友エイチがクリア。そうこうしている間にもエイチとアルテミスが交わすメールが親密さを増し、ウェイドはアルテミス（**Bストーリー**）のことで気を揉みます。

第1の鍵を見つけた最初の男として一躍有名になったウェイドですが、次々と他のプレイヤーたちがクリアし、ウェイドは再び振り出しに戻って乱戦を繰り広げることになります。

ウェイドがＩＯＩの事務所に招待されたときに、すべて急転直下します。ＩＯＩの腹黒い司令官、ノーラン・ソレントが、ウェイドに交渉を持ちかけます。もしウェイドがＩＯＩのシクサー〔宝探し傭兵部隊〕を率いてイースターエッグを探すなら、唸るほどの大金を払うというのが条件。そして断れば、死。

怖気づいたウェイドは、オアシスからログアウトしますが、そのとき自宅のトレーラーが爆破されます。秘密の隠れ家にいたウェイドは死なずにすみます。このことで、ウェイドはＩＯＩがユーザーたちの個人秘密情報にアクセスしていることに気づきます。でなければ、どこに住んでいるか特定できないはずだから。

オアシスに戻ったウェイドは、「ハイファイブ」（第1の門をクリアした最初の5人）に緊急招集をかけ、身を隠すよう伝えます。この時点では5人は個別に宝を探していますが、これがウェイドの〈黄金の羊毛〉チームになります。アルテミス、エイチ、そしてダイトウとショウトウという2人の日本人の4人。

ひとたびＩＯＩがコッパー・キーを見つけて第1の門を突破すると、シクサーたちの名前がスコアボードに続々登場します。ウェイドは隠れ家のドッジ・トレイラーから抜け出して身を隠すことに。ＩＯＩが追っ手を差し向けてこないので、恐らく彼は死んだと思われている模様。有名になったウェイドには広告スポンサーがついて収入が確保されたので、それを資金に偽の身元を確保。新しくアパートを借り、宝探しが終わるまで一歩も外に出ないと誓います。この誓いを立てた瞬間、ウェイドはテーマを自分のものにするどころか、正反対の方向に。しかし、この間にもウェイドとアルテミスはオアシス内で密会を重ね、お互いに関する実際の情報を教えあうので、お先真っ暗というわけでもありません。チャットやメールを通して2人のロマンスは花開きますが、一方でウェイドのアルテミス（Bストーリー）への気持ちが膨らむにつれて、宝探し（Aストーリー）への興味が失われていきます。

9　**中間点**（180〜189ページ）

ハリデーのビジネスパートナーで、オアシスの共同開発者でもあるオグデン（オグ）・モローが、パーティ（**中間点パーティ**）を開きます。ウェイドは逃走中なのに姿を現し［仮想空間内に］、アルテミスや他の有名人数名と一緒に参加してしまいます。

ウェイドとアルテミスの関係は最高潮に達します。アルテミスに告白したことでウェイドの**裏の代償**が大きくなります。彼女は動揺して、宝探しが終わるまで会わないことを提案。これがウェイドの**偽りの敗北**の第一歩。半ページ後には、IOIの追っ手がパーティーに乱入し客を襲い始めます（AとBストーリーが交差）。クラブ内は戦場と化し、ウェイドはIOIが自分とアルテミスを殺しにきたことを悟ります。これは、現実世界でウェイドが生きていることを敵が知っているということを意味するので、表の代償も大きくなります。

10　**忍び寄る悪者**（190〜238ページ）

オグのパーティが大惨事に終わり、ウェイドは宝探しに100％専念することに決めます。余計なことは考えない。オアシスに没入したウェイドは、どんどん自分が学ぶべきテーマから遠ざかっていきます（**裏の悪者**）。アルテミスにブロックされたので、彼女との交信もゼロ。ウェイドが第1の門をクリアしてから半年後、ついにジェード・キー［翡翠の鍵］が発見されます。見つけたのはアルテミスです。

シクサーたち（**表の悪者**）は、オアシスのアイテムを使ってアルテミスが鍵を発見したのはセクター7だったことを暴露、ガンターたちが殺到します。ウェイドは勘を頼りに、鍵の隠し場所は惑星アーケードだと確信しますが、すぐにそれは誤った場所に誘導するための偽情報だと気づきます。惑星を去るときにウェイドは、ハリデーが子どもの頃に入り浸ったピザ屋のレプリカを見つけ、入ります。そこにはパックマンのゲーム機があり、ウェイドはハリデーが打ち立てた得点記録に挑みます。何度か挑戦した後にウェイドは記録を破り、パーフェクトゲーム［全面制覇］を達成。思わぬご褒美として奇妙な25セント硬貨をもらいます。でもそれが何の役に立つのかは、わかりません。

そこに、エイチがジェード・キーを見つけたという知らせが入り、ウェイドは宝探しに復帰。コッパー・キー発見のヒントのお礼に、エイチはウェイドにジェード・キーのヒントを授けます。ウェイドはようやくジェード・キーを手に入れ（『ゾーク』という古いゲームをプレー）、ようやく彼にも運が向いてきた模様。しかし、ほどなくシクサーたちもジェード・キーを手に入れ、始まった戦闘の最中ダイトウのアバターが殺されてスコアボードから彼の名前が消されてしまいます。この小説で最初の**死のにおい**です。

11　完全なる喪失（237～238ページ）

ウェイドが謎を解いて第2の門の場所を解明しようと必死になっている間に、ソレントは第2の門を突破してしまいます。スコアボードの最上位に上ったソレントは、2日後、クリスタル・キー［水晶の鍵］を手に入れて大量得点を獲得。門をあと1つクリアすれば、ＩＯＩはオアシスの覇権を掌中に収めてしまうのです。すべての望みは失われたかに見えます。ウェイドが238ページで言うように「どうやら、この物語はハッピーには終わらないらしい。悪いやつらが勝利を収めようとしている」。

12　闇夜を彷徨う魂（239～266ページ）

シクサーたちが次々とクリスタルキーを手にし、スコアボードを埋め尽くしていくのを見ながら、ウェイドは悲嘆にくれ、のたうち苦しみます。《完全なる喪失》への反応として、ウェイドは仮想空間内と現実の両方で自殺を考えます。これが2つ目の**死のにおい**です。

しかしその考えを実行する直前に、ショウトウから連絡を受けます。そしてダイトウが何かをウェイドに遺したことを知ります。2人はオアシス内のウェイドの要塞で落ちあいます。そこでは3つ目の**死のにおい**として、ダイトウが現実世界でもＩＯＩの手で殺されたことが明かされます。

これにより、ウェイドはテーマに向かって大きく一歩前進します。ウェイドとショウトウは本当の名前を教え合い、現実世界での自分のことを話します。ショウトウは宝探しを諦め、代わりにダイトウの仇を取るという新しい目標を立てたことを話します。そしてウェイドが宝を見つけるように幸運を祈ると、ダイトウの形見、ベーターカプセルを渡します。これがあれば、ウェイドは身長50メートルのウルトラマンに変身できるのです。

そしてウェイドは第2の門の場所を突き止めます。『ブラックタイガー』ゲームをプレーして門をクリアし、ほどなくクリスタル・キーも見つけます。鍵には、第3の門の鍵は独力では開けられないという謎かけが彫りこまれています。つまり、このゲームで勝つには仲間の助けが必要だというヒント。

第3の門は、難攻不落のアノラック城内にあることをウェイドが突き止めます。しかし城にたどり着いてみると、すでにシクサーたちが先回りして、誰も入れないように城全体を魔法のシールドで覆っていました。ガンター軍団がシールド突破を試みていますが、誰も成功しません。もう望みはないのか。最後のときは間違いなく迫っている。IOIがオアシスを完全に支配してしまう。なんとかしなければ……。

13　**三幕へ突入**（266ページ）

そこでウェイドは作戦を立てます。読者にはその全容が知らされませんが、極めて大胆かつ危険な計画であることが仄めかされます。第三幕に突入しながらウェイドは独白でこう言います。「途中で死んでもいいから、第3の門にたどり着いてやる」。

14　**フィナーレ**（266〜368ページ）

1　〈チーム招集〉

秘密の作戦実行のために、ウェイドはまず、アルテミス、エイチ、そしてショウトウにメールし、第2の門の正確な場所とクリスタル・キーの取り方を教えます。

2 〈作戦実行〉

この時点では、読者はまだ作戦の全容を教えてもらえないので、どきどきしながら見守るだけです。クレジットカードの未払いという理由でＩＯＩがウェイドを連行しにきたときに、作戦は開始。ウェイドは、ＩＯＩ本部の清算労働者受け入れセンターに連れていかれ、未払い金を払うためにテクニカルサポートの仕事をさせられることに。この機会を利用して、ＩＯＩの内部ネットワークをハッキングし、シクサーがアノラック城に仕掛けたシールドを無効化する方法を見つける作戦です。そこでウェイドは、アルテミスに関するファイルを発見、彼女の**現実**の姿を見ます。顔半分に生まれつきの色素沈着があっても、ウェイドにとって彼女の美しさは変わりません（**Ｂストーリー**）。シクサーのデータベースの複製が完了すると、ウェイドはＩＯＩ本部を抜け出し、オアシスに接続します。そして仲間たちに、シクサーたちに現実世界での居場所を知られているから、すぐに逃げるように警告します。

その後ウェイドは、データベースから盗み取ったＩＯＩによるダイトウ殺害および、自分の殺害未遂の証拠を、主要なニュースグループに流します。

ウェイドはチャットルームで仲間たちと合流、シクサーたちが第3の門を開くための謎を解いていないことを伝えます。仲間たちは知恵をあわせて、門を開けるには鍵が3本必要であることを解明します。ここまではガンター対ガンターの競争でしたが、ここからは4人が力をあわせなければ！　ウェイドは、データベースをハッキングした際、アノラック城を覆っているシールドが翌日正午に消えるように設定したことも仲間に伝えます。そうすれば、誰でも歩いて入城できるのです。そして、すべてのオアシス・ユーザーにメールし、シクサー相手の戦いに参加するように呼びかけます。

そこに突然オグデン・モローが現れ、助けの手を差し伸べます。オレゴン州にある自分の屋敷に仲間たちを招き、そこを攻撃拠点にするようにと。いよいよ、仲間たちが実際に顔を合わせるときがくる……**現実**の世界で（**テーマ**）！

エイチは、キャンピングカーを運転してオレゴンへの道すがらウェイドを拾いにきます。そして――ビックリ仰天！　実際のエイチは、顔も、性別も、人種も、アバターとはまったく違っていました！　319ページでエイチと対面したときに、エイチの正体が誰でも問題ではないことを、ウェイドはすでに理解しており、テーマを自分のものにしていることを証明します。「エイチ、君は僕の親友だ。本当のことを言えば、たった1人の友達なんだ」。

皆はオグデンの家に到着し、オアシスに接続します。いよいよゲーム開始！

シクサー相手に戦いの幕が切って落とされます。ウェイドの作戦はうまく進んでいるように見えます。シールドは正午に消え、大勢が応援に現れ、結果的にオアシス史上最大の戦いに。ショウトウは身を挺して戦い、彼のアバターは死にます。ウェイドはベーターカプセルを使ってウルトラマンに変身、ソレントのアバターを撃滅。ソレントの名前はスコアボードから消えます。

大勝利！

……なのでしょうか？

3　〈高い塔でビックリ仰天〉

ウェイド、アルテミス、エイチが第3の門をくぐった瞬間、大地を震わせるような振動音とともに、3人とも死にます［アバターが］。

シクサーたちがカタクリストという超兵器を発動させたので、そのセクターにいたアバターは全員死んだということがわかります。ところが、ウェイドだけは、以前パックマンの勝負でハリデーの高得点記録を破った褒美にもらった25セント硬貨によって、「エクストラ・ライフ」を1回分与えられます。プレイヤーにライフが与えられたのは、オアシス史上初。

仲間たちは「死んだ」ままですが、オグデンの計らいにより現実世界から仮想空間内のウェイドと話せるようになります。ウェイドは仲間の助けなしには最後の関門をクリアできないことを認めます。

4　〈真実を掘り当てる〉

現実世界で獲得した友人たちのほうが褒美より価値があるというテーマを、学んで自分のものにしたことを証明するために、ウェイドはオアシス全体に自分のメッセージを配信し、自分の正体を明かし、賞金を仲間たちと分かち合うことを発表します。

5　〈新しい作戦の実行〉

第3の門をクリアするには、80年代のゲーム『テンペスト』をプレーしなければなりません。アルテミスはウェイドに、『テンペスト』のプログラムにあるバグを使えばライフが増やせることを教えます。お陰でウェイドは第3の門の1面をクリア、2面に進み、今度はハリデーの好きな映画『モンティ・パイソン・アンド・ホーリー・グレイル』のある1場面を再現しなければなりません。背後ではシクサーたちが『テンペスト』をプレーしながら迫ってきます。ウェイドが『モンティ・パイソン』をクリアすると、仮想空間に再現されたハリデーのオフィスに連れていかれます。

ところで、イースターエッグは……？

ウェイドは仲間たちに話しかけますが、反応なし。《フィナーレ》のビートではよく使われる手ですが、ヒーローは自分の力だけで行動できるということを証明しなければなりません。ハリデーに関する豊富な知識に助けられて、ウェイドは最後の難関を突破。イースターエッグ［文字通り、卵］を手にし、杯にのせると、彼のアバターの姿はアノラックに早変わり。レベルもポイントも、無限大になります。ウェイドは全能で不老不死になったのです――少なくともゲームの中では。

でも、ゲームはゲーム。人生ではない。

仮想《ヴァーチャル》ハリデーが現れて、ウェイドにそう語りかけます。そして、ウェイドがすでに受けとめたテーマを、改めて語ります。「私は、現実世界に一度も馴染むことができなかったので、オアシスを創ったのだ……現実は恐ろしく痛々しい世界だが、真の幸福もまた現実にしかない。なぜなら、現実というのは本当だから」。そしてハリデーはウェイドに忠告します。「私が犯した間違いを犯すんじゃないよ。ここに一生こもってはいけない」（３６４ページ）。

新たに手にした力を使って、ウェイドはシクサーを全員殺し、仲間たちを生き返らせます。そして、現実世界ではソレントが殺人の容疑で逮捕されます。

15　**終わりの光景**（369〜372ページ）

ウェイドはオアシスからログアウトします。そして、アルテミスを探してオグデンの屋敷の裏庭へ。そして初めて現実世界で彼女に出会います。サマンサと本名を名乗ったその女性に、ウェイドは愛を告白します。2人はキスし、ウェイドは人生で初めて、オアシスに戻りたくないという気持ちを覚えます。現実がこんなに素晴らしいんだから。

この小説はどうして〈黄金の羊毛〉なの？

『ゲームウォーズ』は、このジャンルの物語に必要な3つの素材をすべて兼ね備えている典型的な〈黄金の羊毛〉小説。

- **道**　3つの鍵およびそれぞれの鍵に対応した門を旅の目印として、オアシスという広大な仮想世界を駆け巡るイースターエッグ探しは、ウェイドが探し求めていたものを手にするために避けられない旅。
- **仲間たち**（**または相棒**）　終盤近くまで手を組んで戦うわけではないにしても、アルテミス、エイチ、ショウトウ、そしてダイトウすらも、ウェイドの仲間です。それぞれが、それぞれのやり方で、ウェイドの旅を手助けします。

- **褒美**　最初のページで褒美であるイースターエッグが言及されて以降、ウェイドは本を丸々1冊使って、他のプレイヤーたちと競いながら、褒美をその手中に収めようと奮闘します。

ネコの視点でおさらい

ここで、『ゲームウォーズ』のビート・シートを、さくっとおさらい。

1　**始まりの光景**
ウェイドが読者に2045年の世界を紹介。そして仮想空間ゲーム「オアシス」内で繰り広げられる400億ドルの価値がある「イースターエッグ」探しという究極のクエストも紹介。

2　**お膳立て**
ウェイド（アバター名はパーシヴァル）は、スタックという集合住宅で冴えない日常を送っています。彼はオアシス内で親友のエイチと1日を過ごします。過去5年という時間を、ウェイドはイースターエッグを見つけてオアシスの覇権を手にし、400億ドルもらうために費やしました。

3　**語られるテーマ**

「お前ら、ゲームばかりしてないで、リアルを楽しめ」とライバルのアイロックに言われた言葉が「現実対仮想現実」というテーマ。真の幸福は現実の中にあるのです。

4　**触媒**

ウェイドは、第1の鍵につながると思われる手がかりを偶然発見。

5　**問答**

第1の鍵の隠し場所にどうやってたどり着くか？　頭の回転が速い彼は、たちまちそのための計略をひねり出します。

6　**二幕に突入**

ウェイドは恐怖の墓所に入り、『ジャウスト』という1980年代のゲーム勝負で勝ってコッパー・キーを手にします。

7　**Bストーリー**

最初の鍵を手に入れた後、ウェイドは長年片思いをしていたアルテミスにばったり出会います。アルテミスは第1の鍵まであと一歩。このアルテミスが、仮想現実に隠れて生きるよりも現実の世界のほうがいいと、最終的にウェイドに教えることになります。

8　**お楽しみ**

ウェイドは、第1の鍵を見つけた最初のプレイヤーとして有名人になりますが、ほどなく他のプレイヤーたちもスコアボードに名を連ね始めます。そしてIOI（オアシスの覇権を握ろうとする邪悪な企業）がウェイドの住居を爆破します。

9　**中間点**

《中間点パーティ》の最中、ウェイドはアルテミスに告白しますが、動揺したアルテミスはウェイドと会わないと宣言。さらIOIがパーティーに乱入、仮想世界で戦闘が起きます。

10　**忍び寄る悪者**

ウェイドは宝探しに集中しますが、アルテミスとエイチに先を越されてしまいます。

11　**完全なる喪失**

ソレント（IOIの親玉）が第2の門をクリア、スコアボードの第1位に躍り出ます。さらに第3の鍵まで見つけてしまいます。このままでは、IOIが勝って、オアシスの覇権を奪われてしまいます。

12 **闇夜を彷徨う魂**

敗北に打ちひしがれたウェイドは、仮想世界で（現実でも）自殺を考えますが、やがて第2の門がある場所を見つけてクリアし、第3の鍵をも見つけ、さらに第3の門も発見。しかし、すでにIOIが侵入不可能の仕掛けを施した後でした。

13 **三幕へ突入**

ウェイドは作戦を立てますが、読者は内容を教えてもらえません。

14 **フィナーレ**

ウェイドは作戦を実行。IOIのシステムに侵入し、彼らが施した仕掛けを解除する方法をハッキング。そして、最後の門を突破してイースターエッグを見つけるために仲間たちと共闘します。

15 **終わりの光景**

ウェイドは、現実の世界で初めてアルテミスに会い、もうオアシスには興味がないという気持ちを確認。現実のほうがよほど素晴らしいから。

第13章 ジャンル・タイプ10 家にいる化け物

どうしてそこにいるのか？

ネタばれ警報！　この章では以下の小説が登場します。

『フランケンシュタイン』メアリー・シェリー著
『プレイ　獲物』マイクル・クライトン著
『The Deep［未邦訳：深淵］』Nick Cutter 著
『ハートシェイプト・ボックス』ジョー・ヒル著

限定された空間の中で、あなたの命を狙う化け物と2人きり。それ以上に怖い状況があり得るでしょうか？　しかも、それがあなたのせいだとしたら。

〈家にいる化け物〉というとても人気の高いジャンルを手短に説明するとしたら、そういうことになります。みんなが大好きなホラー、スプラッター、そして怨霊憑依ものに加えて一部のスリラーは、大体このジャンルに収まります。「怖い話」以上に読者の心に生に訴えかけるものはないですよね。原始人ですら（というか原始人だからこそ）、「獣に殺られる前に殺れ！」ということは理解できるから。

しかも、このジャンルの定義は、毎年新しい小説が出版されるたびに拡張していきます。家の中で化け物と2人きりという古典的な悪夢の物語は、新鮮なひねりを加えながら常にバージョンアップを続けているのです。

このジャンルに欠かせない重要な3つの素材を詳しく見ていくとわかることがあります。世にも恐ろしいこの物語の原型をうまく語る鍵は、実は必ずしも「どんなに化け物が怖いか」ではなく（もちろん怖いほうが良いですが）、その化け物と一緒に閉じこめられる狭い空間が「どんなに怖いか」でもないということ（これも怖いほうが良いですが）。鍵は、その化け物が**どうして**そこにいるかという理由。化け物のレゾンデートル（フランス人が言うところの存在意義）こそが、怖さの肝。それが、化け物が滅ぼされて（いても、いなくても）、読者が最後のページをめくった後に、物語が心に反響し続ける理由。

これは決して新しいタイプの物語ではありません。古典的と言っても問題なし。ミノタウロスと迷宮の話まで遡れちゃいますよね。それ以来、作家たちは同じテンプレートを何度も何度も焼き直しているわけです。メアリー・シェリー著『フランケンシュタイン』から、ウィリアム・ピーター・ブラッティ著『エクソシスト』、そしてアダム・ネヴィル著『The Ritual〔未邦訳：ザ・リチュアル　いけにえの儀式〕』にいたるまで。スティーヴン・キングとディーン・R・クーンツは、このジャンルで「殺人的」にボロ儲けしましたよね。キングの『シャイニング』『呪われた町』『ペット・セマタリー』、そしてクーンツの『ウォッチャーズ』『ミッドナイト』から『ハイダウェイ』まで、この種の古典的傑作の多くは〈家にいる化け物〉ジャンルの話。

そして読者は飽きもせずに読み漁りつづけますよね！　なぜなら、このフォーマットは効くから。何度読んでも読者の心に響く物語の設計図だから。そんな〈家にいる化け物〉ジャンルの物語を巧みに語るために欠かせない素材は（1）化け物、（2）家、そして（3）罪の3つです。

まず**化け物**から見ていきましょう。大小問わず、どんなものでも化け物になります。あなたや私のように（少なくとも外見は！）人間かもしれません。想像力の限界を試すような常識のおよばないもの、または超科学的なものかもしれません。殺人鬼、悪霊、暴走した科学実験。共通しているのは「人智を超えた」力。人智を超えたと言っても、魔法や呪術の話だけではありません。文字通り「人の知見の外側」ということです。化け物たちは、わたしたち人間の自然な振るまいを超越するもの。例えば、狂気に駆られた殺人鬼は、人智を超えた力を持っているということです。邪悪なものに導かれて、普通の人がやらないことをやります。もちろん、実際に超自然的な、呪術的な、そして超科学的なところから現れる化け物もいます。『シャイニング』の悪霊や、『エクソシスト』の悪魔、『プレイ　獲物』の殺人ナノマシン、『The Deep〔未邦訳：深淵〕』の、人の意識を変えてしまう「アンブロシアー」〔ギリシア神話で不死の力をもつ神々の食物にちなんで命名された物質〕、そして『フランケンシュタイン』の人造人間のように。

定義的に、すべての化け物は人智を超えたもの。自然の法則に逆らった、理解不可能な動機に突き動かされて行動するもの。だから、このジャンルの物語の登場人物は（読者も！）、ただ怖がるだけではすまないのです。魂の奥まで怖がることになるのです。

死・ぬ・よ・り・怖・い！

死自体は大した問題じゃありません。でも、死より恐ろしいことがあなたの身に起こるとしたら？　そこに本物の恐怖があるわけです。命に限りのある私たちに理解不可能だから。ゾンビものは、まさに同じ理由であれほど人気があるのです。ゾンビは死んでるだけじゃなくて、死んでないじゃないですか。そして、私もあなたも、あんなふうになってしまうのかもしれないという理解不能の可能性は、死ぬより怖いのです。〈家の中の化け物〉ジャンルの小説に必要な第2の素材は、化け物が存在する限定された空間。これを**家**と呼びます。ここでヒントを1つ。その空間が狭いほど（あるいは、ヒーローが孤立するほど）、物語は面白くなります。家は、『エクソシスト』や、シャーリイ・ジャクスン著『丘の屋敷』のように、文字どおり「家」でもあり得ます。または、『呪われた町』や『プレイ　獲物』のように1つの街全体かもしれません。『The Deep［未邦訳：深淵］』のように、海溝の底に設えられた不気味な実験室、または丸ごと国1つでもあり得ます。大事なのは、化け物の怒りが必ずはっきりと何かに向けられていること。例えば、『フランケンシュタイン』の怪物は世界中どこでも行きたいところに行けますが、ヴィクター・フランケンシュタインの友人と親族だけを襲います。怪物の恨みは自分を創った男以外には向けられないのです。つまり、この小説の場合、ヴィクター・フランケンシュタイン本人と彼の親族が、化け物のいる家ということになります。

どんな状況を選ぶとしても、ここで大事なポイントは**出られない**ということ。だって、もしヒーローが車に飛び乗って、とっとと逃げ出せるなら、何も怖くないし、何の対立も、何の物語もない！　どこかの場所から逃げられない。あるいは、何らかの理由で付け狙われる。これがすべて。魂を吸いとりに迫ってくる化け物より怖いものは？　そう、魂を吸いとりに迫ってくる化け物から逃げられないこと！

でも、**化け物**や**家**よりも、もっと大事なものがあります。それがこのジャンルの第3の素材、**罪**。

化け物に狙われる人（ヒーローまたはヒーローたち）は、まったく何の罪もない潔白な人ではあり得ません。誰かが、その化け物の存在に責任を負っているのです。または、化け物の領域を侵犯してしまった、あるいは化け物を目覚めさせてしまったという罪。そして大抵の場合、それはヒーロー、ヒーローの相棒、場合によっては全人類が犯してしまった罪なのです。ともかく、この大惨事は**私たちのせい**。『フランケンシュタイン』の罪は、ヴィクター・フランケンシュタイン博士が神に代わって人間を創ろうとした驕《おご》り。だから、彼が創造した生命が彼を破壊しにくるのは、筋がとおっています。

『プレイ 獲物』の罪は、人間の貪欲です（〈家にいる化け物〉ジャンルではお馴染みの罪！）。ハイテク企業ザイモスが新しい科学プロジェクトの成功を焦るばかりに、生物学の法則を曲げてしまって暴走。結果がどうなるかわかります？ 開発されたテクノロジー（ナノマシンの群れ）そのものが開発した人間たちに牙を剝き、殺し始めます。これはクライトンの十八番の罪ですね。世界中でヒットした『ジュラシック・パーク』でも同じフォーマットが使われ、欲望に駆られた人間たちがテクノロジーを暴走させてしまう姿が描かれます。それは、科学技術を先走らせすぎることへの警告。だから売れるのですよね。ちゃんと耳を傾けて、暴走しないように気をつけないと！

このジャンルがうまくいくのは、この**罪**のお陰。それがあるから、読者の心に共鳴する。なぜなら、罪というものはより深いテーマと誰もが共感できる教訓とつながっているから。この罪というものは、みんなに気をつけるように警告する標識のようなものだから。

「警告——同じ過ちを犯すと、同じ目にあいます」

食われて死ぬのはじゅうぶん嫌ですが、自分が原因を作ったものに食われて死ぬのはもっと嫌です。恐ろしい状況が、後ろめたい罪悪感によってさらに恐ろしくなるから。罪は、化け物を滅ぼすヒントにもなるので、物語にとって重要。化け物に屈服して死ぬ前に、一刻も早く自分たちのやった何が悪かったのか考えないといけません。

さらに重要なのは、罪によって見えてくる深刻な問いと答えです。本物の化け物はどっちだ？　そいつか、それとも私たちのほう？　『フランケンシュタイン』をはじめ、たくさんの〈家にいる化け物〉ジャンルの小説で何度となく投げかけられた問いです。

罪は、あなたが書く物語に意味と理由を与えるのです。それがなかったら、何もないのと同じ。何の話かわからない。

その化け物がその人を、その集団を、あるいはその社会を攻撃する理由は、必ずあります。その人たちは、どんなことをしてしまったから攻撃を受けるの？　どんな人類の罪によって、その人たちは酷い目にあうの？　ヒーローたちが直接何か悪いことをしたのでなくても、事件にいたるまでのどこかで誰かがパンドラの箱を開けて中を覗いてしまったのです。その結果が、あなたが書いている物語というわけ。

〈家にいる化け物〉と〈絶体絶命の凡人〉ジャンルは混同されることがありますが、罪の所在がどこかで見分けることができます。「こんなことになったのは誰のせい？」と、自分に尋ねてみてください。もし答えが「みんなのせい！」または「ヒーローのせい！」なら、多分それは〈家にいる化け物〉。

〈家にいる化け物〉ジャンルで好んで使われる（けど絶対不可欠ではない）材料として、**途中までできた人**と呼ばれるキャラクターがあります。これは通常、師匠タイプのキャラクターで、化け物と戦った過去をもっています。化け物にまつわる悪に関する知識があり、傷を負って（視力を失った場合も）逃げのびたのです。『The Deep［未邦訳：深淵］』のヒーローであるルークは、謎の物体「アンブローシア」のために命を落としたウェストレイク博士という科学者の日誌を見つけます。読み進めるにつれ、追い詰められたウェストレイク博士が書いた日記は狂気をおびていきます。その様子から、ルークはこれから自分に襲いかかる謎の物体の恐怖を垣間見るのです。

読者を情報爆撃を受けたような気分にさせずに、巧く背景にある情報や神話、伝説を物語に忍びこませたいときに、途中までできた人は便利です。途中までできた人は、化け物の脅威の具現だから。

途中までできた人は、(もともと死んでなければ)《完全なる喪失》のビートで死ぬことが多いということにお気づきの人もいるかも。最後にはヒーロー、またはヒーローたちは、自分たちだけで化け物に立ち向かわなければならないからです。師匠が死ぬことで、失敗の可能性はさらに高くなります。助けてくれる人物が死んだら、お遊びの時間は終わり。化け物が襲ってくる前に第三幕の作戦を考案しなければ!

おさらい。〈家にいる化け物〉ジャンルの小説を書こうと考えているなら、次の3つの大事な素材を絶対に忘れないように。

- **化け物**　狂気などを含む人智を超えた力を持ち、本質的に邪悪であること。
- **家**　家、家族、街、果ては世界も含む、限定された空間。
- **罪**　つまり、その化け物を「家」の中に連れこんだ、または化け物の領域を侵した責任。無知を含む違反行為のことで、ヒーローが受けとめることになるテーマと関係することが多い。

〈家にいる化け物〉ジャンルの人気小説

『フランケンシュタイン』メアリー・シェリー著、芹澤恵訳、２０１４年、新潮社
『丘の屋敷』シャーリイ・ジャクスン著、渡辺庸子訳、２００８年、東京創元社
『エクソシスト』ウィリアム・ピーター・ブラッティ著、宇野利泰訳、１９９９年、東京創元社
『シャイニング（上・下）』スティーヴン・キング著、深町眞理子訳、２００８年、文藝春秋
『ゴースト・ストーリー（上・下）』ピーター・ストラウブ著、若島正訳、１９９４年、早川書房
『ザ・キープ（上・下）』F・ポール・ウィルスン著、広瀬順弘訳、１９９４年、扶桑社
『黒衣の女　ある亡霊の物語』スーザン・ヒル著、河野一郎訳、２０１２年、早川書房
『ペット・セマタリー（上・下）』スティーヴン・キング著、深町眞理子訳、１９８９年、文藝春秋
『ウォッチャーズ（上・下）』ディーン・R・クーンツ著、松本剛史訳、１９９３年、文藝春秋
『羊たちの沈黙（上・下）』トマス・ハリス著、高見浩訳、２０１２年、新潮社
『ジュラシック・パーク（上・下）』マイクル・クライトン著、酒井昭伸訳、１９９３年、早川書房
『プレイ　獲物（上・下）』マイクル・クライトン著、酒井昭伸訳、２００６年、早川書房
『ルインズ　廃墟の奥へ（上・下）』スコット・スミス著、近藤純夫訳、２００８年、扶桑社
『WORLD WAR Z（上・下）』マックス・ブルックス著、浜野アキオ訳、２０１３年、文藝春秋
『ハートシェイプト・ボックス』ジョー・ヒル著、白石朗訳、２００７年、小学館（ビート・シート参照）
『The Ritual［未翻訳：ザ・リチュアル　いけにえの儀式］』Adam Nevill, 2012, Griffin

『Sweet〔未翻訳：スウィート〕』Emmy Laybourne, 2016, Square Fish
『Kalahari〔未翻訳：カラハリ〕』Jessica Khoury, 2016, Razorbill
『The Deep〔未翻訳：深淵〕』Nick Cutter, 2015, Pocket Books
『A Head Full of Ghosts〔未翻訳：頭一杯の幽霊〕』Paul Tremblay, 2016, William Morrow Paperbacks

『ハートシェイプト・ボックス』

著者：ジョー・ヒル
10のジャンル：家にいる化け物
販売ジャンル：ホラー
ページ数：374（2007年ウィリアム・モロー社刊ペーパーバック単行本〔英語原書〕）

往年のロックスターであるジュード（ジューダス）・コインは、ネット・オークションで「幽霊」を落札します。ほんの遊びのつもりが、自分がその幽霊に憑かれていたと知って高い代償を払う羽目に。この現代的な〈家にいる化け物〉物語は世界中の読者を凍りつかせ、ニューヨークタイムズ紙が選ぶベストセラーのリストに載り、ホラー作家垂涎のブラム・ストーカー賞の最優秀新人賞を採りました。著者ジョー・ヒルの『ホーンズ　角』はダニエル・ラドクリフ主演で映画にもなり（『ホーンズ　容疑者と告白の角』）、すっかりホラー小説殿堂入りの風格です。

1　**始まりの光景**（1～8ページ）

個人秘書のダニーがジュード・コインに、ネットで幽霊を買いたいかどうか尋ねた瞬間から、読者はジョー・ヒルが創り上げた身も凍るような超自然ワールドから逃げられません。ジュードは54歳、かつて一世を風靡したロック歌手で、今はニューヨーク州北部に住んでいることが手早く明かされます。行く先々でロック歌手という正体がばれますが、もう何年もツアーもレコーディングもしていません。ジュードは気味の悪い物を蒐集する趣味があるので、この売りに出された幽霊は彼の興味にぴったりです。当の幽霊は、ネット・オークションに出されている喪服に憑いているということらしく、ジュードは早速「購入」ボタンをクリック！　〈家にいる化け物〉の物語が幕を開けます。

2　**お膳立て**（9～26ページ）

そして喪服のスーツが送られてきます。梱包されていた容器は――おわかりですね、心臓形《ハート》の箱です。幽霊の登場を心待ちにする読者に、著者は本作のヒーローであるジュードという男の世界を見せてくれます。この、人生のあらゆる局面でうまくいっていない男の人生を。

まず家族（**家**）。ジュードは父親と疎遠で何年も口をきいておらず、どうやら虐待を受けていた過去がある模様（**ガラスの欠片**）。父親の死期は迫っており、ジュードは看護している叔母に父が死んでも関係ないと言います。

続いて仕事（**仕事**）。公演もレコーディングもやめたジュード。バンド仲間を2人失った傷を（1人は交通事故、1人はエイズ）乗り越えていません。

そして人間関係（遊び）。ジュードはオカルト的な不気味なコレクションの他に、取っかえ引っかえゴス・ファッションの女性とつきあう趣味もある模様。しかし、ある程度以上親しくなろうとはせず、名前の代わりに出身地で呼びます。同棲中の最新の彼女ジョージア（本名メアリベス）は、元ストリッパー。ジョージアの前の彼女フロリダ（本名アンナ）は鬱気味で手に負えなかったので追い出してしまいました。

このジュードという男が無神経で、（特に女性に対して）思いやりがなく、過去に囚われていることが読者にはすぐにわかります。

やがて訪れる大きな《触媒》が、ジュードの怪奇な冒険を転がし始めますが、その前にジュードは小さな《触媒》を破裂させて、来るべき大きな変化を予感させます。喪服が配達されたときに、ジョージアは箱に仕込まれていた針のようなもので指を刺してしまいます。ジュードが箱を調べますが、針はありません。続いて、ジュードは秘書のダニーのオフィスから鳴っているはずのないラジオの音を聴きます。何ごとかとオフィスに入ると、ラジオからは気味の悪い声で「死者が生者を引きずり倒す」（19ページ）などと言うのが聞こえてきます。

3　**語られるテーマ**（26ページ）

ジョージアが指に負った裂傷は見るからに悪化（もう1つ小さな《触媒》）しますが、ジュードは冗談交じりに言い放ちます。「何か貼っとけ」、なぜなら「傷もののポールダンサーじゃ、仕事を干される」（26ページ）から。これにジョージアが嚙みつきます。「あんた、思いやりたっぷりのクソ野郎だよね、知ってた？」。ジュードは返して「思いやりがほしけりゃ、ジェイムズ・テイラーとでもヤッてこい」［殿堂入りのアメリカ人歌手。皮肉な発言」。

ジュードのジョージアに対するあからさまな無神経さ、そしてその態度の奥に深く根を下ろした愛を拒否する心が、この家に化け物がいる理由であると同時に、彼が物語の終わりまでに乗り越えなければならない欠陥でもあります。

4　**触媒**（27〜30ページ）

何かの雑音で目を覚ましたジュード。二頭の飼い犬（アンガスとボン）が家の中にいるのかと思いますが、窓から外に目をやると犬は檻の中。廊下に漂いでたジュードは、シェイカーチェアに座っている老人を見ます。その老人はハート形の箱に入ってきたスーツを着ているのです。

5　**問答**（31〜69ページ）

超自然現象が絡む物語の当然の展開として、ここでの《問答》は「これは本当に起きているのか？　本当に幽霊がジュードの家にいるのか？　ジュードは本当にネットから幽霊を買ったということなのか？　本当だとしたら、この超自然現象はどういう仕組みで起きているのか？」。その問いの答えを見つけようと、幽霊を売りつけた女を探し出すようにジュードがダニーに言いつけます。ダニーはジェシカ・プライスを探し出して電話します。そして、すぐにジェシカがジュードの前の彼女フロリダ（本名アンナ）の姉だということがわかります。ジェシカが言うには、アンナの死（ジュードに追い出されて実家に帰ってから浴槽で手首を切って自殺）の原因を作ったジュードのことを自分とアンナの継父が恨んでおり、死んだ継父は恨みを晴らそうと幽霊となってジュードに憑いたのだと説明します。ジュードはジェシカに喪服を送り返すと言い張りますが、ジェシカはそれでも幽霊は消えないと言います。36ページで「どこに行っても、幽霊は離れない」と告げて、この〈家にいる化け物〉にとっての**家**〈逃げ出せない場所〉がどこかを示唆します。どうやら、幽霊は喪服ではなくジュード本人に憑いており、彼が死ぬまで消えてなくならないということのようです。

ジュードはなんとかしようと調査を始めます。自分にかけられたアンナの死の嫌疑を晴らし、幽霊騒ぎを終わらせるために。追い出されたアンナが寄こした手紙を全部探すようにダニーに命じ、自分は古いオカルトの本を何冊も読みます。ジョージアは酷い悪臭を放つ喪服を捨てるように言いますが、ジュードはそれでも問題は解決しないと信じて疑いません。

その間にもジョージアの怪我は酷く化膿し、ジュードはより頻繁に幽霊を見るようになります。幽霊の顔は、目のあるはずの場所にぐちゃぐちゃと書き殴ったような線があり、そこから振り子のように先端に剃刀の刃がついた金の鎖がぶら下がっています。

幽霊に生活を乱され始めたジュード。何か手を打たなければなりません。

6　二幕に突入〈70～72ページ〉

ジュードはようやく幽霊のことを調べようと思い立ちます。アンナの継父という男のことをネットで検索、クラドック・マクダーモットという男の死亡記事を見つけます。記事の写真は、ジュードが廊下で見た男の若いときのもの。ジュードは、このクラドックが催眠術師だったことも知ります。

そこにクラドックからメールが届きます。正気を失ったような、長くうねる文章で、ジュードが死ぬと宣告。ジュードはコンピュータを破壊します。

7 **お楽しみ**（72～165ページ）

著者のジョー・ヒルが読者に約束した心霊的冒険譚という前提は、しっかりこのビートで果たされます。クラドックの幽霊の存在でひっくり返ったジュードの世界。これは読者にとっては《お楽しみ》の怖い世界。日々その危険さを増す幽霊。ジョージアは締めきった納屋の中でジュードの自動車がアイドリングしているのに気づきます。自殺かと疑いますが、ジュードはエンジンを点火した覚えはないと言い張ります。クラドックの仕業に間違いありません。ある日、恐ろしい悪夢から覚めたジュードは、喪服を売り払うことにしますが、ジョージアがすでに焼き捨てていたのでした。それでも幽霊は消えていません。

ジュードの**下り坂**は続きます。催眠術師だったクラドック。その幽霊はなんとその声を聴かせることによって、人を操ることすらできると判明。秘書のダニーは操られて首を吊って死に、ジョージアは危うく自分を撃ちそうになります。さらにジュードが操られてジョージアを殺そうとします。間一髪、自分の掌を傷つけて痛みに精神を集中することでジュードは自分を取り戻します。

ジュードと父親の関係も次第に明らかに。息子と妻を虐待したジュードの父。以前ジュードは、父にコードを押さえるほうの手をドアに叩きつけられて、思ったようにギターを弾けなくなったことも。

クラドックに悩まされるうちに、ジュードは飼い犬の重要な役割に気づきます。犬は「動物の使い魔」として、幽霊に対して防衛力を持っており、犬の影が魔除けの役を果たすのです。

ほどなくジュードは、ジョージアと犬を連れて逃げだす決心をします。行き先はフロリダ。喪服に憑いた幽霊を売りつけたジェシカ・プライスを訪ねようというのです。

8　**Bストーリー**（78ページ）

この小説の《Bストーリー》のキャラクターは、アンナ・マクダーモット。ジュードが9ヵ月前に追い出した元カノで、幽霊の継娘です。ジュードに酷い仕打ちを受けたアンナは、テーマ（ジュードの思いやりの無さと愛情的な不能）を具現するキャラクターですが、同時にジュードとジョージアが継父の幽霊を追い払う手助けもすることに。

アンナのことはすでに言及ずみですが、78ページで読者は、ジュードの記憶を通じて初めて彼女ことを詳しく知っていきます。2人の関係がとてもうまくいっていた時期もありました。ジュードが遂げる変容が進むにつれて、より大きな役割を果たすことになるアンナは、これ以降も頻繁に物語の中に現れることになります。最初は回想、そして夢の中で、やがては幽霊として。やがて読者は、ジュードが実はアンナを愛していたことを知ります。しかし、自分の人格的な問題に邪魔されて愛情を示すことができなかった結果、ジュードは現在心霊現象の真っただ中というわけです。

9　**中間点**（166〜178ページ）

家から逃げ出した翌朝、ジュードとジョージアは朝食をとりにファミレスに寄ります。これは2人にとって、幽霊騒ぎが始まって以来初めての**人前に出る**機会ですが、ことはうまく運びません。《中間点》は**偽りの敗北**。ウェイトレスがジョージアの指の怪我に熱いコーヒーをこぼし、ジョージアは応急処置のために洗面所に走ります。ジュードが窓の外に目をやると、クラドックが乗車したトラックがアイドリング中。慌てて女子洗面所に飛びこむジュードは、自分で割った鏡の破片で喉を切り裂こうとしていたジョージアを間一髪で止めます。ファミレスから逃げる2人ですが、クラドックがトラックで追跡、バイパス下のトンネルの中で2人の車に突っこんできます。ぎりぎりで的を外したクラドックのトラックは、壁に激突。ジュードが見ると、それはトラックではなくジープで、運転席には催眠術で操られた無表情な見知らぬ男。クラドックは見知らぬ人を操って自分たちを殺させることができると知った2人の**代償は高く**なります（**中間点のひねり**）。

10　忍び寄る悪者（179～265ページ）

旅を再開する2人。ジョージアはジュードを質問責めにします（アンナがいつもやったように）。腹を立てたジュードがジョージアを誤って「アンナ」と呼び、ジョージアを泣かせたとき、**AとBストーリーが交差**します。そのあとジュードは、アンナと別れて彼女を家に追い返した日のことを回想します。ストリップを観にいってジョージアと出会ったのは、その日の夜のこと。

《中間点》は**偽りの敗北**で終わったので、《忍び寄る悪者》のビートは**上り坂**。ジュードとジョージアはアンナの死の真相と、クラドックを退散させる方法の解明へ近づきます。途中2人は、ジョージアの祖母バミーの家に立ち寄ります。そこでジョージアはウイジャボード［降霊術に使うコックリさん的な占い道具］を出して、アンナの霊と交信しようとします。

ウイジャボードを通して、アンナは自分の死因は自殺ではないと語りかけます。殺したのはクラドック！2人はアンナの霊に助けを求め、霊はジョージアが「黄金の扉」（219ページ）になれば助けられると伝えます。2人には（読者にも！）それが何のことかわかりませんが、ジョージアは大丈夫と答えます。

しばらく後、ジュードの父の世話をしている叔母から連絡が入ります。ジュードの父親（父と息子は何年も口を利いていない）が昏睡状態に陥ってから36時間経過しており、先は長くないということです（**裏の悪者**）。

バミーの家を後にした2人。ジュードは途中にあった中古車屋に車を寄せ、ルガーという男を袋叩きにします。ジョージアが13歳のとき、この男に性的に悪戯されたと聞いていたのを思い出したからです。これはジュードが変り始めた印の1つ。ジョージアを粗雑にあつかう代わりに、彼女を守ったのです。《二幕に突入》して以来ジョージアに対して明らかに親しみを感じているジュードは、思いやりの気持ちを抱き始めているのです。この一件以降、ジュードがジョージアのことを「メアリベス」と本名で呼ぶようになります。

2人はフロリダのジェシカ・プライスの家にたどり着き、侵入します。争いになりますが、その最中にアンナの過去が明らかに。アンナとジェシカ姉妹は、子どもの頃からクラドックに性的に暴行されており、しかも催眠術でその記憶を失わされていたのです。ジュードに追い出されて帰ってきたアンナが、警察に通報すると言ってクラドックに迫りました。クラドックは（ジェシカに手伝わせて）アンナを殺し、自殺に見せかけました。ジュードと一緒になってからのアンナに催眠術が効かなかったので、クラドックはアンナを変えた咎でジュードを恨み、呪っているというわけです。

ジュードはアンナが受けた暴行の痕跡をその目で見ていたのに、気づかなかったのです（**テーマ**）。さらに、クラドックに心酔しているジェシカは、クラドックに自分の娘を暴行させていたこともわかります。

ジュードがタイヤレバーをジェシカの喉に押しあてて首を絞めているとき、ジェシカの娘のリースが銃を手に現れます。

11 完全なる喪失（266〜278ページ）

当然揉みあいになり、**死のにおい**の瞬間が訪れます。ジュードをクラドックの霊から守っていた二頭の犬の片方が撃ち殺されます。クラドックはリースを操りジュードに銃を向けさせます。彼女は抗せず、発砲してジュードの指を撃ち落とします。ジュードとメアリベス（ジョージア）が逃げ出す途中、もう一頭の犬がクラドックに操られたジェシカに車で轢かれます。犬は重症、ジュードは大量に出血しますが、なんとか逃げます。メアリベスは病院に行こうとしますが、ジュードが制止し、代わりにルイジアナにある自分が育った家に行くように言います。

12 闇夜を彷徨う魂（279〜309ページ）

《完全なる喪失》のビートが終わる直前にメアリベスがジュードに尋ねます。「これって、どんなふうに終わりを迎えると思う？」（278ページ）。ジュードには答えようもありません。そして《闇夜を彷徨う魂》は、やがて訪れる終わりを迎える準備のビートになります。自分が育った家に向かうジュードは、自分が決着をつけなければいけない相手は今自分に憑いている幽霊だけではないことを理解しています。彼は過去の亡霊、つまり父親マーティンとも決着をつけなければならないのです。

メアリベスが運転する間、ジュードの夢にアンナが現れます。アンナが死んだ夜の顚末がジュードの夢で再現されます（**闇夜の啓示**）。ジェシカが自分の娘をクラドックの玩具にさせていることを知ったアンナは、ジェシカのことを警察に通報すると迫りました。ジェシカは薬でアンナの身体の自由を奪い、クラドックがアンナを殺す手助けをしたのです。夢の中でクラドックがアンナの手首を剃刀で切り裂く直前に、ジュードはアンナに愛を告白し、アンナも彼に愛を告げます。ジュードの変容は完了間近。

看護している叔母のアーリーンがジュードを、彼が子どものときに使っていた寝室に連れていきます。そこに横たわる昏睡状態の父親。アーリーンはジュードの指の怪我の痛みを抑えるためにモルヒネを与えます。

13　**三幕に突入**（310～314ページ）

幽霊に恐れをなしたアーリーンは逃げ出し、ジュード、メアリベス、クラドック（幽霊）、そしてジュードの父親（象徴的な過去の亡霊）だけが家に残されます。ジュードが見守る中、床に置かれたハート形の箱からクラドックが出てきます。幽霊に向かってジュードは「待たせやがって」（314ページ）。ついにジュードは、幽霊と向きあう心の準備ができたのです。

14　**フィナーレ**（315～354ページ）

クラドックはメアリベスを操ってジュードを絞殺しようとしますが、ジュードは昔書いた持ち歌をハミングすることで幽霊の力に抵抗できることを発見。さらにクラドックがジュードの父親の死体に憑依し、ジュードの対峙する2人の亡霊はひとつになります。

ジュード対クラドック＋父親の超自然的な戦いの最中、クラドックは剃刀の刃でジュードに襲いかかりますが、間一髪メアリベスが乱入。ジュードの父の首と背中を刺して止めますが、血の池で滑って転び、クラドックが剃刀で彼女の喉を切り裂きます。遠のく意識の中、メアリベスはジュードに伝えます。アンナが「黄金の扉」を作るように呼びかけていると（降霊術のくだりで言及ずみ）。クラドックはジュードの父の死体から這い出ます。ジュードは、床にメアリベスの血で扉を描きます。扉は下向きに開き、メアリベスが必死にその中に転がっていきます。床に開いた扉の中で浮いたメアリベスは、眩い光の中でアンナの姿に変わります。アンナはクラドックにつかみかかり、扉の中に引きずりこみます。これでクラドックの霊は一巻の終わり。ジュードはメアリベスを探して開いた扉に向かって這っていき、中に滑りこみます。

するとそこはジュードがかつて修理して乗れるようにした年代物のマスタングの車内。アンナが座っていますが、すぐにメアリベスの姿に戻ります。2人は、死者が使う「夜の道」を走っているのだとメアリベスが言います。でも周囲は明るく天国のように快適なので、メアリベスは「きっと人によっては夜に見えるのね」と推測します（334ページ）。

メアリベスは、もう行かなければならないからジュードに車から降りるように言いますが、ジュードは彼女の手を握って放しません。「俺たちだ。2人で一緒に降りる。俺たち。俺とお前だ」（334ページ）。

これでジュードの変容は完了しました。自分本位で思いやりのない男だった彼は、人を愛することを覚え、実行します。子どもの頃に父親によって心に埋め込まれた**ガラスの欠片**をつかんで、ついに引き抜き捨てたのです。病院で目を覚ましたジュードは、メアリベスが数分の間心肺停止状態だったが蘇生したと聞きます。彼がメアリベスを助けたのです。

15　終わりの光景（355〜374ページ）

この物語のヒーロー、ジュード・コインの人生が、その後どんなふうに変わったか見せるために、著者のジョー・ヒルは何枚かの「アフター」の光景で小説を締めくくってくれます。短い章の連なりを使って描写されるのは、秘書のダニーの葬儀に行ったジュードとメアリベス、ようやく新作アルバムの制作に入るジュード、年代物の自動車を乗れるように直したジュード、そしてメアリベスとジュードの結婚です。クラドックがジェシカの娘リースに暴行した証拠写真が見つかり、児童を危険に晒した罪でジェシカは逮捕。最後の章では、5年後にリースがジュードを訪れ、銃で撃ったことを謝罪します。リースにアンナの面影を見たジュードは、自分がアンナにした仕打ちのせめてもの償いとして、彼女にお金を渡し、バスの切符を買ってやります。

この小説はどうして〈家にいる化け物〉なの？

『ハートシェイプト・ボックス』は、このジャンルの物語に必要な3つの素材をすべて兼ね備えている立派な〈家にいる化け物〉小説。

- **化け物**　クラドック・マクダーモットという、人を操って自殺させたり殺させたりすることのできる邪悪な催眠術師の悪霊。著者ジョー・ヒルはその悪霊を、傲慢なロック歌手ジュード・コインに見合った相手として創り出しました。
- **家**　この悪霊はどこにでも行くことができますが、基本的にはネットで喪服を購入したジュードに憑いています。オカルト魔術を使えたクラドックは死ぬ前に自分の霊がジュードに憑依するように呪いをかけたので、この小説の「化け物を閉じこめた家」はジュード本人ということになります。

●罪 クラドックという化け物がこの世に現れたのはジュードのせい。思いやりがなく、傲慢で、愛することができないというジュードの欠点が、彼の犯した罪となって悪霊を呼び出すのです。ジュードがアンナ（別名フロリダ）を実家に追い返したことが直接アンナの死につながり、さらにクラドックが地獄の底から復讐にくるきっかけとなります。自らの罪と向き合って初めてジュードは、化け物を追い払うことができるのです。

ネコの視線でおさらい

ここで、『ハートシェイプト・ボックス』のビート・シートを、さくっとおさらい。

1 始まりの光景

往年のロックスターであるジュード・コインが、ネット・オークションで幽霊を一体お買い上げ。彼の不気味な物蒐集趣味が明らかに。

2　**お膳立て**

落札した幽霊が宅配されます。幽霊はハート形の箱に収められた喪服のスーツに憑いています。やがてジュードの家の中で奇妙なことが起き始めます。同時に読者は、ジュードと暴力的な父親の関係、ロック歌手としてのジュードの過去、そしてレコードを何年も制作していないことを知ります。

3　**語られるテーマ**

愛人乗りかえ放題のジュードですが、最新の愛人ジョージア（本名メアリベス）に、「あんた、思いやりたっぷりのクソ野郎だよね、知ってた？」と皮肉られます。この問いが、ジュードが変っていくために必要な長い旅を示唆します。彼は、思いやりがあり人を愛せるようにならなければいけないのです。

4　**触媒**

ジュードは、廊下で椅子に腰かけた幽霊を初めて目撃。

5　**問答**

あれは本物の幽霊？　ジュードはいろいろ調べ始めます。そして幽霊を売りに出したジェシカ・プライスという女性に連絡を取ります。ジェシカは、幽霊は自分の継父で、しかもジュードの元彼女アンナの継父でもあると告げます。ジュードに捨てられたアンナは自殺し、継父の幽霊が復讐のためにジュードに憑いたのだと。

6　**二幕に突入**

幽霊の存在を否定できなくなったジュードは、さらに調査を続けます。そして幽霊の正体はクラドック・マクダーモットという手練れの催眠術師だということを突き止めます。

7　**お楽しみ**

悪霊に憑かれるというジュードの天地が逆転した新しい世界。ここでクラドックは催眠術で人を操って殺人を犯させられることが明らかに。ジュードは操られてジョージアを、そして自分自身を殺しそうになります。ジュードの飼い犬が悪霊に対する盾になるようです。

8　**Bストーリー**

死んだアンナ・マクダーモットがBストーリーとテーマ（人を愛せないジュード）を具現するキャラクター。うまくいかなかったアンナとの過去、そして一番必要とされたときにアンナを追い出した自分と向きあうことが、最終的に「クラドックの悪霊に憑かれている」というAストーリーも解決に導きます。

9　**中間点**

ジェシカ・プライス本人と対峙したあと、ジュードとジョージアは、クラドックに操られた見知らぬ男が運転する車で殺されそうになります。クラドックは誰でも意のままに操って何でもさせられることが明らかになります。

10　**忍び寄る悪者**

ジュードとジョージアは、彼女の祖母の家に立ち寄り、ウイジャボードを使ってアンナが自殺したのではないという真実を知ります。

11　**完全なる喪失**

ジェシカ・プライスとその娘との戦いで一頭の犬は死に、もう一頭は重傷を負います。悪霊から自分を守ってくれるものを失ったジュードは、自分が生まれ育った家に行って瀕死の父に会うことに。

12　**闇夜を彷徨う魂**

その途中、ジュードはアンナがクラドックに殺された晩の顚末を目撃します。自分だけでなく姉のジェシカとその娘のリースを性的に暴行したクラドックを警察に引き渡そうとしたアンナ。クラドックは、娘のアンナが自分に歯向かうのはジュードのせいだと思いこみ、ジュードを狙っているということがわかります。そして重傷を負った犬が死にます。

13　**三幕に突入**

現在と過去の亡霊と向き合う心の準備ができたジュードは、クラドックを「待たせやがって」（314ページ）と挑発し、最後の決闘へなだれこみます。

14　**フィナーレ**

クラドックはジュードの父親の死体に乗り移ります。これによって、ジュードは自分を虐待した父という過去の亡霊とも同時に戦うことに。血まみれの戦いの中で、メアリベス（ジョージア）が負傷します。瀕死のメアリベスはアンナが出てこられるように「黄金の扉」を開きます。アンナはクラドックの霊を死者の領域である「夜の道」に引きずり出します。ジュードとメアリベスも扉の中に落ちますが、ジュードがメアリベスを死者の領域から引っ張り戻し、命を救います。ジュードはテーマを受けとめ、人を愛せるようになったのです。

15　**終わりの光景**

ジュードは新作アルバムの制作に入り、メアリベスと結婚します。ジェシカ・プライスの娘が2人を訪ね、ジュードは彼女にアンナの面影を見ます。アンナへの償いとして、ジュードはアンナの姪の手助けをしてやります。

第4部
売りこみ方法

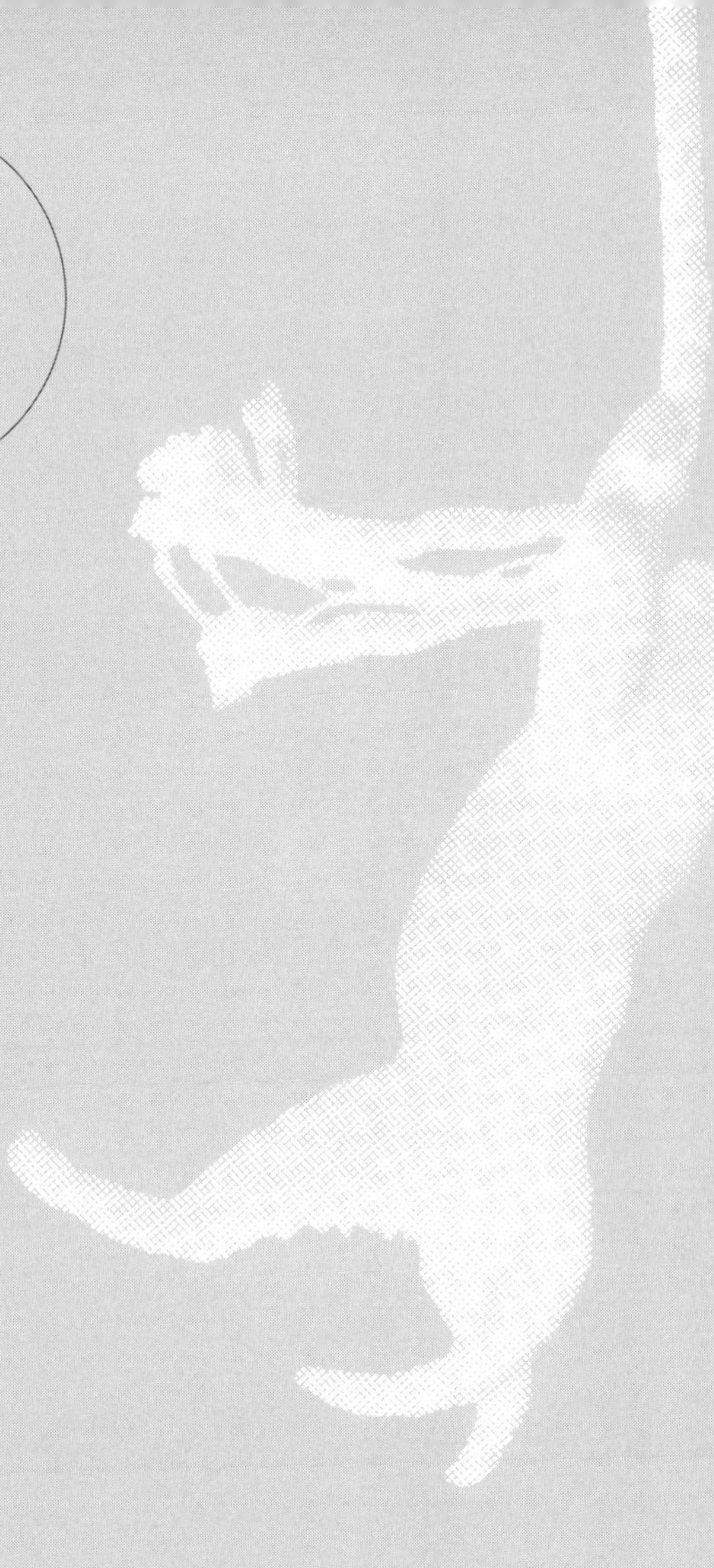

第14章 書いたら売らなくちゃ！ 必殺のログラインと魅惑のシノプシスを書く方法

簡単に説明できないというのは、ちゃんと理解していないということだ。
アルバート・アインシュタイン

あなたが今、執筆のどの段階にいようと――初稿でも、改稿中でも、概要を考えている最中でも、最高のタイトルが出せなくて壁に頭をぶつけているところでも――執筆中のどこかで必ず聞かれる恐怖の質問がこれです。

「で、どんな小説なの？」

［アメリカの］伝統的な出版ルートをとおって代理人を立てて、出版社に売りこむにしても、オンラインや印刷物として自分で出版するにしても、Wattpad［ユーザー生成コンテンツの小説投稿ポータル］に投稿するにしても、あなたの行く先には挑戦が待っています。そう、売らなければ。誰か（出版代理人《エージェント》、出版社の編集者、アマゾンで読みたい電子書籍を探している人、カクヨムを彷徨って読みたいものを探している人など）に、自分の書いた物語

がどんな話かを伝えなければ。

別の言い方をすれば、あなたは必ず自作を売りこまなければならないのです。

売りこみって何？　どうしてそんなに大事なの？

自分が好きな小説の裏表紙や、オンラインの販売ページに書いてある内容紹介のことを考えてみましょう。それが、その小説の文字で書かれた売りこみ文句。もしあなたが好きな作家に会えて、今、何を書いているのか聞けたとしたら、作家の答えは手短な内容のまとめになるでしょう。物語を全部語るのが売りこみ文句ではありません（そんなことをしたら本を買う意味がなくなるから）。物語の世界に誘いこんで、それからどうなると期待を持たせる程度にまとめた内容でいいのです。

そして、その誘いこむのが大事なんです。

相手が代理人でも、編集者でも、映画のプロデューサーでも、読者であっても、もしあなたが書いた小説を読んでほしければ、まず関心を引かなければ。あなたの書いた物語が、どれほど心をつかむもので、どれほど興味深くて、どれほど生の感情に訴えるか、まるで目に見えるように語ってあげなければ！　聞いた人が「今すぐ読みたい！」と叫んで、その本をあなたの手から奪いとりたい気分にしてあげなければ！

売りこみというのは、餌。ここで良い報せが1つ。もしあなたが「SAVE THE CAT!」式15のビート・シートをちゃんと作ったのなら、もう〝猫〟の手なんか借りなくても、すぐ書けちゃうはず。

作家たちが売りこみ文句を書くときに苦労するのはなぜでしょう。ほとんどの人は、一歩引いて、高い所から販売という視点で自作を見ることに慣れていないから。しかし幸いなことに、皆さんが本書でぐりぬけてきた「SAVE THE CAT!」式で執筆するということは、本質的に、高いところから巨視的な視点で物語を把握することに他ならないのです。

この章では、2種類の売りこみ文句を考案する方法を同時に身につけましょう。1つはログライン、もう1つがシノプシス［要約、あらすじ］です。どのような方法で作品を売ることになるにしろ、あなたの作家人生で必要不可欠な技術になります。伝統的な出版社から出版するという方法をとりたい作家にとっては、絶対に必要。なぜなら、あなたの作品を誰かに売ることになる大勢の人の連なりの最初の鎖が、あなた本人だから。

この鎖のことを私は**最高の連鎖**と呼びます。

最高の連鎖で繋がっているのは、それぞれ出版の次の段階にいる人に対してあなたの小説が「最高ですよ」と説得しなければいけない人たち。

［アメリカの場合］あなたが小説を大手から出版しようとしたら、まずは出版代理人《エージェント》が必要です。代理人に出版契約の代行業務をしてもらうためには、あなたが代理人を「この小説は、最高ですよ」と説得しなければなりません。続いて、今度は代理人が出版社の編集者を「この小説は、最高ですよ」と説得し、買ってもらわなければなりません。しかしその決裁が出る前に、その編集者は販売部、マーケティング部、広報宣伝部をはじめ社内で大勢の人を「この小説は、最高ですよ」と説得しなければなりません。

最高の連鎖はここで終わりではありません。出版が決まったら、書店に置いてもらえるように説得。そして書店は消費者に買ってもらえるように説得することに。販促の一環として、宣伝部やマーケティング部は、本のレビュアー、ブロガー、マスメディアなどに売りこみます。

代理人の仕事は終わってませんよ。まだあなたの小説を海外の出版社や映画のプロデューサーに売りこむ仕事が残ってます！

この壮大な最高の連鎖は、**あなた**から始まるのです！

だから、早速始めましょう。

ログラインの書き方

ログライン。これも、私たち小説家が、脚本家という親戚から借りてきた道具のひとつ。一般的には内覧用で、代理人や出版社、映画のプロデューサー相手にあなたの小説を売りこむときに使うものですが、読者に売りこむための手っ取り早いツールとしても使えます。

ログラインの定義：あなたの小説を1文［句読点で区切られる文章の単位］で描写したもの。

そうです、文が1つ。

「頭おかしい！」と思った人もいますよね？「無理、無理」って。無理かどうか、証明させてもらいましょう。

読んで、何の小説のことか当ててみて。

飲み過ぎては記憶を失い、その挙句に失業しアパートからも追い出される寸前という女が、失踪事件に巻きこまれ、しかも釈放された容疑者の男に命を狙われて、自分の心の闇と向き合わざるを得なくなる。

どの小説だと思います？
答え：ポーラ・ホーキンズ著『ガール・オン・ザ・トレイン』です！

じゃ、これは？

奇病のために外出を禁じられた孤独な少女が、隣に住む少年と恋に落ちるが、すべてを犠牲にして彼との命がけの恋に殉じるか、病気を理由に恋を捨てるかという決断を迫られる。

最近大ヒットしたヤング・アダルト小説にこんなのがありましたよね？
そう、ニコラ・ユン著『Everything, Everything　わたしと世界のあいだに』！

2つの例文はとても違った物語についてのログラインでしたが、似通った要素があるのに気づきましたか？　気づいた？　偉い！　あなたをパターン認識の達人に認定します。

2つの例文は、確かに同じ構造をもっているのです。なぜなら、2つとも私が「SAVE THE CAT!」式ログライン・テンプレートを使って書いたから！　では、早速テンプレートを紹介します。

「SAVE THE CAT!」式ログライン・テンプレート

「停滞＝死の瞬間」が訪れて大変な目にあっている欠点を抱えたヒーローが、《二幕に突入》するが、《中間点》が訪れて、ヒーローは《完全なる喪失》になる前に《語られたテーマ》を受けとめなければならない。

どうですか？　これが、どんなジャンルの、どんな物語にも当てはめられる、ログライン！

なぜこうして書かれたログラインが効くかって？　まず、最初に緊急性を伝えて読者の気を引き、次になぜこのヒーローがこの物語にとって不可欠かを伝えているから（ヒーローとプロットの相性抜群だから！）。「〜寸前の」とか「〜しそうな」という言葉づかいで緊急性を出し、続けて「停滞＝死の瞬間」を繰りだして待ったなしであるとわかってもらいます。つまり、行動を起こさないとヒーローが死んじゃう！《二幕に突入》またはそのさわりを入れて物語の展開を垣間見せることで、ずっと第一幕のままじゃないということ、そしてこの小説の、**売り**も伝えられます。続けて《中間点》と《完全なる喪失》を仄めかして、失敗の代償が高くなっていくことを伝えます。さらに《語られるテーマ》を入れて、この小説の心を伝えます。

テンプレートの言葉遣いに縛られずに、作品にあった表現で文を作る柔軟性は、もちろん大切。無理矢理あわせて不格好なものになっては身も蓋もありません。でも、各ビートはちゃんと当てはまるはず。もしあなたの小説の各ビートを当てはめてみたログラインが平坦でつまらないものになってしまったら、《中間点》が十分に劇的かどうか再考してみてください。高くなった代償は、本当に物語の方向を変えてしまうほど高くなっていますか？　《完全なる喪失》も見てみて。うかうかしていられないと思わせる緊急性が感じられますか？

ここでもう何本かの小説をログラインにしてみますので、感じをつかんでください！

『さよならを待つふたりのために』ジョン・グリーン著〈相棒愛〉

ガンを患い憂鬱な日々を過ごすひとりの少女は、同じくガンを患う風変りな男性との出会いによって生きる喜びを知るが、悪化する彼の病状によって永遠の別れを覚悟し、生きることの真実を学ぶことになる。

『火星の人』アンディ・ウィアー著〈絶体絶命の凡人〉

火星に取り残された自信家の宇宙飛行士は、不可能と思われた食料栽培に成功するも事故で作物を失ってしまい、残されたわずかな時間で死の惑星を脱出する手段を考案しなければならなくなる。

『ゲームウォーズ』アーネスト・クライン著〈黄金の羊毛〉

ゲーマー垂涎の「イースターエッグ」を見つけて世界的な宝探しの幕を切って落とした孤独で貧乏な少年は、他のゲーマーたちと共闘して、自分の命を狙う邪悪な巨大企業が抱く世界征服の陰謀を阻止しなければならない。

『ハリー・ポッターと賢者の石』　J・K・ローリング著〈スーパーヒーロー〉

里親に虐められて育った不器用な孤児が、出生の秘密を知り魔法使いの学校へ旅立つが、恐るべき力を秘めた石を使って魔法世界を滅ぼそうと画策する史上最凶の魔法使いと対決する羽目になる。

内容をばらし過ぎている、と心配ですか？　大丈夫。このことだけ考えてください。見本のログラインを読んで、読む気を失ったという人より、読みたいと思った人のほうが多いと思います。なぜなら、ログラインに使われた個々の部品が、私たちに生来備わっている物語ＤＮＡに直接語りかけるはずだから。素晴らしい物語に必要な部品が全部入っていますから。だから、あなたが書くログラインにも、同じ部品を使ってください。書いたログラインを受けとる運命の誰かに、貴重な時間を割いて読む価値があると思わせなくては。必要なものが入っていればあなたが書いた小説は、期待を裏切らない！

- 欠陥のあるヒーロー　１人（その人の物語で、変わる旅が必要な人）
- 二幕に突入　１つ（その物語がどこへ向かっていくか伝える）
- 語られるテーマ　１つ（これで、その物語の普遍性が伝わる）
- 完全なる喪失　１つ（変わり損なうと何を失うことになるかが伝わる）

まだ内容をばらしすぎだと心配なら、お好みで適宜ぼかしてもかまいません。もしあなたの小説の《中間点》または《完全なる喪失》が驚愕のひねりなら、明記しないで仄めかしましょう。でも、隠しすぎに注意。焦点がぼけて、何を言っているのかわからなくなりますから。大事な情報を隠すことを**隠し球**なんて言いますが、この手を使われた読者は、早々に理解することを諦めてしまうので、隠し球はほどほどに！

例として『ハリー・ポッターと賢者の石』で隠しすぎたログラインを試してみますから、どちらが面白そうか較べてみて。

里親に虐められて育った不器用な少年が出生の秘密を知って人生が一変、心躍るような冒険に旅立つが、突如襲いかかった邪悪な力がすべてを破壊する前に、立ち向かって阻止しなければならなくなる。

なんとなく弱いと思いませんか？　それは具体性がなさすぎるからです。ハリーが実は魔法使いで魔法学校に行くという、この小説の売りまで徹底的に隠しちゃいましたから！　お客さんの気を引いて「購入」をタップさせるのは、この**売り**なんだから、隠しちゃダメ。

というわけで、これが重要。読者候補の気を引くのに十分な情報を出したいけど、ネタばれするほどは出さないという微妙なバランスを、うまく保って書いてください。

短いシノプシスの書き方

これで、ログラインの書き方は身につきました。今度は、とても重要なもう1つの売りこみツール、シノプシスの書き方にいきましょう。〔アメリカの〕出版関係者は、短いシノプシスのことを、そで〔本のカバーの内側に折られた部分〕とか、裏表紙用コピーと呼ぶこともあります。概要とか内容紹介とも呼ばれますが、大抵の場合2~3文節で書かれた小説の内容の短いまとめ。

シノプシスの目的は1つだけ――もっと読みたいと思わせること！

最高のシノプシスの書き方は、いろいろなお手本から学べます。しかも手軽に。あなたが好きな小説の裏表紙を見れば、そこに見本が。オンラインのアマゾン、バーンズ・アンド・ノーブル〔大手書店チェーンのオンライン販売サービス〕、IndieBaund.org〔個人書店が集まって作ったオンライン書籍販売サービス〕、Goodreads.com〔レビューも読める書籍総合カタログ・ポータル〕を見れば、そこにも見本が。読者に対して書籍が売りこまれるところには、必ず見本があります。

ログラインと違ってシノプシスは誰の目にも触れます。すべての読者が、そして出版代理人や出版社が、あなたが書いた小説を読みたいと思うか、そして買うかどうか決めるための手がかりとして使うのが、シノプシス。

何を言いたいかというと……だからちゃんと書いたほうが得。

でも、心配しないで。1人で勝手にやりなさいとか言わないから。

見本として、3種類の人気小説の裏表紙からシノプシスを転載しました。出版社がどのビートを使って小説を読者に売りこもうとしたか、読めばわかると思います。

『Cinder　シンダー』マリッサ・メイヤー著〈スーパーヒーロー〉

猥雑なニュー北京の路地を闊歩する人間とアンドロイドたち。凶悪な感染症により人類は危機に瀕していた（お膳立て）。宇宙からは月の王国の住人たちが侵略の機会を狙っていた（停滞＝死）。地球の運命がたった1人の少女にかかっていることを誰も知らない……。

シンダーは優秀な機械工でサイボーグの少女。謎めいた過去を持つ二等市民。継母の連れ子姉妹が病気にかかったことを逆恨みされて継母に辛くあたられている（欠陥のあるヒーロー）。ところが、ある日ハンサムなカイ皇太子との偶然の出会いがきっかけ（触媒）で、シンダーは銀河大戦の渦中に飛びこむ羽目に（お楽しみ）。そして皇太子との禁断の運命の行方は？（中間点）。自由と義務、信頼と裏切りの板挟みになりながら、世界の未来を守るために（完全なる喪失）、シンダーは自分の過去の秘密を暴かなければならない（語られるテーマ）。

『ミー・ビフォア・ユー　きみと選んだ明日』ジョジョ・モイーズ著〈相棒愛〉

小さな村に住み、彼氏と家族がいるという以上は何もないような極めてありふれた人生を送る平凡な女性ルー・クラーク（お膳立て／第1の欠陥のあるヒーロー）。絶望的に仕事が必要なルーは、交通事故で体が動かなくなった裕福なウィル・トレイナーの下で働くことに（触媒）。ウィルは大きく生きてきた男。大きな商談をまとめ、エクストリームスポーツを楽しみ、世界中を飛び回ってきたのに、もう同じようには生きられない

（第2の欠陥のあるヒーロー）。

皮肉屋で気分屋で高慢なウィル。そんな彼を甘やかす気はないルーだが（お楽しみ）、ウィルの幸せに大きな喜びを見出すようになる（中間点）。やがてウィルのショッキングな計画に気づいたルーは（仄めかされる完全なる喪失）、彼に生きることの価値を教えようと懸命になる（語られるテーマ）。

『KIZU　傷』ギリアン・フリン著〈どうしてそんなことを？〉

精神科から退院したばかりの新聞記者カミル・パーカー（お膳立て／欠陥のあるヒーロー）に、生まれ故郷に戻って、10歳にも満たない若さで命を落とした2人の少女の殺人事件を取材するという、気の重い依頼（触媒）。心気症で自分が病気だと信じている母親とは長いこと口もきいていないカミル。さらに腹違いの妹のことはほとんど何も知らない。13歳になるこの美少女は、町の人に不気味な影響力をもっている。生家のヴィクトリア様式の屋敷の一室に落ち着いたカミル（お楽しみ）は、幼い犠牲者に昔の自分を重ねずにいられない（中間点）。記事をものにしたければ、そしてこの恐怖に彩られた帰郷から生きて戻りたければ（仄めかされる完全なる喪失）、カミルは過去の亡霊と戦いながら自分の心に埋もれた過去の謎を掘りおこさなければならない（語られるテーマ）。

お気づきのように、必ず使われるビートがいくつかありますよね。つまり、あなたも自分で書いたビート・シートを使って簡単にシノプシスが書けるということ。

今度はシノプシスのテンプレートをどうぞ！

「SAVE THE CAT!」式シノプシス用テンプレート

第1の文節：《お膳立て》＋欠陥のあるヒーロー、《触媒》（2〜4文）

第2の文節：《二幕に突入》または《お楽しみ》または両方（2〜4文）

第3の文節：《語られるテーマ》＋《灰めかされる中間点》または《灰めかされる完全なる喪失》で、結末はお預け。

＝＝＝＝＝＝＝＝＝＝＝＝＝＝＝＝＝＝

ログラインと較べると、シノプシスは少し身動きがとれる余裕がありますね。もっと派手で生きのいい、スタイリッシュでニュアンスのある文章を書く余地が。だからいろいろな味を加えてクリエイティブにどうぞ。でも、前述の3つの文節をお忘れなく。1冊の本を1ページで効果的に売りこむための、間違いない方法です。そう、短いシノプシスは1ページを超えてはだめ……しかも改行は［英語の場合］、ダブルスペースで！　行間を狭めて文章を詰めこむのは反則！

もし1つの小説を1ページにまとめられないとしたら、それはあなたがまだ自分が書いたものをよく理解していないということです。良く書けた小説は、どれも必ず1ページにまとめられるのですから。

前述の「SAVE THE CAT!」式シノプシス用テンプレートを見て、《灰めかされる中間点》と《灰めかされる完全なる喪失》という表現に気づきましたか？　直接読者に売りこむときは、うまくいかないと何を失うか、そしてどんな危機が迫っているかということが理解できるように情報を出しますが、小説そのものが台無しになるほど出さないほうが得。そしてシノプシスは絶対に結末をお預けにして終わってください。

どうして？

そうすれば、読者がもっとほしがるから！　シノプシスを書くというのは、1から10まで解説することではありません。売りこみです。焦らしてナンボです。

第1の文節では、《欠陥のあるヒーロー》とその世界を紹介し（お膳立て）、ヒーローがどんな人かということ、その物語と相性の良いヒーローだということが読者になんとなくわかるようにします。さらに《触媒》を入れて、世界が一変してしまうことをにおわせます。

第2の文節では、第二幕のひっくり返った世界に突入。プロットが向かう大体の方向と、小説の売り（約束された前提）を見せます。

第3の文節では、失敗の代償を仄めかし、緊急度を上げます。さらに内面の旅路を仄めかします。これで、その物語の存在理由が説明されますが、読者はお預け状態で先を知りたくなります。

シノプシスは、あなたが書いた小説というパッケージを構成する大切な部品。一度書き方を覚えてしまえば、何度でも使えます。あなたの小説を文章によって誰かに売りこむときには、相手が誰でもシノプシスの出番！　銃みたいにいつでも抜いて撃てるように！　シノプシスは、小説を売るための究極の武器ですから。

もし自費出版するのなら、自費出版書籍販売サービスのサイトにあなたが書いたシノプシスをコピペして、自分のサイトにも、本の裏表紙にもコピペすればＯＫ。

出版社から伝統的な紙出版をするなら、出版代理人宛ての手紙にあなたの書いたシノプシスをコピペ。もしすごくうまく書けていれば、代理人が編集者への手紙にコピペ。出版が決まれば、編集者はそれを本のカバーのそでにコピペ。だって、車輪の再発見は無意味でしょう？　あなたが発明した完全無欠で最高の車輪があるんだから。

もし現在執筆中で先のことはわからないのなら、あなたが書いたシノプシスは告知の文章として使えますし、フィードバックのためにあなたの小説を読んでくれる誰かに渡すこともできます。

シノプシスを書けば、あなたがちゃんと読者の心に残るようにすべてのビートをきっちり押さえたかどうかが量れます。テンプレートどおりにシノプシスを書いたけれど、どこかがぎこちないようなら、一度全ビートを見なおすチャンス。第2章の最後につけたチェックシートが便利です。ヒーローを第一幕の世界から追い出す《触媒》が小さすぎたのかも。第二幕と第一幕の世界の違いが小さすぎたのかも。《中間点》や《完全なる喪失》で代償が十分に高くなっていないのかもしれません。

個々のビートを再考して調整すれば、あなたのシノプシスはきっと輝きますよ。

さて、今度はあなた自身がリサーチする時間です。行きつけの書店、またはオンライン書店を訪れ、片っ端からシノプシスを読んで、テンプレートで示したパターンを探してみてください。どれを読んでも、多分同じパターンが見つけられると断言できます。ということは、出版された書籍のシノプシスを書いている出版社の人たちも、同じテンプレートを使っているのかも……あるいは、気づかずにやってるのかもしれませんね。

第5部

あなたの悩みをすべて解決

第15章 壁にぶつかった小説家に救いの手を

よくある質問、心配事の対処法

皆さんは、「SAVE THE CAT!」式小説創作術の全過程を学び、ついに終わりまでたどり着きました。ここまでに覚えたことは以下の通り。語るに足るヒーローの創り方。読者の心を奪い、息を飲ませる15段階のプロットの技巧。10の物語ジャンルと、それぞれのジャンルに必要不可欠な素材の把握。心躍るログラインとシノプシスの書き方。

ここまで来た！　というわけで――どんな気分ですか？

「正直、ちょっとパニックです」というあなた、心配しないで。今まで小説を書いてきたキャリアの中で見つけたこつやら知恵やらを、すべて今までのページにぶちこみましたから、圧倒されて当たり前。だから、最後にこの章を用意しました。「SAVE THE CAT!」式小説執筆講座で頻繁に聞かれる悩み、質問、心配事と、その対処の仕方。

早速いってみましょうか。

どこから始めたらいいの？　土台になる5つのビート

「SAVE THE CAT!」式小説執筆講座では、15のビートを徹底的に勉強します。詳細を説明し、細かく分析していると、大抵1人は困惑した表情で私を見ている受講生がいます。「何かわからなかった？　AとBストーリーの交差がよくわからないとか？　《語られるテーマ》のところに戻って説明しようか？」と尋ねても、まだ宙空をぼんやりと見つめるばかり。私は答えが見えないまま混乱の源が何かと勘ぐり続けます。そしてようやく混乱した心を言葉にできた受講生が言います。

「ていうか……どこから始めたらいいんですか？」

それって、最高の質問です！

頭から、というのが道理にかなってますよね。まず《始まりの光景》から始めて、《語られるテーマ》に進んで……など。それがビート・シートの順番だし、読者が読み進める順番でもあるし。論理的ですよね？と言っておいてアレですけれど、実は私はその順番でビート・シートを埋めていかないのです。

確かに、15段階のビートを全部埋めていくことを思うと、結構しんどいじゃないですか。だから私の場合は、自分が**土台の5ビート**と呼んでいるビートを、先に片づけます。この5つのビートは、他のすべてのビートを乗せる屋台骨。しかも5つとも1場面ビートなので、比較的簡単に取り組めます。この5つは物語の方向性を決めるビート。それぞれ、プロットを新しい方向に転換するビートなのです。だからこの5つを決めると、残りはビート・シートのシンプルな構造に従ってあまり苦労しなくても決まることが多いのです。

では、土台の5ビートを紹介します。

- 《触媒》
- 《二幕に突入》
- 《中間点》
- 《三幕に突入》
- 《完全なる喪失》

でも、5つのビートに取りかかる前にやることがあります。語るに足るヒーローに不可欠な3要素を決めるのが先決。問題（ヒーローを不完全にするものなら何でも）、求めるもの、本当に必要なもの、以上3つ。これから書く物語のヒーローの人となりがそれなりにわかってきて、初めてそのヒーローが必要とする変容の旅の中身も見えてきます。

書き方は人それぞれだし、創造の過程が一人一人独特なのもわかりますが、取りあえず私がどのように土台の5ビートを元にして残りのビートを決めていくか、書いておきますね。

私の場合、まず決めるのは、語るに足るヒーローに不可欠な3要素（問題、求めるもの、本当に必要なもの）。これが決まると、第一幕の世界とその中で生きるヒーローの有様が決まってきます。

その先は、次に挙げるような問いに答えながら進んでいきます。

- 第二幕の世界はどういうもので、ヒーローはその中でどんな感じ？　そこは第一幕の世界とどう違う？　ちゃんと十分違う？　これらの問いを押さえていくと《二幕に突入》がどうなるのかが決まっていきます。
- 主人公である欠陥のあるヒーローは、**本当に必要なもの**ではなくて**求めるもの**に従った結果、どんな行動をとって変わろうとして失敗する？　これも《二幕に突入》を形づくる要素になります。
- どのような大事件が起きた結果、このヒーローは現状の世界から新しい世界に追い立てられる？　これが決まると《触媒》が決まります。
- ヒーローは、新しい世界でうまくやる？　それとも苦しむ？　これが決まると、《中間点》が偽りの勝利（ヒーローは第二幕でうまくやる）で終わるか、偽りの敗北（うまくいかない）で終わるか決まります。
- ヒーローは、**本当に必要なもの**に導かれて、今度はどんな行動によって正しく変わる？　これがわかると《三幕に突入》をどうするかが見えてきます。
- 最後に、どのような事件が起きてヒーローをどん底に突きおとしたから、ヒーローがちゃんと変わらないとダメだと悟るのか？　これがわかると《完全なる喪失》がどうなるのか見えます。《完全なる喪失》は基本的にもう1つの《触媒》。覚えてますよね？

構成が物足りない！「SAVE THE CAT!」板の使い方

私は〝構成の猟犬〟を自負していますけど、あなたもビート・シートだけじゃ物足りない？　もっとほしい？　クッキーを1つだけ貰ったネズミみたいに？

安心して、もっとあるから。ビート・シート以外にも、良いものがあるのでご紹介しましょう。

その良いものというのは……**板**です。「SAVE THE CAT!」板。要するにコルクボードです。お店にある一番大きいサイズのものを買ってきてください。あなたがデジタルな人なら、「SavetheCat.com」に行けばソフトウェア版「SAVE THE CAT!」の仮想コルクボードがあります。これなら、パソコンにインストールして持ち歩き可能。［99・95ドルで1年有効、英語のみ。ダウンロードまたはCDにて販売。https://store.savethecat.com/products/save-the-cat-story-structure-software］

コルクボードを確保して、そこに貼る情報カード（127ミリ×76ミリ推奨）［これはアメリカ文具の標準サイズなので、近いサイズならOK］を用意します。このカードを使って、「SAVE THE CAT!」式ビート・シートの各ビートの内容が一目で見えるように並べていきます。だから目で見て理解するタイプの人には、とても有効なツールになります。

作業中（プロット考案中や執筆中、改稿中など）に壁にぶつかったとき、この板を使えば物語を新しい視点から**見る**ことができるので、本当に便利。文字どおり、板の上に並んでいるのが見えますから。並んでいるビートを見渡すと、物語の全体が見えてくるのです。前の章でも書きましたが、作者にとって全体を見渡すのは大変なことなんです。特に、まだ終わっていない物語のど真ん中でつまづいたときは（例えば、120ページ目で「顔」という単語の素敵な類語を必死に探し始めちゃったようなとき。そんなものは存在しないから、「顔」で我慢しましょうね）。

コルクボード（または「SAVE THE CAT!」ソフトウェア）の用意ができたら、それを図のように4段に分割します。私はマスキング・テープを使って線を引きます。上から、第一幕、第二幕A（前半）、第二幕B（後半）、第三幕の段になります（「SAVE THE CAT!」ソフトウェアは、最初からこのように分割されています）。

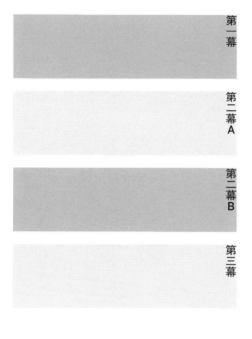

幕で分けたら、今度はカードを置いていきます。それぞれのカードは、場面または章に相当します。1枚につき情報1つ。つまり、複数の場面にまたがる場合や情報が多い場合は、章内に複数のカードを使うことになります。でもカードの枚数の心配はあとですればいいこと。まずは、アイデアをカードに書き出していくのが先決です。

例えば、もしあなたが書く《触媒》がクレメンティン叔母さんの殺人になるのだとしたら、それは1場面または1つの情報ですから、このようにカードに書き出します。

> ペニーが、クレメンティン叔母さんの
> 死体を見つける。

そして、《お楽しみ》のどこかで、ペニーがクレメンティン叔母さんの執事に聴き取りをして、彼には叔母さん殺害の夜のアリバイがないことを発見するのなら、カードにはこのように書き出します。

> ペニーが執事に聴き取り。
> アリバイなし！

もし《忍び寄る悪者》の中のあるイベントと次のイベントの間で2週間が経過する必要があるが、その間に何が起きるか決まっていないなら、

2週間経過……。

？？？


ここで、第2章を思い出してください。ビートには1場面のもの（《語られるテーマ》《触媒》《完全なる喪失》）と複数場面のもの（《お膳立て》《お楽しみ》《闇夜を彷徨う魂》）がありますよね。

カードを並べていくと、ビートと場面の関係がはっきり見えてきます。

並べ終わると、次のページの図のようになっているはず。

ほら、できた！　並べてみて初めて見えることがあるでしょう？

もしかしたら今「あ、《お楽しみ》が長すぎ！」と思ってました？

そのとおりですよね。代償がどんどん高くなりヒーローの人生がガラリと変わってしまう興奮間違いなしの《中間点》にたどり着く前に、とてもたくさんの場面が必要。だから、小説にはBストーリーとCストーリーがあり、それでも足りなければDストーリーもあるんです！　《お楽しみ》から《中間点》までのたくさんのページを埋めるには、Aストーリー以外の何かが必要。もちろん、Aストーリーは常に物語の前面・ど真ん中に据えなければいけません。ミステリーを書くのなら、大半のカードは行きつ戻りつ展開する謎解

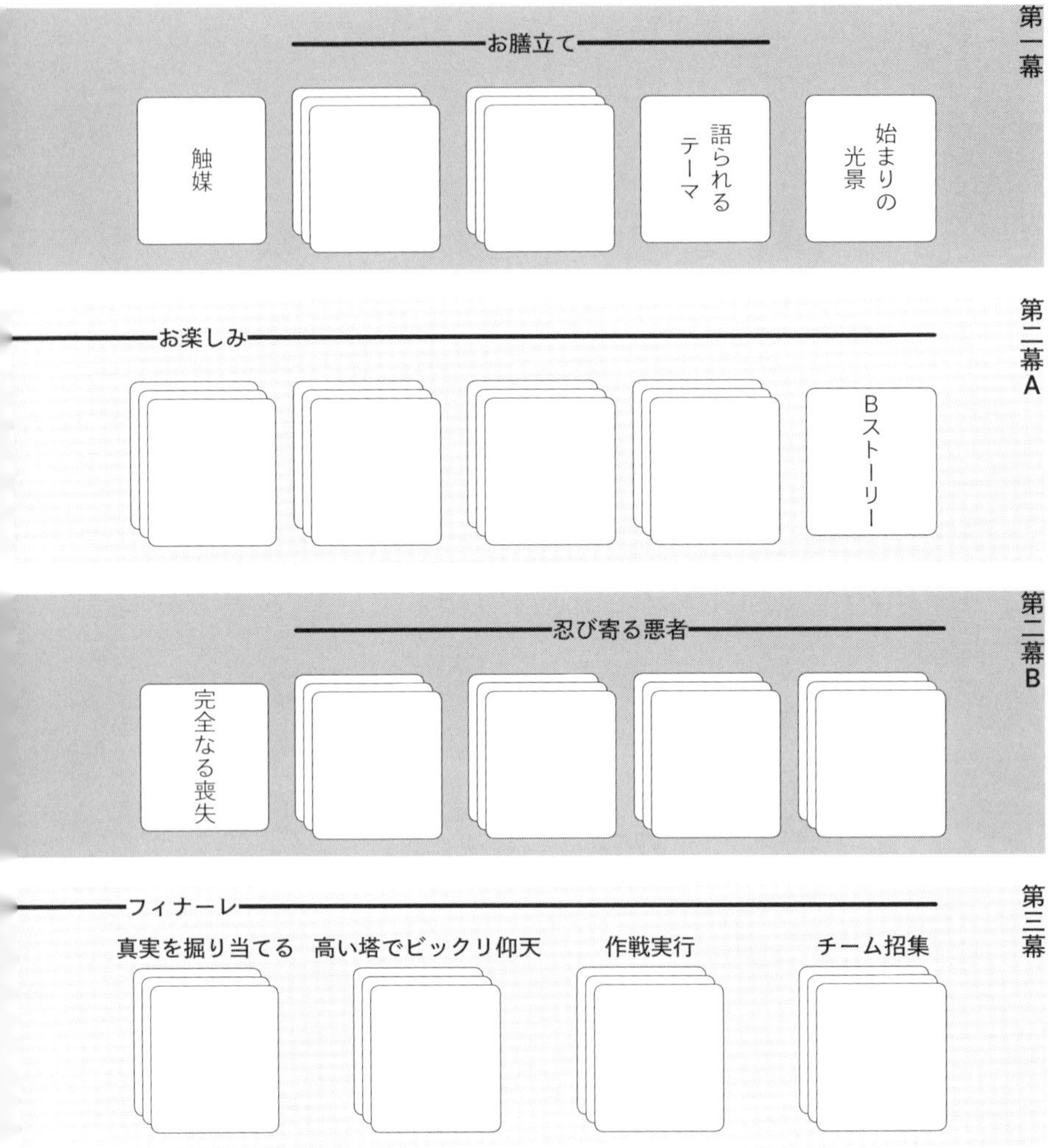
第一幕
お膳立て
触媒
語られるテーマ
始まりの光景
第二幕A
お楽しみ
Bストーリー
第二幕B
忍び寄る悪者
完全なる喪失
第三幕
フィナーレ
真実を掘り当てる
高い塔でビックリ仰天
作戦実行
チーム招集

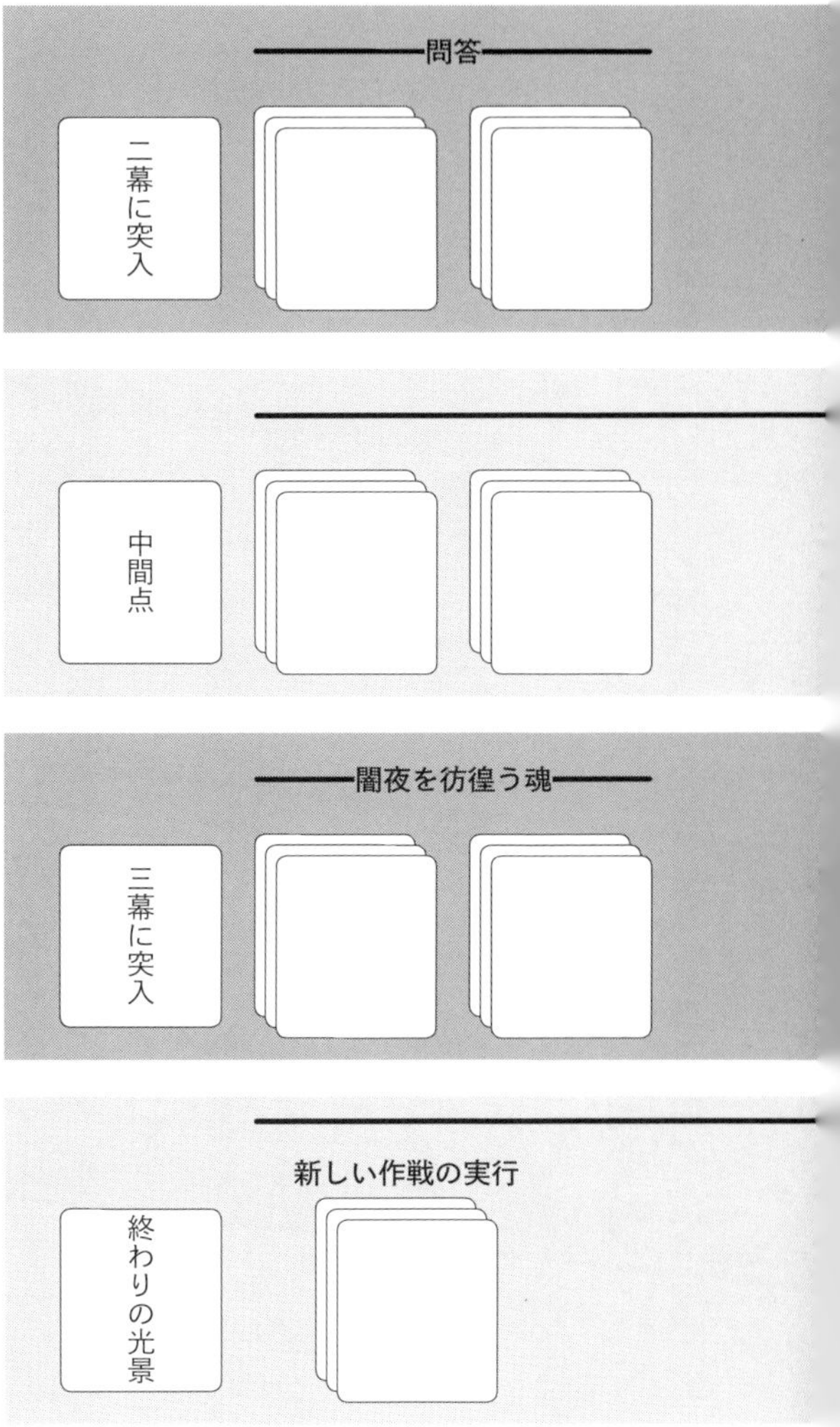

きで占められていて当然。それでも、Ａストーリーの箸休めとして、場面を1つや2つ使って何か別の話ができる、というか、そうするべき。恋愛対象との関係は？　親友はどうなった？　ヒーローの家族は？　職場にいる気に食わないヤツはどうなった？　70ページで元妻からきたメールは、どうなった？　大きくプロットが方向を変える前と後に、読者に一息つかせてあげましょう。そうすることで、Ａストーリーの鮮度を保ち、わくわくを持続させられるから。

前出の図に関して、知っておいてほしいことが1つ。図はあくまでも概念の図案化なので、例えば《問答》内のカードが3枚じゃなければいけないということではありません。《触媒》は1場面なので1枚です。一方、《お膳立て》《問答》《お楽しみ》《忍び寄る悪者》《闇夜を彷徨う魂》といった複数場面のカードが何枚になるかというのは、あなたが書く小説のページ数によって変わりますし、構成によっても左右されます。あくまで経験則ですが、〔英語で書く場合〕2万5000語（100ページ相当）に対して、カード30枚前後ということになります。つまり7万5000語の小説を書くなら、必要なカードは大体90枚という計算。

しかし！　あなたが今、ブレスト段階でアイデア出しの真っただ中なら、脳味噌をフル稼働して書けるだけカードを書くのがいいと思います。不要なカードは、書きながら捨てればいいので。ブレストは、制限速度なしで飛ばしましょう。

ただし、もしあなたが現在執筆中または改稿中なら、それぞれのビートに割けるページ数の見当（第2章参照）がつき始めている可能性がありますよね。その場合は、カードも書き放題というわけにはいきません。でも、なんといってもコルクボード（仮想板でも）の良いところは、その柔軟性。例えば突然閃いたとします。自転車が転倒する見せ場は《お楽しみ》ではなくて《忍び寄る悪者》に置いたほうが生きる！　そんなときは、アラ不思議！　カードを動かすだけ。この柔軟さはホワイトボードに優ります。だから、仮想でも実物でもコルクボードがお勧め。カードにその場面について必要な情報を書きたいだけ書きこみ、必要なら動かす。すると、場面と一緒に情報が丸ごとついてくる、という仕掛け。

この仕掛けがあれば、クリック1つ、タップ1回、画びょうの移動1回で、物語を構築して再構築できます。だから、いつでも好きなときに自分が書いている小説をバラして組みなおし、そうするとどうなるか実験できます。万華鏡をちょっと回すと目の前にまったく新しい風景が広がるのと同じ。ちょっと何かをずらしたただけで、すべてがきれいにはまる、ということもありますからね。

主役が何人もいるかもしれない！ 小説の物語作法に学ぶ

第1章で、主要なヒーローを**1人だけ**選びましょうと書きました。そして『ヘルプ　心がつなぐストーリー』の物語の主要なヒーローとしてエイビリーンを例として挙げましたよね。この小説は3人の登場人物の視点で語られているのですが、それでも私はその3人の中で**一番大きく変わるキャラクター**が、主要なヒーローだと考えます。だからといって、ミニーとスキーターには変容の軌跡がないわけではなく、もちろん2人は変わります。だから、それぞれに独立したビート・シートが必要なのです（第6章のビート分析を参照）。

というわけで、主要な登場人物が複数の場合、その数だけビート・シートを書くことになります。そうしないと、物語の展開とともに各キャラクターがどのように変わっていくかという軌跡が見えないから。主要なヒーローを1人決めた上で、各キャラクターのビート・シートを編み上げるように物語に組みこんでいくのが、主役が複数いる小説の上手な捌き方だと思います。

各キャラクターのビート・シートが重なることもあります。例えば『ヘルプ　心がつなぐストーリー』の場合、エイビリーンとスキーターが《二幕に突入》するのは、同じタイミング。でも、2人に訪れる《触媒》は別々。一方、ミニーのビートは《中間点》で3人の物語が交差するまで、エイビリーンやスキーターのビートと大きく離れて展開します。

主役が複数でも、ビートが一度も重ならないという場合もあります。私が『Boys of Summer〔未邦訳：夏の少年たち〕』という小説を書いたときは、そうでした。物語は、グレイソン、マイク、イアンという3人の登場人物の視点で語られます。3人の親友は、観光客で賑わう島で人生を変える体験をしますが、それぞれの体験したことは違います。3人のビート・シートはまったく違った展開で進みますが、《完全なる喪失》で交差します。ここは、それぞれの言動がお互いの存在にどれほど強く影響していたかを3人が悟り、結果的に友情の絆が太くなるビートなので、当然交差するわけです。もちろん、ビート・シートを3人分書いてから、執筆に入りましたよ。そして、執筆しながら物語が出来あがるにつれて、3人のビートをあちこち移動させ続けました。

複数の主役と複数のビート・シートを上手に捌く方法は、複数の主役が登場する小説に学ぶのが一番だと思います。あなたが書こうとしている作品と同じジャンルで、複数の主役が登場する小説を最低3冊見つけて、それぞれのキャラクターに対してビート・シートを書いてみてください。どこでビートが重なり、どこで分かれるか分析してみましょう。複数の主役を使って、作者がどのように物語という1枚の織物に編み上げたのか、注意してみてください。そして、真似してみましょう。

複数のビート・シートが必要かどうかわからないというあなた。

とりあえず、あなたが書いている物語が誰の主観で語られるかに注目してください。

語り手は何人いますか？（まだ書いてないなら、何人になる予定？）なんとなく見当がついていないとしたら、これから物語の主観について説明するので、それを参考にしてみてください。物語の語り手の種類と、それぞれに対して必要なビート・シートの数を説明します。

単一の一人称視点

●定義：物語が、1人の主要な登場人物の主観で語られる。使われる主語は「私」。
●作品例：『ハンガー・ゲーム』、『プレイ　獲物』、『ザ・ヘイト・ユー・ギヴ　あなたがくれた憎しみ』、『ゲームウォーズ』、『アウトサイダー』、『ハックルベリー・フィンの冒険』、『侍女の物語』
●ビート・シートの数：1。語り手が1人＝ヒーローが1人＝ビート・シート1枚。

複数の一人称視点

●定義：物語が、複数の主要な登場人物の主観で語られ、それぞれの登場人物の主観が章ごとに独立していることが多い。使われる主語は「私」。
●作品例：『ヘルプ　心がつなぐストーリー』、『ガール・オン・ザ・トレイン』、『The Sun is Also Star［未邦訳：太陽だって星］』（ニコラ・ユン著）、『仮面の帝国守護者』（サバア・タヒア著）、『きみがぼくを見つけた日』（オードリー・ニッフェネガー著）、『ワンダー　Wonder』、『オール・アメリカン・ボーイズ』（ブレンダン・キーリーとジェイソン・レイノルズ著）、『オリシャ戦記　血と骨の子』
●ビート・シートの数：複数。通常、語り手ごとに1枚。

単一の三人称視点（**限定的な視点**）

●定義：物語が、物語の「外」にいる1人の語り手によって語られるが、その語り手は、ある1人の登場人物の思考を代弁できる。使われる主語は「彼」「彼女」。

●作品例：『ハリー・ポッターと賢者の石』、『ミザリー』、『1984』、『The Statistical Probability of Love at First Sight［未邦訳：一目惚れの統計的確率］』、『The Deep［未邦訳：深淵］』、『ハートシェイプト・ボックス』

●ビート・シートの数：1。語り手が代弁している登場人物のビート・シート。

複数の三人称視点（**限定的な視点**）

●定義：物語が、物語の「外」にいる1人の語り手によって語られるが、その語り手は、ある特定の複数の登場人物の思考を代弁できる。ただし、一度に複数の登場人物の代弁はできず、通常代弁できる登場人物が章ごとに分けられる。使われる主語は「彼」「彼女」。

●作品例：『ささやかで大きな嘘』、『Six of Crows［未邦訳：烏の6］』、『エレナーとパーク』、『ダ・ヴィンチ・コード』、『七王国の玉座』、『Far from the Tree［未邦訳：あの木から遠く離れて］』（ロビン・ベンウェイ著）

●ビート・シートの数：複数。語り手が代弁できる登場人物の数だけ。

三人称視点（**神の視点**）

●定義：古い小説に見られる種類で（現在は少ない）、物語が、物語の「外」にいる1人の語り手によって語られるが、その語り手は、物語に登場するすべての人物の思考を、一度に何人でも代弁できる。使われる主語は「彼」「彼女」「彼ら」など。

●作品例：『エマ』、『そして誰もいなくなった』、『レ・ミゼラブル』、『クリスマス・キャロル』、『マチルダは小さな大天才』

●ビート・シートの数：1または複数。語り手が代弁するキャラクターのうちで、重要な変容を遂げる人の数。

シリーズが手に負えない！シリーズ用のビート・シート

もうわかっているかもしれませんが——複数の小説で構成されるシリーズを書くのなら、小説1本につきビート・シートも1つずつ書くことになります。加えて、シリーズ全体を貫くビート・シートも1つ。

このシリーズ・ビート・シートは、必ずしも15段階のビートがすべて必要とは限りませんが、ヒーロー（1人または複数）の変容の軌跡を長いスパンで追うものになっていなければいけません。シリーズ全体にまたがり、1本の小説と同じように三幕で構成されるようにします。

いわゆる3部作を例に考えてみましょう。1巻ずつそれぞれが三幕構成で、15段階のビートに分かれています。でも、第1巻はシリーズ全体の中では第一幕として機能し、長い物語のお膳立ての役割りを果たしていることが、少なくありません。読者を、そしてヒーローを物語の中に連れこみ、その他のキャラクターを紹介し、何が起きているか教えてくれるのです。そして、《触媒》《問答》《二幕に突入》と続いて第2巻（つまりシリーズ中の第二幕）への引きを残して第1巻は終わります。そして第2巻は《完全なる喪失》《闇夜を彷徨う魂》《三幕に突入》で終わります。すべてを失い、途方に暮れ、何かを悟って決断して、物語は最終巻へ。3部作の3巻目は、フィナーレ中のフィナーレという感じがしますよね？　最も苛烈な戦いがあり、敗れ去るキャラクターがたくさんいて、失敗したら後がなくて、だから勝ち取られた勝利も大きい！

というわけで、3部作のシリーズ・ビート・シートは、こういうことになります。

第1巻 ―― シリーズの第一幕
第2巻 ―― シリーズの第二幕
第3巻 ―― シリーズの第三幕

私が『Unremembered［未邦訳：記憶されぬもの］』というSF3部作を書いたときに、同じように構成しました。第1巻『記憶されぬもの』では、見知らぬ惑星（地球）に不時着したヒーローのセラフィーナを導入。彼女がどこから来て、どうして地球に落ちる羽目になったかを《お膳立て》。そして1巻は、セラフィーナが地球から脱出するという決断とともに《シリーズの二幕に突入》で終わります。第2巻『忘れられぬもの』では、セラフィーナは《シリーズの完全なる喪失》《シリーズの闇夜を彷徨う魂》を経て、《シリーズの三幕に突入》で自分を犠牲にしても故郷に帰るという運命的な決断をして、第3巻『変わらぬもの』へ。そして《シリーズのフィナーレ》でセラフィーナは、自分の出生にかかわり、第1巻からずっと自分のことを支配しようとしてきた人たちと対決するのです。

4部作の物語も、同じように構成することができます。例えばこのように。

第1巻　——　シリーズの第一幕
第2巻　——　シリーズの第二幕（《中間点》のひねりまで）
第3巻　——　シリーズの第二幕（《三幕に突入》まで）
第4巻　——　シリーズの第三幕

こんな具合にシリーズ全体のビートを構成しながら、同時にそれぞれのキャラクターの変容も追いかけ、各巻のビートを書き、シリーズ全体のビートも書くのです！

大変！

そう、シリーズものは、大変なのです。小説1本用にビート・シートを構成するだけでも苦労しますが、その3倍。3部作を巧みに構成するというのは、そういうことなのです。でも慎重な計画と、ちょっとした創意工夫があれば、不可能ではありません。うまくいった作品はたくさんあります。

私たちの世代が誇る、最も有名はシリーズ小説、J・K・ローリング著『ハリー・ポッター』シリーズを見てみましょう。1～7巻までそれぞれが素晴らしく構成されたビート・シートによって語られ、成長し変わりながら自分と自分の宿命について少しずつ理解していくハリーを描くこのシリーズ。照れ屋で自信のない孤児が自信に溢れた魔法使いの戦士として成熟し、ヴォルデモートを倒す宿命を成就するまでのハリーの長い変容の旅路は、シリーズを貫いて続いていきます。全7巻を通してハリーが経験する小さな変容が積み重ねられて、シリーズ全体を貫く大きな変容になっていくのです。だから1巻のハリーは、まだヴォルデモートを倒すことができません。一時的に仇敵の目を見えなくするにとどまり、その過程で自分の力について少しだけ理解するのです。

シリーズを書く以上、シリーズ中のどの巻も手を抜くわけにはいきません。重要なのは2巻と4巻だけで、残りはただの埋め合わせというのでは通用しません。それぞれの巻には明確な目的が必要。**何のため**の物語？　ヒーローはどういうテーマを教えられて、最後に受けとめるの？　そして、それは各巻で違うものでなければ。つながって、相関しあっているとしても、全部違うものでなければダメ。

だから、シリーズの小説は巻によって違うジャンルに収まることが多いと前に書いたのです。各巻の目的が違うのであれば、物語のタイプも違って当然。『ハンガー・ゲーム』（シリーズ第1巻）は、〈絶体絶命の凡人〉。この巻は、カットニス・エヴァディーンを組織の中に巻きこむ物語。組織とどのように渡りあうかという話が第2巻『燃え広がる炎』なので、これは〈組織と制度〉の物語。反逆者を先導し、救世主としての運命を受け入れたとき、彼女はついに組織を「焼き払う」という決断をします。だから第3巻『マネシカケスの少女』は〈スーパーヒーロー〉の物語。

小説3巻、ビート・シート3枚、そして驚異的な物語が1つ。

あなたにも書けます！　大丈夫、信じてますから！

ヒーローが嫌なヤツだったら？　猫の救い方

2011年に、『52 Reasons to Hate My Father〔未邦訳：お父さんが嫌いな52の理由〕』執筆中のこと。甘やかされ放題のティーンが、2500万ドルの遺産を相続する条件として52種類の低賃金労働をしなければならなくなる、というヤングアダルト小説ですが、書き始めるなり、嫌われ者のヒーローという問題に直面。これは、執筆講座でも頻繁にお目にかかる問題です。ヒーローの少女はリッチな家庭に育ち、1日すらも働いた経験はなく、ヨットで世界旅行をし、ベルエア［ロサンゼルスの超高級住宅街］の屋敷に住み、50万ドルもするベンツに乗り、さらに手に負えないほど生意気。思わず応援したく……ならないタイプ。

これは問題。第1章で説明しましたよね。あなた（作者）は、今いる場所から旅立つヒーローを創らなければいけない。そのヒーローには欠陥がなければいけない。完全ではいけない。変わる必然性を持っていなければいけない。そんなヒーローがうまく離陸して飛び立てるように、滑走路の一番後ろまで下がってたっぷり助走距離をつけさせてあげなくては。そして、そんなヒーローというのは、必ずしも誰にでも好かれる人にはならないということ。

そんな嫌われ者キャラがヒーローなのだから、変わっていく姿を読者が辛抱強くちゃんと見守ってくれるように手を打たなければ。

どうする？

猫を救え！

イントロダクションで解説したとおり、「SAVE《猫》 THE《を》 CAT!《救え》」というのは、もともと、嫌われ者の主人公を少しだけ好かれるようにする執筆テクニックのひとつにつけた小洒落た名前でした。例えば、誰もが避けてとおりたくなるような超のつく嫌われ者が主人公だったとします。今日も街中を歩きながらみんなに嫌われることをしています。そのとき、木から降りられなくなった猫が！　嫌われ者は立ちどまり、木によじ登って猫を助けます。それを読んだ読者は「え、もしかしてそれほど悪いヤツでもないんじゃないの？　悪人ってわけでもないんじゃ？」と思い……ハイ、救いようがない嫌われ者が、救いようがある嫌われ者のヒーローに早変わり！

別に、猫を救わなくてもいいんです。猫というのは、あなたが書いたヒーローに読者が肩入れできるように、作者が施す文芸テクニックの名前にすぎません。

白状しておくと、『52 Reasons to Hate My Father〔未邦訳：お父さんが嫌いな52の理由〕』を書いたときには、ヒーローのペットを、いつも不安でおどおどしている保護犬にしましたけど。そう、救ったのは猫じゃなくて、犬！　でも、嫌われ度を下げるためには動物を助けなければならないというわけではなく、他の手段もあります。

救われる価値があると思わせる資質、言動、または趣味をプラス

あなたが書いているヒーローは、気弱？　偉そう？　執念深い？　暗い？　恩知らず？　せっかくの《お膳立て》を台無しにしてしまうような、見ているだけで苛々するようなヒーロー？　思わず肩を揺さぶって「いい加減にしろ！　1つくらい良いことがあるだろう！」と叫びたくなるタイプ？

そんな最低なヒーローなら、まさにその「1つくらい良いこと」を、作者のあなたが与えてやりましょう。その「1つくらい良いこと」があれば、読者はその1点にしがみついて読み続けてくれます。例えば、すご

く可愛い甥とか姪に尊敬されているとか。下手だけどどこか心に沁みる詩が書き連ねられた秘密の詩集を書いたとか。保護犬のシェルターで週1回ボランティアしてるとか。「まあ、良いところもあるよね」と思ってもらえることを、何でもいいから1つ与えてください。

私は『The Chaos of Standing Still［未邦訳：ただ立ってるだけでカオス］』というヤングアダルト小説も書きましたが、親友の死を乗り越えようとしているリンというヒーローは、一緒にいて楽しいというキャラクターではなかったのです。ジョアンナ・ランデルという私の友人兼批評パートナーに読んでもらったら、こう言われました。「いい物語だと思うけど、このリンという女の子、ちょっとサガる。好きなものもない。趣味もない。読んでて落ちこむ。何か良いことがあるようにしてあげられない？」。

ジョアンナの言うとおり。大抵、批評パートナーの言うとおり！　そこで、2人で何日もかけて、リンに何をしてあげられるかブレストしました。リンに最適な**何か**。そして思いついたのは、絵。親友が死んでから、悲しみのあまり心のままに描くことができなくなったので、やめていた絵。これで、失われた絵への情熱と、絵を描けたころの幸せな記憶を物語に織りこむことができました。ここでひとひねり加えたお陰で、リンが好かれにくいという問題が解決しただけでなく、再び絵を描き始めさせることによって、彼女が悲しみを乗りこえたことも象徴できたというオマケつき。

『ハンガー・ゲーム』ではどうでしたか？　登場したときのカットニスは、温かくて近よりやすいどころか、不機嫌で無情な印象でしたよね。そんな彼女を応援したくなるのはなぜ？　カットニスは妹プリムのためにどんなことでもするから。22ページで、妹の代わりに刈り入れの日の贄に志願さえするのですから。でも、作者はその前にも、この気丈な少女を好きになる理由をたっぷり読者に与えてくれています。妹を食べさせるためにキャピトルの規則を破るとか、1ページ目でカットニスが、プリムに泣かれたので溺れ死にさせようとした猫を殺さなかったこととか。

猫を救って！

最低最悪の敵、または状況を与える

最近、フィクションを読むと共感する力が強くなるという研究報告がありました。自分以外の人の心をX線で透視したかのように、感情や心の痛みが見える力を得られるということ。知らない人の人生を覗いて、その人がどうして今あるような人になったのかという洞察をくれるということ。なかなか現実の世界では同じことはできませんよね。他人の困難について理解するということは、その人をより深く理解するだけでなく、同情し感情移入するということにも繋がります。

というわけで、読者に好かれそうもないキャラクターを好きになってもらう方法、その2。そのキャラクターを、さらに好かれそうもないキャラクターにぶつけます。悪者、仇敵、一筋縄ではいかない親友、酷い親ですら効き目があります。その**酷いヤツ**がどんなに酷いか伝わった瞬間、読者はヒーローのことを嫌えなくなる！　代わりに、「あんな酷い人を相手にしてたんなら、性格も拗れて当然だよな」と思ってもらえちゃうんです。

その人が今ある状態になった理由がわかれば、そこには同情が発生します。共感が持つそんな力について、現代人はもっと知ったほうがいいですよね。何があったから、人はそんなことをするようになったの？ どんなに恐ろしい目に遭いながら日々暮らしているの？ 他人の家のドアをこじ開けて中を覗きにいくわけにはいきませんが、フィクションの中でなら大丈夫。どんどんやりましょう！

『君のためなら千回でも』の主人公アミールは、親友であるはずのハッサンに対して、全然親切じゃありませんよね。どちらかといえば、ひどい友達。なら、どうして読者はそんなヤツに肩入れするの？ どうして、そんなヤツの行く末を知るためにページをめくり続けるの？

それは、父親の存在。

アミールの日常を垣間見たときに、読者は彼が一見冷淡な父親の歓心を買おうと必死なことを知ります。自分を役立たずだと思っている父親に、そうじゃないと証明したくて必死なアミール。それだけ。でも、それで十分。ハッサンに意地悪なアミールを、読者は簡単には許せませんが、彼の性格に難がある理由は理解し、彼の境遇に同情するようになります。

『52 Reasons to Hate My Father［未邦訳：お父さんが嫌いな52の理由］』では、私も親という技を使いました。タイトルからすでに効いています。レキシントン・ララビーという少女は生意気で嫌な子ですが、父親と較べたら可愛いもの。愛情の「あ」の字も知らないような、冷たい親。しかも滅多に家に帰ってこない。レキシントンが無責任な甘ったれになるのも無理ないですよね。彼女はお父さんの関心を引きたい一心なのです。似たような技に、ヒーローを酷い状況に置くというのがあります。場合によっては状況を説明するだけでいいこともあります。

『エマ』の主人公エマ・ウッドハウスは、若いころに母親を亡くしました。人と関係を結ぶのに臆病だと思ったら、そういうこと。『ガール・オン・ザ・トレイン』のレイチェルは、夫を寝取られただけでなく、夫と浮気相手は結婚し、1児あり。ああ、それなら酒びたりにもなるでしょう。『レ・ミゼラブル』のジャン・ヴァルジャンはパンを一斤盗んだ罪で19年も投獄。なら、あんなに頑なになって、社会に復讐を誓っても無理ないですよ。『クリスマス・キャロル』の悪名高いエベネーザ・スクルージですら、あんなに性格が悪くなったのにはちゃんと理由が。まだ子どものころに、父親に追いだされたんですから、そりゃ、他人に共感しろといっても、むずかしいですよね。

嫌われ者は、決して生まれつき嫌われ者なのではありません。生まれる前から嫌われ者なんて人はいないのです。最初は誰でも、まっさらな黒板。では、読者が1ページ目で出会うヒーローは、どういう経緯でそのような人になったのか。現在の状況に加えてヒーローの過去、両親のエピソードといったものを垣間見ることで、ヒーローがなぜ今の姿になったのか読者が理解する助けになります。この**なぜ**が腑に落ちて初めて、読者はヒーローが直さなければならない問題に同情することができるというわけです。

助けて！　前に進めない！
お別れの前に、聡明で元気の出る一言を

物書きの石塊《ライターズ・ブロック》なんて、ありません。

言っちゃった！

目が覚めてれば、書けます。椅子に座れれば、書けます。指がついていれば、書けます。

そうして書いたものが素晴らしいものになるとは言ってませんよ。でも、実際にあなたが書くことを阻む石塊とか壁なんてものは、ないんです。書こうと思えば、何か書けます。

書くという長い段階をくぐり抜けていく以上、それがどの段階でも、前に進めないときが絶対にあります。良い日もあれば、悪い日もあります。大好きな場面を書くときも、すぐに捨ててしまう場面を書くときも。《触媒》を百万回書き直して、ようやくなんとかなるときもあります。ようやく最後まで書き終わった瞬間、《お楽しみ》が全然ダメだと気づくこともあります。

書くという行為は**段階的な創作**なのですから、過程は大事なんです。

でも、心配しないで。最後に、皆さんが創作の各段階で発生する問題に対処できるように、ちょっとした秘訣を伝授しますから！

用意はいいですか？

どうしようもない文章、酷いプロットを書いても自分を責めない

物書きの石塊《ライターズ・ブロック》も、筋立て職人の石塊《プロッターズ・ブロック》も、ありません。あるのは、完璧主義者の石塊《パーフェクショニスツ・ブロック》だけ（エミリー・ヘインズワースが考えた、すごく、すごく賢い一言！）。誰でも、どうしようもない文章や酷いプロットを書くのは怖いもの。なら、しょうがないから、酷いものを書いてしまうという恐怖に負けちゃってください。酷い文章を書きましょう。背筋も凍るような、吐き気を催すような、最低のビート・シートを構成しちゃいましょう。

さ・い・あ・く・だ！　と自分に認めちゃいましょう！

誰も知らない秘密を、あなたに教えてあげます。あなたが最低でどうしようもない文章を書いても、あなた以外に読む人はいないんです。永久に。それだけではありません。書いておけば、あとからいつでも直せますから。

ノーラ・ロバーツが「白紙じゃ直しようがない」と言いましたよね。それ以上の真実がありますか？　酷いものでも取りあえず書いて、「未来の私」に直させればいいんです！　「過去の私」がページに何か書いておかなかったら、「未来の私」はやることがなくてがっかりですよ。「未来の私」を落胆させてはいけません。「未来の私」の仕事を奪わないで。酷くても何でもいいから書いて、「未来の私」に対処させましょう。それが「未来の私」の仕事ですから。

うまく書けないかもしれなくても、恐れないで。酷さと友達になりましょう！　私はいつも、こう言うんです。

「クソみたいな文章でも恐れず書いて。いい肥しになるから」

柔軟に！　ビートは変わるもの

あなたは、考えてから書く人かもしれないし、書いてから考える人かもしれません。書き始める前にあらゆる詳細をすべて完璧に決めこむのに、何日も、何週間も、何ヵ月も、下手したら何年もかけるような人かもしれないし、アイデアがいくつか浮かんだら即書きだす人かもしれません。書くスタイルが何であっても、ビート・シートの内容は絶対に変わります。それは避けて通れません。最後まで書き終わってから、ようやく《お膳立て》がうまくいっていないことに気づくかもしれません。初稿の途中で（もしかしたら最終稿の途中で！）《完全なる喪失》を前に移さなければうまくいかない、またはもっと破壊的にしないとだめだと気づくかもしれません。

ビート・シートは神聖な石碑ではありませんし、まず神聖だなんて思わないほうが身のため。

作家のテリー・プラチェットは、こう言っています。「作者が自分自身に物語を言い聞かせているのが、初稿というものなんだ」。初稿のことを「発見稿」と呼ぶ人もいます。そのとおりですよね。物語を発見するために書く原稿です。物語の世界を探検して、ヒーローという人を知るための発見の旅。小説のすべてが最初に組んだプロットどおりに進むと考えるのは、一寸の狂いもなく計画どおりに人生が終われると考えるくらい酔狂な話です。

書く前に15段階のビートを組み立てておけば、あなたが物語をどのように展開させたいかを理解する助けにはなります。ちゃんと正しい方向に書き進める手がかりにもなるでしょう。でも、どうやってゴールにたどり着いたらいいか一歩ずつ教えてはくれません。

小説を書くという行為は〈黄金の羊毛〉。あなたが毎日対面する白いページ（またはモニター）が、あなたの進む道。最後のページは、あなたのご褒美。私と、批評パートナーと、執筆仲間たちが、あなたのチーム。そして、途中必ず横道が現れます。馬糞が落ちていて、あなたに迂回を迫ります。ビートを書き直せと。

柔軟にいきましょう。ビートがしっくりこなくても、書き直しているうちに、焦点が定まってヒーローの正体が見えてきます。

それでも迷ったときには、ヒーローが求めるものと本当に必要なものに、もう一度注目してください。この2つは、あなたの執筆の旅を照らす道標。《中間点》に向かって進んでいるときは、ヒーローが求めるものに注意を払いながら運転してください。そして《フィナーレ》に向かって進んでいくときには、ヒーローが本当に必要なものから目を離さないように。この2つが、どんなに暗い夜道でもあなたを導いてくれます。

あなたが書いている未完成の作品を、誰かが書きあげた傑作と較べないで

あなたが本書で挙げたビート・シートを読むときに、そしてその方法論を使って他の小説を分析するときに、覚えておいてほしいことがあります。あなたが分析している小説はどれも執筆途中の作品ではなくて、**完成品**だということ。何ヵ月、下手をすれば何年もの、格闘の結果をあなたは分析しているのです。その間、何回改稿されたことか。何度編集者からコメントをもらい、何度校閲や校正を受けたことか。本棚に並んでいる小説群と自作を比較するなというほうが無理ですよね。他に比較できるものがないから！　自分のウェブサイトに、誰でも読めるようにとボロボロの初稿をアップしている有名作家なんて、いませんから。でも、公開されてないだけで、存在します！　どの作家でもボロボロの初稿を書いたんです。皆、書くんです。小説というのは、完成した形で紙の上に零れおちる奇跡じゃないんです。ほとんどの場合（少なくとも私の場合！）、初稿というものは、紙の上にボトボトと汚らしく垂れたロールシャッハ検査［紙に落としたインクの染

みが何に見えるかという心理テスト」のインクの染みで、何時間も首を傾げて頭をひねって睨みつけて、ようやく理解できるようなものなんです。

執筆中のあなたは、自分の作品と本書に掲載されたビート分析を比較しないほうがいいと思います。本書で分析した小説は、どれも完成された最終形態。完成した作品は、作者が執筆を始める前に書いたアウトラインとは、絶対に似ても似つかないものになったはず（アウトラインすら書かなかったかもしれないし！）。

この現象を、**ビフォー・ビート・シートとアフター・ビート・シート**と呼ぶことにしましょう。ビフォー・ビート・シートというのは、私も含めてプロット重視派が書き始める前に構成する、物語がきちんと目的地に向かって進むように書けるための地図。アフター・ビート・シートは、完成した小説の分析。改稿も、編集作業も、校閲も、校正も終わった小説に秘められた物語のパターンを見つけだすための道具。

ビフォーとアフターがどれだけ違ったものになるか、そして執筆中にどれだけビート・シートが変わっていくか説明するために、私が書いた『Geography of Lost Things〔未邦訳：彼女が失くしたあれこれの地理的分布〕』という小説のビフォー・ビート・シートとアフター・ビート・シートを載せておきます。一読すれば、ビフォーは穴だらけでスカスカなのがわかると思います。書き出す前に解決できた問題はほとんどなく、執筆の時間が経過するにつれ、物語やキャラクターを深く理解していったということが見えると思います。アフター・ビート・シートを読むと、移動したビート、清書しただけのビート、完全に書き換えられたビートがあるのもわかります。

というわけで、自分に優しくしてあげて。最初からすべての問題を解決済みで執筆開始ということにはなりませんから。仮に出発前にすべて解決済みだったとしても、前にも書いたとおり、書いているうちに絶対に変わりますから。

『Geography of Lost Things〔未邦訳：彼女が失くしたあれこれの地理的分布〕』

著者：ジェシカ・ブロディ
10のジャンル：黄金の羊毛
販売ジャンル：ヤングアダルト／コンテンポラリー
ページ数：４６４（２０１８年サイモン・パルス社刊ハードバック単行本〔英語原書〕）

１　始まりの光景

ビフォー：１通の封筒が届く。中には自動車の所有権証明書とキー。車はアリーの亡父ジャクソンが乗っていたクラシックカー。アリーは父親が嫌いだった。父親の車も嫌いだった（それに乗ってすぐにどこかに行ってしまうから）。ジャクソンは、アリーとアリーの母親に借金を残して死んだ。

アフター：アリーの死んだ父親ジャクソンの使いの者が、封筒を持って現れる。ジャクソンは何年も前に家族を捨てて出ていったきり。封筒の中身が何かは、今はお預け。

２　お膳立て

ビフォー：早速アリーは、フォート・ブラッグの街にあるバイヤーに車を売りに行く。抵当流れで差し押さえられた自宅を取り戻すために、そして母が背負わされた借金を返済するためにお金が必要（**Aストーリー／求めるもの**）。アリーはマニュアルの車を運転できないので、元カレのニコが運転させられることに。アリーは家のものを整理して捨てる。彼女はいつも、散らかった自分の人生を片づけようとしている。

アフター：アリーの母親はケータリングの仕事で1週間家を空けることに。その間アリーは、銀行に差し押さえられた自宅の中を整理する。アリーは家を取り戻したいが、母親は諦めている。荷づくりしながらアリーはほとんどの物を捨てる（彼女は断捨離魔）。どうしてこんな借金なんかで悩まされなきゃいけないんだろう？　これもみんな、ジャクソンのせい。

ジャクソンは、アリーの人生に入ってきたと思うと出ていくような父親だった。頼れる大黒柱だったことなど一度もなく、妻の名前でクレジットカードを作って借りた金を返さないような男。ジャクソンが生前お気に入りだったのは、1968年製のコンバーティブル仕様のファイヤーバード400と、フィア・エピデミック［伝染病を恐れろ］という名の90年代のポスト・グランジロックバンド。アリーは死んだ後も父に対する怒りが収まらない。

アリーは、性格診断にはまっている。性格分類を安易の他人に押しつけるのが好き。手軽に性格で分類すれば「捨てる」のもお手軽、と思っているのが彼女の欠点。

3　語られるテーマ

ビフォー：アリーは、フォート・ブラッグに行く途中、シーグラス［波で丸く削られたガラス］の砂浜に行く。そこにいた誰かが、波で削られたガラスを指して「海はすべてのものを赦してくれる」と言う。つまり、海は一見無価値なものでも受け入れて、キレイで価値のあるものに変えて戻してくれる、ということ。

この一言は、父親を赦すことができず、無価値とみるとすぐに捨ててしまう（元カレのニコを含む）アリーに示唆している。誰かの不用品は、他の誰かの宝物。アリーにとっての人生の教訓は、赦し（そして、無価値と断じて捨てる前に、本当の価値を証明するチャンスをあげられるようになること）。

アフター：高校生活最後の日に、親友のジューンがアリーに友情の印として記念のスクラップブックを渡す。ジューンは「どうせ、捨てちゃんでしょ？」と言うが、アリーは「絶対に捨てない！　大好きだもん」と言い張る。ジューンは「そうよね、好きなものなら捨てないよね」。

ジューンは遠まわしにニコの話をしているとアリーにはわかる。でも元カレだけではなく、実は父親に関してもアリーは同じ教訓を学ぶことになる。人を気軽に捨てないこと。人には必ず見えない一面があるから。

このテーマは、あとでフォート・ブラッグの砂浜でもう一度、浜にいた老人によって語られる。老人はアリーが見つけた波で削られたガラスを指して「海はすべてのものを赦してくれる」と言う。つまり、海は一見無価値なものでも受け入れて、キレイで価値のあるものに変えて戻してくれる、ということ。アリーにとっての人生の教訓は、赦し（そして、無価値と断じて捨てる前に、本当の価値を証明するチャンスをあげられるようになること）。

4　触媒

ビフォー：残念ながら、遺品のクラシックカーには思ったほどの売値がつかず。死んだ父も、大事にしていた割には手入れが甘かったよう（近年病気だったから、かも）。

アフター：ドアにノックがあって、開けてみると《始まりの光景》に出てきた使いの男。使いの男は、生前ジャクソンと一緒に住んでいたと言う。彼がアリーに渡した封筒の中には、ジャクソンの宝物だった1968年製のコンバーティブル仕様のファイヤーバード400のキー。

5　問答

ビフォー：アリーは、どうやって家を救う資金を工面すればいいのか？

ニコが「クレイグスリストで物々交換をして稼いだら？」と提案［個人どうしの物品の売買、出会い、求人、不動産などのポータル・サイトを利用して、より高価な物と交換するという作戦］。価値の小さい物でも、それを本当に必要としている人を見つけてより高価な何かと交換していけば、やがて家を買い戻すのに必要な額が手に入るのでは、というアイデア［わらしべ長者のようなもの］。

バカみたい、とアリーは思います。うまくいくはずがない。でもうまくいかなくても失うものがあるわけでもないし、やるしかない。

アフター：アリーは車をどうするの？　アリーはさっさと車をクレイグスリストで競売にかけます。家を救えるような額で売れるかもしれないと考えて。

翌日、アリーは車の買い手がついたかどうか確認しに学校のコンピュータ室へ。そこでニコと気まずいご対面。敵意丸出しの2人は、つきあっていた過去があることがわかる。2人は1ヵ月前に別れたばかり（理由はまだ教えない）。

車の買い手候補は大勢いた。最高額で買い取りを希望する男は、カリフォルニア州クレセント・シティに住んでいる（車で北に5時間）。アリーはその男に、車を運転して今夜届けに行くと伝える。買い取り希望額で、差し押さえられた家を買い戻せる（**求めるもの**）。

アリーが学校の駐車場に停めてある自分の車に戻ると、そこにはニコが待っている。ニコはアリーの受け取ったメールを覗き見て、車の競売の件を知る。ニコは、アリーがマニュアル車を運転できないことを知っているので、あえてアリーに、どうやってクレセント・シティに車を届けるか聞いて意地悪する。アリーの知り合いでマニュアル車を運転できる者は1人しかいない。そう、ニコだけが頼り。

6　二幕に突入

ビフォー：アリーは、ニコの頭のおかしい計画に乗ることに。2人は最初の物を物々交換に出す。

アフター：ニコの助けを借りたくないアリーだが、他にいい手段はない。クレセント・シティまで車を運転してくれたら、売り上げの中から1000ドル渡すという条件でニコに助けてもらうことに。

7　**Bストーリー**

ビフォー：アリーは、ニコについて知らなかったことをいろいろと知ることに（さっさと彼を「捨てて」しまったので、知る暇がなかった）。

《Bストーリー》は、仲違いする前のアリーとニコの思い出。回想が進むにつれ、2人が別れた理由が明らかになるが、今はまだ秘密。

アフター：ニコが《Bストーリー》のキャラクター。2人の関係が今と違ってとても良かったころを回想するたびに、アリーはより深く自分について理解し、自分の欠点を知るようになる。

アリーはニコと旅をするうちに、2人が別れた夜に本当は何が起きたか知ることになり、最終的に赦すというテーマを受けとめることになる。

8　**お楽しみ**

ビフォー：上り坂――クレイグスリストで交換するたびにより高価な物を手に入れるアリーとニコ。でも何かと口論する2人。交換を通して見知らぬ人々との出会いを重ねる2人。

そうこうしているうちに、ジャクソンのフィア・エピデミック熱についても明らかになっていく。フィア・エピデミックは1990年代のポスト・グランジロックバンド。2000年代に再結成したときに、ジャクソンはバンドのツアーに同行するために、妻とアリーを置いて行ってしまったのだ。

アフター：下り坂——アリーとニコは喧嘩ばかり。2人はまだ、別れたときのわだかまりを引きずっている。緊張の糸が張りつめる車の旅。

休憩のために寄ったフォート・フラッグで、ニコは車を売らないほうがいいとアリーを説得。クラシックカーなんだから、手放さないほうがいいと。代わりに、クレイグスリストを利用して商品を交換しながら利益を上げてはどうかと提案。価値の小さい物でも、それを本当に必要としている人を見つけてより高価な何かと交換していけば、やがて家を買い戻すのに必要な額が手に入るのでは、というのがニコのアイデア。アリーは頭がおかしい！　と同意せず。ニコは関係ないとばかりに、自分のアイデアを実行。

西海岸に沿って北上する2人は、道路封鎖のため迂回を余儀なくされる（夜までにクレセント・シティに着くという計画は延期）。

2人は仕方なくホテルで一泊。気まず過ぎる一夜を共にする。

ランダムな回想で、付きあっていたころのアリーとニコの関係、そして子どものころのアリーと父ジャクソンの関係が徐々に明らかに。

9　中間点

ビフォー：偽りの勝利——物々交換は快調。でも、アリーとニコがキスしそうになって、うまくいかなかったときの代償もアップ。

アフター：偽りの敗北——クレセント・シティに到着する2人。買い取りを申し出た男は車を査定し、車が「クローン」［そっくりに仕立てた偽物］だと結論。ジャクソンはファイヤーバード400だと言っていたのに、実は普通のファイヤーバードに「400」というエンブレムをくっつけただけ。またジャクソンに失望させられたと苦い思いのアリー。車は予想外の低価値で、家を買い戻すなんてもってのほか。

この時点でニコは、すでに物々交換で200ドルほど価値を上げている。ニコはアリーに、今は車を手放さずに、一緒に物々交換をしようと提案。もはや失うものは何もないアリーは嫌々同意。

10　忍び寄る悪者

ビフォー：下り坂――物々交換のペースが落ちるか、または交換中に何らかの問題発生。一方アリーとニコは再急接近するが、アリーの裏の悪者が顔を出して、邪魔をする。

アフター：上り坂――旅は快調。アリーとニコは、物々交換の相手を訪ねながら西海岸を北上し、ほどなく5000ドルほどを確保。

奇跡的にも2人は打ち解けはじめ、アリーはニコにマニュアル車の運転を教わったり、ときには一緒にいて楽しいと思うことも！　ドライブイン映画館で2人はキスし、アリーは自分のニコに対する気持ちを考えなおす。

アリーは、物々交換のために人に会うたびに、交換相手、または交換した物からの連想で、父親のことを回想。ジャクソンがただのロクデナシではなかったことが、段々思いだされる。

アリーは、車のトランクの中に、ジャクソンがフィア・エピデミックのボーカルの男と一緒に写っている写真を見つける（家族を放置してツアーにくっついて行ったときの写真）。

11　完全なる喪失

ビフォー：車が故障。修理代は莫大。旅は中断。

アフター：物々交換の相手にカモられて、交換する物を失い一気に5000ドルから文無しに転落した二人（落ちてた馬糞を踏んだ！）。カモにされたのは、怪しい相手に気づかなかったニコのせい！　とアリーが主張し、2人は喧嘩。物々交換のことは忘れて2人は別れた夜のことでお互いを責めあう。でも、別れた夜には黙っていたことを、今度はニコがはっきり言う。それが本当にあったこと。アリーの心に刺さる真実。傷ついたアリーは、ニコを置き去りにして車で走り去る。

12　闇夜を彷徨う魂

ビフォー：もうたくさん！　アリーは早く家に帰りたい。ニコは、2人が別れた夜に本当に起きたことを告白。アリーは、自分がよく考えもせずにニコを責めて捨ててしまったことを悟る。本当のことを知る前に、勝手に決めつけて、間違った判断をしてしまったことを。

アリーは、車のトランクに入っていたフィア・エピデミックのレアなレコードを見つける。死んだ父の愛蔵品。売れば結構なお金になるはず。

アフター：車を飛ばしながら嘆くアリー。ニコと別れた夜のことを回想。ついに読者は、運命の夜に何があったか知る。

ニコからの携帯メールの着信音で、アリーは現実に引き戻される。メールを読んだアリーは、ようやく別れた夜に起きた全容を知る（**闇夜の啓示**）。アリーがニコのせいだと思っていたのは、完全な勘違い。アリーが勝手に誤解して関係を断ってしまったから、ニコの怒りは収まらず、この旅の間もずっと不機嫌だった。

自分の過ちに気づいたアリーは、車で引きかえす。ニコとアリーは砂浜に行き、すべてを語りあって赦しあう。でもアリーには、もう1人赦してやらなければならない人がいる。人生で初めて自分を失望させた男。絶対に赦さないと誓った人……。

アリーは中古車屋に行き、ファイヤーバードを売ることにする。思ったほどの売値がつかなかったが、家に帰る費用としては十分。しかし、物々交換で一文無しになったので、お金は必要。車を引き払う前に、アリーはカーステレオの中に入っているカセットを見つける。亡き父のカセットテープを聴くアリー。それは、父がフィア・エピデミックと一緒に行動していたときに録音された歌で、なんと父が書いた歌詞。次のアルバムに入る予定だったが、バンドが解散してしまい、未発表。聴くうちに、これは自分のことを歌った曲に違いないと気づくアリー。歌詞が知りたい。そして、父のことをもっと知りたくなるアリー。

13　**三幕に突入**

ビフォー：アリーは、旅を続けながら物々交換で必要な費用を工面しようと決意。仲直りしたニコとアリーは、フィア・エピデミックのレコードを物々交換に出す。

アフター：アリーの気が変わり、取りあえず車を売らないことに。そのままファイヤーバードで北上を続け、ワシントン州タコマに住んでいるフィア・エピデミックのリードボーカルを訪ねる。多分、彼なら父がどんな人だったかよく知っているはずだから。

14　フィナーレ

ビフォー：フィア・エピデミックのリードボーカル本人が、レコードの物々交換に応じ、アリーたちを家に招く。熱心なファンとしてバンドの再結成ツアーの間行動を共にしたアリーの父のことを、彼はよく覚えている。ジャクソンに関する彼の思い出話（アリーが知らなかったこととか）を聞いて、アリーはジャクソンを赦す気になる。ジャクソンがアリーのことを深く愛していたということが、これでわかる。

アリーとニコの物々交換の旅のことを知ったリードボーカルは、アリーを助けるために、彼女が持ってきたレコードを桁違いに高価な物と交換しようと申し出る。家を買い戻す資金を手にしたアリーだが、代わりに車を修理する？　あるいは、何か別のものを買うか？　どんな物にどういう価値があるか最初はわからなくても、捨てずにとっておく価値があるものと、手放さなければいけないものがあるのだということを、アリーは悟る。

アフター：アリーは、ノーラン・クックと会う。ノーランは、アリーがトランクの中で見つけた写真に父と一緒に写っている男。ノーランはアリーに、彼女が知らなかった父のことを話す。彼の話から、アリーは自分が回想する父の姿が実は誤解だったということを知る。そして、ひとつの誤解が解けると、他のすべての回想の意味が変わる。そしてアリーは父の真意を知ることに。ノーランはアリーの父ジャクソンが書いた歌詞を見つけてくる。歌詞を読むと、やはりそれはアリーのことを歌ったものだとわかる。本当の父の姿が氷解する。アリーはジャクソンのことを、深く理解する。そしてようやく彼を赦す。

15　**終わりの光景**

ビフォー：アリーとニコは、よりを戻し、家に向けて車を飛ばす。

アフター：アリーとニコはファイヤーバードに乗りこみ、家に向けて走り出す（運転はアリー）。家を買い戻すに十分なお金はないが、もっと大事なものを心に携えて。それは、彼女が抱えたわだかまりへの幕引き。

終わりの光景

この本を読み終わったあなたの心に何が響くのか、私には見当もつきません。執筆中にあなた自身が《闇夜を彷徨う魂》になったとき、闇から抜け出す手がかりが見つかったかも。あるいは、飛ばして読んだ部分もあったかも。何かひとつでも心に残ってくれたらいいなと思いますが、願わくば、読み終わったあなたが変わってくれたらいいなと思って、私は10年かけて蓄えた執筆の知恵を余すことなく、全霊をこめてこの本を書きました。

これを読み終わったあなたは、前より良い小説家になっただけではなくて、前とは違った人になっているかも。自分に欠けていた何かを見つけたかも。欠けていた何かを修復して満たしたかも。**求めていたもの**を捨てて、**本当に必要なもの**を手にしたのかも。

この本に真のヒーローがいるとしたら、それはあなた。あなたのために書いたんですから、あなたが変わってくれれば、他のことなんてどうでもいい。

というわけで、物語を紡ぐスーパーヒーローになってください！　それがあなたの運命なんですから。

謝辞

これから挙げる素晴らしい皆さんの助けがなかったら、この本は実現しませんでした。まず第一に、ブレイク・スナイダー。魔法の執筆術を世界に紹介してくれてありがとう。あなたが書いた文章がどれだけ私の創造性を刺激し、導いてくれたか。この本があなたの功績の足しになりますように。ブレイクの遺志を継いで、私がこの本を書いても大丈夫と信用してくれたB・J・マーケル。あなたが最初から最後まで応援してくれなかったら、この仕事はできなかったと思います。「SAVE THE CAT!」脚本術を世界中の作家に労を惜しまず広め、その方法論を小説に応用しようという私を信頼してくれたリッチ・キャプラン。スコット・ブランドン・ホフマン、「SAVE THE CAT!」の本を勧めてくれてありがとう（すごーく昔だけど！）。あなたが私の《触媒》。アイデアを売りこむと、（大体）いつも「イイネ！」と言ってくれる出版代理人のジム・マッカーシー。何よりも、この本のアイデアに対して「イイネ！」と言ってくれて、ありがとう。

私にとって初めてのノンフィクションである本書に賭けてくれたテン・スピード・プレスのリサ・ウェストモアランド。どうしていいかわからなくて《完全なる喪失》状態の私を信じてくれたあなたには、一生恩に着ます。辛抱強く、賢く、そして迷子になった私を必要な瞬間だけ優しくつついて方向を示してくれたあなたがいてくれて、どんなに心強かったか。ありがとう！　優秀な校閲者クリスティ・ハインが鞭うってくれたお陰で、この本は素晴らしい形になりました。横道にそれて、本のカバーのそでに書かれたネタばれのことや、吸血鬼やコルク抜きのことでした楽しいお喋りが忘れられません。そして、この本を世に出すために働いてくれたテン・スピードのダニエル・ワイキー、エレノア・サッチャー、クローイ・ロアリンズ、その他の皆さん、ありがとう。

ジャンル分類のことで並べた数々の私の泣きごとをひとつ残らず聞いてくれただけでなく、必要なときに必要な助言をくれて、「10点満点」の10ジャンルを見つける手助けをしてくれたジョアン・レンデル、ジェシカ・コウリィ、ジョゼ・シレリオ、ジェニファー・ウルフに、特大バケツ一杯の感謝を。書くという作業工程に関していえば、誰よりも感謝しなければならないのは夫のチャーリー。書きながら《お楽しみ》と《忍び寄る悪者》そして《完全なる喪失》へとなだれこんでいく私とつきあうのは大変だったと思います。あなたがいたから《三幕に突入》できた。あなたは私の《Bストーリー》。あなたがいるから、私は生きていられる。そして、いつも私を応援してくれる両親。特にマイケル・ブロディ。私に「作家の遺伝子」をくれてありがとう、お父さん。

最後に、最高に感謝したいのが、私の生徒たち全員。私の講座に参加してくれた人、オンライン講座を取ってくれた人、そして、この本を手に取って初めて私のことを知った人も。私は皆さんに刺激されてこの本を書いたのです。皆さんがいるから出版できた。だから、この本は皆さんに捧げます。皆さんの創造力があれば、世界を物語で満たす気力とエネルギーがあれば、どんなに暗い闇の中でも、私は迷いません。あなたのお陰。

どうか素晴らしい物語を語ってください。

訳者あとがき

ブレイク・スナイダー著『SAVE THE CAT の法則』の番外編とでもいうべき本書は、タイトルが示すとおり、本来映画の脚本のプロット構成の方法論である「SAVE THE CAT!」の法則を、小説の執筆に応用してしまおうというものだ。

元祖「SAVE THE CAT!」のほうは2005年に出版され、日本語版もフィルムアート社から2010年に刊行されて以来、定番の脚本指南書として人気の高い書籍だ。

その小説応用版が出るので翻訳をという依頼がきたとき、私は「来たか」と思った。

と書くと何やら偉そうだが、そう思ったのには理由があった。2015年に同じくフィルムアート社から刊行されたカール・イグレシアス著『「感情」から書く脚本術』を翻訳した私は、ネット上で反響を拾いながら薄々感づいたことがあった。『「感情」から書く脚本術』は映画の脚本を書くための手ほどきの本なのに、映画の脚本を書いているという人の反応が取り立てて多いわけではなかった。映画産業の規模を考えると「脚本家になりたい」という人がそれほど多くなくても不思議ではない。でも『「感情」から書く脚本術』に対する反応が少ないというわけではなかった。むしろ同じ著者の『脚本を書くための101の習慣』よりも、段違いで多かったのだが——。

それよりも何よりも、小説を書く人の反響が目についた。

私にとってこれは、興奮を掻き立てるような新事実だった。「新」と言っても私が知らなかっただけなのだが、何しろ世の中には小説を書く人がアマチュアからプロまで大勢いて、物語を語る作法を磨くために勉強しており、その教材のひとつとして「映画の脚本執筆術」が参考にされているということが薄っすらと見えてきただけでも、『感情から』の翻訳をやった意義があるというものだった。

映画的な、あるいは2時間前後で語り終れる物語の構築の方法論を小説に適用する。

なるほど。これは小説というジャンルというかメディアが遂げて当然な進化に違いない。今、視覚的に語られる物語の影響を逃れ得るものはない。小説も例外でいられるはずがない。そして「書く人たち」は、すでにそれを知っている。

そのような認識をもった上で翻訳の依頼がきたので、私の反応は「来たか」だったというわけだ。

この認識は、著者ジェシカ・ブロディによって「イントロ」の章で語られているとおりだ。

「メディア中心で、スピードが速くて、何でもテクノロジーの力でパワーアップしている今の世の中では、小説家の敵は脚本家だから。最初の無声映画が劇場にかかった瞬間から、小説は映画相手に娯楽の王座を争ってきたのです。ディケンズやブロンテ姉妹は、最新のアクション満載スーパーヒーロー映画とかメリッサ・マッカーシーの最新コメディを敵に回さなくて済んだけど、現代の小説家は逃げられない」

そこで、本書の出番というわけだ。

さて、映画のプロット構築に使うフォーマットを小説に応用できるのかと首を傾げたのは、あなただけではない。私も半信半疑だったが、読み進めるうちに腑に落ちるものを感じた。2時間内外で観終わる映画と違い、膨大な文字を読まなければ把握できない小説というものを分析するのはなかなか骨の折れる作業だ。しかし著者は説得力をもって10本の小説を分析してくれた。実はゲラの段階では20本の小説が分析されており、その中には『そして誰もいなくなった』『エマ』『1984』『怒りの葡萄』『フランケンシュタイン』といった古典も挙げられていた。そして、どれも15段階のビートにそって明快に分析されていた。信じて大丈夫と思わせる説得力をもって。

著者は、プロット構成作業を「レシピ」になぞらえている。絶対必要な素材が入っていれば、塩加減は作者次第、というわけだ。もちろん、レシピどおりに作れば必ず料理が成功するとは限らないし、レシピというのは「桂剝き」とか「焦がしバターの作り方」「コチの捌き方」みたいな「技術」の部分は省いてあるもの。

小説執筆に必要な多様な技術は各人研鑽していただくとして、皆さんが思いついたとっておきのネタを最高の物語として編み上げるための方法論として、本書が役に立つことを願っている。

肩の力を抜いて書かれた本書を、読者の皆さんがリラックスして読み、楽しく活用できますように。そして皆さんが、著者のこんな言葉に乗せられてノリノリで書き続けられますように。

大事な鍵は、ペースの配分。テンポが良くて、視覚的で、登場人物の成長が興味深くて、漏れなく構成されている小説なら、どんな大予算映画とも互角に戦えます——。

そして勝てる。

２０１９年2月18日

島内哲朗

ジェシカ・ブロディ

小説家。２００５年にＭＧＭスタジオの買い付け部門の重役を退いた後、大手出版社から10代から大人向け一般を対象にした15作以上の小説を出版。代表作は、『Geography of Lost Things〔未邦訳：彼女が失くしたあれこれの地理的分布〕』、『The Chaos of Standing Still〔未邦訳：ただ立ってるだけでカオス〕』、『Better You Than Me〔未邦訳：わたしじゃなくてよかった〕』、『52 Reasons to Hate My Father〔未邦訳：お父さんが嫌いな52の理由〕』、『Unremembered〔未邦訳：記憶されぬもの〕三部作』など。近日刊行のＳＦシリーズ『Sky Without Stars〔未邦訳：星のない空〕』は、「宇宙の『レ・ミゼラブル』」として売りこんだ。他にも、ディズニー・チャンネルの人気番組『Descendants: School of Secrets』『LEGO Disney Princess』のノベライズを執筆。ブロディの書いた小説は23ヵ国で出版され、『52 Reasons to Hate My Father』と『Unremembered〔未邦訳：記憶されぬもの〕』は映画化のために開発中。自作を執筆していないときは、Udemy.com のオンライン執筆講座を教えている。

ウェブサイトは JessicaBrody.com　　ツイッターは @JessicaBrody

島内哲朗

映像翻訳者。法政大学経済学部卒業。南イリノイ大学コミュニケーション学部映画科卒業。カリフォルニア大学サンディエゴ校に留学。ロサンゼルスで映画の絵コンテ・アーティストとして活動。帰国後はゲーム関係の場面設定や背景設定などにも携わり、ナイキやユナイテッド航空など海外合作ＣＭの絵コンテを描く。映像以外ではメルボルン、シドニー、サンフランシスコで開催された手塚治虫展「Tezuka, the Marvel of Manga」の図録翻訳、対外渉外を経験し、アート方面でも活躍。劇映画字幕の仕事に、『野火』『GANTZ』『愛のむきだし』『ゴールデン・スランバー』『白夜行』『友罪』『花筐』などを手がけた。そのほか、ＴＶ番組、ＤＶＤ字幕など豊富な経験を持つ。翻訳書に、フランク・ローズ『のめりこませる技術』、シーラ・カーラン・バーナード『ドキュメンタリー・ストーリーテリング』、カール・イグレシアス『脚本を書くための１０１の習慣』『感情から書く脚本術』（以上、フィルムアート社）、イアン・コンドリー『アニメの魂』（ＮＴＴ出版）などがある。

SAVE THE CATの法則で売れる小説を書く
SAVE THE CAT! WRITES A NOVEL

２０１９年　3月25日　初版発行
２０２０年　11月10日　第２刷

著者　ジェシカ・ブロディ
訳者　島内哲朗
発行者　上原哲郎
発行所　株式会社フィルムアート社
〒１５０-００２２　東京都渋谷区恵比寿南１-20-６　第21荒井ビル
電話０３-５７２５-２００１　ファックス０３-５７２５-２６２６
http://www.filmart.co.jp/
日本語版編集　山田智子（フィルムアート社）
ブックデザイン　長田年伸
印刷・製本　シナノ印刷株式会社

　ISBN 978-4-8459-1819-5　C 0090